无论多少次，裴析颂都会折服于方觉夏的坚强和通透，方觉夏也不可能不对世界上最热情最浪漫的人动心。

　　这是诸多平行宇宙里唯一不变的剧情。

FANSERVICE PARADOX

稚楚 著

营业悖论

广东旅游出版社
中国·广州

CONTENTS
目录

■第一章
多云转晴 / 001

■第二章
后遗眩晕 / 041

■第三章
逆势之战 / 073

■第四章
枯枝之春 / 131

■第五章
生来有趣 / 155

■第六章
沸腾月光 / 181

■第七章
黑夜烟火 / 213

■番外
出道 / 243

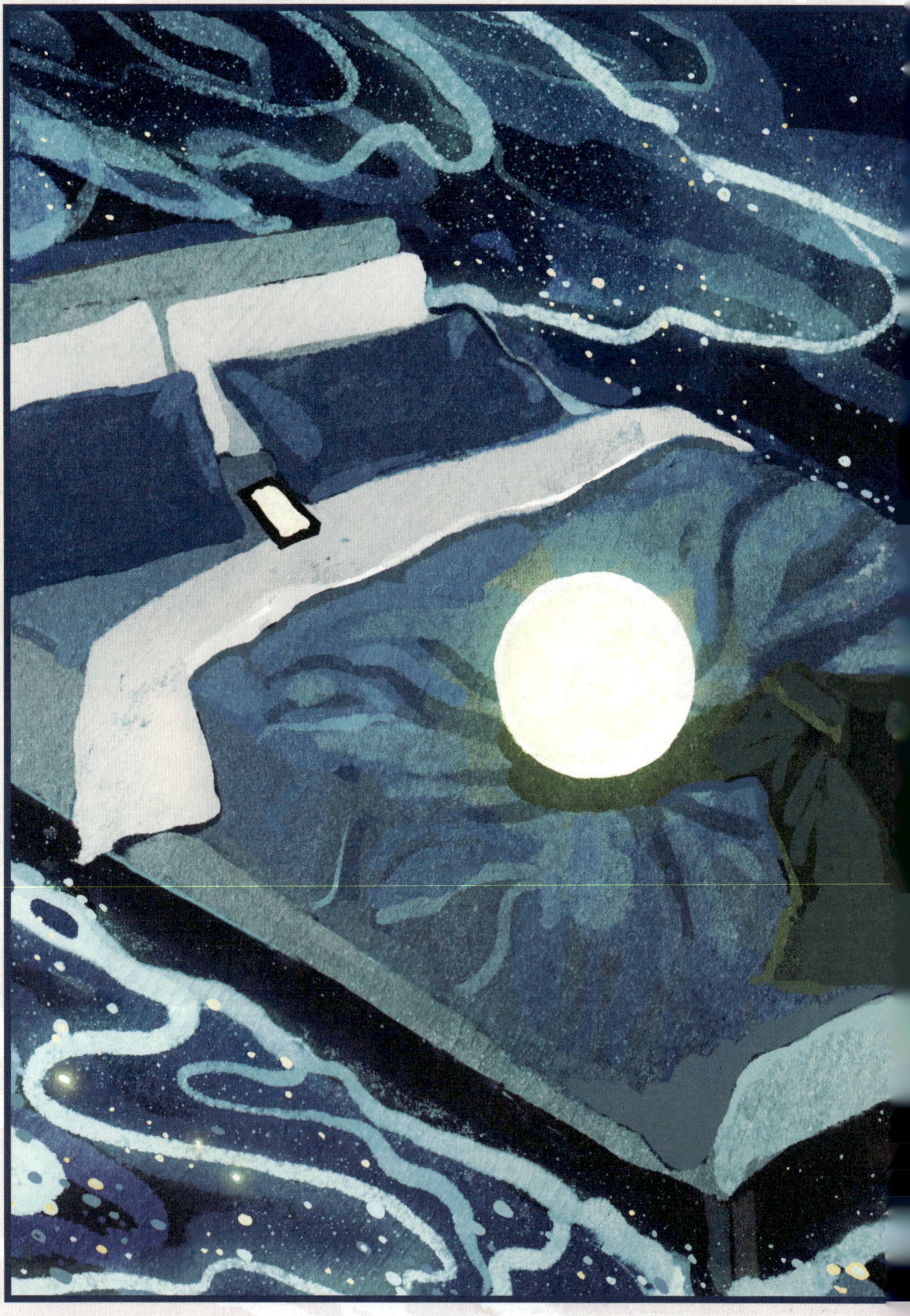

不知道是不是喝下去的那一口酒发挥了作用，望着望着，方觉夏觉得黑色的天空好像他今天身上的黑衣服，

那轮月亮像个圆圆的洞，正好一个心脏大小。

MOONLIGHT

\

CONSTANT TRUTH
FORMULA

月光与恒真式

『我不害怕失败,更不害怕低概率和稀缺性。相反,我很喜欢。』
『我要就要最稀缺的东西。』

他陷入了一场从未见过的春日，并企图留住它。但很有可能，他连自己的一摊雪水都留不住。

Fanservice Paradox

只要提到自由二字，
我的心马上敞开，开出花来，
而一旦说到必然性这个词，
我的心开始痛苦地痉挛。

Fichte,
you're the other me.

费希特，你是另一个我。

第一章

多云转晴

Fanservice Paradox
KALEIDO

01

　　小文开车载着他们去之前裴听颂一直在外租住的高级公寓。方觉夏看向窗外，算起来都两年多了，他从来没有来过裴听颂住的地方，他们的交集只有公司和行程。哪怕是在工作的时候，他对裴听颂也是冷漠到了极点，当对方不存在，当自己眼里没有这个人。

　　他们竟然可以让这种双向忍耐维持两年之久。

　　"到了。"

　　方觉夏应了一声，拉开车门自己先出去，可裴听颂也不知道怎么搞的，就是不出来。见他这样，方觉夏便弯腰往里看："裴听颂，到了。"

　　裴听颂抬了下头，又晃了晃脑袋，反应迟钝地从车厢里往出爬，出车门的时候重心不稳，像棵拔了根的树似的几乎栽倒。

　　大概是酒劲儿又上来了，他感觉裴听颂比刚才还严重了。

　　"喂，你慢点，刚刚不是还能说话吗？"方觉夏伸手扶住他，又喊来小文帮忙。两个人架着他走到公寓楼下，这里的入口需要人脸识别，可裴听颂像是困了，怎么都睁不开眼，小文两手扒开裴听颂的眼皮，强迫他对着镜头识别。

　　"疼。"裴听颂少爷脾气上来了，一巴掌把小文推远。方觉夏没辙，只能哄着他："你看一下，要识别才能上去。"

　　听罢，裴听颂转过脸来面对方觉夏，还眨了眨眼睛。

　　"不是我。"方觉夏扳他的脸往右转，对准镜头，"看这里。"

　　费了半天工夫，他们才终于上了楼。令方觉夏意外的是，裴听颂住的公寓比他想象中要朴素很多，他本来还以为像对方这种家境的小孩，一个人出来也会住那种好几百平方米的高层豪宅。事实证明裴听颂还没奢侈到那种地步，这房子漂亮是漂亮，两室两厅全落地窗，只是家具少得可怜，客厅除了一张长沙发几乎什么都没有，到处空荡荡的。

　　完全不像个家。

　　"觉夏你今天就在这儿跟他一起吧，这是我给你从宿舍拿的换洗衣服和洗漱

用品，本来说去酒店要用的，现在正好也可以。"小文着急忙慌地把裴听颂扶到沙发上坐好，看了看时间，"我一会儿还要开车送路远去机场。"

"他要去录节目吗？"

"对啊。我要来不及了，先走了。"

方觉夏送他到门口："你开车小心。"

关上门，他换了拖鞋，又拿了双拖鞋走到沙发前，放在地上："你也把鞋换一换。"

裴听颂"嗯"了一声，蹬掉了自己的鞋，又脱了外套："热死了。"他单手把里面的黑色羊毛针织衫也脱掉，扔在沙发上，仰头靠上去。

方觉夏站起来："你在这儿休息一下，我先去洗漱。"

浴室倒是很大。方觉夏不太放心一个喝醉的人在外面，所以只好快速冲个澡，最短时间洗漱完。他思考着要不要把自己今天穿的衣服洗出来，尽管他今天录节目穿的都是造型组提供的服装。

先收拾收拾吧。方觉夏拿起外套，抖了抖，掉出一张纸片，轻飘飘落到了他的拖鞋上。

他弯腰捡起来，看了一眼，塞到身上这件睡衣的口袋里。

"我用完浴室了。"他擦着头发出来，发现刚刚还在沙发上的裴听颂现在却站了起来，两手扒着落地窗，好像在往外看什么。

方觉夏走过去："你酒醒了？去洗洗早点睡觉吧。"

裴听颂靠在窗玻璃上点了点头，转过身自己朝浴室走去。方觉夏有点担心，伸手想扶住他，但被裴听颂拒绝了。快一米九的大高个儿走起路来摇摇晃晃，看得方觉夏胆战心惊，生怕他下一步就摔在地上。

不过似乎是他多虑了，听到浴室传来关门的声音，方觉夏这才放下心。他在空荡的客厅转了一圈，忽然间想到晚上睡觉的问题。

好在有两间房。

不过这个念头很快就被验证只是他的天真假设。房间的的确确是两间，可床就一张。另一间卧室被改成了书房工作间，两个大书柜、一张书桌兼工作台，还有吉他键盘等各种乐器。

"怎么办……"方觉夏对自己今晚的归宿头疼不已，但又忍不住走进去。这间书房是这套公寓唯一充满生活气息的地方。

房间里弥散着一种纸质书籍的味道，很奇妙，明明现在是冰冷的都市深夜，但他感受到了阳光晒着书页的温暖气息。桌子上有些乱，摊着没有合的书、厚厚一沓论文、各种笔记，还有一张很是显眼的便笺，夹在台灯前，上头写着几个大字——请不要收拾这里。

方觉夏的嘴角忍不住勾起，他猜这个房子应该是有保洁阿姨定期打扫的，否则就这个连床都不会铺的小少爷，恐怕没办法自己维持整洁。光是看着这张小小的便笺，他都能想象到裴听颂誓死守护自己杂乱书桌的样子，用那种像是英翻中的话写下自己的要求，嘴里念叨着"please（请）"。

他的桌子上垫着一张纸，上面都是他写写画画的，有很多重复的字，就像是在练字一样。方觉夏觉得有些亲切，就好像是文学爱好者的草稿纸。

他坐下来辨认纸上的字迹，大多是裴听颂的签名，还有一些潦草的英文。

有几句话很有趣，吸引了方觉夏的注意力。

咖啡的味道是咖啡色的，奶油的味道是柔软的白色。
加入冰块，冰块的味道是透明无色的。
喝下去之后，冷气划开食道。
冰是淌进喉咙的钻石。

他的脑子里好像永远是奇思妙想，天马行空，让人捉摸不透。方觉夏翻开一本书，想看看，谁知那本书却不小心掉在地上，他匆忙去捡，发现地上落了张照片，好像是从书里掉出来的。

照片的中心是一位坐在轮椅上的老人，戴着副老花镜，笑容慈祥。轮椅边半蹲了个孩子，十三四岁，怀里抱着一只刚出生不久的小奶狗，笑得眉眼弯弯，满满的少年气。

小时候的裴听颂就像仙人掌幼苗，连刺都是软软的，不像刺，像云层中放射的光芒。

方觉夏将照片放回书中，站起来，忽然发觉时间过去挺久，可裴听颂那边都没有动静。

他不禁有些担心，裴听颂看起来好像神志尚存，可真的喝了不少，再说上次他喝断片，也是裴听颂在照顾，总要知恩图报。

浴室里的确没动静，连淋浴的声音都没有。方觉夏脑子里冒出些不太好的想法。

该不会晕倒了吧？

对了，喝完酒是不能立即洗澡的！

想到这些，方觉夏侧身猛地往浴室门撞去，谁知浴室的门根本就没有锁，只是虚带上，他这么一撞把自己撞到地上，差点爬不起来。

/004/

"好疼……"

方觉夏皱着眉支起胳膊，往里面一望，裴听颂竟然在泡澡。

泡澡就更危险了！方觉夏都顾不上疼，光脚就往里面的浴缸跑去。裴听颂的头靠在浴缸边，闭着眼，一动不动。

"喂，裴听颂，你醒醒。"他拍了拍裴听颂的脸，见对方缓缓睁眼，快跳出来的心脏才安定些许。

他刚刚脑子里都蹦出男团成员暴毙公寓的头条新闻了。

裴听颂的眼睛蒙着湿润的水汽，缓慢眨了两下，终于聚焦在方觉夏脸上。

方觉夏一只手握住他的手，另一只手拉住他胳膊想要架他起来："快出来，你喝醉了不可以泡澡的。"

"我没喝醉。"裴听颂吐字比平时慢了不少，似乎为了证明自己真的没有醉，竟然扶着浴缸边缘强行站了起来。

方觉夏只好扯过浴巾给他裹上："不要乱动。"

"你好……凶啊。"裴听颂说话慢慢的，听起来没了平日的戾气和尖锐，甚至还有几分委屈。

方觉夏裹好浴巾，架着他的胳膊往卧室走："小心点，别磕着。"

裴听颂慢吞吞说："我、我又不傻。"

好不容易把他弄到床边了，方觉夏喘口气，扶他躺下，嘴里应付着："是，你最聪明。"

谁知下一刻，他的手腕就被裴听颂拽住不放。

裴听颂忽然间笑起来，牙齿白白的。

"你终于夸我了。"

他慢吞吞说出这一句。

方觉夏愣住了，他怎么都没想到裴听颂会这么说。他明明是全世界最嚣张的小孩，天赋与生俱来，自信与生俱来。

"你……"方觉夏只好实话实说，"你知道我是谁吗？你喝多了。"

"我知道你是谁。"裴听颂的额发垂下来，半遮着他深邃的眉眼，"你是方觉夏……"

竟然是清楚的。

"你是该死的方觉夏……"

该死的，这个前缀还真是非常符合裴听颂的个性。方觉夏知道他喝多了，不想计较，只想用被子把他一裹关上门自己出去在沙发上挤一宿了事。

裴听颂不依不饶，看起来好像和平时一样，又不太一样，嘴里嘟囔了几句含糊的英文。

方觉夏无力道:"对,我是方觉夏,该死的方觉夏,你骂完了就放我出去。"

裴听颂闷声道:"你……你是不是很欣赏别人?"

方觉夏莫名:"谁?"

"那些人,编剧、习清哥,还有好多人……"裴听颂的嗓音本来就低,喝醉了显得更沉。

方觉夏不明白裴听颂为什么突然说这些,更不清楚这和他有什么关系:"是,他们都很优秀,很厉害……"

"我不优秀吗?"裴听颂突然间抬起头,脖子通红,"我今天不厉害吗?"

"你……"方觉夏愣了愣,"你当然也很优秀,很厉害。"

最厉害的就是你了,有勇有谋,把全场高级玩家盘进自己设下的局里。

"可你根本没有夸我。"裴听颂又一次耷拉下脑袋。

方觉夏太意外了,他没想到裴听颂竟然会为他的评价而纠结,甚至不快。

他在游戏过程中不止一次惊叹裴听颂的能力,但不知道怎么对对方说出口。他可以轻易地表达对其他人的赞许,但在面对裴听颂的时候,他笑一笑好像就已经需要鼓起很大的勇气了。

方觉夏自己也找不出这种区别对待的理由。

"你还是觉得……觉得我对你有偏见吗?"裴听颂问道,"我说过,之前是误解,我没有那么想了……"

方觉夏怎么也想不到,原来喝醉之后的裴听颂会这么坦诚,坦诚到令他心虚。

方觉夏深深吸了口气:"我没有这么说,我知道你变了,你说过。"

"但你不信任我,你、你总是躲着我……"

他的确是这样没错。两年的互斥他没办法在短时间内完全消解,任裴听颂闯进他的安全领域。即便他早就已经释怀了,可潜移默化地保持距离已经成了他应对裴听颂时的惯性防守。

哪怕他清楚,裴听颂也不再是过去那个处处针对他的裴听颂,已经没有了傲慢,即便是年少轻狂的胜负欲也被用来作为垫脚石,放在方觉夏的脚下。

"我过去,是欺负你了,我知道你也讨厌我,"裴听颂哽了哽,又继续为自己辩解,"可我现在……我现在挺想跟你、跟你做朋友。你看不出来吗?我都、都很明显了。你很好,方觉夏,你很好……"

他断断续续很费劲地在说话,可每个字的分量都好重,一个一个砸进方觉夏心里,砸出深深浅浅的洼,渗出酸涩的汁液。

"做朋友,可以做朋友,"方觉夏迟疑地伸出手,覆上裴听颂的头,算是安

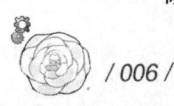

抚,"但我没你想的那么好。"

"不是的。"裴听颂猛地抬头,像是很努力地在思考,"你很好,你长得好看……你聪明……长得好看……"

就是长得好看而已吗?方觉夏哭笑不得。

"还有,你善良,你很酷。对,你的人生态度很酷,追求梦想的样子也很酷。"

方觉夏忍不住笑起来:"没有你酷。"

裴听颂也不知道是学他,还是在回应,总之重复了一句:"没有你酷……"

他不想再纠缠谁更酷的话题了,现在只想哄着裴听颂尽快休息:"我知道了,你现在对我没有偏见了,而且对自己过去的所作所为也很抱歉。我原谅你,也向你道歉,我过去冷落了你,当你不存在,对不起。"

裴听颂点点头:"那、那我也原谅你。"

"行,那我们相互原谅了,你是不是可以松开我了?"

裴听颂还算听话,松开手,撑起来半个身子,又栽下去:"我没力气。"

天……方觉夏快没辙了。

喝醉之后的裴听颂真的和他家狗没两样。

"我以前挺想有个哥哥的……""哥哥"这个词本来很单纯,可在裴听颂的文字游戏里被赋予了太多捉摸不透的含义,以至于方觉夏每一次听,都心情复杂。

裴听颂是想让自己做他的哥哥吗?

但他说不出你可以把我当成你哥哥的话。

这个喝醉的人忽然间后知后觉地反应过来什么,费劲地爬起来,伸手去碰方觉夏的腰。方觉夏有点怕痒,躲闪了一下,挡住他的手:"你干吗?很痒。"

裴听颂迷茫地眨了眨眼,又看向方觉夏:"你腰不疼吧?"

"我又没有受伤为什么会腰疼?"

裴听颂听罢一副松了口气的神情:"你、你跟师兄说你腰疼,你练舞练得……我听到了。我还以为是真的呢,你平时都不骗人。"

他恍然大悟,怪不得当时裴听颂跑过来对他动手动脚,逼着他闹,两人差点扭打在一起。

原来那个时候他说的是真的,不是什么带有弦外之音的暗号,他真的来确认自己是不是腰受伤了。

"我没事,没受伤。"

裴听颂重重地点了点头,头发乱晃,然后又想到了什么,一板一眼说:"但是我受伤了。"说完他指了指自己的额角。

方觉夏想笑:"是这边,你指反了。"

"哦。"他摸了摸,然后大声说了句"you're right(你说得对)",傻瓜似的。

方觉夏觉得太好笑了,甚至有点想把裴听颂这个傻乎乎、直愣愣的样子录下来,反正这家伙之前也这么做过。

还是算了,录像总归是不安全的。

"还有这个,"裴听颂一下子把自己的手伸到方觉夏脸跟前,"这儿也受伤了。"

虎口上的牙印处已经结了小小的痂,不过泡完澡有点发红,连坚硬的痂都变得柔软了。

说起来,裴听颂额角和手上的伤都与他有关。

方觉夏心里涌出些许愧疚感:"对,是我咬伤的,对不起了。"为了表示诚恳,他还伸手碰了碰裴听颂的虎口。

"对,就是你咬的。"裴听颂点头。本来以为这个话题就这么结束了,谁知他突然间伸手去拽方觉夏。

"喂!"

明明刚刚还温顺得不行,突然间就变回那个狼崽子了。

这是怎么回事?

"你做什么?"

"我要咬回来。"说着,他真张口就咬。

02

方觉夏甩开裴听颂,抱着被子转身准备走人,但他所谓的狠心就是一戳就破的纸老虎。

"裴听颂,看在你当时照顾我的分上,我还给你。我对你仁至义尽。"方觉夏把被子扔在床上,毫不温柔地放倒了裴听颂,偏着脑袋费劲地用另一床被子把他裹起来。他现在就是世界上最不走心的寿司师傅,手法粗糙地卷起一个狼心狗肺的紫菜包饭。

只能露出个头,裴听颂一脸委屈,也不知道是真难过还是着了凉,反正一直吸鼻子。

方觉夏还在气头上,语气难得地发了狠:"不许乱动,你要是着凉感冒,我就真的不管你了。"

一听他这样说,裴听颂噘起了嘴:"你怎么这么凶啊?"

"你第一天认识我吗?"

"不是……"他老老实实回答了这个问题，又开始叽里咕噜，还大着舌头，"你对别人都可、可温柔了，就是对我最凶，你也不、不会对我笑。"

方觉夏瞥了他一眼，正要说话，可裴听颂像是特别怕被打断似的，气都不带喘的就又开始抱怨："我、你，你那天喝醉，我都没有发脾气。我一句都没有说你，我还哄着你睡觉了。可你呢，我就咬了你一下……"

方觉夏头疼得要命，一手捂住裴听颂的嘴："闭嘴。"

"嗯！"裴听颂显然是不乐意了，话都不让他说，气越憋越多，于是张开嘴想咬方觉夏，可牙齿刚碰上，他就又闭上了嘴，气得直晃脑袋。

"你真的疯了，你以后别喝酒了，咱们都别喝了。"方觉夏收了手摁住他的头，裴听颂吸了吸鼻子，可怜巴巴："你咬我手，我不咬回去。"

方觉夏举起自己的手："我这里都让您咬破了，小少爷，还说没咬回来。"

裴听颂不依不饶："那你咬我了我咬回去不行吗？"

"我说不过你。"

"你本来就是……"

方觉夏气不打一处来，用手指着他的脸："闭嘴。"

这辈子方觉夏都没有应付过这种场面，他二十三年来积累的人际交往经验在裴听颂身上全都废了，心力交瘁。

深深吸了口气，方觉夏不想再跟他纠结谁咬谁、怎么咬的问题了。他从床边起来，长长地舒出一口气。

他真是变得越来越不像自己了。

"我们休战，行吗？睡觉。"方觉夏拿起那条浴巾，沿着对角线一卷把他捆起来，"你明天不是还要上课？你给我老老实实睡觉。"

"我不想上课。"说完裴听颂又打了个喷嚏。

你想不想上课跟我有什么关系？

方觉夏没搭理裴听颂，抱着自己的被子准备离开，再这么折腾下去，他半条命都要搭在裴听颂身上。

可他刚要走，裴听颂就一边叫着一边扭着要跟他走。

真摔下去又不得了。

"不许动。"方觉夏没辙，只能将就着在床边躺下，准备等他睡着之后再走。

看见方觉夏关了灯躺在床边，裴听颂终于消停，不吵也不闹了。方觉夏裹着自己的被子背过去面对衣柜。

黑暗中什么都看不清，他也不想看清。一整天的录制耗光了他的体力，他早该睡了。他觉得自己就像是一个充满了气的气球，碰上裴听颂这棵仙人掌，扎了一身的刺，不管他愿不愿意，这些气也都一股脑泄了出去，只留下软绵绵的干瘪躯壳。

裴听颂是被自己定的闹钟吵醒的，上午十点钟的课，他定的八点半的闹钟，吵得头疼。睡得迷迷糊糊，眼睛都睁不开，他想伸手去关掉闹钟，谁知道手根本伸不出来。

奇了怪了。裴听颂皱起眉头，下一刻一只胳膊伸过来，隔着他摸了半天枕侧，摸来摸去才终于抓住他的手机，直接长摁关了机。

他吓了一跳，睁眼扭头，看见床边窝了个人，半张脸都缩在被子里，可露出来的那个眼角胎记除了方觉夏再没有其他人。

神志缓慢清醒，他试着去找之前的记忆。他记得他们从节目组的饭局出来，然后小文把他们送回宿舍。

不对，宿舍的门锁被破坏了，所以他们现在应该是在他的公寓。

一切都非常合乎逻辑，裴听颂悬着的心稍稍放下些许。宿醉之后头疼得厉害，裴听颂想起来喝口水，结果却发现自己根本起不来。

他用力抬起头，这才发现自己被裹了起来，还用两条打了结缠在一起的浴巾绑得死死的，别说起来了，动都动不了。

不是，方觉夏脑子怎么想的？裴听颂一面在心里骂，一面想办法拨开被子从里面钻出来。

他的肩膀上有指甲划破的伤口。

怎么回事？

他浑身上下的每一块骨头都是疼的。

回头看了一眼方觉夏，还在睡，裴听颂满心狐疑地去了洗手间，洗了个澡，检查了一下自己身上还有没有其他的伤口，顺便回忆昨晚发生的事，可脑子乱得厉害，怎么都想不起来。

本来以为洗个热水澡之后人会舒服点，可越洗头越疼，越呼吸不畅，干脆关了水，从里面出来。等到他从次卫里出来，纠结地回到卧室时，才发现床边竟然没有人了。

他不会是还在做梦吧？

"挡在这里干什么？"

背后传来熟悉的清冷声音，裴听颂一个激灵，转身挪开。

方觉夏头发散乱在额前，手上还有水珠。他端着一杯热水放到床头，冲裴听颂使了个眼色："冰箱里什么都没有，做不了醒酒汤，将就喝了。"

"哦……"裴听颂一开口，才发现自己嗓子也哑了，又干又疼，他咳了几声试图清清嗓子，却越咳越厉害，弓着身子咳得抬不起头，于是走过去坐到床边，想喝点水压一压。

方觉夏就这么看着他，怕他呛着，先一步把水端起来："咳完了再喝。"

裴听颂咳得脸都红了，怪可怜的，方觉夏只好伸出手，在他的后背拍了拍，等他好一些了，才把水递给他："慢点。"

看他咕咚咕咚喝下水，方觉夏站在一旁问："你有没有哪里不舒服？"

裴听颂放下水杯，哑着嗓子说："骨头疼。"

"还有呢？"

"脸也疼，不知道怎么回事……"

看样子是不记得昨晚的事了。

他不记得昨晚的事最好，彼此都不用尴尬。如果真的像裴听颂说的那样，他当初喝醉了也的的确确做了过分的事，可他断片醒来后裴听颂一个字都没说，说明对方也觉得尴尬，不想说破。

"眼睛也有点胀痛……"

裴听颂的声音一听就不对劲，想到昨天他光着上身闹了半天，又是打喷嚏又是流鼻涕的，方觉夏觉得事情不妙。

"眼睛怎么会疼？"他觉得奇怪，给裴听颂垫了枕头在背后，"你躺上去。家里有体温计吗？"

裴听颂摇头："没有，我就没生过病。"

"那恭喜你，你现在生病了。"方觉夏给他盖上被子，用手背去触碰他的额头，可手背太冰，怎么试都是烫的，不准确。

裴听颂固执地觉得自己没病，在方觉夏面前生病显得格外没有面子："我肯定没有……"

还没等他把话说完，方觉夏就撩开了他的额发，整个手掌覆上来。

"你发烧了。"方觉夏像是早就知道会这样，并不觉得意外，抬手掖了掖他的被子，"你家有没有药？"

裴听颂看见他手腕上浅青色的瘀痕，好像是被握出来的。他哑着声音摇了摇头："没有。"

方觉夏坐在床边，沉默了一会儿，忽然想起自己好像备了布洛芬，因为这些天他们行程太忙，睡眠时间匀下来每天也只有三四个小时，担心会头痛，所以他总带在身上。

算是派上了用场。

裴听颂看着方觉夏离开房间，伸出手摸了摸脸，皱眉回想着昨晚。

他好像个神经病，一直缠着方觉夏说话来着……

可方觉夏早上起来就跟没事人一样。

没过多久，方觉夏又端了杯水回来，手里拿了片药："吃了，退烧。"

"现在几点了？"裴听颂吞了药片问。

"九点半。"

裴听颂咳了一声："我还得上课。"

"你昨晚说你不想上课。"方觉夏拿了他的手机，"如果不是什么要紧的课，打个电话请假吧，你这样去了也听不了。"

裴听颂想了想，还是照他的话做了。他太久没有好好休息，昨天又神经紧绷了一整天，晚上喝酒吹风着凉，身体不垮才怪。

方觉夏一直没有看裴听颂，搞得裴听颂也没办法跟他说对不起，好像戳破这件事，方觉夏立刻就会甩手走人似的。他不明白昨天自己究竟是哪根筋搭错了，居然说了那么多废话，忘了也就罢了，偏偏他都记得。

"我去外面躺会儿，你哪儿不舒服就叫我。"

"欸……"裴听颂叫住了他，但并不知道自己叫住后应该说什么。

他觉得自己昨晚的酒后吐真言失败得一塌糊涂，还不如不吐。

方觉夏停下脚步，看着他。

裴听颂憋了半天，最后自暴自弃："没什么，你走吧。沙发不舒服，你可以开我的车回去，车钥匙在玄关柜的第二个抽屉里。"

方觉夏原地站了一会儿，想到昨晚他喝醉胡闹时说的那些话，全都是他清醒时绝对不会说的。

"没事，我就在外面。"

裴听颂缩进被子里，转过身去："你回去吧，我自己能行，我二十岁了。"这话说得像是在赌气，但裴听颂是认真的。

他听见方觉夏动起来的脚步声，越来越远，心也跟着沉下去，闭上眼睛。

以后再喝酒他就把名字倒过来写。

刚闭上眼没多久，那脚步声竟然又近了。

裴听颂想回头又没有回头，直到方觉夏把他扒拉过去，躺平，然后在他的额头上放了一条拧过叠好的湿毛巾。

"反正我今天没有工作，回去也是睡觉。小文跟着路远去长沙了，没办法照顾你。"方觉夏把毛巾铺好。

裴听颂闭着眼想坐起来："我不用你照顾，你去睡觉。外面的沙发不舒服，我去外面，你在这儿睡，反正我睡不着，我一点也不困。"

/012/

方觉夏摁住他："裴听颂。"

裴听颂停下动作。

"你不是说想和我做朋友？"

"朋友之间照顾一下是很正常的事，"方觉夏将毛巾拿下来放进水盆，浸了水重新拧干，"知道吗？"

原来他真的说了这些。

裴听颂无地自容，怎么都想不到自己喝了酒竟然会变成那样。他闭着眼，方觉夏的手背贴在他脸颊，凉凉的。对，没错，自己的确是想和方觉夏做朋友，自己已经变了，早就不像过去那样戴着有色眼镜去看他，愿意靠近他、欣赏他，承认他的人格魅力。

他想打破隔阂和方觉夏成为朋友。

"我……我还做了什么？"裴听颂睁开眼，望着方觉夏心虚地开口，又更心虚地补充，"我不记得了。"

方觉夏脸色平静："你想让我夸你。我夸了，你很聪明，很厉害。"说完方觉夏认真地看着他，"不是敷衍你，裴听颂，你真的很优秀，我只是不习惯向你表达。"

"你可能忘记了，我把昨晚说的话再对你说一遍。我接受你昨晚的道歉，我知道那是真心的。"他看着裴听颂的眼睛，目光坦诚，"过去两年多对你冷落和无视，我也很抱歉，以后我会像对待朋友那样对你。"他拽起裴听颂的手，握了握，嘴角微微勾起，"冷战正式结束，我们握手言和了。"

裴听颂低垂着眼，盯着那只握着他的手很快就松开了。

方觉夏复述了昨晚他说的话，一切都说得坦率而直接，很成熟地在清醒的状态下实现了破冰。

裴听颂应该庆幸的，可他胸膛莫名堵了口气，心脏有气无力地跳着，大概是生病的缘故，他很不舒服，非常不舒服。

冷毛巾敷了几次，需要换水，方觉夏端起水走到主卫。

手机振动了一下，裴听颂拿起来，看到了凌一的消息。

破折号本号：小裴！醒了没？我想吃你上次买的巧克力，就强哥车上那盒，我开了啊！

裴听颂甚至想不起来自己什么时候买了巧克力，只好应付。

卡莱多第一大佬：你拿吧。

刚摁了发送键，他又想到了什么，于是强忍着发烧的无力啪啪啪打出一大堆，又删删减减，最后趁着方觉夏回来的前几秒，慌张地点击发送键，把手机

/013/

扔一旁。

凌一那头刚撕开包装，手机又振了一下。

卡莱多第一大佬：我问你个问题。我有一个朋友，他想和另一个人交朋友，于是就跟对方说，本来还挺好的，结果他搞砸了，不小心，真的是不小心咬伤了对方，然后他现在特别慌，就打电话问我，你也知道我可从来没做过这种蠢事，我怎么帮得了他？一哥你什么都知道，我就帮他问问你。你觉得他们还能做朋友吗？

坐在车里，凌一咯咯咯笑个不停，程羌吓了一跳："你抽什么风？什么这么好笑？"

"裴听颂这个憨憨不小心咬伤了人！哈哈哈哈哈！"

03

"你说什么？"

程羌就差没直接刹车了："小裴咬了谁？"

"不小心的。"顾不上和自家经纪人解释太多，得到第一手新鲜热乎瓜的凌一直接将裴听颂私聊的这段话转发到了除裴听颂以外的五人群，群名"锄强扶弱抵制团霸（5）"。

破折号本号：转发消息。

破折号本号：兄弟们，我带着快乐源泉来了！

你火哥还是你火哥：你说的这个朋友是不是你自己.jpg。

翻花手国家一级表演者：等等，让我捋一捋，小裴这几天一直跑行程，昨天不是还在录《逃出生天》？他哪儿来的时间见朋友？……

居家必备好队长：小文跟我说，小裴昨晚和觉夏一起在他公寓睡的。

破折号本号：我天。

翻花手国家一级表演者：？？？

你火哥还是你火哥：Wow（哇）。

破折号本号：完了，我应该发四人群的……现在撤回来不及了吧？

半天收不到凌一的回复，裴听颂觉得有些奇怪，于是趁着方觉夏出去煮粥的间隙又给凌一发了条消息。

卡莱多第一大佬：你怎么不吭声了？我着急给我朋友说呢。

戳了一下还真收到了回复。

破折号本号：能做朋友。朋友就是要大大方方，没事，放心吧。

是吗？

裴听颂一脸"地铁老头看手机"的表情，碰巧方觉夏端着粥进来了："你怎么还不休息？今天是你唯一可以休息的机会，明天还有新代言发布会。"

把手机锁了屏，裴听颂假装什么都没有发生，并且试图转移注意力："那什么，你的手机刚刚一直在振动。"

方觉夏"嗯"了一声，坐到床边，似乎没打算看手机。

他端起那碗黏稠的白粥，用汤匙翻搅着，热气像云一样翻涌。窗帘的缝隙透出一束阳光，正好照在方觉夏的脸上，深棕色的头发闪着金色光泽，细白的皮肤越发透亮，素颜眼眶的毛细血管透出一点点青色，绞丝似的，又薄又浅，尾巴钩住了红色胎记。

"趁热把这个吃了。"方觉夏把碗递到裴听颂面前，抬眼看向他。

匆忙移开眼神，裴听颂差一点就接了，忽然觉得不对，想到了每次跑行程凌一在车上看的那些影视剧。那里面的人生病了，都是别人一口一口喂粥的，根本不用自己动手。

见他这样要端不端的，方觉夏微微皱眉，有些疑惑："不想吃？"

裴听颂心一横，咳嗽个没完，拿出超出偶像派的演技假装虚弱："我抬不起手……"

方觉夏觉得奇怪："烧得这么厉害吗？"他把碗放在床头柜上，伸手去摸裴听颂的额头。

裴听颂眼看着他把碗放下，感觉一切偏离了自己的设想，可又没法说什么。

他总不能直接跟方觉夏说，"你喂我喝吧"。

"按理说吃了药该退烧的……也没有体温计。"方觉夏眉头拧起，思索了一会儿，"要不还是去医院吧？你起来多套几件衣服，我们去医院。"

欸？

"不用、不用，我不去医院。"裴听颂知道自己没有严重到那种程度，"我这么大人了，就感冒而已，没必要去医院。"

"可大可小的。你额头都是虚汗。"方觉夏想拽他起来，可裴听颂死活都不干："我吃点东西睡一觉就好了，真不用去医院。"

听他这么说，方觉夏也没有别的办法，想想还有点愧疚，要是昨天不是只给他围了一条浴巾，而是给他好好穿上衣服，裴听颂也不至于生病。

"那你还是吃点这个，虽然没什么味道，但你家除了米也没别的了。"方觉夏搅了搅粥，舀起来一勺，递到他嘴边，嘴里习惯性接下去，"下次再……"

说到一半，方觉夏忽然顿住，不再继续说了，连伸到他嘴边的手都停住了。

下次？哪有什么下次，难不成还真的要给裴听颂做饭？

裴听颂看他顿住不说了，故意提醒似的："下次怎么？下次会给我做好吃的吗？上次阿姨还让你给我炒饭。"粥都送到嘴边了，裴听颂说完便凑上去，哪知道下一刻被方觉夏冷落在一边的手机没完没了地响起来。

"谁找我……"方觉夏自言自语地将碗搁下，绕到床的另一边拿起手机。

只差一毫米就吃到粥了，裴听颂气得直接端起来，扒了两大口。

想他裴听颂叱咤风云二十年，天不怕地不怕的一个混世魔王，居然因一碗粥玩了这么久的推拉，真是笑死了。

"醒了？"方觉夏站在床边接通电话，脸色似乎变了，声音也压低很多，"外公醒了就好，我就……我不去了吧，免得他看到我又……"

裴听颂看向他，总觉得他有心事。

"嗯。"方觉夏低垂着头，"我现在也挺忙的，过不去，妈你好好照顾他。明天？明天也有工作……"

他沉默了一会儿，最终还是挂了电话，背对着裴听颂坐到床边，想起刚刚手机一直振动，于是低头检查了一下。本来锁屏界面显示的的确确有好多条微信消息的，可一点进去又没有了，只有一个群解散的公告。

"怎么突然解散了……"

裴听颂握拳在嘴边咳嗽，哑着嗓子问："什么解散了？"

"一个群。"想想这个群里没有裴听颂，方觉夏也不打算多说了，免得叫他知道他们背地里建一个群更生气，"没什么事。"

"有吧？"裴听颂试探性地问，"刚刚是阿姨给你打的电话吗？"

方觉夏点点头，但没说更多。

裴听颂记得上次方觉夏的妈妈来首都就是因为外公的病，听刚刚的电话好像也还是那件事，他心里多少有了底，只是不知道具体发生了什么。可方觉夏刚刚的表情，好像挺难过的。

从小到大的成长环境让裴听颂根本不习惯委婉地表达自己的想法，他都是直来直去的，随心所欲。但他也知道，方觉夏是个不愿意让别人干涉私事的人，连被污蔑都懒得解释。

方觉夏望了一眼动过的粥："再吃点？吃东西才能好得快。"

谁知裴听颂却难受得歪倒在他手边，声音虚得能飘起来："好难受啊方觉夏……我一咽东西就疼，浑身骨头疼。"

"怎么这么严重？"方觉夏皱起眉，伸手摸了摸他的额头，又碰了一下他的后颈，确实挺烫，"那怎么办呢？"

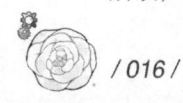

裴听颂俨然一副快要升天的样子："我觉得我还是去医院吧……"

看着裴听颂这病恹恹的样子，方觉夏连重话都不敢说："刚刚我就说去医院，你非不去，现在更难受了吧？"他叹口气，起身拉开衣柜，"有没有毛衣？借我一件。"

"啊？有吧……你找一下。"

方觉夏背对着他在衣柜前一件件翻找着，找到件墨绿色宽袖毛衣，取了下来。他心里只揣了遮住伤口这一件事，顾不上其他，干脆利落地脱下身上的睡衣。

"我穿这件了，"方觉夏转过来，扯了扯偏大的衣摆，望着裴听颂眼睛，"没关系吧？"

裴听颂抬了抬眼，"嗯"了一声。

方觉夏也没指望从他嘴里听到多好听的话，拾起睡衣准备去把裤子也换上，早点带他去看病："我回去之后……"

"送你了。"

方觉夏动作一滞，听见裴听颂在他身后说："你穿很好看。"

方觉夏转过来看他，可裴听颂翻了个身背对着他，补了一句："我自己买的。"

他总是这么古怪。方觉夏告诉自己要学着习惯，裴听颂就是和别的小男生不太一样，所以他也没有立刻拒绝对方，说些"不用了，我会还给你"之类的场面话。

"你也赶紧换一下衣服，要实在不舒服不想换，就套个厚点的卫衣，裹个厚外套也行。"

"不。"裴听颂坐起来，苍白的脸上是决不认输的倔强表情，"酷盖不可以随随便便出门。"

方觉夏终于被逗笑了："好的，酷盖。"

草草收拾了一番，方觉夏不顾裴听颂的强烈反对，给他裹了件巨大的棉服，本来个儿就高，再套上个大棉服。

"我看起来就像一堵墙。"

真不愧是学文的，方觉夏在心里感叹，这比喻用得出神入化。

"外面风大，多穿点好。"方觉夏扶着他上了车，自己绕到驾驶座，"系上安全带。"

他拿出手机导航，自言自语："我先看看最近的医院是哪里……"

"哎，等等。"裴听颂拿走他的手机，把口罩往下拉了拉，"附近的医院都不好，而且人特别多，我不想被拍到。你先开出去，开出去。"

方觉夏看了看他，想着病人为大，于是照他说的先开出小区，上了路。

"那你想去哪儿呢？"

裴听颂长长地"嗯"了一声，眼珠子转过来又转过去，整个人都缩在了他的 king size（大号）棉服里，最后清了清嗓子，超级小声地开了口："我想去你外公看病的医院……"

方觉夏猛地把车刹住，停在路边看向他，一言不发。

裴听颂赶紧从棉服里钻出来，着急忙慌地解释："不是，那什么，你看你外公那么老远来看病，那选的医院肯定特别好，是不是？我……"

"原来是因为这个你才突然要看医生的。"方觉夏深吸了一口气，车窗外的阳光照得他眯起了眼，"你其实没那么难受。"

"难受！"裴听颂拉住方觉夏的一只手放在他头上，"你摸，还是烫的。我真难受。"他说得太急，一下子呛着，猛地咳个不停，肺都快咳出来了还不撒手。

方觉夏面冷心软，看裴听颂咳成这样，明天工作肯定扛不住，抽出自己的手，把给他带的保温杯拧开递过去，重新发动了车子："没有下次。"

接过水杯，咳到脸红的裴听颂喝了口水，顺了顺气，觉得自己这一呛来得太是时候。

方觉夏外公住院的那家医院和这里离得不算太远，二十分钟车程。裴听颂确实也很难受，没他演得那么严重但还发着烧，车子一开起来他就歪着脑袋睡了。

哪怕这么短的时间，他都做了个梦。

梦里面他回到了小时候，推着外公的轮椅两个人在小花园里晒太阳，一起安安静静地看书，爬山虎又绿了一个春天，快要攀上他房间的后窗。

然后他忽然间听到有人叫他，梦里的阳光像是软刀子，将视野里的景象切割成破碎的形状，他看不清来人，只觉得声音熟悉，清清冷冷的，又透着一点柔软的温暖。

他醒了过来，一睁眼就是梦中声音的主人。

"戴好口罩。"方觉夏帮他将外套穿好，拉链拉到顶，帽子也套好。微凉的手伸到他额头，手背贴了贴，确认体温。

"这么快就到了。"裴听颂的嗓子哑得更厉害了，刚睡醒，整个人有点头重脚轻。他又偏不让方觉夏扶，好像怕别人看到笑话他似的："我自己能走。"

方觉夏看着他，就像在看一堵摇摇欲坠的墙，忍不住笑起来。

裴听颂四处打量了一下，凑近方觉夏："这是你外公在的医院吗？"

方觉夏点点头："我们去挂号吧。"

"欸，等等。"裴听颂抓住他的胳膊，"你去看你外公，我自己挂号就行。"

　　方觉夏盯着他不说话。裴听颂又说："真的，我真能自己看病，你快去吧。是不是在住院部？"

　　"我们去挂号。"

　　"你这人怎么说什么都不听呢？我说的不是中文吗？"裴听颂抓住他，"来都来了你不会真的不去吧？"

　　周围人来人往，方觉夏不想引人注目，只能把他拽到人少一点的地方，看着裴听颂的眼睛说："他不想见我，你明白我说的意思吗？"早春的风吹散了方觉夏的额发，露出他眼角的红色胎记。

　　裴听颂没想到会是这样，可方觉夏的眼神明明就是软的，像水一样。

　　他帮方觉夏压了压帽檐，遮住最好辨认的那个印记。

　　"我不知道他想不想见你，但我知道你想见他。"

　　方觉夏就这么望着他，眼睛里的水波颤了颤，然后忽然撇过头去。医院里的玉兰花开了，雪一样冷冷的白，可春风一吹，它们就软下来，晃动神思。

　　最后他还是被裴听颂拖去了住院部。对照着手机里妈妈很早就发给他的病房号，两个人终于找到位置。他之前就打了很多钱给妈妈，又托大学同学的关系把外公安排到这家私立医院，想让外公住 VIP 病房，但看样子没成，这只是一间很普通的单人病房，一扇明亮的大窗户，窗外是摇晃的玉兰。

　　床上躺着个老人，歪着头似乎是睡着了。方觉夏的妈妈轻手轻脚地取下他鼻梁上的老花镜，又抽走他手中的报纸。

　　折腾半天，裴听颂一身的虚汗，隔着病房门上的窗户瞄着里面的情况，又侧头看了看方觉夏的表情，见他似乎是有点想要临阵脱逃的架势，便立刻推开了病房大门，两手握住方觉夏的肩膀，把他推到前面。

　　方觉夏的妈妈抬起头，愣了一下，看见自己的儿子忽然间出现在门口，又瞧见好久不见的小裴歪着脑袋冲她笑，用口型喊着"阿姨"。

　　惊喜中的惊喜。

　　事到临头，方觉夏也只能硬着头皮走进去，对着自己的母亲笑了一下，然后站到床边，看着熟睡的外公。

　　外公脸色看起来还算不错，鼻孔里插着细细的管子，胸口一起一伏，还有着轻微的鼾声。

　　方觉夏看向母亲，用气声低声问："手术成功吗？"

　　母亲点点头："挺好的，刚刚说要吃苹果，我还没来得及削呢，他自己看着报纸就睡着了。"

裴听颂摁着方觉夏坐下来，自己跑去方妈妈的旁边坐着。方妈妈看着他："你怎么穿这么多？脑门上都是虚汗，生病了？"

裴听颂点头："感冒了。"说完他戴上口罩，只露出一双笑眼。

窗外玉兰花的影子倒映在外公的病床上，光影婆娑。方觉夏就这么静静地坐着，望着外公，一句话都没有说。现在这样的场面已经好过他的预期，他能这么安静地来探望，外公也不会发脾气赶他走。

算下来他俩已经有一年多没有见面了。眼前熟睡的人好像老了好多，头发变得花白，连眉毛都染了白。方觉夏从未想过这个人老去的样子，在他的记忆里，这个人似乎永远都挺着笔直的腰板，严肃而认真，无论站在哪儿，都像是站在三尺讲台上。

他拿起搁在床边桌子上的苹果和水果刀，动手削起苹果。锋利的刀刃嵌进果肉里，一点点旋着推进，红色的果皮一圈一圈落下来，像小时候坐过的滑梯。

外公家的小区有一个儿童乐园，里面就有一个红色滑梯。他只有寒暑假的时候才会回去，外公总是不让他坐，也不让他趴在窗台看，说如果把腿摔坏了，家里又得天翻地覆地闹一场。

可如果他乖乖做完一套奥数卷子，外公就会板着脸领他出去，陪他玩半个小时的滑梯。外公不会像别的家长那样蹲在下面接住他，总是背着手站在下面，看着自己一遍遍地往上爬，再开心地滑下来。

半个小时，一分不多一分不少。时间一到，外公就会走。

小小的方觉夏从滑梯上滑下来，追着外公的背影，跌跌撞撞地往前赶，直到伸手可以够到外公的手指头，才气喘吁吁地放慢脚步，和他一起回家。

苹果皮落了一膝盖，方觉夏拾起来，和完整的果肉一起搁在桌子上，起身给外公凉了一杯子水，走到裴听颂那边，打断了他和自己妈妈的唇语交流。

"走了。"

"这么快？"裴听颂看了一眼方妈妈，对方好像已经心满意足，脸上带着微笑："去吧。"方妈妈抬起头对方觉夏说，"乖，你带小裴去输个液。"

方觉夏点头，没多说什么，拉着裴听颂离开了病房。方觉夏一路上都沉默着，给他挂了号，领着他去看医生，然后带着他去输液。私立医院环境好，工作日的人比想象中少很多，他们找了个没有人的注射室，坐在里面打点滴。

折腾了一上午，使命达成之前，裴听颂还挺有精神，可一从住院部出来，他的症状就重了很多，头晕眼花，护士小姐扎针的时候，他瞄了一眼，感觉一个针头变成了十个。

"输了液会好一点。"方觉夏挨着他坐着，在他咳嗽的时候拍了拍他的后背。

裴听颂靠在椅子背上，望了望点滴瓶里的透明药水，又扭头看向他："我也想吃苹果了。"

方觉夏眨眨眼："那你刚刚不说。"

对视了十秒，裴听颂笑出来："骗你的，不想吃。"他用那只没有打吊针的手摸了摸自己的喉咙，"嗓子疼。"

这个动作让方觉夏想起自己的伤口，于是拽了拽毛衣的袖子，低头看着自己的球鞋尖，又瞟了眼裴听颂无措的一双长腿，收回来，又伸出去。

"你……"裴听颂终于开口，语气带有很少见的不确定，"是不是觉得我多管闲事？"

方觉夏拧开保温杯，喝了一口水，然后重新拧紧。温热的水流顺着发涩的喉咙淌下去，整个身子都暖起来。说实话，他看到外公安好地躺在病床上，长久压在心头的一块大石好像终于搬开了。

裴听颂很是古怪，不太懂得都市人不了解、不过问、不关心的社交礼节。无论如何，他想做的事一定要做成，和自己是完全相反的人。

可某种程度上，方觉夏又有点感激，感激他拼命造出一个台阶，拖着自己下去，去见自己想见的人。

他没有回答刚刚裴听颂的问题，而是望着前面的白色墙壁。

"我外公是一个很保守的人，外婆在我出生前就走了，我妈是他唯一的孩子。"

裴听颂有些意外，他没想到方觉夏竟然会对他说起自己的家庭。

"我妈上大学前都没有离开过他，后来去花城读大学，遇到我的……"方觉夏迟疑了一下，"父亲。外公不允许他们在一起，他觉得像我爸那样的舞蹈演员，很不靠谱，而且不愿意我妈离开他，去那么远的南方。他们大吵了一架，我妈偷偷坐上火车离开山东，和我爸领了证。"

裴听颂静静地听着，以他的成长背景，理解这种颇具地区特色的两代冲突有些困难，但对他来说，私奔好像是一件很浪漫的事。

可浪漫往往要付出代价。

"我出生之后，我妈才回去。一开始外公不愿意见我们，我妈说她站在家门口，一直打电话一直打电话，他一个都没接，也不开门。后来我长大了一点，他好像也妥协了一些，再回去他就愿意见了，还给我收拾出一间小房间，偶尔还会给我补习功课。"方觉夏低着头，语速很慢，说话声音也很低，"我外公是数学老师，教了一辈子书。他说我比我妈聪明，对数字很敏感，是个好苗子。"

故事似乎在往好的方向发展，可方觉夏语气里的失落却掩藏不住。

"后来呢？"裴听颂问。

方觉夏吸了口气："后来就只剩下我和我妈，外公让我们回他那儿去。偏偏……"

裴听颂看着他的侧脸。

"偏偏我也喜欢跳舞，我想跳舞，就留在了花城学舞蹈。"

"他很失望。我和我爸是一样的人。"

就是这简单到无法再凝练的几句话，让裴听颂看到了方觉夏的童年缩影。他心里好像有千言万语，可这千言万语又都堵在喉咙，说不出口。

"想吃苹果吗？"方觉夏似乎起身要走，"我去给你买点。"

"不想吃。"裴听颂拽住他的手臂，让他没办法走，"我说了我开玩笑的。"

"好吧。"方觉夏坐回位子上，望向那雪白的墙。

忽然间，裴听颂侧着身子靠在他肩上。

"我好难受……"他哑着嗓子，语气却是软的，"借我靠一下。"

裴听颂像只生了病的大型犬那样缩着，方觉夏不忍心推开他。

心里的小时钟嘀嗒嘀嗒转着，配合着吊瓶里下坠的水珠，一滴一滴，往他心头滑去。

"方觉夏。"沉默维持了一分半，裴听颂又闷着声音开口。

方觉夏拍拍他的头当作回应，顺便也等待着他的下文，耳边传来低烧后的嘶哑声音："你不是说，对待不在乎的人你不会有任何情绪吗？这种脾气总是有根据的，你外公一定也和你一样。"

他说话时的热气小心翼翼地染湿了柔软的毛衣。

"他就是因为爱你，才会对你生闷气。"

方觉夏有些发愣，心里的小时钟每一秒都拖长一倍，甚至两倍那么长。

"而且你没有错，你一点也没有浪费自己的天分……"

头昏昏沉沉的，好像生病的人是他一样。裴听颂口中的每个字传过来，都遗留一阵绵长的震动。

"你本来就属于舞台。"

04

宿舍的门锁换成了人脸识别的电子锁，工作人员测试了几次，没有问题。在医院输完液后，方觉夏载着裴听颂回到宿舍，让他回房休息。

其他人还没回来，很安静，在药效和疲倦的双重作用下，裴听颂几乎是沾枕头就睡着。轻轻带上他的房门，方觉夏离开卧室来到厨房，拉开冰箱看了一眼，没有他想要的东西。

戴好帽子和口罩,他下了楼,决定去距离最近的一家超市。天色渐暗,路上行人背着晚霞回家。出道后几乎无人问津的状态让这个团的所有人都已经习惯自己出门办事,买东西也好,念书也罢,都不会引起多么大的关注。和想象中的明星生活不太一样,他们因缺乏关注度而自由。

方觉夏心里早就列好了清单,进去后径直朝目标走去。他是个不怎么逛超市的人,所有的事项都会在心里规划好,分出优先级,最大程度节省时间和精力。

挑雪梨的时候收到了妈妈的消息,方觉夏拿出来看了一眼。

妈妈:你外公醒了,我跟他说了你来看他的事,他还问怎么不一起吃个晚饭再回去。你工作辛苦,要好好吃饭知道吗?

方觉夏看着这段话,眼前几乎浮现出外公醒过来之后的情景,大概没有妈妈说得这么温和。

或许应该是"一点都不懂事,都不知道等大人醒过来再走,饭也不留下来吃,我看他是越活越回去了"这样子的话。

但中心思想大概是好的吧,他不禁想到了裴听颂打点滴时对他说的,本来要回复消息的手顿了顿,后来直接拨回去。

"怎么了?"方妈妈显然是没想到他会打回来,"你忙就好啦,不用打回来的。"

方觉夏站在雪梨区,被大大小小的水果包围:"我现在在超市里。妈,我想问一下,做糖水的冰糖要怎么挑啊……"

买完东西,他推着车出去,站在结账的柜台前,把购物车里的东西一件一件往外拿。

"需要购物袋吗?"收银员是个年轻的小姑娘。

方觉夏直起腰:"不用了,我拿了购物袋。"说着他将折叠成小方块的购物袋抖开。或许是一个一米八的帅哥拿着购物袋的样子实在有点滑稽、"违和",收银员小姑娘忍不住笑起来,也多看了他几眼。

就是这么几眼,把他给认出来了。

"欸?"小姑娘语气里是满满的惊喜,"你是觉夏哥哥?!"

方觉夏下意识用手去摸自己眼角的胎记,果然是没遮好。他不擅长应付这种被认出来的情景,只是笑笑,口罩下露出的一双眼睛微微弯起。

"啊,真的是你!"小姑娘激动得都忘记扫码,对着这张近距离的脸感叹,"真好看啊……对了,哥哥你今天上热门了!没想到我也能偶遇到!我太开心了,这是我上班以来最开心的一天!"

"热门?"方觉夏不明白她的意思。

"对啊。有网友在一家医院看病的时候偶遇到你和小裴了，我中午摸鱼的时候看到的，一开始我还不信呢，不过那张图里你就穿的这身衣服，原来是真的！"

方觉夏没有想到，他和裴听颂一起看个病都能被拍上传到微博，他们现在已经红到这种程度了吗？

"你们生病了吗？没事吧？"

方觉夏摇摇头："感冒而已，没事的。"

"哥哥你声音真好听！"

出门遇到这么热情的粉丝，方觉夏还有点不习惯，只能不断地说谢谢，然后拿着买的东西回宿舍。他开门的时候听见动静，还以为是裴听颂醒了，没想到是江淼。

"你回来了？"江淼在厨房忙活，"听说小裴生病了，我和——在回来的路上打包了晚饭，有排骨汤，菜都是很清淡的。你也没吃吧？"

"难怪这么香。"方觉夏换好鞋走过去，把购物袋放下，"我刚刚出去买了点东西，本来想回来随便做点的。"

凌一踩着拖鞋从卧室走出来，手里拿了袋浪味仙："小魔头睡多久了？"

方觉夏算了算："两小时了。"

"我去叫他起来吃饭！"

帮着队长把饭菜装盘，摆好餐具，方觉夏坐下来，把帽子摘了尝了一口汤。味道鲜，有一点点回甘，是藕的味道。

"你们今天上热门了，"江淼坐下来，"你知道吗？"

差点忘了。

方觉夏拿出手机，一边登录微博一边跟江淼讲述刚刚被人认出来的事。微博下载回来已经很久了，但方觉夏没有打开过几次，他已经养成不使用社交网络的习惯了。

一登录就是数不清的评论和私信，又是卡了好一阵才能动。他点开热门后，第十位就是"偶遇裴听颂方觉夏"，点进去就是刚才那个收银员粉丝说的微博。

欧气爆棚小可爱：快点来个人告诉我这是裴听颂和方觉夏吗？是的吧？真人超级高、超级帅，但是我不敢上前去，感觉在医院有点不太好。但是真的好好看啊，两个人都好看！

下面配了好几张图，有他们一起排队挂号的照片，还有他们站在医院外面的照片，大多是背影或侧面，还有点糊，不过评论已经破万。

超绝风景线：是我的新鲜的觉夏哥哥！你们看我截图，放大了有胎记！防伪标记！

非酋本球：裴听颂这么高的吗？感觉一米九了得有，裹得这么严实是干吗啊！哈哈哈！

我搞到真的了：呜呜呜，想知道是漂亮宝贝生病了还是葡萄树病了，怎么看病都没有工作人员一起的？哥哥们太辛苦了。

Romance0：虽然但是，糊团的炒作也太多了……看得人好烦，干脆搞个高清摆拍好了。

卡团不红天理难容回复Romance0：翘团粉连路人偶遇都不放过？再嘲你哥哥也上不了《逃生》，知道是糊团还碰瓷，我们小糊卡可太荣幸了。

一只胡萝卜：之前都没有欣赏到，不知道为什么看这几张图突然有点被戳中，陪着去看病真的好"萌"啊，两个人的身高和颜都好绝。

泡面加火腿：方觉夏身上这件绿毛衣好好看啊。（重点误！在线等一个列文虎克姐妹猜品牌，想买同款。）

今年必须过六级回复泡面加火腿：我努力找了好久，这好像是一个特别小众的奢侈品牌的限量款，估计是搞不到同款了。

葡萄树今天长大了吗回复泡面加火腿：这件毛衣……裴听颂有一次上课的时候好像穿了类似的，但是去年的款了，贼贵。

TJszd：看了上面的楼中楼，我好像发现了什么不得了的大事……这件衣服这么贵吗？

"吃饭吧觉夏。"江淼给他夹了一块排骨，一转头看见弱小无助的凌一驮着山一样的裴听颂一步一步往卧室外挪动，忍不住笑出来。

凌一累得气喘吁吁。方觉夏放下手机，准备过去帮帮自己可怜的室友，可刚走过去，裴听颂就放弃这种无聊的游戏，自己站好了，反倒让方觉夏没有了提供帮助的机会，只好试他额头的温度。

"没烧了。"方觉夏总算放下心来。

裴听颂睡了一觉，整个人松快了很多，不像白天那么昏昏沉沉的了，就是嗓子还是疼，一说话就难受："早就没烧了。"

江淼招呼着："快来吃点东西，这是从凌一推荐的一家很有名的餐厅买的，尝尝。"

裴听颂挨着方觉夏坐下，发现自己没勺，可又懒得站起来拿，于是假装不知情地拿起方觉夏扣在碟子边的勺子，舀了一口汤送到嘴里。

"这是我的。"方觉夏当然不是那么好糊弄的。

裴听颂看他一眼："就要用，我可是病人。"

方觉夏被撑得无话可说，白天那个撒娇怪果然只是这个恶童的第二人格。

凌一压着嗓子学裴听颂，学完又捧着肚子笑起来："本来就是低音炮，一感冒直接成破锣嗓子了，笑死我了。裴听颂你现在声音听起来像我爷爷！"

"我没你这样的孙子！"

吃饭期间，凌一和江淼聊着他们录节目时遇到的事，凌一有特别强的描述力，无论什么事被他一讲都变得很好笑。裴听颂和方觉夏听着，忍不住笑了。可裴听颂生病了，一笑就咳嗽，咳得厉害的时候脸都涨红了。

谁知道裴听颂咳得要死了还捏住方觉夏的手腕绕到后背，手动让他帮自己拍。

"哪有你这样的，哈哈哈哈！"

"觉夏像个工具人。"

咳得差不多了，裴听颂深深吸了口气，转过来冲着方觉夏笑。

"身为哥哥要自觉一点。"

也不知怎么回事，方觉夏一恍神，想到了他在公寓里不小心看见的那张照片，里面那个无忧无虑的小孩，和眼前的这张面孔重合。

很奇妙。

第二天的活动在中午，时间有点紧，程羌天不亮就跑去宿舍充当人形闹钟。他都不用想就知道这几个人一定还在蒙头大睡，特别是凌晨才回去的贺子炎、路远，还有生着病的裴听颂。

不过令他意外的是，方觉夏居然已经起来了，而且还不是刚起，身上穿着晨跑的衣服，站在厨房的料理台前。

"觉夏你别做早饭，我让小文给你们买了。"程羌说完就匆匆去叫醒其他人，把方觉夏迟钝的回应留在身后："我其实没在做早饭……"

程羌操着一颗老妈子心催促几个大男孩起床收拾，赶鸭子似的赶去保姆车里，小文已经在车上，把买好的早点递给江淼："分一下，多吃点，一会儿可能来不及吃饭。"

"我要肉包！"

"这是青菜包吧？你没睡醒吗？上面都粘了绿叶子。"

"给我一杯豆浆，please。"

看见裴听颂伸手，方觉夏拦截了江淼递给他的豆浆，放到自己的位子旁边。裴听颂一脸莫名，想说话可嗓子难受，整个人睡得又很蒙，于是瞪大了眼睛望着这个脸不红心不跳的豆浆截和分子。

方觉夏没说话，悄悄从脚边的袋子里拿出一个保温壶，塞到裴听颂手里，然后又猫着腰找了好一会儿，最后翻出藏到最里面的餐具盒，掰开盖子，取出里面的勺子递给他。

怀里忽然间多了一个小保温壶，裴听颂脑子有点短路，但他还是拧开了盖子，清甜的香气扑面而来。他用勺子舀了一下，清晨的日光从车窗的缝隙里透进来，照在勺里的雪梨上，晶莹剔透，像冰糖块一样。

裴听颂扭头看他，不知怎的就自动转换成唇语："给我的？"

方觉夏淡色的眼睛往别处瞟，抿了抿嘴唇也没说什么，拿起生平第一次抢来的豆浆，握住吸管啪的一下戳破，递到嘴边。

——这意思就是给我的！裴听颂心里开了一朵小白花，在春日的阳光下晃着花骨朵。

他从来没有吃过方觉夏做的糖水，一次都没有，只从其他队友口里听说过，当时还相当不屑，嗤之以鼻，说着"不就是糖水"的话。

可现在的裴听颂早就忘了自己当初的样子，满足地舀了一大勺送进嘴里。熬煮了很久的雪梨变得绵软，透着一点点水果的酸，混着被冰糖浸润的银耳，吃下去清甜又滋润，嗓子一下子就舒服好多。

路远眼尖，一回头就瞅见了："小裴你在吃什么独食？！"

"为什么就他的早餐是用保温壶装的？"凌一嘴里还嚼着肉包，"我们不配吗？"

小文还奇怪呢："什么？我没买带保温壶的啊。"

裴听颂抱住自己的蜜罐子："这是觉夏哥给我熬的糖水，你们抢什么抢？你们是病人吗？"

凌一啧啧几声："哦哟，生个病真是了不起。"

"比不了比不了。"路远连连摇头。

江淼忽然明白："难怪昨天觉夏去超市买了那么多雪梨。"

连开着车的程羌都反应过来："我说今天觉夏怎么天不亮就起来了呢。"

贺子炎笑着揭短："我怎么记得有个人以前说，自己最讨厌吃甜兮兮的东西，是谁来着？"

裴听颂清了清嗓子，瞄了一眼方觉夏就开始撇清自己："鬼才知道，反正我喜欢吃甜的。"

大家起得太早，闹过一阵子之后又睡了过去，只有裴听颂睡不着，他发现这个保温壶看着大，其实可小了，没吃多少就见底了。他想了想，拧上盖子把保温壶搁在一边。

方觉夏似乎很困，平日里他很少在车上睡觉，可今天也和其他几个一样扛不住，脑袋一歪一歪的，跟着车子晃，难得有种傻气。

看所有人都睡着了，程羌调小了车内广播的声音。裴听颂瞥了方觉夏好几眼，感觉他的头很快就要撞上窗玻璃。

裴听颂伸出手，拽住方觉夏棒球帽的帽檐，使了点力气，把他拽得偏过来，不再趋于车窗的方向，小心地帮他规避了一次碰撞的危机。

窗户上的防窥膜把蓝天染成了深色，穿过一条林荫路，发出新芽的树枝投下影子，落在方觉夏轻轻摇晃的白皙侧脸上。

"下面为大家播报天气，今日气温：9℃～14℃……多云转晴。"

广播里的声音令人心安。

车子开到指定地点，造型师已经提前赶到。Kaleido的新代言是知名度很高的手机品牌，虽然只是其中一个系列，但也是品牌商近期推得最猛的旗舰新款。

拿下代言的历程说起来也很玄幻，这个系列的新款有六种颜色，走的是炫彩时尚的路线，所以品牌商瞄准的就是年轻、高人气的偶像团体，定位上比较契合。

找代言人本来就是谁火联系谁，顺位第一当然是天团七曜，毕竟两年的人气都是实打实的，为了磨下来一个合作，品牌商多番联系，对方的回应却很是含糊，迟迟不能敲定。眼看着商品都快要上线了，还没能搞定。

本来这种事在业内也常有，尤其是大的经纪公司，大多是不满代言费用，或是认为品牌分量不够。通常来说加加码也能搞定，可偏偏就在这周旋期间，卡团一下子翻红，而且势头越来越猛。

品牌商立刻联系这边，没想到星图意外好说话，开完价就同意了，还说可以给他们出一首广告歌。有这等好事，手机品牌方自然是喜出望外，两边一拍即合，三天就走完了合同，开始筹办这场新品首发会，线下邀请粉丝，线上全程直播，还是用他们的新款手机多机位直播，噱头十足。

为了配合品牌宣传，这次Kaleido的造型也按照手机颜色进行了设计，正好六人六种颜色。方觉夏穿了件白色宽松款毛衣，搭配黑色牛仔裤，深棕色的头发做了点设计，刘海吹成心形，脖子上戴了条暗紫色丝绒chocker（短项链）。裴听颂则穿了件葡萄紫的宽松卫衣，黑色短发吹起来，头上还架了副嬉皮士风格的紫色遮阳镜。

凌一烫了一头小卷毛，泰迪似的，造型师小姐姐给他配了件红色牛仔衣，看着特别可爱。江淼难穿了件鹅黄色摇粒绒卫衣，顺毛，看起来很乖。路远则是豆绿色衬衫配白色长裤，戴了副半框眼镜。贺子炎一身亮蓝色风衣，格外打眼。

一上场，他们就被粉丝的声音淹没了。一开始大家还喊他们个人的名字，到后来不知怎的就变成整齐划一的口号。

"Kaleido!Kaleido!Kaleido!"

"欢迎欢迎,向大家隆重介绍一下,我们 FINO 幻彩系列的全球代言人——Kaleido!"

六个人站定之后开始了他们一贯的打招呼环节,然后齐齐向着台下也向着直播镜头鞠了一躬,维持了三秒才直起身子,跟着粉丝一起鼓掌。

"我们卡莱多今天的造型真的很用心了,真的是最佳代言人。"

按照流程,主持人简单介绍新款旗舰机的特色之后,大屏幕开始播放他们的最新广告。屏幕里每出现一个人,台下的粉丝就尖叫一拨。

站在一边的凌一小声和江淼咬耳朵:"前几天通宵拍得人都蒙了,没想到效果还挺好。"

江淼只笑笑,没说话。

"哇,这个广告是不是拍得很帅啊?"

"是——"

主持人开始了互动环节,先是展示手机的拍照性能,让 Kaleido 的每个人都拿上自己对应颜色的手机,走到固定在桌子上的手机前,用语音功能拍照,甚至调色。

方觉夏不太擅长自拍,很怕搞砸这个环节,毕竟队友什么风格都有,可爱的、耍酷的,轮到他走上前去,一时间没有想到什么好的姿势,就斜握着手机放在脸前,莹白色机身遮住了大半张脸,只露出一双漂亮的眼睛和眼角的红色胎记。

照片会自动传到大屏幕上,看到这张,粉丝突然间疯狂尖叫。方觉夏还没明白发生了什么,整个人都很蒙,四处望着还以为上来了什么神秘嘉宾。

"啊啊啊啊啊,新鲜的自拍!"

"觉夏哥哥眼睛好好看!"

裴听颂在旁边看得快笑死了,可一笑就咳嗽,于是就这么咳嗽着把方觉夏拉开自己走过去:"到我了。"

他站着整理了一下领口,用暗紫色的手机遮住一半的脸,只露出一只眼睛。眼睛微微向上抬,帅气十足。

"哇——"

下面又是一阵尖叫声,方觉夏后知后觉地明白过来,大家只是看到自拍太激动了。

"好,下一个环节!"

所有的活动都是围绕着手机进行的,自然也少不了手游、应用软件之类的话题。主办方搬上来七个高脚椅,主持人坐在最右边和大家聊天。

"我们粉丝肯定也有很多的问题想要问,那现在抽一个,粉丝们要记得,只能提和手机有关的问题哦。"说完,主持人叫了自己身边的裴听颂:"那听颂来选一个粉丝吧。"

"选了之后我回答是吗?"裴听颂哑着嗓子问,问完又背对镜头咳嗽了几声。

凌一:"反正你先回答,你别管我们回不回答。"

"行行行。"裴听颂看了看台下:"那个穿白色毛衣裙的女生吧,都激动得要爬上来了。"

"哈哈哈哈。"

那个女生接过工作人员递来的话筒,平复了一下心情,大声问道:"哥哥们可以透露一下对彼此的手机备注吗?"

我去。

裴听颂手里的话筒都差点掉下去。

"好问题欸。"主持人笑着看向裴听颂,"那就听颂先来?聊天软件上会怎么备注其他哥哥呢?我们特别好奇。"说完她又看向台下:"你们最想看小裴手机里谁的备注?"

台下传来排山倒海的呼声:"方觉夏!方觉夏!方觉夏!方觉夏……"

方觉夏也有点好奇,于是转过椅子面对身旁的裴听颂,笑着冲他挑了挑眉。

"呃……"裴听颂犹豫着,听见凌一在后面拱火。

"要把手机拿出来对着念!"

贺子炎歪着身子看向这边,添油加醋:"对,不然我们可动手了啊。"

"不是,我没拿手机上来。"

谁知道这句话一说出口,小文就拿着他的手机上了台,塞到一脸蒙圈的裴听颂手里然后飞快溜走。

还有这种操作?

众目睽睽之下,裴听颂想混都混不过去,他只恨自己没有早点把备注改掉。

"好,我们小裴现在已经打开了某知名即时聊天软件,让我们期待一下他对觉夏的备注会是什么呢。"

裴听颂也转过去面对方觉夏,其实有点没脸面对他,但是又怕他从侧面看到自己的备注。

"嗯……备注是,除了漂亮……"

几个字被他说得结结巴巴,全然不像一个rapper(说唱歌手)的风格。不过光是这几个字,下面已经开始尖叫了。

方觉夏的表情有些疑惑，拿起话筒，语气带着些许质问和威胁："除了什么？"他眯了眯眼睛，"漂亮？"

路远激动得像是见了粮仓的老鼠："除了漂亮然后呢？！"

裴听颂被逼得没有办法，干脆破罐子破摔，锁了屏，拿手机的尾端碰了碰方觉夏，语气戏谑中带着点讨好。

"除了漂亮还是漂亮——"

05

这个备注立刻引发一阵尖叫，欢呼声几乎要冲破整个演播厅。被调笑的方觉夏倒算淡定，往后一靠，夺走裴听颂手上的手机。

其他几个成员看热闹不嫌事大，凌一的小舌头喷个没完："原来裴听颂是这样的人哦！"

坐在一头的贺子炎也打趣："除了漂亮还是漂亮，这竟然是裴听颂给队友的备注。你们敢信吗？"

说完他将手里的话筒对准台下，谁知下面的粉丝竟然齐声大喊："敢！"

"你们真是什么都敢信。"路远接道，"不瞒大家，我也敢。"

台下的粉丝都笑起来。江淼却笑着看向当事人，提出一个建议："我觉得这样子是不是比较好玩？小裴刚刚公开的是觉夏的备注，那我们现在来看一下觉夏是怎么备注小裴的，怎么样？"

小队的话筒直是应了台下一众粉丝的心声，还没说完她们就尖叫起来，剩下的半句都快被淹没。

主持人调侃："这是我带过最好带的艺人，队长都开始帮我走流程了。"

路远笑道："队长是走流程狂魔。"

本来上一刻烫手山芋还在裴听颂那儿，这会儿一下子扔到方觉夏手里。

方觉夏当下还没反应过来，听着台下的女孩儿们一阵阵叫着自己的名字，海浪似的，拿起话筒时都有些蒙："现在是我来说吗？"

凌一："觉夏不要让我失望！"

贺子炎："互相伤害的时候到了。"

路远挪了挪自己的高脚椅："前排出售瓜子花生小零食了啊。"

听着队友们毫不留情地起哄，裴听颂笑着摇头，然后看向方觉夏。

老实说他当初因为偏见和刻板印象瞎取了一个备注，这会儿想想还觉得挺对不起方觉夏的。

不过裴听颂也挺好奇，面前这个人会怎么备注自己，以他的性格，应该不会现编。

"嗯……"方觉夏举着话筒，微笑着调整了一下自己脖子上过紧的chocker，"其实我的备注都不是特别有趣，所以大家不要太期待。"

"最好是这样。"裴听颂十分满意地点头。

凌一大胆猜测："有可能是'混世魔王裴听颂'！"

路远："不对，是'小裴小裴入股血亏'。"

"也有可能是'阿门阿前葡萄树'。"贺子炎道。

"哈哈哈哈，这个团怎么回事！"

"干啥啥不行，黑队友第一名，哈哈哈哈！"

江森却说："觉夏不会起这样的备注的，我猜应该是姓名？"

方觉夏笑着看向队长："差不多，再精确一点。"他自知自己的备注没有那么多梗，也不想吊大家胃口，于是转过脸对着当事人。

感觉他举起话筒要说了，裴听颂煞有介事地搓了搓耳朵，转过来做出一副洗耳恭听的表情。

方觉夏淡定自若道："Kaleido 裴听颂。"

话一出口，全场爆笑，几个队友笑得尤其夸张。

裴听颂的脸以肉眼可见的速度垮了下来，从高脚椅上站起来假装要走人："单飞了单飞了，我不干了。"

谁知下面一个粉丝超大声喊了句："漂亮宝贝都还在干，你不能不干！"

"哈哈哈，姐妹嗓门过于大了！"

"哈哈哈哈……"

不过他也就是开个玩笑，站起来走了没两步又回来，一屁股坐到方觉夏身边，把对方拽过来面向自己："你怎么不备注'星图公司 Kaleido 老幺 rap（说唱）担当裴听颂'呢？"

方觉夏抿了抿嘴唇，自然而然说："我又不是你的百度百科。"

"哈哈哈哈！"

"哈哈哈，百度百科！"

路远笑得快抽过去："小魔王也有今天！"

裴听颂长长地叹了口气，对着下面的粉丝抱怨："你们看看，我给这个人备注的都是'漂亮'，他居然给我备注的是'Kaleido 裴听颂'，气不气人？"

贺子炎摸着心口："小裴的一颗心，终究是错付了。"

路远："只知漂亮裴听颂，同事而已方觉夏。"

凌一:"横批——天道有轮回!"

"哈哈哈哈……"

"相声团真的够了!"

面对全场的嘲笑,裴听颂只能连连摇头:"方觉夏没有心。"

被他这么一说,方觉夏还有点不好意思,但他的确就是这么备注的,每个人都是。

是不是有点太伤人了?

思来想去,方觉夏也不知道说什么,就拿自己的话筒戳了一下裴听颂的腰。

一开始裴听颂还故意不搭理他,背过身去,后来方觉夏又戳了戳后背,裴听颂才转过来,手握住他的话筒:"这个环节我太伤心了,我申请直接进入下个环节,手机备注是我一生的痛。"

活动的时长也有限,正巧主持人想要控场,于是顺着裴听颂的话说下去,开始了下个环节。

其实裴听颂心里倒也不是真的不想继续这个环节,只是觉得如果继续说下去,万一方觉夏给其他人备注得都很好怎么办。

凌一出道前就跟他是室友,平日里也亲亲热热的,备注一定是"一一",队长在他那儿的备注一定也是"森哥"或者"小队",反正怎么样都会比自己这个"Kaleido 裴听颂"强。

这样他岂不是很没面子?

裴听颂越想心里越难受,可毕竟他们之前的队内关系摆在那儿,连陌生人都不如,方觉夏这么备注也情有可原,自己不还说他除了漂亮一无是处吗?

总之裴听颂就是不想听到方觉夏给别人的亲切备注,一定要叫停这个环节,及时止损。

后来他们聊起拍摄新品广告的趣事,这些一向不是方觉夏的主场。不过他感觉裴听颂的话也很少,参与度不高,心里想着对方是不是因为备注的事。

光看外表和日常作风,方觉夏更像是心思细腻敏感的类型,但事实上他的思维方式简单而直接,和外界总有着一道壁垒,很多时候更像是网友口中的粗线条类型。

而他现在发现,看起来很"虎"的裴听颂,其实才是心思细腻的那个。

所以,一向将备注视为查找索引的方觉夏,此刻也忍不住想:是不是应该改一个不那么冷冰冰的代号呢?

除了漂亮还是漂亮……

说实话,对于这个备注,方觉夏持怀疑态度,毕竟他已经习惯裴听颂的文字游戏了，指不定这次也是为了营业胡编乱造出来的一个备注。

他不禁开始好奇真正的备注是什么。

活动到了下午才结束。品牌商投了不少钱在宣传上，直播热度不低，后来又因为卡团的花式群口相声冲上热门，讨论度很不错。

品牌方十分满意，对星图承诺后期会加大广告投放和线下宣传。

"你们的代言以后会越来越多的。"程羌欣喜中还带着一点感慨，"唉，我现在有种老母亲心态，感觉自己一手带大的崽子们都开始赚钱养家了，真是不容易啊！"

可卡团六个人正在车上抽风，没有一个人听见他说话。

"凌一你能不能别吃了？你渣儿都掉我裤子上了！"

"我就吃！我就吃！我还给觉夏吃，我气死你！"

"谢谢……嗯，这个好辣。"

"哎呀，我忘了这个是印度魔鬼椒风味。"

"哈哈哈，你是魔鬼吗？给觉夏吃魔鬼辣！"

"等等，魔鬼椒是墨西哥的吧？"

看着老板被自家艺人忽略得彻彻底底，坐在副驾驶的小文尴尬地鼓掌替他挽尊："羌哥说得对。"

程羌一副霸总表情，发动汽车后歪着脖子指了一下小文："系好安全带。"

回到公司又收到好消息，有了之前的先导直播"传贴纸"铺垫，加上近期Kaleido连续不断的曝光，上周末播出的团综第一期在某网络平台的播放量首日破五百万，虽然他们比不上曝光度超高的团体，但对于一个除了先导直播外几乎零宣传的粉丝向团体综艺来说，这个数字已经相当惊人。

趁着开策划会议的时候，老板提了一嘴团综的事："因为第一期反馈不错，工作人员分析了一下数据，弹幕评论讨论度最高的是小裴和觉夏。"

陈正云看了一下他们俩："看来我们这次的策划方向还是对的。剩下的几人讨论度其实相差不大，大家都是很有综艺感的孩子，继续努力。"

说完他又拿出两份合同："这是另外两个网络平台新给出的合作需求，他们也是看到这个团综的播放量和网络上的讨论度才来找我们的，刚好我们一开始签播放平台的时候没有卖独家，所以现在播放渠道也拓宽了。"

凌一很惊喜："真的吗？我还以为这个只有粉丝看呢。"

程羌解释："主要因为你们一开始的粉丝基础小，某种程度上来说就有很大的路人盘空间，现在你们处在一个知名度渐涨的转折点，会有大批看了一部分表演或者节目想要转粉的路人，团综就是他们可以最快了解到你们的方式。

"所以呢，团综播放量高，也说明你们最近的关注度的确提高很多。"

方觉夏也能感觉到这种变化，哪怕他几乎不会浏览网络言论，也能从妈妈和之前的同学那里得到很多反馈。

前几天大学同学还发消息给他，说他念书时候被拍到的各种照片已经在论坛被人建成"高楼"，有上课的，上台做报告的，参加校内数学竞赛、篮球比赛的，甚至还有运动会的照片。

这些照片据说也被搬运到微博上，讨论度很高。

"程羌说得没错。"陈正云继续道，"大家会想看这个综艺，也是想了解真实的你们，这也是我们不过多策划的原因。而且，这次的团综可能是见证大家从无到有的过程，每一份来之不易的工作机会被记录下来，对粉丝和你们来说都很珍贵。"

说完他回到了专辑策划的话题："这几天大家都在辛苦跑行程，我们也没有停下来，我和几个制作人老师拿着这些 demo（录音样带）讨论了好几天，决定出了本次专辑的主打曲。"

一听说主打曲，大家的心情都有些激动，方觉夏甚至有些紧张，他们的空白期太长，长到他都忘了进录音棚录歌是什么感觉。

"我们还是决定用子炎做的 demo。"

说完，凌一和路远先替贺子炎尖叫起来："耶！"

看着大家这么开心，方觉夏的心情也一下子雀跃起来，却听见陈正云说道："编曲很有特色，很符合你们的风格，不过作曲这块还要调整，缺一段一听就很抓耳的旋律，尤其是副歌，还有待商榷。"

说起作曲……

方觉夏感觉好像忘了什么，可一下子又想不起来。本来在转笔的裴听颂却忽然间举起手："老板，我有个建议。"

"你有进步啊，"陈正云揶揄，"都知道用'建议'这个词了。"

其他人毫不客气地大笑起来，连方觉夏脸上都浮现出笑意，手指把玩着面前的袖珍小茶杯，黄杨木的，是老板的收藏。

裴听颂瞪了他们一眼，继续说："作曲这块，我想推荐一下觉夏哥。"

方觉夏压根儿没想到裴听颂会突然把自己给推出去，手里的小木杯啪嗒一下掉下去，砸到桌上咚咚响。

他像只偷油不成撞上灯油的小老鼠，瞥向老板的同时伸长了手臂，把滚远的小茶杯抓回来放好，还轻轻拍了一下。

陈正云嘴角噙着笑，侧头看向裴听颂："你怎么突然把觉夏推出来？"

江淼想了想，说："对啊，小裴为什么知道觉夏会作曲？我们都不知道呢。"

路远："不会是小裴恶作剧吧？"

裴听颂拿起自己跟前的小杯子，佯装出扔杯子砸他的样子："我有这么闲得无聊吗？"

贺子炎脸上露出意味不明的笑："那就是说，小裴听过觉夏的曲子咯？连我都没有听过欸。"

"哇，我好难过，我可是觉夏最亲爱的小室友。"凌一趴在桌上，"觉夏你已经不在意我了。"

听着队友们的轮番轰炸，方觉夏耳朵尖都红了，连连摆手："不是，其实这都是意外……"

裴听颂打断他的解释："老板，你相信我，方觉夏真的很有天分。"

听到这句话，方觉夏愣住了，原本脑子里还有很多澄清的话，一瞬间全忘了。

他忽然想到一个词——掷地有声。哪怕他清楚这个词用在这里极不准确，但此时此刻，裴听颂说出口的这几个字，每一个都重重地砸在他的心上，每一声都在他空荡的胸腔反复回响。

他看向裴听颂，奇怪的是，原本一直看着老板的裴听颂此刻好像也感应到什么，转过脸，两人的眼神很巧合地对上。

陈正云耸耸肩："可以，觉夏你回头把你写的东西传给我，我听听。"

没想到一场会开到最后变成了这样，猝不及防就被裴听颂卖了，方觉夏只好点头应允："好。"

如果换作是之前，他心里一定会很抗拒，哪怕这个 demo 握在手中整整一周都不能拿出来，他也不想被动曝光。

但他又必须承认，听到裴听颂的认可和夸赞，是一件会让他开心的事，开心的数量级甚至超过大部分其他人的赞誉。

开完会，趁着他们六个人齐全，大家开始练习。唱歌跳舞这种事就是技术活，一天不练都会生疏。之前的 Kaleido 因为工作不多，几乎天天都练，强度最高的自然是方觉夏，最懒散的是裴听颂。

路远之前就已经拿着 demo 编了一部分舞，趁机跳出来给大家看了一下。

"哇，这个酷！"凌一跟只小海豹一样鼓掌，"刚刚那个动作好帅！"

"不愧是圆老师。"江淼也鼓起掌来。

贺子炎叉着腰感叹："好难啊……"

裴听颂是空降出道，之前几乎没有练习，舞蹈底子比其他人差很多，但他还算是有天赋，节奏感也好，所以在舞蹈方面虽然远不及方觉夏、路远，但也不会拖后腿，靠舞台魅力取胜。

不过这次的编舞的确有点难，力度大，变化多。他盘腿坐在地上，看着看着就挪到方觉夏身边。

方觉夏看编舞看得入迷，根本没有发现身边多了一个人，直到裴听颂撞了一下他的肩膀，才扭过头。

"怎么了？"

练习室的音乐声很大，裴听颂也大声道："这次的舞真难。"

所以呢？方觉夏没明白他的意思："是有点。"

"所以，"裴听颂一把揽住方觉夏，"我要聘请你当我的专属舞蹈老师，帮助我一雪前耻，不拖后腿！"

"你……"方觉夏眨了眨眼，"舞是路远编的，你应该让他教你。"

"喊。"裴听颂对方觉夏一根筋的脑回路简直无话可说。

他学着方觉夏的样子两腿伸开："我不是'Kaleido 裴听颂'吗？你可别忘了我前面加着 Kaleido 的名字，我跳不好就是 Kaleido 跳不好，Kaleido 跳不好就是你方觉夏跳不好。"

这是什么逻辑？

颠来倒去，说绕口令似的。

方觉夏知道他心里还对备注的事耿耿于怀，又想起自己答应他之后不那么冷漠，于是盘算着改什么备注比较好。

要不去掉 Kaleido？

或者叫"小裴"？

好像都不太好。方觉夏一下子没什么好的点子，心想着还不如让裴听颂自己来。

裴听颂这头等他的回应等了好久，等得都累了，两手撑到身后，还在猜是不是自己阴阳怪气得太明显了，又把方觉夏惹着了。

不至于吧？难不成方觉夏还真是小主子啊，一句话都说不得？

忽然间，他听见方觉夏清清冷冷的声音。

"要不你说吧。"他脱口而出的话像是一片柔软湿润的云，把胡思乱想的裴听颂裹了进去，"你喜欢什么备注，我可以换的。"

不真的坠入云端，你永远不知道一朵云原来又冷又软。

每一团云雾都透着淡淡的甜。

巨大的镜子反射出他们的样子，方觉夏侧脸漂亮得像幅画，令人赏心悦目。

裴听颂做出和平时戏弄他时差不多的表情，扭过头。

"让我想啊？"

他抬起一只手，弹了一下方觉夏的脑门："做梦。"

说完他挑了挑眉："别想着偷懒。在你真心实意想给我换备注之前，我就要叫'Kaleido 裴听颂'。"

他们在练习室待到了凌晨一点半，第二天还要录团综不能熬太久，小文开着保姆车送他们回宿舍。虽说已经半夜，可公司楼下竟然还有蹲点的粉丝，以前虽然也有，可数量差很多，也不会这么晚守候。

"贺子炎！火哥你皮衣好好看！飒！"

"淼淼！圆老师！我爱你们！"

贺子炎走在最前面，熟络地朝粉丝挥手，自然而然地坐上保姆车副驾驶座，降下车窗："赶紧回家吧，多晚了还在外面晃，我要生气了啊。"

"——看看姐姐吧！"

"凌凌！姐姐爱你！"

凌一特别能下台阶，笑着给大家挥手："好的姐姐们，姐姐们看到我了吧，可以放心回家了！"

路远跑过来搂住凌一的脖子，想要抢回他之前抢走的游戏机，搞得凌一疯狂大叫："姐姐救我！"两人吵吵闹闹抢着占下第二排座位。

"哈哈哈哈，姐姐救不了你！交给圆老师了！"

江淼戴着口罩，笑眼弯弯："冷吗？很冷吧。下次别再这样了。"

"啊啊啊，小队太暖了！"

"三水我爱你！"

觉夏紧跟着江淼走出来，整个人裹在大外套里，卫衣的连帽罩住了大半张脸。他半低着头，从出门起就一直朝外面的粉丝鞠躬，轻声说着"大家好"之类的话，可惜都被粉丝巨大的尖叫声淹没。

"觉夏！觉夏哥哥！"

"姐姐不要你鞠躬！给我把腰挺起来！"

"我们觉夏辛苦了，回去要洗个热水澡！"

最后一个自然就是万花筒团霸裴听颂。

"啊，葡萄树你好帅！"

"裴听颂你是不是又长高了？！腿怎么这么长！"

他困得要命，早春的夜里仍旧很凉，冷风吹得他眯起眼，懒洋洋地走在后头："还不回家啊？一看就是正事太少。"

"哈哈哈哈！"

"葡萄树你没有心！我要脱粉！我要爬墙！"

"你敢。"裴听颂伴装出要找到那个人的模样，抬头瞟了一眼，"你爬到谁那儿去？"

"我爬到方觉夏那儿！"

此时被提到的方觉夏跨步正要上车，听到自己的名字顿了一下回头，看到这些小姑娘都在笑，有些迷糊。

裴听颂先是瞟了一眼方觉夏，然后又对着之前那个说要爬墙的粉丝故作嫌弃："去去去，赶紧去，明天我必须在他的微博评论里看到你。"

他说完一步跨上车，看见方觉夏此时已经找了靠窗的位子坐下，还打开窗子跟粉丝说话："你们快回去，不要让父母担心。"他的声音总是不太大，一开口就被淹没，但表情认真，还稍稍拧着眉，看起来真的像个操心的哥哥。

裴听颂顺势坐在他身边，还故意挤到车窗前跟他一起和粉丝说话："快回家！"

"葡萄树闭嘴！"

"哎，你们是假粉吧？"

车子发动，大家都练习得累了，难得让小文安静了一会儿，不过他总觉得有什么事没说，可又想不起来，借着等红绿灯的工夫翻了一下手机备忘录，这才想起来，程羌吩咐的行程预告还没说。

"哎，你们还没睡吧？"

他一问，凌一和路远就默契地开始打鼾二重奏。

小文知道他们是故意的，瞟了眼后视镜："明天不是录团综吗？是外景哦。"

一车六个人一下子清醒了："外景？！"

"一定是马尔代夫，感谢公司，感谢老板和羌哥……"

"不是啦，"小文打方向盘转了个弯，"明天是游乐园特辑。"

"哇，游乐园也不错啊！"

裴听颂冷笑："真是容易满足的人类。"

"呃……"小文犹豫了一下，又开口，"其实准确一点说呢，是鬼屋特辑，其他都是附赠的项目。"

车顶差点被掀翻。

"鬼屋？！"

第二章

后遗眩晕

Fanservice Paradox
KALEIDO

01

为避开客流,公司特地安排在工作日的中午进入游乐园拍摄团综。这个游乐园占地面积虽不大,赶不上那些知名的大型游乐场,但项目齐全,五花八门,里头的鬼屋更是传说中的镇园之宝。

天气好得出奇,太阳照得人浑身暖洋洋的。车门一打开,Kaleido 的六个男孩儿就跟放鸭子似的,四散开来往各个方向去。

"哇,这个过山车好高啊!"

"我想坐海盗船!"

"有没有那种枪击游戏?"

算起来已经有十年没有来过游乐园,看着这些设施,方觉夏还有些怀念。太阳照得人睁不开眼,方觉夏伸出一只手挡在眼睛上方,望向不远处的旋转木马。

阳光是制造幻觉的利器,视野里的景象好像一张晃荡的旧相纸,晃动间方觉夏感到恍惚。糖果色的木马上突然多出一个七八岁的孩子,眼角一抹红。他的身边是父亲和母亲,他们转啊转啊,重复着圆弧形的轨迹,好像可以就这样转上一辈子,笑上一辈子。

那好像是仅有的一次,父母一起陪着他来游乐场。

"你喜欢这种小孩儿玩的东西啊?"

身后传来裴听颂的声音,方觉夏扭头,从回忆中挣脱,摇了摇头。

裴听颂撇过头看向他:"那你看得这么入迷。"

方觉夏反戴着一顶白色棒球帽,露出完完整整一张脸,看起来清爽舒服。他白皙的耳尖被阳光照得几乎半透明,连耳郭上细小的绒毛和毛细血管都清晰可见。

"小时候坐过。"

裴听颂注意到方觉夏的胸膛起伏了一下,好像是深吸了一口气。

"真好,我小时候就没有来过这种地方。"裴听颂随口说道。

"真的吗?"方觉夏觉得不可思议,"你爸妈没有带你来过?"

裴听颂两手插进上衣口袋，晃了晃脑袋："我一年见他们不超过十次。"

方觉夏问："同时？"

裴听颂耸耸肩："分开。同时见面的次数就更少了。"

他的嗓子还有点哑，说这句话莫名有几分可怜。方觉夏不太会安慰人，自己也好不到哪里去，而且裴听颂性格好强，一定不想要他这种毫不知情的外人来安慰。

所以方觉夏只是抬起头，微微仰着脸朝他笑："所以这是你的第一次。"

第一次游乐园经历。

他眼角的胎记被阳光照得透亮，带了点橙色，像块软糖。

"开心吗？"

也不知是这句话戳中了裴听颂的神经，还是这张冷淡面孔难得绽开的笑容，裴听颂还真的有点开心。

"有什么好开心的，又不是小朋友。"

导演组带着摄像过来把他们召集在一起录开头的素材，然后交代了全天的安排，最后领着所有人来到了今天的重头戏面前。

"今天，我们Kaleido团综恐怖特辑来到了恐怖乐园之废弃校医院！这是这个游乐园最最知名的鬼屋。里面一共两层，只有一条路线，大家放心，不会迷路的。"

凌一吐槽道："导演你觉得我是害怕迷路吗？"

"哈哈哈……"

眼前的鬼屋和通常那种黑漆漆的洞穴式鬼屋不太一样，是一栋两层高的陈旧楼房，看上去的确很像一座废弃医院。墙壁上被用红油漆画了大大的叉，墙皮都快脱落，大门的正上方立着几块已经锈蚀的大字牌，写着医院名称。医院自然是有窗户的，只是每一扇窗都已经被厚木板钉得死死的，密不透风。

方觉夏仰头看着，虽然表面还算淡定，但内心已经慌了。

这里面一定很黑吧……

他从昨晚就在担心这件事，鬼屋里的光源少得可怜，像他这种夜盲症患者进去大概率跟摸瞎没区别。

方觉夏已经能想象得到自己在里面磕磕碰碰、摸爬滚打的画面了。

"这看起来也还好啊，"裴听颂一副我一点也不害怕的表情，"能有多吓人。"

"小裴年纪不大胆子挺大。"路远逗他。

贺子炎接茬："他自己都是魔鬼，还能怕鬼？"

江淼笑了起来："鬼见愁裴听颂。"

导演继续走流程："我们一共有六个人，大家可以自行分组。"

"不就走一圈出来完事儿了吗？还分组。"裴听颂不明白可怕的点在哪儿，转过来看向队友："谁害怕啊？"

其他人都齐刷刷举起了手，方觉夏见状也慢半拍举起手，保持一致。

这个团的团魂总是来得莫名其妙。

导演摇摇头："不光是走一圈哦，这次我们为了增加难度，特意在每间房间放了一个你们的Q版玩偶，一共六个。你们进去之后，要把所有的玩偶都拿出来才算挑战成功。"

此言一出，哀鸣四野。

"怎么还要拿玩偶？拿什么玩偶？！"

"谁进去还能保持理智啊？！"

"导演我不想进去，我真的不行……"

"好了，"导演早就习惯这个团哼哼唧唧的日常，铁面无私道，"现在开始分组吧。"

话音刚落，凌一就抱住了觉夏的胳膊："我要跟觉夏！觉夏一看就不是会怕鬼的人，跟他准没错。"

裴听颂往废弃医院里瞅了几眼，黑咕隆咚的，就方觉夏这夜间视力进去基本是抓瞎。

"方觉夏跟我。"裴听颂上前一步把他拽到自己身边。

"凭什么？先来后到！你不是不怕鬼吗？你还要跟我抢。"凌一拉住方觉夏的手："觉夏，你说你要跟谁。"

方觉夏正要开口，裴听颂直接拉走他藏到身后，伸出一只手摁住凌一的小脑袋，让凌一没办法靠近。

"他肯定是选我。你死心吧。"

导演组及时打断："这样吧，觉夏、凌一和小裴一组，剩下子炎、路远、小淼一组，按年龄分，这样OK吧？"

凌一："反对！"

裴听颂："反对无效。"

听导演宣布完，方觉夏从裴听颂的魔掌里挣脱，活动了一下手腕，从他背后出来。

事实上，刚才他差一点就说出裴听颂的名字。如果是其他的项目，他跟谁都没有关系，但是鬼屋里光线弱，裴听颂又是唯一知道他有夜盲症的人，一起进去总归靠谱些。

"那小裴这组先。"

凌一一个激灵："这、这么快就开始吗？"说完他立刻贴上觉夏，就跟磁吸玩偶似的："觉夏你要保护我。"

"我尽量……"方觉夏的喉结滚了滚，满心忐忑地迈上台阶。

裴听颂跟在他俩后头，只见凌一伸出颤抖的手，轻轻推开了尘封的医院大门，吱呀一声，大门打开，里面扑面而来一股常年不通风的潮气。裴听颂嗓子还没好，一踏进去就直咳嗽。

听见他呛得咳嗽，方觉夏回头看了他一眼，又飞快转过头去。

一楼和普通医院差不多，大厅空荡荡的，靠墙的椅子上也空无一人，正中间是个半圆柱形的前台。地板上贴着大大的红色箭头贴纸，为进来的游客指示路线。

"玩偶能在哪儿啊……"凌一说话声音都飘起来了。

方觉夏还算冷静："应该在一些架了摄像头的地方。"

沿着箭头，三个人缓慢地朝着前台移动。凌一吓得藏在方觉夏身后，抱着他的肩膀，只露出半个脑袋。

好在大门不关，还能看得见一点。

方觉夏心里就刚这么寻思了一下，砰的一声，大门从外面关上了！

"啊啊啊！"凌一吓得直跺脚，"吓死我了！"

凌一吓成这样方觉夏倒是不奇怪，奇怪的是裴听颂居然也一下子抱住了他右半边肩膀。方觉夏一脸惊讶地扭头看向裴听颂："你也怕啊。"

"谁说的，我这是要保护你。"

方觉夏根本看不清他的表情，不知道他是真的害怕还是假的。要是真的可就完蛋了，两个胆小的加上一个瞎子，他们什么时候能完成任务。

凌一声音发抖："这里也太黑了……一盏灯都没有吗？"

话音刚落，忽然响起诡异的八音盒音乐，叮咚叮咚，萦绕在整个大厅。方觉夏胆子算大的，都被这阴森的气氛感染了。

"啊，这个音乐真的……"裴听颂快要骂人，"我鸡皮疙瘩都起来了。"

音乐忽地出现卡顿，医院大厅的墙壁上亮起七八盏灯，散发着幽幽的黄光，不过对方觉夏来说基本形同虚设。突然间，广播中传来一个女孩儿的声音，甜美中透着一股阴森："欢迎来到恐怖校医……请问你得了什么病？"

最后一个"病"字变成一声尖叫，他们面前不远处空荡的前台突然站起来一个披头散发的女鬼，穿着护士的制服戴着护士帽，瞳孔全白，满脸脏污。她手里还拿着一份文件，递了过来，上面红红一片。

/045/

"啊啊啊！"

两道尖叫声一高一低叠在一起，方觉夏只觉得耳朵都要炸了，可他什么都看不清，只感觉自己左边一空，凌一好像撒手跑了。他循着脚步声望去："凌一？"

"啊！不要过来！我要出去了，我要出去了，求求你们别过来……"

还真跑了……

方觉夏想到刚才裴听颂的尖叫："你不是说你不怕吗？"

裴听颂还没从鬼护士的惊吓中走出来，说话声音都发虚："我、我进来的时候不知道能有这么恐怖啊！而且我都没有来过鬼屋，怎么知道我怕不怕。"

"你都不知道怕不怕你就说不怕。"

"现在说这个有什么意义吗？"

鬼护士睁大一双眼睛，在两个人跟前瞟过来又瞟过去，手都举酸了，忍不住开口打断这两个奇葩："哎，你们要不要啊？"

"要。"方觉夏看不清，只能伸出手去摸索。不过那份文件嗖的一下就被裴听颂拿走，他还虚张声势："你！你这儿有玩偶吗？"

鬼护士姐姐扒拉开她的假发，低头找出一个玩偶："喏。"

"谢谢……"裴听颂拿走玩偶，拽着还想鞠躬的方觉夏就跑，只听见鬼护士姐姐在后面幽幽地喊："记得把这份文件给202室的医生！"

他们远远地就听见二楼凌一的尖叫声，一声高过一声。

"凌一都唱起海豚音了。"方觉夏抬头往二楼望。

裴听颂平常那股子嘴炮酷劲儿荡然无存，只剩下哆哆嗦嗦的话痨属性："啊！真吓人，太吓人了，为什么要搞出这个恐怖的地方？那些喜欢玩鬼屋的人是变态吗？疯了吧都……"

方觉夏简直是被裴听颂架着走的，他就纳闷了："你不是学哲学的吗，还怕鬼啊？你不应该是无神论者？"

按照红色箭头的指示，裴听颂抖着一双长腿来到大厅最右边的楼梯，每踏上去一步，楼梯边墙壁的灯就亮起一盏，似乎是感应灯："谁告诉你哲学等于无神论？早期哲学还和宗教学不分家呢！"

虽然怕，但他还是很小心地搀扶着方觉夏，一步一步慢慢往上走："再说了，无神论者就一定胆儿大啊？这都什么道……"

刚颤巍巍挪到转角，黑漆漆的角落里突然站起来一个穿着病号服的鬼，青面獠牙地朝他们扑来！

裴听颂吓得直飙脏话，整个人往方觉夏身上扑，直接把他撞倒在墙根儿。

这可是团综，后期又要替他消音了。方觉夏伸手摸索着去捂弟弟的嘴：

"嘘……假的假的。你嗓子都还没好全,别叫了。"

"嗯!玩偶……嗯!"

方觉夏这才想起来:"对、对,玩偶是不是掉了?"他松开手,裴听颂也松开他,在地上摸了半天找到了掉的那个玩偶,拉起方觉夏就要跑路。

"辛苦了。"方觉夏凭感觉朝着扮鬼的工作人员鞠了个躬,不过他看不见所以搞错了方向。

一个好好的小伙儿突然间对着空无一物的墙壁鞠躬,反倒把工作人员给吓了一跳。

裴听颂紧紧抓着方觉夏的手腕,拽着他噔噔噔爬楼梯,头也不敢回。感应灯在脚步声中接续亮起,两人好不容易来到第二层。和一楼的大厅不太一样,这一层一眼望去是长长的"十"字长廊,两边共有四个房间,有的开着门,有的紧锁。天花板的灯惨白,有几盏似乎是坏了,闪个不停。

还没迈出步子,裴听颂就瘆得头皮发麻:"这个背景音乐能不能消停会儿啊,唱个没完了!"

方觉夏捏着手里的文件,还惦记着前台的事:"刚刚那个女生说,让我们上二楼去202找医生。"

"对、对。"裴听颂一手揽住方觉夏的肩,抱着他螃蟹似的挪到了走廊的右边,一点点往前,"202室……202,这个吧。"他一抬头就瞧见202的铁牌,牌子上还有疑似血迹的东西,裴听颂没敢多看,走到紧闭的门跟前。

方觉夏也摸到了门,他习惯性抬手敲了敲:"有人吗?"

"没人,只有鬼!"裴听颂握住门把手转了一下。

方觉夏一本正经:"这个世界上没有……"

"啊!!"

方觉夏被裴听颂的叫声吓得一抖,根本不知道这个门一打开就有一个鬼站在他们面前,他看不见,抬脚就往前走,一下子撞到了扮鬼的工作人员身上。

"欸?抱歉抱歉,撞到你了不好意思……"他伸手在工作人员身上摸着,拉着裴听颂从这个假鬼身边钻进去:"你不要随便骂人啦。"

"我又不是故意的!"裴听颂感觉自己每进一个新的地方,魂儿就少一缕,可方觉夏就跟个没事人似的,一点儿不慌,"方觉夏你是变态吗?一点儿都不怕的。"

我又看不到。

方觉夏紧紧抓着这个时时处在狂躁边缘的导盲犬,一点点往房间里走,他试着问:"医生?"

裴听颂一手攥着娃娃,一手抓着方觉夏,强打着精神打量这个房间,这里

/047/

灯光昏暗，陈设看起来就像是普通诊室，面前不远处摆了张桌子，桌子后面是把转椅，椅子背朝着他们。

光凭直觉裴听颂就知道这把椅子转过来肯定很恐怖。

"前方高能，前方高能，前方高能……"

方觉夏皱起眉："你怎么还发起弹幕了？"

裴听颂拿手里的玩偶遮住眼睛，然后从方觉夏的手里夺过文件夹，扔在了面前的桌子上。

"拿、拿去，医生你不是要、要这个吗？"

方觉夏被他逗笑了："裴听颂你结巴了。"

那把椅子果然转了过来，不过裴听颂只能看到这个医生头以下的部分，只见他收好那份文件，缓缓拉开抽屉，从里面取出一个Q版玩偶。

裴听颂一个马步向前，伸长了手臂捉住玩偶的脚拎起来就往外跑，看到门口那个鬼又吓得一抖。

"要走了吗？"方觉夏摸到了门框，朝着背后挥了挥手："再见。"

"还见？"裴听颂把两个玩偶都塞到了方觉夏手里，"快拿好，站在这儿别动啊！"说罢他飞快地冲到对面敞开的门里，战术性眯眼飞快地看遍整个房间，最后在放满了恶心标本的架子上找到一个玩偶拔腿就跑。里面坐着的假尸体还来不及吓他，就眼睁睁看着这个大高个儿跑了。

203室是病房，里面三张床，裴听颂拉着方觉夏一起进去，两个人贴着墙走。裴听颂一边张望着是不是有玩偶，一边碎碎念："别搞我别搞我，不要搞我……"

前两张床都是空着的，上面没有病人或娃娃，最后一张床前拉了帘。

"啊，这个肯定很恐怖，我不想过去，求求了！别吓我别吓我……"碎嘴归碎嘴，裴听颂还是哆嗦着往最后一个床位走去。

方觉夏小声在他旁边说："你手抖得好厉害啊。"

"我、我没有……"裴听颂一咬牙一狠心把帘子唰地拉开，吓得直往后退，"啊！！"

"哇，好厉害，你刚刚那个音有F5了。这不是也能唱高音吗？"

"这是重点吗！"

他的导盲犬都要夯毛了。方觉夏憋着笑，给他拍拍后背："假的假的，都是假的。"

病床上半躺着一具假尸体，尸体的五官都模糊了，怀里抱着一个玩偶。

"啊，我不行了、不行了。"裴听颂伸出两根手指拎起玩偶的头往外抽，"四个了，还有两个，我们快走。"

最后一间房是太平间，里面都是幽幽的绿光，裴听颂刚一推开门，里面的一具具尸体就集体诈尸，齐刷刷坐起来，吓得裴听颂腿发软，直接摔倒在门边。

"伊壁鸠鲁德谟克利特卢克莱修斯宾诺莎霍布斯拉美特里费尔巴哈萨特……"

方觉夏摸黑把裴听颂拉起来，莫名其妙问："你在念叨什么啊？"

"历史上伟大的无、无神论者，保佑保佑，让他们别搞我。"

方觉夏没憋住笑起来，学着他的样子念叨："一一得一、一二得二、一三得三、一四得四……"

大概是害怕使人敏捷，裴听颂飞快地找到了最后两个玩偶："你怎么动不动就背九九乘法表？"

"动不动？"方觉夏没反应过来，"我还什么时候背过？"

裴听颂拽住他就往外跑："喝醉的时候，能背一晚上！"

"是吗……"

也不知道怎么搞的，这里面乌漆墨黑，什么都看不见的方觉夏只能被他拽过来又拽过去，听见他一会儿尖叫一会儿骂人，一点儿都不觉得可怕，只觉得好好笑。

"你还笑。"从这太平间里出来回到长廊，裴听颂靠在墙上深深吸了口气，总算是完成了，沿着箭头下楼出去应该就结束了。

"你怎么还笑得出来？"

方觉夏捧着一堆娃娃，努力地憋住笑："因为你很可爱啊。"

"可爱？"裴听颂一听不乐意了，佯装出一副很酷很强大的样子，"你说谁可爱？"

不过这个鬼屋没有给他任何喘息的余地，他刚要放狠话，长廊的尽头竟然出现了一群只有一条腿的人，全都穿着校服，丧尸一样蹦跶着朝他俩扑过来。每个人的手里都握着笔，做出要戳上来的动作。

裴听颂吓得又是一连串英文脏话，原以为这些鬼会一股脑冲过来吓唬他，谁知道他们居然是冲着方觉夏来的，三两个抓住对方的肩膀和手臂。

被强行抓走的方觉夏还有点蒙："欸？怎么有这么多啊……"

"啊，娃娃掉了。"方觉夏一心只有任务。

怕归怕，胆子都要吓破了，可裴听颂还是一边哆嗦一边上前去扒开那些奇奇怪怪的鬼学生："别扯他，谢谢谢谢……God（天哪）！大姐你这个妆也太吓人了……"

黑暗中握住了方觉夏的手腕，裴听颂悬着的一颗心落下来："过来。"他猛地一拽，将方觉夏拽回到自己这边。

后面的鬼学生还在卖力表演发狂围攻的戏码，裴听颂只好把他拉到墙边围住，企图用自己的后背挡住鬼:"别过来了你们,快走吧,快走。"

漆黑的,混乱的,方觉夏统统感受不到,他的后背抵在冰凉的墙壁上。

"没事了没事了……"裴听颂低声说着,也不知是说给谁听的。他试探性回了回头,发现那些鬼学生已经消失了,这才松口气。

"终于走了。"裴听颂长舒一口气,看向方觉夏,"还觉得我可爱吗?"

不知是不是太暗的缘故,他看到的方觉夏好像被吓住了似的,像只小兔子一样不敢动弹。

看不见也会被吓到吗?

裴听颂慢半拍地蹲下来:"玩、玩偶全掉了,我捡一下。"

方觉夏靠着墙壁,深深吸了一口气。

他像条被潮汐救走的搁浅的鱼。

"我们走吧。"裴听颂左手抱着一堆小玩偶,右手抓住方觉夏,快步离开这个瘆人的二楼长廊,用不会令他摔倒的最快速度下楼,沿着箭头找到出口,离开这座见鬼的废弃医院。

"哇!终于出来了!"

"凌一这个胆小鬼抛弃了你们,小短腿呼呼一路跑出来了。"

"你才小短腿呢!"

江淼走过来安慰两人:"还好吧?你们挺厉害的啊,全拿出来了。"

裴听颂抱着娃娃,魂儿都快没了:"我今天晚上一定会做噩梦。"

导演看了看时间:"二十九分三十四秒,比我们想象中还要快一点,厉害!"

二十九分三十四秒。方觉夏在心里默念了一遍,才发现自己的内部时钟已经完全失灵了。

它一秒钟都不曾走动。坏掉了,完全坏掉了。

小小一个鬼屋,他们好像走了好久,待了好久。他心里的时间不再客观,无法以既定的准则去衡量。

"下一组要进去咯!子炎、远远还有淼淼,准备!"

"好——"

方觉夏独自一人朝前面走了几步,蹲了下来。他不知道自己在心有余悸什么,明明一只鬼都没有见到。

"你没事吧?"裴听颂绕到他跟前,也蹲了下来,"刚刚走得急,磕着哪儿没?我看看。"

方觉夏摇了摇头,把帽子摘了又正扣在头上,帽檐遮住眼睛,头埋进膝盖里。

"怎么了？"裴听颂蹲他跟前。

方觉夏闷闷开口："没怎么，就是……"

他的掌心蒙了层潮湿汗液，好像要把发烫的体温摁进皮肤里。

"腿有点软。"

02

另外三个人进去之后，低龄组的三人站在外面都没有听到他们在里面尖叫的声音，鬼屋外安静得令人尴尬。

凌一疑惑挠头："这么不吓人的吗？他们和我们进的不是一个鬼屋吧？"

贺子炎、路远和江淼出来的速度比他们快了太多，三个人小跑着出来的，一个人手里拿了俩娃娃，还有点儿喘。

裴听颂立刻把凌一揪过来让他看："他们不也喘吗？还是有点儿可怕的好吧。"

路远摆了摆双臂："不是啊，我们刚刚在里面跳舞了。"

"你们有毒吧？"凌一一脸难以置信。

"哼。"裴听颂一脸不屑，对于进去前的举手耿耿于怀，"那我刚刚问有没有人怕鬼的时候你们怎么都举手？"

一直在旁边没有插话，听到这个方觉夏不禁笑出声，学着他之前在鬼屋里说的话："大家也都没有进去过，怎么知道怕不怕呢？进去了才知道不怕。"

"哈哈哈哈，是啊。"

凌一还很骄傲："只有我是个诚实的孩子，对自己的认知也非常准确。凌一凌一，表里如一。"

裴听颂没继续纠结举手的问题，注意力全跑到方觉夏那里，盯着他努力憋笑的脸。

这家伙现在居然都开始开他的玩笑了？

他毫不客气地伸出双手捧着方觉夏的脸，使劲儿揉来捏去："你现在嘴皮子变厉害了啊，方觉夏。"

"你放开我。"方觉夏推开裴听颂，后退了半步。

方觉夏的皮肤太薄，一揉就发红发烫，见他这样，裴听颂也愣了一秒。

握了握已经垂下来的手，裴听颂连着咳嗽了几声，从工作人员手里接过一瓶水，用力拧开过紧的瓶盖，掌心都磨红了。

嘴角碰上水还是会痛，他还是会时不时想起醉酒时的事。

想到这里，他忽然想开个玩笑，很想逗逗方觉夏。大概是在鬼屋里丢了面子，急于想从某方面找补回来，于是裴听颂拎着矿泉水瓶走过去，叫了叫他的名字，方觉夏抬起头："怎么了？"

"我也不知道怎么回事，"裴听颂演得还挺真，满脸都写着疑惑，"嘴角这两天一直好痛，之前还以为是我感冒发炎，可现在感冒都好多了，嘴角却越来越疼了。"

方觉夏虽然表情不多，但是个特别不会伪装的人，一听到裴听颂的话脸色就变了变。

"你帮我看看，是不是破了？我喝水都疼。"说完他将矿泉水瓶放在地上，张开嘴。方觉夏盯着他的嘴角，上面的确有一个很明显的伤口。裴听颂见他下意识后缩，伸手一拽："隔这么老远你看得见啊？眼睛就这么好？"

方觉夏快速眨了眨眼睛，又舔了下干燥的嘴唇："好像……好像是有一个小伤口，溃疡了，估计还得几天才能好。"

"溃疡了？"裴听颂故意咬重这几个字，加重了某个人的愧疚，还皱了皱眉，"怎么办？好疼啊，我饭都吃不下去。"

方觉夏眼睛瞟向别处，心虚全写在脸上："你多喝水，多吃水果蔬菜，很快就好了，不是很严重。"

"是吗？"裴听颂盯着方觉夏，想象不出来他当时是怎么狠下心打自己的，特别好奇那个时候他的表情和心情，"你不是有个小药箱吗？里面有没有治溃疡的药？"

"有。"方觉夏终于主动开了口，"回去之后我给你喷一点，可以止疼。"

裴听颂笑得纯良："那谢谢哥啦。"

方觉夏轻声说了句"没事"，匆匆捡起地上的水瓶拧开喝了一口。

"那是我的瓶子。"

他差一点喷出来，但又忍住了，腮帮子圆鼓鼓的。

"你喝啊，又没事。"裴听颂觉得自己简直找到了世界上最有趣的事，就是逗方觉夏，看他尴尬地咽下水，又补了一句。

"跟我你还介意这个啊？"

鬼屋特辑全部录制完毕，导演组宣布结果："大龄组这边……"

贺子炎和路远异口同声："什么大龄组啊？！"

江森笑笑："只有我大龄罢了。"

另外两个还不服："导演，我们还是小鲜肉好吗？"

"好好好，不是大龄组，不是大龄组。"导演立刻改口，"高龄组用时十八分二十三秒，还在里面打了首歌。"

凌一大笑："哈哈哈哈，高龄组！"

"有什么好笑的，你输了好吗？"裴听颂摁住他笑得左右摇摆的脑袋，一偏头瞧见方觉夏也在笑，半低着头，嘴角上扬。

他笑起来很好看，就是不常笑。

"那现在是不是要惩罚低龄组了？"

"对啊，我们可等着呢。"

导演组拿上来一个抽签盒，里头放了很多卷起来的纸签，裴听颂一看见这个就头疼："不是吧，又要抽签？你们能不能想个新鲜点儿的招啊？"

一个没出镜的工作人员在画面外说："下次搞幸运大转盘好吗？就让小裴一个人呼呼地转。"其他人跟着笑起来。裴听颂一向运气奇差，这回干脆手都不伸，只对着凌一扬了扬下巴："你，去抽。"

"凭什么？"凌一甩了两个袖子，"万一我抽着不好的了，你不就把锅甩我身上了？我才不干这种傻事儿呢。"

最后输掉的低龄组只有方觉夏肯出面背这个锅。他抱着那个纸盒子，不说话光晃，还晃得特别认真。这动作看起来有点傻气，裴听颂忍不住吐槽："你在干吗？真搞得跟抽签一样。"

方觉夏瞥了他一眼，淡棕色的瞳孔在阳光下亮极了。只一眼他就转回头，晃着纸盒，一脸冷静地模仿裴听颂在鬼屋里的名场面："历史上伟大的无神论者啊，保佑我抽到一个好的签吧。"

在场的所有人都跟着笑起来，导演还煽风点火："后期记得配上字幕，这句话以后就叫鬼屋悖论。"

"哈哈哈。"

可惜的是，光顾着打趣别人的方觉夏没有想到，他又一次把自己坑了。一展开那张纸，他就两眼一抹黑。

他不会真的被裴听颂的非酋气质传染了吧？

"觉夏念一下惩罚的内容。"导演提醒。

方觉夏的声音都变得有点虚："蹦极……"

贺子炎意味深长地"哇"了一声："勇士的游戏。"

路远也激动了："快点，我要看你们的信仰之跃！"

"觉夏很会抽啊，园内的高空蹦极项目也是一大特色，仅次于鬼屋了。"导演介绍说，"这里的蹦极总高只有二十五米，其实不算很高。"

二十五米还不高……方觉夏在心里把具体的数字换算成实际高度，光是想了想就已经腿软。他从小就有点怕高，虽然没有到严重恐高的程度，但高空项目基本是碰都不碰的,没想到千躲万躲,还是没能躲过这一遭,而且一上来就是蹦极这种高难度挑战。

察觉到方觉夏又不说话,裴听颂撞了撞他肩膀:"你怕啊?"

他本来还以为对方会挣扎一下子的,没想到方觉夏抬起头,一脸认真地点了两下头,意外地非常诚实。

裴听颂被他这副样子给逗笑了:"刚刚笑我不是笑得很开心?我还以为你这辈子没有害怕的东西呢。"揶揄归揶揄,看出方觉夏现在很紧张,他又摆出一副安慰的样子来,"没事儿,那比鬼屋快多了,上去,然后嗖的一下就跳下来了,很快就结束。你看连凌一都不怕。"

"什么叫我都不怕?"凌一瞪了他一眼,然后苍蝇搓手似的很是兴奋,"我最喜欢高空项目了。"

天。方觉夏理解不了这种追求刺激的感觉,但愿赌服输,又是团综录制,总不好临阵脱逃。大部队转移阵地,从鬼屋来到了蹦极区,园内游客增多,有许多人开始跟拍。为了节约时间和分流,制作组被分成两拨,一部分人拍摄赢的三个人的内容,另一部分人跟着蹦极的三个。

他们坐电梯直达顶端。门一打开,大风就把方觉夏的外套吹得鼓起,他拉好拉链,一瞥就感受到高度带来的强烈刺激,实在太高了,高到整个游乐园的景观都收入眼中,偏偏这个蹦极平台还是用全钢化玻璃建的,擦得干干净净,一览无余,每踩一步都胆战心惊。

凌一刚出去就激动地找教练聊天,方觉夏只敢小步小步往外走。

看到这迟疑的脚步,裴听颂才确定了他害怕的程度,于是不管不顾地揽住方觉夏的肩膀,挨着他。

方觉夏没有推开裴听颂,这么高的地方根本动也不敢动,何况裴听颂的举动很管用,他的心平静了少许,至少感觉有个依靠。

"你真的一点也不怕。"方觉夏垂着眼睛开口。

裴听颂点点头:"蹦极我玩过一二百米的,跟那些比起来这都小孩子玩儿的,还有极限滑雪、速降、低空跳伞、冲浪,这些极限运动我都会,也很喜欢。"他如数家珍,又笑了笑,"对了,我还会开飞机呢,有证的那种。"

"真厉害。"

这种人怎么会怕鬼呢?真稀奇。方觉夏的注意力稍稍转移一点,可看到空荡荡的脚下还是心悸。

"你别看下面。"裴听颂扳过他的脸,让他看着自己,"明知道自己怕还要看。"

方觉夏紧张得喉结滚了滚:"你在鬼屋不也一样……明明怕还要继续做任务。"

裴听颂不禁笑出来，真好意思说，也不想想他是为了谁。

相处下来，他发现人是真的会变的，而且会相互影响。面前这家伙就是好的不学尽学坏的，把他身上的脾气性子偷学个遍，别的不说，顶嘴撑人越来越顺溜了。

工作人员上前给裴听颂穿戴防护服，他这才松开方觉夏："那你就学我呗，反正我知道你再害怕也会跳的。"说完他转过身去，让工作人员帮他固定腰带和绳索。

"你又知道了。"方觉夏嘴里这么说，可语气却不是反问，声音很轻也很平静，比高台上的风还轻，但也不知怎的就飘进裴听颂耳朵里。

只差一步就要纵身一跃的裴听颂站在边缘，忽然回头，对着他笑："对啊，我就是知道，因为你是方觉夏。"

也不知道这句话哪里戳中方觉夏的心，酸酸麻麻的，他似乎有点高兴。

工作人员给裴听颂头上戴上了安装有GoPro（运动摄像机）的头盔，启动摄像。方觉夏不太敢看他跳下去的那一幕，觉得吓人，只能抓住杆子半转过身，听着凌一和其他工作人员的齐声倒数。

心脏重重地跳了三下，他听见凌一的欢呼声。

肩膀逐渐松弛下来，方觉夏深深吸了口气，又长长地呼出去，紧张感分毫未减。很快轮到凌一，他先是冲过来紧紧抱了一下方觉夏，然后才站到跳台边缘："觉夏你看看我！我要跳咯！"

方觉夏的脸色有些发白，但还是转了过去，对着凌一弯了弯嘴角："加油。"

凌一开心地回他一个笑脸，然后大声倒计时："三、二、一！"跳下去的瞬间，他还在大喊，"低龄组最帅，卡莱多和多米诺万岁——"

高高的台子上只剩下自己一个，方觉夏几乎感觉不到双腿的存在，想蹲下可下面又是一片透明。他只觉得浑身发麻，手掌心被冷汗浸湿。

"觉夏可以吗？要不要尝试一下？"工作人员扶着他的胳膊，宽慰道，"也不是一定要惩罚啦，反正两个人已经跳了。"

另一个工作人员也点头应和："对啊，真恐高很难受的。"

其实说真的，都已经上来了，方觉夏是想试试看的，总觉得如果尝试过蹦极之后，自己的阈值或许又可以往上调一点点。

"我可以试试看。"他摘下帽子递给工作人员，然后喊来教练："麻烦您帮我穿一下防具，谢谢。"

"小帅哥很有勇气嘛。"教练是个爽快的中年人，"不用担心，我们这儿安全措施做得很到位的。你就深呼吸，闭眼往后一倒，就结束了，特别简单。"

方觉夏一个字都听不进去，生生被拉到跳台边缘，腿软得几乎站不住，只拽着教练的手臂。别说往下望了，他眼睛都闭得紧紧的，不敢睁开。

教练拽了拽腰带，确认稳妥后拍了两下方觉夏的肩："加油啊小帅哥。跳一下大红大紫，跳两下大富大贵。"

一下就好，很快就结束。

他甚至在脑海里提前想象失重的感觉，只为了让自己待会儿能好受点。

不怕，他一点都不怕。

不要怕不要怕不要怕……

"准备啊，我要开始倒计时了。三——"

倒数突然中断："欸？怎么又回来了？"

回来？什么回来？

他听见教练笑起来，还拍了拍他的手臂："你看我说得没错吧，还真有人回来跳第二次了。"

狂风吹乱了方觉夏柔软的头发，他看起来像狼狈的小动物。他犹豫着，皱着眉缓缓睁开眼，摇晃的视野里，裴听颂一步步踏在透明的玻璃台面上，春日的阳光把对方的笑容照得懒洋洋的。

"你还真的要跳啊？"他望着已经穿戴好的方觉夏，眼底都是笑意。

方觉夏已经说不出话，很轻微地点了一下头，显得更可怜。他不知道裴听颂现在上来是想做什么，见证他的第一次高空蹦极经历，还是纯粹觉得站上来看笑话会更直观？他脑子里想了好多，瞳孔也跟着晃动。

裴听颂越看越觉得他有意思，又看见他紧紧地攥着教练的胳膊，不自觉挑了挑眉。

"他怕高。"裴听颂走过去，跟教练也跟工作人员说，"我跟他一起，我们跳双人的。"

这句话来得突然，谁都没想到。方觉夏也愣愣地看着他，一言不发。裴听颂直接伸手把他给拽了回来，玩笑道："看着我干吗，感动啊？感动就哭一下我看看。"

"你回来干吗？"方觉夏开口还是冷淡的语调，可手已经从教练的手臂转移到裴听颂的手臂，紧紧握着，下意识找更熟悉也更自在的安全感。

"我跳得很爽，想再来一次，"教练给他们穿戴上双人的护具，裴听颂语气温柔许多，"顺便也帮你度个劫。"

"度劫。"方觉夏小声地重复了那两个字，心里惊讶，这个国外长大的小朋友怎么什么稀奇古怪的知识都学到了。不过这个词还挺贴切，这好像真的算是他二十几年人生中一个挺大的劫难了，危险指数完全排得上前三。

心里这样想着，他又瞟了一眼裴听颂。

这家伙的危险指数也很高。他真是慌不择路，为了解决一个危险而去依靠另一个危险。

工作人员正要给他们戴头盔，却发现最后一个 GoPro 坏掉了，不能录像："要不等一下？等他们把之前的送上来。"

"觉夏好不容易做好心理准备，一会儿又不知道敢不敢了，要不就不录他的视角好了。"另一个工作人员用对讲机联系了下面的拍摄人员，只取上面跳下去和下面仰拍的视角。

教练固定好了绳索，确认无误："好了，准备完毕，两个小帅哥，你们可以双人跳了。需要我给你们倒计时吗？"

裴听颂摇摇头，说了谢谢，然后拉着方觉夏的手臂一点点往前移动。跳台上的风越来越大，盘旋在半空中，冷冷的气流拥住他们，澄澈的蓝天仿佛触手可及。呼啸的风里方觉夏听到裴听颂的声音，对方说"闭上眼"，于是他就真的闭上眼。

他这辈子没有做过太疯狂的事，就连追梦都依照自己制定的法则和步骤，一步一步稳中求进。稳定带给他安全感。脱轨，狂欢，失控，这些都是方觉夏二十多年来极力规避的危险因素。

"我给你讲个故事吧。"

"故事？"方觉夏听着他的声音，略微抬头。

"嗯。"裴听颂站在跳台上，转过身背朝向即将坠入的高空，面对着闭上眼的方觉夏，伸出手臂将他拉过来，"你知道吗？据说蹦极这项运动，最早是起源于南太平洋群岛一个叫作瓦努阿图的国家，那里的人认为，只有经受过高空的考验才算真的长大。几百年前，部落里的男人会用藤条捆住双腿，然后从三十多米高的木塔上跳下去，在离地十多厘米的地方咻的一下停止。"

他一边说着，一边轻轻将方觉夏拉到自己的跟前。或许是真的害怕，他能感觉到方觉夏主动靠近。

"然后呢？"方觉夏紧闭着眼问。

"然后……"裴听颂低头确认一眼，自己已经踩在边缘，半个脚掌悬空，他继续说，"村民就会为他举办一场盛大的篝火晚会，庆祝他的决心和勇气。他们把这种高空坠落视为一场伟大的成人礼。"

在故事的结尾，他展开双臂抱住了方觉夏，向后倒去。没有倒计时营造的紧张气氛，一切都来得很快，毫无预警。方觉夏的心脏几乎骤停，他被抱住坠入一场风暴里，一个失重的旋涡之中。

真正的坠落原来是这样的。身体的每一处缝隙都被疾驰的风穿透，灵魂砸入空荡荡的天空。恐惧、犹豫和胆怯统统被风卷走，但感官告诉方觉夏，他不是独自一人。

"你要不要睁开眼看看？"

呼啸的狂风像长鸣的警报，却挡不住裴听颂的声音，方觉夏试着努力睁开眼，倒转的视野太奇妙了，他看见全世界旋转着飞上天空，看见近在咫尺的裴听颂。视线在狂风中相遇，裴听颂的眼睛在笑，漆黑的瞳孔里映着透明的天空，还有他的面容。的确很快，就像故事里说的那样，他们带着勇气与决心坠落，悬在半空。

警报解除的时候，裴听颂凑近方觉夏的耳侧。

"你成年了，哥哥。"

03

高空的考验令方觉夏神思迷茫，绳索被解开，双脚回归地面。踩不实，每一步像仍旧踏在云层里，起起伏伏、深深浅浅。

"现在怎么样？"裴听颂几步走到他身边，"是不是不那么怕了？"

怕。

经此一劫，他终于计算清楚危险与危险之间的重量级。没有什么比得上裴听颂，他是最大最不可控的风险。

"好多了。"方觉夏看着地上的影子回答。

后来的游乐园之行他都记忆模糊，一半的魂魄好像还留在二十米开外的高空，后来玩了什么做了什么，他好像都只是迷迷糊糊地在参与。连导演都开玩笑说把方觉夏吓坏了，吓得没魂儿了。后来围观的人越来越多，他们不得不提前结束了拍摄。

玩了一天又提早收工，大家都特别开心。路远回公司和编舞老师见面，贺子炎也和他一起回去，要讨论编曲。江淼的妹妹快要过生日，拉上一向会来事儿的凌一陪他去买礼物、订蛋糕，准备惊喜。

方觉夏的计划是回宿舍先洗个澡，休息一小时后去练习室练舞，可等他出来的时候宿舍里又只剩下他和裴听颂。对方和他差不多，也刚洗完澡，穿了套白色棉麻睡衣，从冰箱里拿出一瓶冰水咕咚咕咚仰头灌着。

感冒还没好全，就穿这么少。

他没把这种唠叨的话说出口，因为好像也与他无关。方觉夏关上浴室的门径直回到卧室，帮凌一把掉在地上的小黄人玩偶捡起来搁在桌子上，然后上了床。

橘红色的黄昏余光从阳台爬到他墨蓝色的被子上，他定了个闹钟，缩进被子里。高空后遗症——那种天旋地转的错觉在闭眼时最明显。很不舒服，他翻了个身趴着，脑袋埋在枕头里，想减轻这种失重感和眩晕，但收效甚微。

"你成年了，哥哥。"

裴听颂的声音反复出现在他的耳边，难以安眠。

忽然间听见脚步声，方觉夏侧了侧头，看见一双长腿在自己床边。他有点被吓到，不知怎的下意识把被子拉起来遮住自己的脑袋。

"你干吗？"裴听颂想把他被子拽下来，"我还以为你睡了。"

"是要睡了。"方觉夏闷声说。

"你忘记你答应我什么了？"

对，他真的忘了。他被蹦极和所谓的成人礼搅得一团乱。

方觉夏怕面对裴听颂，可每次在他辗转反侧的时候裴听颂又偏偏出现，还总是握着一个强有力的理由，让他没办法躲开。

他放弃挣扎，任由裴听颂把被子拉开，半眯着眼，看见裴听颂和拎着的医药箱。

现在倒是越来越娇气了，以前被砸得流血都强撑着不让人包扎的。

算了，不管怎么说都是他弄破的，总得负点责。方觉夏掀了被子盘腿坐起来，拿过那个医药箱，打开翻找治口腔溃疡的药粉，尽量端出悬壶济世的冷静姿态："你坐下来。"

裴听颂坐在床边，发现他头上翘起一撮头发，显得傻傻的。

"你现在睡觉，晚上不睡了？"

找到了。方觉夏拿出那一盒药粉，晃了晃："我睡一会儿去练习室，晚上不回来了。"

"你一天天的这么练下去不怕把腰练坏啊？"

"我本来就有腰伤。"方觉夏说得云淡风轻，抽出一根细长棉签蘸取粉末。

可裴听颂听起来不太是滋味儿，他明明和方觉夏在一起也相处了两年多，但不知道对方腰受过伤的事。瞟了一眼他的腰，裴听颂移开眼："那你就更要多休息了。"

"谁都想休息，可跳舞这种事，歇一天身体就会迟钝，休息太多人就会生锈，在舞台上就会变笨。"他凑近了些，"转过来。"

裴听颂照做了。怕挡着光，方觉夏歪着头凑近，眼睛注视着他嘴角上那一个小白点，那个万恶之源。

蘸了药粉的棉签很轻很慢地点上去，方觉夏抬眼观察了一下裴听颂的表情："疼吗？"

裴听颂愣愣地看着眼前的人，感觉自己做了一个错误的决定。明明在心里想好了是要戏弄方觉夏的，可他看到方觉夏趴在床上的样子会下意识放轻脚步，听到对方说腰伤会愧疚、会担心。

暮光把他的睫毛照得半透明，轻微扇动。

点上嘴角的不是什么灵丹妙药，只是一只云淡风轻的蝴蝶，顿一顿，又飞走。

"疼？"方觉夏又一次问。

裴听颂慌乱地眨了一下眼："有一点。"

"忍一忍吧。"

伤处被药粉刺激，像是细细的针尖扎在心口。

"好了。"方觉夏用手掌轻轻扇着风，帮裴听颂缓解嘴角的疼痛，"多喝水，吃一点维生素。"说着他低头从箱子里找出维生素 B、维生素 C，和药粉一起塞到裴听颂手里。

"这个药一天涂三次，疼得厉害了也可以涂。"

"好。"

听到裴听颂这句"好"，方觉夏还有点意外，难得这么听话。

"你睡觉吧。"裴听颂站起来把医药箱拿走，却听到方觉夏在后头说："我好像也睡不太着。脑袋晕晕的，闭眼就很难受。"

裴听颂说："可能是恐高的后遗症，你睡觉可能会梦到在高处，到时候更难受。先别睡了，找点可以放松的事做。"

他说完就走了。方觉夏的房间一下子变得空荡荡，他干脆起床，走到阳台，拿起水壶给他的花花草草浇水。他很早之前在路边买了一株仙人掌，不是球形，而是长长的那种。他蹲下来，拨了一下仙人掌上的刺。

之前很少给它浇水，从没关心过。方觉夏举起水壶，浇了一点点，不敢太多。

做点可以放松的事。

方觉夏拿出数独本，坐到阳台的懒人沙发上，对着残存的夕阳做题。这种平复心情、集中心力的方式曾经百试百灵。他握着笔，那些数字渐渐地晃动起来，在空白格里跳动。

裴听颂回到房间打开电脑，他想把之前没写完的歌词写完，可一打开就看到"fjx"文件夹，忍不住又点开，戴着耳机循环方觉夏这首抒情曲 demo。

他从没有写过情歌的歌词，也懒得写。大多数情歌的歌词在他眼里毫无新

/ 060 /

意,三两句陈词滥调反复咀嚼,早没了精华只剩渣滓。

可这首歌就是情歌吧。

钢琴声和哼唱缓缓流动,潜意识操控着笔,在纸上沙沙写着。

04

他凭着下意识写完,可醒过神来再回头看,却被自己写出来的东西狠狠蜇了一下。这是什么?他为什么会写出这个?

裴听颂像是划掉了最后一句,划了好多下,后来干脆撕下那一页,揉成纸团丢到桌子一角。

隔着耳机都听见窗外东西摔碎的响声,他站起来探出头看了看,隔壁的阳台上有身影在晃。怕方觉夏又磕了碰了,裴听颂放下东西去到那边,这次进去的时候还敲了两下门。

"你干吗呢,这么大动静?"他故意用埋怨的语气,"吵死人了。"

走过去看见方觉夏正在收拾地上的碎片,裴听颂又吓了一跳,连忙拽开他:"哎,你别用手啊。"

"没事,这个花盆的沿不是很锋利。"方觉夏把最后一块陶土碎片扔进垃圾桶。裴听颂这时候才发现,他摔碎的是一盆仙人掌。

"你这是干吗?"他蹲下来指着栽倒在地的仙人掌,"打击报复啊?"

"你这人想象力真丰富。"方觉夏把地上的土扫到一起,转移到备用的花盆里,可这株仙人掌让他有点无从下手,于是他开始指使裴听颂,"把这个拎起来。"

"为什么是我啊?"

"同类相亲。"方觉夏在土里戳出个坑,"放这儿。"

裴听颂两根手指捏起顶上一根长刺,仙人掌颤颤巍巍落入方觉夏挖好的陷阱里。

"你刚刚就一直在弄这些花花草草啊?"裴听颂瞟了几眼,不小心看到他搁在懒人沙发上的数独本,但奇怪的是上面没填数字,倒好像是写了一行字。

"嗯。你呢?"方觉夏挡住了他的视线,双手把土压实,"你刚刚在做什么?"

"我?"裴听颂没想到话题会回到他身上,犹豫了一下。方觉夏也没打算等他给答案,站起来将那本数独本合上,谁知忽然间听到裴听颂在身后说:"我想给你的 demo 填词。"

方觉夏疑惑地转头,看见裴听颂盘腿坐在地上:"但是我没有恋爱过,不知道怎么写情歌的歌词。"

这是方觉夏第一次从裴听颂的口中得知他真的没有恋爱过的事实，听起来还是很有冲击力的。方觉夏坐回懒人沙发上，沉默了一会儿："那首也不一定就是情歌。"

裴听颂抬起头，看向他。方觉夏抱着那本数独本，静静开口："毕竟照你这种说法，我应该也是写不出情歌的。"

他这个意思是……他也没有恋爱过？裴听颂有些不敢相信，方觉夏这种长相放在学生时代没几个女生不喜欢，性格也温和，除了对待他的时候过分冷漠。

裴听颂不禁质疑："真的假的……我不相信你们学校没有女生追你。"

"有是有，但我根本没有时间。"方觉夏的表情很是坦诚，他往后一靠，"我很早就开始学跳舞，每天都很累，要努力学习，放学了又要立刻赶去舞蹈室。后来，你也知道，我的舞蹈演员梦泡汤了，谁知道在去上学的路上被 Astar 的星探发掘，成了艺人。那个时候也是一边念书一边练习，每天都很辛苦，睡都睡不够，哪里还有精力去谈恋爱？"

"所以你是想谈恋爱但没有时间？"裴听颂理了理思路，还是觉得不对，"真的遇到喜欢的人不会挤不出时间的。"

"我不想。"

方觉夏的答案突如其来，很短也很笃定。

"为什么？"

空中飘浮着一片粉橘色的云，方觉夏盯着不动："因为……"

他犹豫了，不知道应该怎么跟裴听颂讲，或者说要不要讲。方觉夏很厌恶自我剖析的感觉，敞开一次就要冒一次情绪决堤的风险。

失控真的很可怕，他害怕自己会变成失控的那类人。

裴听颂察觉到了什么，于是转移话题："其实我也不想，"他补了补，"至少以前不想。我看过一篇心理学论文，里面有这样一句话——孩子的情感启蒙是父母感情的映射。我呢，从小就没怎么见过我的父母，长大一点了，才知道原来他们不是因为相爱才结婚的。"

听到这句，方觉夏侧转过身，用蜷缩的姿势看着裴听颂："那为什么要结婚？"

"说起来挺讽刺的。我母亲的祖上移民海外，在海外经商很多年，家族庞大。我外公是他那一代最小的也是唯一的儿子，但他真的毫无经商头脑，也没兴趣。年轻的时候做生意总是失败，好几家公司倒闭了。"

好几家公司。方觉夏想着，果然是有钱人，耗得起。

"感觉也是，你外公……"他说到一半顿住，本来想说裴听颂外公看起来就文质彬彬，但他是不小心看到那张照片的。

"我外公怎么？"

方觉夏歪在沙发上摇摇头："感觉应该和你一样吧。"

"他比我厉害多了。他很有文学天赋，生意失败但写的书很好，用化名出版了小说和诗集，后来他也就无心商业，一心只想过他的浪漫主义人生。"裴听颂深吸了一口气，"他只有我妈一个孩子，所以把她惯得跟公主一样，除了一张漂亮脸蛋其他什么都没有。家族的长辈觉得他们的商业大厦不能就这么垮掉，于是选了一个新贵和她商业联姻。

"我外公告诉我，当时他是很反对的，两个不相爱的人在一起会很痛苦。事实证明一点也没错。生我之前他们还会勉强住在一起，生下我之后，我妈就满世界旅游，享受人生，过她喜欢的纸醉金迷的生活；我爸忙着挣钱，挣下下辈子都花不完的钱。"

方觉夏很难想象在那样的家庭里长大是什么感觉。

"那你从小就看不到父母，不会想他们吗？"

裴听颂笑了笑："我已经忘记想念父母是什么感觉了。"他继续说，"我一个人在家总归不行，所以外公就来陪我住了。

"我后来喜欢上嘻哈，觉得那是世界上最能抒发情绪的载体，于是就更没心思把自己浪费在一段段没结果的关系里，我想找一个出口，想表达。"

方觉夏终于明白为什么裴听颂会这么矛盾。他和自己的外公一样，被放置在了一个并不合适的模具里，但他的选择是激烈地反抗，反抗从未陪伴他成长的父母，反抗这个金丝笼，去追求自己真正喜欢的东西，无论代价多大。他忽然很想安慰对方，他知道这是自己的同情心在泛滥，可能会被裴听颂嫌弃，所以只是坐了起来，没敢上前去。

他知道为什么裴听颂不相信爱情了，人要怎么去相信没有见过的东西？

裴听颂甩了甩手，语气轻松："其实很多有名的哲学家都终身未婚，柏拉图、笛卡儿、斯宾诺莎、康德、叔本华、萨特……数都数不清。"说着他似乎想到了某个相当好的论据，"你知道诗人莱蒙托夫吗？他说过一句话——热恋和幸福使我玩物丧志。"

这是个既新奇又现实的说法。

方觉夏把他说的话在心里反复揣摩，觉得自己那点回忆也没什么要紧了。尽管裴听颂没过问，但他还是选择剖开自己，他不想只做听故事的人。

"我是不是……从来没有提过我的父亲？"

裴听颂没料到方觉夏会说，他早就察觉到了，"父亲"这个词对对方来说就像是一道障碍，每次说到，都会习惯性绕开。

/063/

"对。"

方觉夏双手抱膝："他之前是一个很有天赋的舞蹈演员，我妈很爱他，他们很相爱，就像我上次说的，他们不顾一切地在一起了。"

这就像是童话和诗篇里的爱情故事，但裴听颂已经看到了结局。

"后来有了我，我们一家很幸福。我现在回忆起来，觉得用'幸福'两个字形容我的童年一点也不夸张。我曾经也是在爱中长大的孩子。"方觉夏的眼睛飘向远处最后一点天光，喉结滚了滚，"再后来的事我说过，我检查出来夜盲，然后落选。这对一个家庭其实也不算多大的打击。但是我父亲，他获得了一个特别好的，对他来说可以改变一生的机会。"

方觉夏看向他："一部非常著名的舞剧请他挑大梁担当主演，他为了这部舞剧练习了整整四个月。我每天都特别期待首场演出的日子，数着日子上学，就为了等那一天。我记得特别特别清楚，那个时候我正趴在桌子上给日历画最后一个叉，电话响了，我妈没听几句，就顺着墙壁滑下去，坐到了地上。"

他试图给裴听颂形容，双手比画着："那个舞剧结束的桥段是一个坠落的动作，要后仰落到一张网中。我爸开场前最后一场彩排，一切都很完美，他最后奔上高台，落下去，但那张网并没有固定好。"方觉夏的语气依旧没太多波澜，平铺直叙，仿佛在陈述一件和自己并不相关的事，"他从几米高的地方狠狠地摔了下来，腿断了。"

裴听颂望着方觉夏，试图在他脸上找到一丝难过的痕迹，好出声安慰，但他太平静了，眉头都没有皱一下。

"他不仅错过了职业生涯中的最好机会和高光时刻，也没有办法继续跳舞了。那条腿遗留下来的问题很大，算是断送了职业生涯。"

"后来呢？他有没有转行？"

方觉夏拉了拉自己的袖子，觉得有些凉："后来……后来他就每天喝酒，烟也抽得很凶，就在家里抽，我妈说这样对孩子不好，他也不在乎。他们天天吵架，大多数时候是为了我，他有一次喝醉了甚至对我说，以后也会像他这样当个废人。他是被老天捉弄，而我生下来就没资格在舞台上跳舞。"

方觉夏的声音终于有些发颤，他吸了吸鼻子："我很怕见到他，也很害怕在家里见到酒。他有一次和我妈吵架，忍不住动了手，清醒过来又抱着她哭。很矛盾对吗？人原来会变成这样。"说完他看向裴听颂，笑了笑，又摇了摇头。

"我妈还是很爱他，希望他可以振作起来。但是没什么用，他一次次试，又一次次失败，后来甚至染上了违禁品。某一天我从学校回家，发现家里值钱的电器都不见了，我以为是小偷，检查还丢了什么。"方觉夏用食指戳了戳自己的拖鞋尖，埋着头，"我看到衣柜里，他所有的衣服都不见了。他再也没有回来。"

"爱情真的很脆弱，保质期也很短。有时候根本等不到它变化，一根稻草就能压垮。"方觉夏冷静得像个局外人，"我妈现在都还在等他，她不愿意搬家，就留在花城的那个小房子里，闲下来的时候望着门可以望一天。就为了那短暂的几年幸福，她换来了一辈子的痛苦。"

裴听颂起来，走过去蹲在方觉夏的面前，伸手揉了一下他的头发。

"我讲的故事很普通对吧？没有你期待的那么轰轰烈烈。"

爱情故事的最初美好得都很雷同，一触即燃，灵肉相撞，恨不得能一秒钟过完一辈子，在一个吻里结束生命。但悲剧的终章各有各的不同，轰轰烈烈还算有结束的仪式感，最怕平平淡淡，潦草收场。

裴听颂了解了方觉夏为什么一直封闭自我，为什么像一个机器一样管着自己的情绪，因为他觉得自己别无选择。

这么多年他不仅在黑暗中摸索，还把离开的父亲当成自己的一面镜子，一面只能映照出失败的镜子，藏在心里，时不时拿出来照一照，约束自己。

裴听颂轻轻摸着他的头，声音低沉温柔："所以，这就是你不相信爱情的原因，因为你生活在一个失败的案例里。"

方觉夏后知后觉感到害怕。他竟然就这样把自己最深处的那么一点东西都剖开给裴听颂看，把他脆弱的命门展露出来。他好像是说给裴听颂听，又好像是说给自己。

不要随便地陷入一段感情。

手指戳到地上，方觉夏低着头，画出一道横线，对自己也对他说："你可以举出很多有理数的例子，穷举不可能举完，对吗？"

裴听颂点点头："嗯。"

"但你知道吗？给一个数轴，你任意取一点，选中的点是有理数的概率为零。"

方觉夏抬起头，冰冷的眼里映着完全暗下来的天空。

"这就是所谓的真爱。"

05

裴听颂几乎是一瞬间就理解了方觉夏的话。

这个世界上的绝大多数人，每天都在茫茫人海中寻找真爱，被一段段佳话麻痹到误以为自己也一定可以与某个人相爱一生。大家都以为自己获得的是一

/065/

辈子不会被冲淡的蜜糖，事实上多数是很快就过期的劣质罐头。带毒的工业化学剂一口口喂下去，甜美幻觉消散后只剩下痛苦的后遗症，少则数月，多则数年，甚至是一辈子。

没人能否认有理数的存在，但相比于稠密的无理数来说，那些稀疏的点比流星还罕有。

他忽然间好奇起来，于是不假思索地开口。

"假如，我只是做一个假设，"裴听颂看着方觉夏的眼睛问，"如果你有一天真的爱上某个人，你会怎么样？"

方觉夏与他沉默地对视，眼神不可控地晃了晃。他被问住了。这个问题似乎从他懂事以来就被割裂在人生规划以外，他没想过自己爱上谁这一种可能，更没有提前做出假设在心中推演。

"我不知道。"他最终还是照实说了，"这种假设没有意义，人是复杂生理机制的集合，你连自己的一根神经都很难掌控，何况……"

何况是控制爱一个人的情绪。

他没有说完剩下的话，不知道为什么，他说不出口，只能咽回去，耸了耸肩，将这个问题抛回去："你呢？"

"我？"裴听颂思考了一下，"我虽然没见识过什么真爱，也不太想追求什么，但如果真的出现了……"

"我不会躲的。"他挑挑眉，"就算我选中的是一个无理数，没关系，我也会把它当作有理数去对待。说起来有点唯心主义，但我觉得有些事就是可以为我的意志所转移的。"

方觉夏佩服他的胆量，这样的话从其他人口中说出，多少有些飞蛾扑火的意思，但由裴听颂来说，就好像不一样。

"你的母亲也是这样，用自己的意志在等待。起码在她的心里，她选中的仍旧是一个有理数。她的爱情还没有死。"

他这样说，方觉夏是承认的。在母亲内心深处，那个人总会回来，但方觉夏不相信："可你从她身上也看到了，失败的爱情就是绝大多数，你甚至没有亲眼看到一个成功样本。你不害怕自己也一脚踏进失败里吗？"

面对方觉夏的质问，裴听颂显得很轻松："我不害怕失败，更不害怕低概率和稀缺性。相反，我很喜欢。"

他一字一句，说得大胆又直白："我要就要最稀缺的东西。"

方觉夏哑口无言。他们都是失败家庭的结晶，但一个放纵只求自由，另一个精确规避失误，持有截然相反的观念，对于爱情也持极端态度。即便如此，方觉夏也不得不承认自己被裴听颂说服了。

裴听颂的手机忽然响起，中断了这场爱情观的博弈。他接通之后简单地回了几句就挂断。

"老板让我们去公司，把主打歌一起做完。"他站起来，伸了个懒腰。方觉夏也跟着站起，把那盆仙人掌放到一个安全的角落，拿起喷壶喷了点水，观察了一下，又喷了一点，然后他意外地发现了什么，语气带了点惊喜，自言自语："是不是要开花了？"

裴听颂看着他蹲在地上认真扒拉仙人掌顶端的那个样子，忍不住又笑起来。

"方觉夏，你呢，就是顶了你外公的壳子在生活。"

方觉夏没明白他的意思，扭转身子看过去，手里还拿着小喷壶。

"你爸是个视艺术为生命的人，你妈为了爱情奋不顾身。你不是讲究科学吗？基因的力量可是很强大的，你是这两个人的小孩，"裴听颂两手插在口袋里，嘴角带笑，"所以你骨子里其实也是个浪漫主义者。

"你总有一天要承认。"

说完裴听颂离开了，留下方觉夏一个人，他愣了一分钟，又转过身盯着那盆仙人掌。

"浪漫主义者"，这五个字和他简直就是双曲线的关系。

赶到公司的时候老板陈正云也在，他已经预先听过了方觉夏的无歌词demo，大加赞赏，发现方觉夏对旋律有着天生的敏感。作曲很大程度上是一个拼天赋的工作，有的人如何努力学习乐理知识也很难写出一段抓耳的高光旋律。

"之前一直把你往舞担的方向培养，还觉得路线特别正确。现在看来，公司真的差点错过一个宝藏。"陈正云自己过去也是创作型歌手，在开公司前已经转型成相当优秀的制作人，写了很多歌，对方觉夏的天分毫不吝啬地给予夸奖，"既然是主打歌，我们还是希望它不要只成为一首表演性重过旋律性的歌，要有传唱度，让人听一次能记住。"

公司里的另一个作曲家用吉他弹了一下他们改动后的曲子。

"这算是第三版了，我们讨论了几个小时，子炎回来也一直和我们一起改。"

裴听颂坐在一边："改多了耳朵容易发麻，听不出好坏。"

"所以把你们叫过来。"陈正云又开始敲打他，"你呢，歌词怎么样？压得住这首歌的概念吗？"

裴听颂实话实说："我现在脑子里挺乱的，这首曲子风格有点杂，概念很多，我很难理出一个核心……"

正说着，门又被推开，江淼和凌一也来了："你们都到啦。"

"我来晚了。"江淼搬了把椅子坐下。陈正云说："没事，小淼，你的琴我让他们拿过来了。"

大家又开始讨论，方觉夏还在回忆着之前作曲家弹的曲子，旋律在他的脑中被拆分开，一段一段，甚至一个音一个音。

就在其他人讨论的时候，方觉夏自己坐在了一架电子琴前面，弹出一个非常简单的和弦，然后试着哼唱还原刚才的旋律，但每到中间就会卡住，他又试了一次，发现还是如此。

裴听颂发现他自己一个人在试，偷溜过去，坐在他旁边："有想法了？"

"我觉得你刚才说得对，"方觉夏双手放在黑白琴键上，"我们的旋律做得太满了，不顺畅，其实完全没有必要，燃点可以用编曲解决。过满的旋律让人听的时候很容易产生混乱感，记不住调子。"

他试着砍掉一部分旋律之后哼唱，听感一下子上来许多。裴听颂点头："但这样强烈感会减弱。"

"不会。"方觉夏很肯定，"因为现在我给你弹的是最简单的和弦，编曲是舞曲的灵魂。旋律在精不在多，好编曲可以完整地体现出歌曲的层次、节奏和意境。"

弹着弹着，方觉夏忽然想起昨天晚上江淼练琴的时候弹的曲子——琵琶名曲《十面埋伏》，当时他还特意跑去听，最开始扫弦那几下杀气十足，颇有点空城一曲逼退万马千军的气势。

他脑中出现一段旋律，只哼了两句就引起了裴听颂的注意："这个好听，几个转音连起来有种中国风的感觉。"

方觉夏笑了笑，又在电子琴上弹了出来，其他人也被吸引，陈正云望着他问："这是你刚刚写出来的？"

手上的动作停下，方觉夏记了下谱子，然后对所有人讲了自己的想法："我们之前一直在旋律上加东西，越加越杂。可能是因为我一直没参与前面的作曲，只听了编好曲的demo，算是站在纯粹的听者的角度。刚刚又听到老师弹的钢琴版作曲，我发现其实我们把旋律做得太满了，放在复杂度高的编曲里很难听出来，但是单独用钢琴弹出来就能发现。"

他试着弹了一段作曲里的主歌："一个好的舞曲，哪怕用最简单的和弦去配，不插电也能很好听，这是旋律性。刚刚我试着去弹，发现这个曲子有很多冗余的部分，砍掉一些，加入重复的抓耳旋律就很好了。"

裴听颂听着他弹出来的曲子，忽然间想到什么，对江淼说："淼哥，你能不能用古筝弹一段？"

听到对方说这句话，方觉夏不禁有些惊讶，他还没有说，裴听颂就已经领会到他心中所想，这有些不可思议。

江淼微笑着坐到琴边，粘好指甲："弹什么？"

"扫弦就好。我跟你的扫弦进去。"方觉夏的手也放琴键上，等待江淼的信号。江淼半低着头，指尖微聚，手腕一抖扫下一音，如同一阵肃杀的风。

这就是方觉夏要的效果。在江淼扫出第二声的时候，电子琴的音色加入代替主歌，方觉夏哼唱出转音。贺子炎很快就意识到了他想要的风格，拿出打击垫敲出节奏。

整个合作非常简单和临时，但是出奇地糅合在一起。方觉夏继续说："之前只给出了元素，但没有主概念，显得很混乱。但我昨天听到淼哥用琵琶曲练琴，《十面埋伏》开始的几个扫弦和扫摇非常有杀气，我想我们这次的歌可不可以以战士作为概念。"

他平日里寡言少语，但说起对音乐、对舞台的理解时满眼都是光："就像古代行军时的战鼓和阵形，还有舞剑，这些都和歌舞表演是同源的。我们可以取战士的概念，利用节奏感强又有攻击性的编曲，配上捎带悲怆感和信念感的作曲，相信就可以很好地融合成之前我们想要的效果。"

贺子炎突然有了灵感，用他的 MIDI 现场挑出一个电子音，非常类似刀剑的声音，他对江淼说："你再扫一次。"

MIDI 仿刀剑的声音和古筝扫弦的声音融为一体，如同剑客过招。

"好，这个概念很好。"陈正云又说，"到时候可以采样真正的剑声，和电子音放在一起有种虚实交错的感觉，应该更贴近刀光剑影的场景感。"

裴听颂忽然间有了灵感，他仿佛已经看到十面埋伏之下背水一战的画面，埋头写了几句词，定一下基调。

一屋子人为了一首歌熬了一整个晚上，丝毫不觉得累，后来路远也来了，他们将完整的旋律整理出来，裴听颂几乎是当下就给出了第一版歌词。他们干脆转移阵地，去录音棚把带了词的 demo 录出来。

从录音棚里出来的时候，天已经完全亮了。六个男孩子瘫软倒在录音棚的大沙发上，头挨着头，被陈正云揶揄说他们像一窝小狗。方觉夏觉得幸运，尽管他们没有在资源丰富的大公司出道，但他们有更多的创作自由。

"这几天我们赶工把编曲也做出来，大家练习练习，争取下下个月，不，下个月就发预告。"

"我们终于要有第二专了！"凌一激动地咬上了贺子炎的外套，被他一巴掌打开："你还真是吉娃娃。"

Kaleido 的热度与日俱增，前来洽谈工作的也越来越多，但为了准备二辑，公司推掉了很多商业活动，除了之前签的一些综艺和代言，其他工作都没有安排，让他们可以专心练习。归根到底是一个男团，热度和曝光固然重要，但男团的立身之本依旧是歌曲和舞台，只有交出一份令粉丝满意的答卷，他们现在持有的热度才不会变成一触即破的泡泡。

歌曲制作的同时他们开始了新一轮的造型策划和 MV 策划。星图花了大价钱请来一个舞台服装设计师，专门为他们六个人设计服装，用以 MV 拍摄和打歌表演。之前公司太穷，没什么本钱放在造型上，现在 Kaleido 开始赚钱了，这些钱也要用在刀刃上。

裴听颂出于日常念书的原因，出道一直没有怎么染过头发，但这次回归的概念具有很强的攻击性，这一点和裴听颂是最吻合的，染发是引起关注的一大利器。策划和造型师做了许多方案，他的原生发色实在太黑，他们先把他的头发漂了，染成银白色。

染头发是件苦差事。裴听颂一边上学一边练习就已经很辛苦，周末懒觉也没法睡，早早地就被揪起来漂头发，困得好几次睡过去，醒来又觉得饿。

"这么困啊。"染发师都忍不住笑起来。

"太困了。"裴听颂看见他们的策划方案，又想到了什么，向染发师打听，"觉夏这次是什么发色？"

"觉夏啊，他这次可能要染黑。"

黑头发。裴听颂想象了一下，方觉夏皮肤白，瞳孔颜色也淡，原本的发色就已经偏棕色了。但他本身距离感太强，气质过冷，公司想要提高亲和力方便吸粉，一直都给他染的深棕色头发。现在换成黑发，和皮肤颜色的对比度会增强，他应该看起来会更冷。

"那他什么时候染？"

"他可能晚点，反正也用不着漂，彩色的先来试试颜色，你完了之后就是凌一。"

他还以为今天方觉夏会来呢。裴听颂想了想，还是拿出了手机，打开微信。

在练习室刚练完一个小时的舞，方觉夏的手机响了一声。他拿起来一看，是裴听颂的消息。

导盲犬：你在哪儿？在干吗？我饿死了。

这算什么，让他给送吃的？方觉夏想了想，故意装作听不懂的样子。

除了漂亮还是漂亮：练习室，跳舞，饿了就点外卖。

发送完之后方觉夏还觉得很开心，头靠在墙壁上轻轻点着，心里的小时钟走了十下，手机再一次振动起来。

导盲犬：你好，要一份蟹黄生煎，一份葱油面少放油。

他还发了个"拜托拜托"的表情。

方觉夏看了看时间，拿起衣服站起来离开练习室。他们公司楼下有一个开了十几年的小吃店，里面的小笼包和生煎是一绝，公司里的人经常一点就是十几笼送上去。方觉夏的手机里也有老板的电话，但他还是下了楼，戴着帽子和口罩亲自去买。

他也不知道为什么，大概就是想溜达溜达。

"欸？觉夏你好久没来了啊，吃点什么？"老板是个很热心的中年男人，说话带着点上海口音，特别亲切。

方觉夏点好之前裴听颂要的，又加了杯豆浆："麻烦帮我打包一下。"

"好的好的，生煎不要辣椒酱对吧？"老板很熟悉他的口味。

"要，"方觉夏立刻说，"要辣椒酱。"

老板忙活的手停下来："哟，开始吃辣啦？"

"不是……"方觉夏笑了笑，"给队里的小孩儿带的。"

"哦——"老板也笑起来，"你们几个关系真好，像亲兄弟一样。"说话间他已经把小吃都打包好，交到觉夏手上，"下次再来啊。"

"谢谢老板。"

也是稀奇，裴听颂本来困得不得了，可给方觉夏发完消息之后整个人又精神了，闭着眼也睡不着。他望着镜子里的自己，百无聊赖地开始哼歌。

"这是什么歌？"染发师给他检查了一下褪色情况，随口一说，"还挺好听的。"

裴听颂这才反应过来，他下意识哼出来的是方觉夏写的那首歌。

"就随便哼的……"

差点就替他泄曲了。

正心虚着，面前出现一只细白的手，拎着外卖盒放在了他跟前的台子上。裴听颂惊喜地抬头，看见全副武装只露出一双眼睛和胎记的方觉夏。

"你遮得这么严实，一点也没用。"

光是手就能认出来。

方觉夏不明白他的意思："为什么没用？"

裴听颂话到嘴边又一转："我的意思是，你不遮住那个胎记有什么用，全世界还有第二个人长这样的胎记吗？"

说得好像挺有道理。方觉夏扭头看了看镜子，摸着自己眼角的胎记，然后又想到什么，转过来对他说："快吃，凉了就不好吃了。"

"我真的饿死了。"他夹了一个生煎咬了一口，含混不清地问，"你不吃吗？"

"我吃过早饭了。"方觉夏甚至没有坐下。裴听颂怀疑他可能真的只是来给自己送个东西，说不定马上就要走。

"你再吃点。"裴听颂借口身材管理，一定要让方觉夏也吃，方觉夏拗不过他，只好坐在他旁边吃了一个生煎。

方觉夏吃东西的样子很斯文，每吃完一口会习惯性舔一下嘴唇。

吃完一整个生煎，方觉夏拿纸擦干净手，看见裴听颂一直看着自己，还觉得奇怪："你看我干什么？"

"没什么。"裴听颂赶紧扯开话题，"我头皮有点疼。"他刚抬起手，手腕就被方觉夏握住。

"别抓。"方觉夏说，"漂头发是有点伤头皮的，别把褪色膏弄到手上。"

"但是我头皮很难受。"

"我知道。"方觉夏低头，掐了一下裴听颂的小臂。裴听颂压根儿没想到："你干吗？"

"这样可以转移注意力。"方觉夏又掐了一下，然后抬起头，冲着他笑。

染发师刷着手机，忽然笑出来："哎，你们的团综游乐园上期出来了欸，鬼屋特辑。"

他的声音一下子把裴听颂的思绪拉回来，也让方觉夏松开手，扭头问道："这么快吗？我都没看到。"

"你们都上热门了。快去看！"

方觉夏拿出手机，打开难得上一次的微博，一点进热门就看到熟悉的名字。

"热门的第二和第三都是你欸。"

听见方觉夏说话时的尾音和可爱的语气，裴听颂还颇有些得意，觉得特别受用，于是清了清嗓子，露出热门常客云淡风轻的表情："是吗？怎么又上热门了？"

"嗯。"方觉夏拿手机给他看，彰显出满满的分享欲，"你看。"

裴听颂故意只瞟了一下，结果大跌眼镜。

"裴听颂鬼屋"。

"裴挺尿"。

第三章

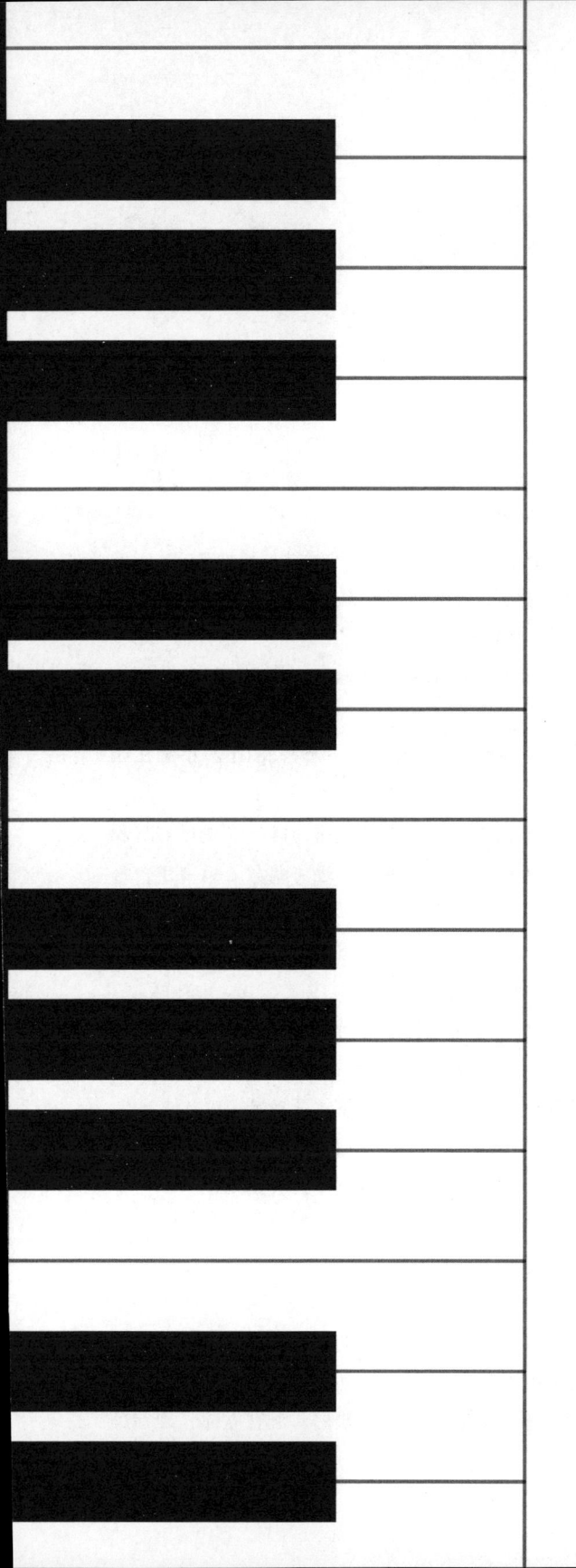

逆势之战

Fanservice Paradox
KALEIDO

01

看到热门之后，裴听颂的脸瞬间垮下来。他抢过方觉夏的手机点开热门，满屏幕的"哈哈哈"几乎要飞出来扑他脸上。

吃葡萄不吐葡萄皮：哈哈哈啊哈哈哈哈哈（换气）哈哈哈哈哈哈！

快乐源泉卡莱多：难为后期小哥了，哈哈哈哈！裴听颂真的口吐芬芳式怕鬼，一路都是"啊！哔——哔——"。哈哈哈！

小天使牌烤鸡翅：哈哈哈哈，怕到背诵无神论者姓名！哈哈哈哈，这是什么神奇本能反应！

卡莱多今天爆了吗：隔壁那个对比视频更搞笑！全团只有01和小魔王怕鬼，觉夏哥哥真的太难了。

我的组合天下第一：看第一遍光顾着笑了，看第二遍的时候发现他好有担当啊，怕成这样了还一直拉着队友的手，不像某些人一进去就打着鸣溜了，哈哈哈！

今天也在好好念书：这个团怎么这么搞笑啊！戴帽子的小哥哥真的好有礼貌，不过对着墙壁鞠躬是故意吓鬼吗？

今天也是耳聋女孩：啊啊啊，你们看这一期最后的预告了吗？高能啊，有两个人一起蹦极，看衣服是方觉夏和裴听颂！！！我要死守下一期！

KKKaleido：是什么让一个低音炮rapper唱出了头声？是恐惧。

"不是，有这么好笑吗？"他看向方觉夏，一副理解无能的表情。

染发小哥大声笑起来："好笑啊，哈哈哈，我看到褶子都笑出来了！"

"怎么办？"方觉夏憋着笑拿回手机，"你的人设崩了。"

"你说现在花钱撤热门来得及吗？"

方觉夏看着他，又一次笑了出来。

酷哥人设崩得太快，裴听颂整个人处于精神恍惚的状态。发型师把他的头发吹好修剪了一下，银白色的效果相当不错："哇，突然间有漫画感了。"

方觉夏在一旁看着，也觉得好看。裴听颂本来皮肤白，五官立体，现在染了银白的头发混血感更强，舞台上一定很抓眼球。

发型师拨了拨裴听颂的额发："你之前的头发特别硬，刚刚我还担心你这一染会不会岔毛，现在看好像还好。"

漂了头发的话会不会变软一点点？方觉夏好奇，伸手过去抓起一绺。谁知道被裴听颂发现，还以为这个小魔王会伸手拍掉他的手，方觉夏下意识收手要躲，结果没能来得及，手腕被裴听颂抓住。他就这样握着方觉夏的手，放在了自己的头上。

方觉夏愣了愣，听见裴听颂笑着说："要摸就好好摸。"

"哦。"方觉夏很老实地伸开手指摸了两下，真的软软的，很好摸。

裴听颂问："我染这个颜色好看吗？"

方觉夏点点头，收回了自己的手，也收回眼神，认真回答："好看。"

为了掩盖新发色，裴听颂离开的时候特意戴了棒球帽，又套上白色连帽衫的帽子，双重保障。两人坐车回到公司，和其他的成员一起录歌，一录就是一下午。

这些天他们除了练舞就是录歌，差不多住在公司。好在今天每个人的嗓音状态还不错，录出来效果很好，加之这次回归时间安排得充足，一切都按部就班，不需要过劳赶工。公司也不希望他们的嗓子太疲劳，于是让他们提前回去休息。

程苨把他们送回宿舍："之前的宿舍门锁被破坏，我们怀疑是因为前期播出的团综暴露了这里的地址，引来了私生粉，现在已经在调查了。安全第一，所以公司就把宿舍里的摄像头拆除了，后面的团综可能还是以外景为主。"

"拆了啊！"凌一高兴坏了，"没拆之前我都不敢偷偷吃东西，生怕被拍到了。"

"你还吃呢！马上要打歌了，你们的体重我每天都要往上面报的。"程苨敲了一下他的脑袋，"你们休息吧，一会儿七点钟开个直播，现在在热门上，不能白白浪费了。"

"好——"

方觉夏早上六点就起来，现在困得睁不开眼，拒绝了凌一看电影的邀约，直接爬上床睡觉了。裴听颂在厨房观看了一下江淼和路远的厨艺比拼，顺走了一块切好的西瓜，溜达到沙发边问凌一："你室友呢？"

"睡着了。"凌一目不转睛地盯着屏幕，"一回来就睡了，累坏了吧。"

"我去看看。"

"你看人睡觉干吗啊？变态。"凌一瞥了他一眼，"你这个白毛小鬼头最近天天黏着我们觉夏，别以为我不知道。"

裴听颂就跟踩了狗尾巴似的："谁天天黏着他了？"他转身就走，走了没两步又停下来，把吃完的西瓜皮扔在沙发边的垃圾桶里，又撑了一句，"莫名其妙。"

裴听颂回到自己房间，啪的一声关上门。

"火气这么大，又谁招惹你了？"贺子炎跟个社区大爷似的拿了把迷你扫帚扫地。

"没有。"裴听颂假装无事发生，走到书桌边随手翻开一本书。贺子炎顺带着帮他也扫了扫："裴小六，你这角落的纸团我给你扫走了啊。"

"哦。"裴听颂刚说完，又像是触电一样反应过来，从贺子炎的扫帚底下抢救回那个被他遗忘在角落的纸团，"这个我还要的。"

"什么啊这么紧张？"贺子炎嗅到了八卦的味道，"给哥看看？不会是你写的什么不良诗文吧？"

"不是，是歌词……"裴听颂心里发虚。

可贺子炎不依不饶，把手里的扫帚往床边一搁："歌词？有什么歌词不能让我看到？"

"就是……"裴听颂正不知该怎么说，房门突然间被打开，路远在外面号叫："出来吃东西！"

"马上！"贺子炎应了一声，冲着裴听颂使了个眼色："你小子是不是在学校有喜欢的女生了？"

"怎么可能？！"

"那你反应这么激烈？"贺子炎往他的床边一坐，"小裴，你和觉夏可是咱们团最后两个母胎单身了。怎么？现在是想抛弃你觉夏哥自己开张啊？"

"我没有，"裴听颂都不知道怎么跟他解释了，"我真没谈恋爱。"

"我知道你没有，真谈了脸上是藏不住的。"贺子炎打量了他一下，"我就是觉得你最近怪怪的。"

什么啊？他哪有？

裴听颂仔细回忆了一下，都不知道自己有什么异常表现。贺子炎拍了一下他的肩膀："行了，别寻思了，出去吃东西吧。哦对了，一会儿直播，记得找个毛线帽戴上遮住发色。"

知道方觉夏睡着了，江淼特意给他留了一份三明治，没有把他叫醒。为了管理身材，大家都吃不了太多，全是些清淡健康的健身餐。

方觉夏睡得迷迷糊糊，做了个梦，梦里他回到了自己长大的那间小屋子里。回南天，墙壁都是潮湿的，贴上去的奖状都被打湿了，一个角软塌塌地落下来。

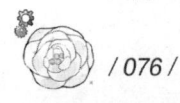

/076/

他走过去，想要把奖状重新贴好，可手够不到。

他变回了小孩子的模样。

离开卧室，方觉夏看到餐桌上凉掉的饭菜，感觉有些饿了，却又吃不下饭。因为他闻到了自己很害怕的气味，浓到散不开的酒精气味。犹豫着迈出脚步，他离开餐厅，一步步朝着他害怕的那个房间走去，酒的味道越发浓郁，令他难以呼吸。

房间内的争吵声清晰可闻。透过那条门缝，他看到母亲的头发被抓住，被一把推倒在地上。他的心一下子揪起来，猛地推开门，等到的却是一个向他砸过来的烟灰缸。

玻璃烟灰缸砸上来的瞬间，眼前出现一片灰茫茫的大雾。

"滚！都给我滚！"

一只手从浓雾中伸出来，揪住了他的领子："你看看你脸上的胎记，多难看，你当不了主角你知道吗？你和爸爸一样，这辈子都不可能成功！"

我不可能成功吗……

他被这手狠狠推开，推倒在地，站起来的时候，周围是一片乌黑，只有一束惨白的追光，从上到下打在他瘦小的身躯上。他被推上了舞台，像一个劣质而残缺的展品。

父亲歇斯底里的声音从四面八方而来，震耳欲聋，他根本无处可躲。

"一上舞台就像个瞎子，有什么用？舞台上的残废！知道什么叫残废吗？

"看看你爸爸我！这就是残废！

"你总有一天会变成我，你知道吗！变成我这样的废物。"

最后一束光也完全熄灭。方觉夏拼命地捂住耳朵，拼了命地摇头，不想成为父亲口中的人，不想成为第二个他。

他要跳舞，他要成为舞台的中心。方觉夏站起来，在黑暗中不断地练习，摔倒，爬起来重新开始，再次摔倒，到再也站不起来。从头到尾，他所拥有的只是黑暗和一身的伤。

残疾。

废物。

生下来就注定要失败的人。

难道这就是他的人生？

呼吸变得越来越急促，方觉夏想找到一个出口，不想再被困在里面。他不得不承认，那么多年过去，他并没有习惯，依旧害怕黑暗。

"我知道你再害怕也会跳的。"

忽然间，方觉夏听到一个熟悉的声音。他回头，背后却没有人。

是谁？

你为什么知道？

"我就是知道。

"因为你是方觉夏。"

他忽然间从梦境中惊醒，如同溺水后重获新生。

"你怎么了？"

梦里的声音又一次出现，方觉夏睁大了眼睛，看向声音的来源。

裴听颂把三明治放到床头的柜子上，伸手摸了一下方觉夏的额头："你怎么了？一头的冷汗。又梦到蹦极了？"

方觉夏紧张的神经终于松下来，他摇摇头，又点点头，缩进被子里："做了个不太好的梦。"

"你睡了快两小时，不饿啊？"

方觉夏摇摇头，还拿被子捂住了自己的脸。

明明是好心来送三明治，没个谢谢就算了，连看都不看一眼，裴听颂心里憋得慌："那我走了，你睡醒了自己吃。"

说走了，其实裴听颂根本没走。看到方觉夏刚才的样子，他还是有点不放心，脚跟粘地上了一样，一步也挪不开，就这么一动不动站在床边看着对方。

没过一会儿，凌一和贺子炎就跑了进来，手里还举着手机。

"我们开直播了！"凌一一下子扑倒在床上，隔着被子抱住觉夏，"啊，我的宝贝觉夏！你睡醒了吗？"

看见凌一猛扑，弹幕立刻沸腾起来。

啊啊啊啊，觉夏！

室友情也太好了！

觉夏哥哥窝在被子里真的好可爱啊！

裴挺灰怎么在哥哥房间？干吗呢？

哈哈哈，裴挺灰！姐妹结合时事给满分！

裴听颂一看凌一这样更来气，直接把他扒拉开："起开，你压着他了。"

凌一不服："觉夏都没说我，你说什么。我才没有压着他，我这叫抱！"说完他更嚣张了，直接掀开方觉夏的被子往里钻，"哇，被子里好暖和。"

还真是了不起。裴听颂掀开了被子的另一头，也钻了进去。

哈哈哈哈，裴挺灰你这会儿不灰了？这么刚。

干啥啥不行，抢哥哥第一名。

床上突然多了两个人，被子还被两头扯来扯去，差一点睡上回笼觉的方觉夏一脸蒙圈，头伸出来瞅了一眼，看见贺子炎坐在床边拿着手机拍他。

"在拍视频吗？"方觉夏迷迷糊糊问。凌一在被子里靠着他的后背："在直播！"

"直播……"方觉夏脑子发蒙，又缩回到被子里。被子里的视野很狭窄也很暗，眼睛迟缓地眨了眨，他隐约看见前面好像也躺了个人。也不知道怎么回事，他鬼使神差地伸出手去，戳了一下。

手突然被捉住，方觉夏一瞬间就反应过来，是裴听颂，除了他没有人敢这么抓自己。他立刻抽出手，往床的另一头躲。

"觉夏你要把我挤下去了！"

见他这么躲着自己，裴听颂更不高兴了，一把把方觉夏拽过来："你要把他挤下去了，没听见吗？"说着他把方觉夏捞上来，"睡觉的时候不要把头蒙着，呼吸会不畅。"

啊啊啊啊啊，小裴好强势！

只要没有鬼！裴听颂还是卡团第一！

不知是不是心理作用，方觉夏的呼吸的确有点不畅。好在凌一很快就把话题转移了，开始念起弹幕上的提问来。

"啊，团综预告。"凌一拍了一下手，"因为我们这次去游乐园玩了很多项目，素材比较多，所以剪了两期。重点来咯，下一期会有我，卡团第一大佬在线蹦极！超级刺激，一定要记得去看！"

贺子炎插进来："只有他们输掉的人去蹦极，我们后来去玩碰碰车了。"

碰碰车我也喜欢！

原来蹦极是惩罚啊！啊啊啊，好期待！

我吃饭的时候看的鬼屋特辑，打开的时候没有想到会这么好笑，饭都喷出来了，差点被我妈毒打一顿。

觉夏还蒙蒙的，好可爱。

他们聊了一会儿，方觉夏忽然有点饿了，扭头看了裴听颂一眼，给他使了个眼色想让他帮忙拿三明治，裴听颂挑了挑眉，一副求我的表情。方觉夏手伸到被子里，掐了一下他的手臂。

裴听颂瞪了他一下，更不打算给他拿了。见他这样，方觉夏只好服软，手指头在刚刚自己掐过的地方又安抚了两下。裴听颂这才罢休，把床头柜上的三明治端给他。

还真是只小狗，顺毛就乖乖听话。方觉夏拿了盘子里的三明治咬了一口，裴听颂给他把盘子搁下面，免得渣掉床上。

哈哈哈哈，凌一真的太好笑了！

啊，某两只在狗狗祟祟地干什么呢！

刚刚裴听颂的表情，好贱！

火哥刚刚凑近那一下好帅啊！我想在火哥的鼻梁上滑滑梯！

淼淼和圆圆怎么还没来啊？

提问提问！哥哥们的理想型是什么样的？

"理想型？"凌一眼尖看到了这个提问，"理想型是说喜欢的类型？"他转头看向贺子炎："这个可以说吗，火哥？"

"怎么不能？你喜欢的不是人啊？"

哈哈哈，贺子炎牛！

哈哈哈，火哥就是你火哥！

哈哈哈哈，不是人。

"边儿去。"凌一伸出脚踹了一下贺子炎，然后郑重其事地清了清嗓子："我的理想型……我想想啊。因为我是四川人嘛，我们那儿的女孩儿都白白净净的，我就比较喜欢白净点的，小巧可爱型。"

"贺子炎，到你了！"凌一握拳凑到贺子炎跟前当作话筒，"请说，你的理想型是？"

是制服诱惑。

哈哈哈啊哈哈哈，制服诱惑够了！我满脑子都是鬼屋的护士姐姐！

"我喜欢的类型，心地善良型。"

刚说完就听见裴听颂"哼"了一声："你少来了，我还心地善良呢，你喜欢我吗？"

贺子炎立刻接茬："我喜欢啊！"

方觉夏咬了一口三明治，问得更具体些："外貌呢？"

贺子炎看着镜头："我要求不多，漂亮就行，最好是黑长直和大长腿。"

这叫要求不多？

哥？你在逗我？？

行，下一个。

凌一握拳对上方觉夏的嘴："四哥来。"

"我？"方觉夏还是第一次应对这种类型的问题。别说理想型了，他都没有幻想过自己恋爱的样子。

凌一开始解围："请注意这不是静止画面。"

裴听颂意外地在意起方觉夏的答案，他只是好奇，这个回避恋爱的家伙会说出什么样的答案，会喜欢什么样的人。

犹豫了半天，方觉夏终于开口："嗯……我可能会喜欢自信的人吧。"

我自信啊，哥！看看我！我ID都叫"方觉夏全网唯一的老婆"了，你看我自不自信！

哈哈哈哈，姐妹够了！

"就是那种在自己擅长的领域可以做到非常出色的人，我觉得这样的人很有魅力。"

贺子炎忍不住揶揄："觉夏这描述的都不像是女孩儿了，像是大佬。"

方觉夏也觉得有点跑偏，他都开始怀疑自己是没睡醒在胡言乱语，为了不造成误解，只好随便加些形容："就，外表不是特别重要，笑起来好看的，还有温柔可爱的，都很好。我不是很挑剔。"

"小裴呢？"

裴听颂本来还在走神，被方觉夏拽了拽袖子，反应过来："到我了？"

理想型是什么样的人？

他还沉浸在刚才方觉夏的答案带来的冲击里："和火哥差不多吧，我没想过。"

"那你小子刚刚还说我？"

"说你什么了？说你喜欢制服诱惑吗？"

瞧见方觉夏皱眉的样子，裴听颂伸手拿了水杯给他："喏。"

方觉夏瞄了一眼，摇头不要，强行把不喜欢的酸黄瓜吞进去。裴听颂忽然间就掀被子走人了，一句话都没说。凌一和贺子炎也不知道怎么回事，看眼色继续直播，和粉丝聊其他的事。

床边一下子空荡荡的。方觉夏也不说话了，感觉自己刚刚吃得有点急，食物塞在食道下不去，心口堵得慌。他低着头，拍了拍自己的胸口。

没一会儿，眼前出现一只骨节分明的手，握着一杯甜橙汁。

抬头望去，裴听颂抬手别扭地拽了一下毛线帽的帽檐，把杯子直接递到方觉夏手上："白开水不要，这个总行吧。"

杯子握在手里，冰冰凉凉的，里面黄澄澄的果汁在摇晃。

"甜的，快喝吧。"

02

送橙汁的举动毫无疑问引爆了直播间的弹幕。

啊啊啊，我刚听到了什么？小裴说甜的？

我的妈，真的好贴心（捂嘴）。

啊啊啊，我看到了什么！

裴听颂人帅心善勿扰。

方觉夏人见人爱我抱走了。

啊啊啊啊……

两个当事人对此还不知情。方觉夏本来还以为裴听颂发脾气了，看见橙汁都有点意外。他喝了一口橙汁，果然很甜，没喝完，准备放到一边，就被裴听颂中途截去，剩下的半杯也被喝掉了。

凌一盯着屏幕上的弹幕："你们还想问什么问题？"正说着，突然听到门被打开。

"《逃出生天》第一期的预告出来了！"路远端着笔记本电脑和江淼一起过来，"新鲜出炉，一起看？"

"啊！终于出来了！"凌一激动搓手，"我等了好久，《逃生》更新太慢了。"

路远把笔记本电脑放在中间，打开音量："那当然了，你以为是我们团综啊，拍了随便剪剪就能播。"

江淼立刻开口："哎，这么说就不对了啊，好像我们团综制作组不用心一样。"说完他特意看了一眼裴听颂，"后期小哥多辛苦啊，光是给小裴消音就累死了。"

方觉夏第一时间笑起来，瞟了眼身边的裴听颂。

"水哥，"裴听颂翻了个白眼，"您真是我亲哥。"

哈哈哈哈，淼淼都开始吐槽裴挺瓜了！

完了，团霸之位摇摇欲坠。

贺子炎调整了一下手机直播镜头："大家好，现在是《逃生》预告 reaction（观看反应）时间！想要和我们同步收看的可以自己去微博打开预告。"

好的！收到！！

截表情包的时候来了！姐妹们加油！

江淼使唤路远："亮度调高一点，声音也放大一点。"

"得嘞。"

"嘘，开始了。"

预告的画面之初是黑暗中一台电视，正播报着一则新闻，但似乎出了故障，屏幕不断地闪动着，严重到已经看不清具体的播报画面。方觉夏仔细听着背景音，好像隐隐有警笛嗡鸣。

电视机的画面突然中断，变成了彻底的雪花屏。

凌一搓了搓胳膊："哇，这个开头有一点点恐怖片的感觉。"

"难道不是悬疑片吗？"路远说。

旁白出现，念的是翟缨收到的匿名信件的内容。

"侦探您好，我这次想要拜托您的事是查找一个逃犯，他身上罪孽深重，十分擅长隐匿身份……"

江淼皱眉："所以这次也是命案？"

"感觉好像是！"凌一摸了摸下巴，"让我看看谁是这次的'杀手'，别被我名侦探卡莱多凌一抓到。"

预告的镜头不断地向前推进，视角离电视机越来越近，直到雪花屏占据全部视野，忽然间，画面扭曲成黑白交错的旋涡，令人目眩。旁白忽然间消失，视频中出现一块来回摆动的怀表。背景音再次出现，是一道沉稳的男声，有条不紊地念着催眠语。

晃着晃着，怀表的链条断开。转场镜头变成一双细白的手，捏着刀片割断了绳索。

"这是觉夏的手吧？！"凌一回头对着方觉夏眨眼睛。方觉夏也只好对着他眨眼睛。

割断绳索的镜头飞快转换成打开手铐的画面。催眠声戛然而止，另一道声音出现。

"我有预感我快死掉了。"

视频的镜头切换到玩家淘汰时的处决席，地板上鲜红的圆圈昭示着玩家的离场，节目组的旁白出现。

"玩家×××，死亡。"

但裴听颂的姓名被节目组消去。方觉夏不禁在心里暗自感叹，节目组竟然把夏习清念的早早日记里的内容和裴听颂上处决席的画面剪辑在一起，扰乱视听。

路远一下子兴奋起来："谁死了？是不是发现'杀手'身份的人死了？所以他有预感？"

裴听颂笑了笑："God knows（天知道）。"

大家的注意力再一次回到预告之中。BGM（背景音乐）姗姗来迟，鼓点强烈，节奏并不算快，颇有点颓废病态的意味。六位嘉宾的正脸特写镜头一一闪现，每一帧都踩在鼓点上。最后一个镜头停留在周自珩的脸上，他挑了挑眉："受害者或许不止一个，但'杀手'只有一个。"

画面随鼓点切换，每切到新的人之前会卡入黑屏。夏习清反问："你觉得是我杀的他？"

/083/

"我不知道。"商思睿耸耸肩,"我要保持我的独行侠人设,我没有伙伴。"

翟缨眯眼的动作很酷:"会不会是'杀手'杀了他所认为的白骑士?"

视角转换,被手铐铐住的裴听颂和被捆绑住的方觉夏分据一张桌子的两端,彼此对峙,裴听颂勾起嘴角:"抽到'杀手'了?"

方觉夏挑了挑眉:"对啊,第一局就和'杀手'在一起,你作何感想?"

铐着手的裴听颂身子前倾,半伏在桌子上,双眼望着方觉夏,做出一副可怜无辜的表情:"我特别怕。"

说完他笑起来,笑出了声。

凌一忍不住开麦:"哇,裴听颂你这个笑好可怕啊!像一个变态杀人狂。"

屏幕再一次完全陷入黑暗,背景音乐暂停,如同断了一拍呼吸。带着金属音色的旁白出现,紧张感十足。

"各位玩家请注意——"

画面亮起,音乐响起,出现的是夏习清走出来的那一幕,但镜头没有给到他的脸。

"本赛季将为各位玩家引入新角色——双面骑士。"

电脑屏幕上两张卡牌出现,一张是代表着光明的白骑士,一张是代表了黑暗的黑骑士。这画面很快就转场成另外一个场景——墙壁上移动的格子画,撕扯开的墙纸,黑与白的两扇大门。

夏习清在镜头中笑起来:"我就是双面骑士。"

"巧了,"裴听颂挑挑眉,"我也是。"

方觉夏眼神中带着些许质疑,抬了抬眉,眼角的胎记分明:"那你选了哪一方阵营?"

画面之中,终极大门砰的一声打开,逆光下的出口处出现一行字——逃出生天之真假骑士。

即使没有画面,裴听颂低沉的音色也尤为分明。

"我选哪个阵营不重要。"

"只要我们的联盟还没解除,我就是你的骑士。"

预告的最后,响起 BGM 里的一段口哨声,有种意犹未尽的悬疑感。

"不愧是《逃出生天》!"六个人一起鼓起掌来。

"我们老四和老六的镜头好多啊,一看就是炮灰角色。"

"哈哈哈哈,是真的。"

调侃归调侃,方觉夏不得不承认,《逃出生天》的制作是真的会玩。每次预告看下来都足够带感,气氛也一流,不过愣是半点没有剧透,不被预告带跑偏都不错。而且这次还一反常态，没有用少量预告把"杀手"藏起来，直接亮出来让大家看，真的大胆。

"我知道了！"凌一摆弄着脖子前根本不存在的柯南领结，"小裴是骑士！对不对，对不对？"他猜完就立刻摇方觉夏的胳膊，"猜对了你就眨眨眼。"

方觉夏忍不住笑起来："不能说啊，还直播呢。"

凌一豁出去了："关！现在就关！"

弹幕立刻不干了。

哎哎哎，某些人注意一点！

关直播？01你看着我的脸再说一遍？

我们就这么不重要吗？

江森认真地分析："感觉这次的游戏很复杂啊，前半段集中在'杀手'身上，我还以为和第一季一样只有'杀手'这一个特殊角色，没想到后半段突然杀出来一个双面骑士，很刺激的样子。"

方觉夏回忆起自己录制时胆战心惊的感觉，的确是挺刺激的。

路远打了个战："小裴笑得我鸡皮疙瘩都起来了。"

"按照节目组之前的路子，"贺子炎老神在在地分析道，"越是看起来像反派的角色越不可能是反派，就是虚晃一枪，所以小裴铁定是好角色。"

凌一又开始隔着方觉夏摇裴听颂的胳膊："对不对？对你就眨眨眼！"

裴听颂抬手，做了个给自己的嘴拉拉链的动作，然后把手伸到方觉夏的嘴跟前，也替他拉上。

哈哈哈，守口如瓶葡萄树。

幸好节目组没有请01，不然就他这个样，刚录完就要开直播在线剧透。

我觉得火哥分析得有道理啊，节目组把小裴弄得这么像反派，说不定他就是被"杀手"搞死的倒霉蛋！

觉夏哥哥的造型做得好好看（重点误）！觉夏宝贝戴眼镜斯斯文文太好看了！

啊！快点播出吧！一周的时间太难熬了！

之前的嘉宾风波已经让《逃生》第二季赚足了眼球，未录先红。预告片好不容易释出，原班人马强势回归加上新的大热组合，自然是超高的讨论度。

官宣嘉宾阵容的时候，新加入的偶像一直被大部分网友唱衰，甚至有大篇大篇针对第二季的狗尾续貂论，但看到裴听颂和方觉夏在同一张桌前对峙的片段，舆论有了不小的转变。

逃出生天今天播出了吗：啊啊啊，我的《逃生》！小声说，戴眼镜的小哥真的好好看，我又"真香"了。

223333：《逃生》剧组从哪儿找了这么多神仙？那个戴手铐的帅哥，从说害怕到笑起来那段，我简直"脑补"了一部变态连环杀人狂的连续剧。

今天的单词也没背完呢：突然理解了裴听颂和方觉夏的组合！怪不得能从北极圈天降成大热搭档！

年糕不黏：哇，这次预告比之前的都长欸，前面的新闻播报配合侦探求助信，感觉也是之前的"命案"模式，"杀手"应该也是和剧情里的凶手关联的。怀表和念白结合起来是催眠的意思吗？还有新加入的骑士牌好酷啊！可黑可白，很有搞头！不过按照节目组的惯例，感觉预告里越是夸张的人设，到了正片都是好人，不敢乱下注了，敲碗等下周五！

可口可乐樱桃味：方觉夏长得是真好看啊，我看他的脸都顾不上听他说话……这种脸 Astar 居然放过了，真的搞不懂。

你是弟弟回复可口可乐樱桃味：超级同意！方觉夏的气质好绝，明明就冷冷的很有距离感，但是他一说话一皱眉我都好心动！我知道我疯了，粉丝轻喷……

DizzyDaisy：都说《逃生》挑嘉宾看智商，但是我怎么越看越觉得更挑的是脸呢？一个比一个好看，新来的小姐姐也好飒，是我的新偶像了！

再也不追星了：不行，我刚从另一个热门出来，现在看到裴听颂这么跩我好出戏，你这么跩你怕什么鬼啊弟弟？

吃葡萄要种葡萄树回复再也不追星了：哈哈哈哈，杀人诛心！

出圈的团综加上大热综艺的预告加持，Kaleido 全员再度登上热门。团体官微和成员微博涨粉速度快得可怕，团综里新专辑预热也起了作用，越来越多的人关注他们的新专辑。

正巧这段时间 Astar 的七曜也刚回归，昨天就开始上打歌舞台了。各大论坛已经开楼押宝，讨论这次两个团回归的成绩，不过大部分人依旧认为翘和卡根本不是一个量级，成绩不可能对等。

星图和 Kaleido 的成员比谁都清楚这次回归有多重要，这是一个可上可下的分水岭。现在他们热度这么高，如果有好成绩，一定会大批量圈粉，"飞升"都不是没可能。可一旦失败，必然会被嘲到地心，打回原形。

原本娱乐圈是没有打歌节目的，但由于偶像团体的不断增加，舞台需求日益增大，各大视频平台开始经营自己的打歌节目，这两年也有了稳定的收视群体，只是毕竟历史短又是资本平台，水很深，很难做到公平公正。

Kaleido 最初出道时原本可以有一个月的打歌时间，可因为负面传闻遭遇黑粉抵制，打歌时间压缩到一周，而且只能唱一首主打歌。第二张 mini 专辑也没有多少水花，星图没钱打点上下，只能任平台压缩机会，给别的团腾位置。

娱乐圈很现实，现在 Kaleido 火了，新专辑一个预告都还没出，就已经有平台来联系，提前打听他们的回归时间以求合作。

圈子里的人情冷暖方觉夏一向置之度外，他就像是一个彻头彻尾的局外人，除了唱歌跳舞，别的一概与他无关。每天和队友们除了练习跳舞就是录音，时间安排得满满当当。

在更衣室换上宽松的白色棉麻衬衫和黑色阔腿长裤，方觉夏关上柜子，收到一条微信，是梁若发来的。自从上次慈善晚会过后，梁若已经很久没有像过去那样不断地发消息联系他了。本来他还以为梁若已经放弃，没想到又收到了。

他点开看了一下。

Astar 梁若：觉夏，我没有纠缠的意思。我是有很重要的事要和你说，你有时间回个电话，真的非常重要。

方觉夏看完左滑删除了消息，跟着大家进了练习室。

为了在舞台上跳出刀切一样整齐的群舞，星图特意找了公司里的两个编舞老师，一个在前面一个在后面，揪每个人的细节，力求通过练习让整体效果达到最佳。

"可以了，休息吧，晚上再继续。"编舞老师拍了下手，"可以去吃点东西。对了，觉夏。"

被叫住，方觉夏抬起头，眼睛里都进了汗。

编舞老师走过来："你最近练习强度有点太大了，我知道你是个刻苦的孩子，但是这样下去我怕你伤病再犯，后面打歌会吃不消。"

方觉夏点头："我会注意的。"

"别太紧张，还有两个星期才拍 MV 呢，时间很充裕的。"老师拍了拍他的肩，"而且你已经做得很棒了。"

"谢谢老师。"

编舞老师一走，路远就招呼大家去吃饭，方觉夏有点没胃口，便让他们先去。

练习室只剩下他一个。方觉夏撩起衬衣下摆擦了擦汗，看着镜子里的自己。大概是刚刚那条微信，他想到了之前在 Astar 练习的情形，那些从七曜出道的人，都是和他在同一个练习室打拼过的人。大公司的竞争比小公司激烈百倍，出道前的每一天都提心吊胆地打着生存战，那时候的他都已经习惯在练习室睡觉了。

之前几首歌的舞他已经烂熟于心，哪怕现在让他蒙着眼上台，他也相信自己能不出差错地完成整个表演。但现在一切都是新的，相当于从头开始，他必须像以前那样练习到完全没有出错的可能，才能放心上场。

这样想着，方觉夏重新播放音乐，站在镜子前解开了衬衣上的黑色领带，取下来，蒙住双眼，在脑后打了个结。

他回到了熟悉的黑暗之中。

这里就是预设的舞台，每一个走位都被他严格控制在设定好的距离内，明确好自己在团队中的位置。黑暗中，自己的五个队友一一出现，集齐站成完整的队形。哪怕是一点点距离上的误差，都有可能造成舞台上的失误。一个失误或许会带来无法想象的连锁反应。他赌不起，只能反复练习，将失败率降到最低。

蒙着眼练习完群舞，方觉夏用手机连上音响，准备练习中间那段需要他独自完成的 dance break[1]。他脱下鞋子，光脚踩在练习室的地板上。

这一部分的编舞是他和一位古典舞老师一起编的，结合了古典舞的舞蹈风格，和副歌部分强烈的编舞形成对比，每一个动作都大开大合，又极柔极韧，行云流水。为了舞台效果，他们加入了很多高难度的动作，尽管和小时候的梦想失之交臂，但古典舞功底方觉夏这么多年一直没丢掉，做起来倒也轻松。

深吸一口气，两个掀身探海翻身接起跳，他双腿抬起，上身向后翻折，腾空如同飞燕，再稳稳落回。随着琴音，方觉夏右腿单立于地面，左腿从侧面向上抬起，几乎与右腿形成一条垂直的线，完美地完成最后高抬控腿的定点动作。

黑暗中听觉变得尤为敏锐，音乐变奏的同时他似乎听到咔的一声。

"谁？"

他们回来了吗？

觉得狐疑，方觉夏将抬起的腿缓缓放下来，双手绕到脑后拆开蒙住双眼的领带，可刚取下来，他就发现不对劲。

练习室的灯被关了，什么都看不见。

还没等他有所反应，黑暗中的侵略者以极快的速度将他双手反剪在身后，猛地将他推到镜子前，摁住肩膀，整个人被迫贴上冰冷的镜面。刚跳完舞，方觉夏还没能调整过来自己的呼吸，胸膛剧烈地起伏，脚趾不自觉抓上冰凉的地板。

黑暗里传来轻笑声，方觉夏瞬间识破："裴听颂。"

他微喘着叹口气："玩够了吗？"

对方似乎是等待了一会儿，最终还是松开手，懒懒道："你这人真没意思。"

方觉夏转过来背靠着镜子："你有意思，在别人跳舞的时候关灯打劫。"

---

[1] 歌曲中无唱段的纯音乐部分，舞台表演时通常会配上激烈的舞蹈，这段舞就是 dance break。

裴听颂只笑笑，没有说话。他本来是下去买吃的，顺带着给方觉夏捎一份，谁知道一上来就看见对方蒙眼练舞，跳得实在好看，身形轻盈，尤其是最后抬腿那一下，漂亮极了。

　　这还是裴听颂第一次见他这样练习，忍不住想戏弄戏弄。

　　"去开灯。"方觉夏靠着镜子坐下来。

　　"不。"

　　知道他不会这么老实听话，方觉夏想看看时间，于是说："那你把我手机拿来。"

　　裴听颂开了自己的手机照明，走到音响前把他的手机拿过来，蹲在方觉夏跟前："求我。"

　　手机自带的电筒灯光照在他脸上，激烈运动后泛红的皮肤被热汗浸透，那块胎记就快要融化。停下练舞的方觉夏浑身透着股精力透支的懒劲，只是抬眼，朝他伸出手。

　　见他这样，裴听颂竟然有点舍不得拒绝，于是将手机交到他手上，坐到他的面前："刚刚那个起跳腾空的动作叫什么？真好看。"

　　一说到舞蹈，方觉夏的脸上浮现出淡淡的笑，手从地上捞起领带，绕到脖子上，轻声说："燕式紫金冠。"

　　名字也好听。裴听颂道："你这么蒙着眼睛跳，也不怕出事儿。"

　　"出什么事儿？"方觉夏低头看着手机，说话慢慢的，"练习室的地板这么平，总不至于绊倒吧。"

　　他说的自然不是这种。

　　"就像我刚刚那样，关了灯进来把你弄晕过去，你都没有还手的余地。"

　　方觉夏勾了勾嘴角，头也没抬："除了你，还有谁会这么对我？"

　　裴听颂转了转脖子，也顺便转移自己的注意力："吃点东西，我给你带了沙拉。"

　　方觉夏深吸了一口气，整个人像条蛇一样顺着镜子侧滑下去，歪倒在地板上，头靠在自己伸长的手臂上："我好累，没力气，一会儿再说吧。"

　　看他这样躺着，裴听颂站起来，拿了买好的沙拉，又走过来夺走方觉夏的手机。

　　"快吃。本少爷专程买回来的，不吃我要骂人了。"

　　方觉夏早不是之前躲着他把他当空气的那个方觉夏了，听到这句反倒笑起来，侧躺在地上抬眼望着裴听颂："你骂。"

03

　　真是……裴听颂觉得自己最近脾气太好了，惯成这样了都。他正要说话，手里的手机振了一下，不小心瞥到锁屏，刚好看到了"Astar 梁若"几个字。

　　裴听颂将手机扣着放在地上，把方觉夏拽起来，沙拉盒子塞他怀里。

　　方觉夏性格并不算敏感，可他几乎是第一时间感觉到裴听颂不高兴了，说不清为什么，只觉得对方应该会撑回来才对，这么闷不作声，气氛有点不对。

　　可如果是真生气了，反应应该也会更大。

　　方觉夏捉摸不透，但并不想戳穿。他拆开沙拉盒吃了几口，又看到了黄瓜片。他本来就不喜欢吃黄瓜，前几天的三明治让他对酸黄瓜也有了阴影，于是就用叉子把这些黄瓜都拨到盒子的一个角落，吃掉了其他的蔬菜和鸡胸肉。

　　这一连串的小动作被裴听颂看到眼里，本来还生着闷气，现在又有点想笑："哎，你多大了还挑食？我比你小两岁都不挑。"

　　方觉夏把叉子放在盒子边，含混不清地强调："三岁。"

　　"两岁半。"裴听颂拿起叉子把他挑食剩下的黄瓜一片一片都吃掉。

　　见他发呆，裴听颂拿叉子敲了敲盒子边："想什么呢，这么入迷？"

　　方觉夏回神，信口说："没想什么，就觉得你这样一点也不像个小少爷。不知道的以为公司多委屈你，不给你饭吃。"

　　"我这是秉承着不浪费、不挑食的优良传统，这就是为什么我能长到一米九，而你只能长到一米八。"

　　"你又长高了？"

　　裴听颂还有点得意："昨天刚量的，正好一米九。"说着他站起来走到门边把练习室的灯打开。

　　"卡莱多容不下你这尊大佛了。"方觉夏从地上拿起手机，他只瞥了一眼时间，看见"梁若"两个字就锁了屏。

　　后半夜他们又被揪去录音室，完成了整张专辑最后一首歌的录制。成果来之不易，程羌感叹道："终于搞完了，你们都辛苦了，回去洗个热水澡，上午十点还要开会。小文会接你们的，不要睡太晚。"

　　他刚说完又是一片哀号。

　　"又开会啊。"

　　"我最近开会已经开得麻木了，老板一开口我就犯困。"

　　"行了你们。"程羌把他们从录音室打发出去，"是讨论造型和 MV 设计的，估计不太长，反正你们不开会也是要早起练习的，开会还能歇会儿。"

回到宿舍的时候方觉夏的手机已经没有电了，他回房把手机充上电。

"——你洗澡吗？"

凌一已经趴到床上："你先吧，我刷会儿微博。"

方觉夏"嗯"了一声，从桌子抽屉里找出一贴膏药，又从衣柜里拿了套新睡衣去到主卫。

他草草洗了个澡，套上裤子。跳舞的难免有伤病，最近练习强度加大，虽然他已经好好休息和拉伸了，但多少还是有点伤到。方觉夏脱了上衣，摁了摁有点酸胀的后腰，撕开膏药对准镜子，脖子都扭酸了。

他刚贴好膏药，浴室门突然间被打开，还以为是凌一，一抬头却看到了裴听颂。

对方似乎也有点惊讶："门没锁，我以为没人……"

方觉夏伸手摸了摸腰上的膏药，拿起睡衣披在身上，背对着他扣好扣子才转过来："你要洗澡吗？"

"嗯。"裴听颂问，"你腰没事吧，为什么要贴这个？腰伤复发了？"

方觉夏拿毛巾擦着头发："没。我只是腰有点酸，这个不是止痛的，是帮助缓解酸胀的药。"

"那就好……"

方觉夏回了房间，看到梁若发来的消息，还有四个未接来电。他不知道为什么梁若这么执着，正犹豫着要不要回复，微信又弹出一条新的消息。

导盲犬：腰酸的时候睡觉可以垫一个小枕头。

裴听颂躺在床上翻了一页书，手机终于振动了一下。

除了漂亮还是漂亮：没有小枕头。

这个方觉夏还真是活得粗糙。裴听颂放下书，扭头看了看，他的床上有两个枕头，一大一小，大的拿来靠背，小的那个是他以前从公寓的飘窗上顺过来的，现在被当成睡觉的枕头。

他揪起小枕头就准备走，可想到这样出去又会被贺子炎看到，坐在床上想了想，裴听颂站到了窗子边，扭头看向隔壁的阳台。

方觉夏刚掀开被子，只听得啪嗒一声，猛地转身，好像有什么东西掉到阳台了，走过去一看，是一个黑色的背包，不偏不倚地砸中了仙人掌，都歪掉了。

他用一把花锄扶正了仙人掌，慢吞吞地自言自语道："相煎何太急啊。"弄完这个他才去处理那个不明黑包，一拉开，里面竟然是一个雪白的小枕头。方觉夏抱着小枕头往阳台左边走了走，望着隔壁的窗户，声音不大地说了句"谢谢",没想到从窗户伸出一只手,很酷地摆了两下。

有了小枕头,方觉夏一夜都睡得很舒服。可一墙之隔的另一个人辗转反侧,做了一晚上梦。

第二天的会议室里,裴听颂眼皮子一耷拉,厌世情绪满满。

陈正云带着企划部的人进来:"早,最近累吧?"

"累死了——"

"前期是会累一点,录完歌就会轻松很多。"陈正云对着企划总监示意,然后向 Kaleido 六个人简单说了一下近期工作,"我们这次回归预计时间是 4 月 5 号,现在还有两个多星期。昨天我们已经确定好了 MV 拍摄场地,刚签了合同,一会儿张总监会跟你们具体聊一下这次 MV 的概念设计,还有造型组的人,半个小时后到。"

"工作重心还是在主打歌的练习上,下周一开始拍摄 MV,中间这几天大家好好休息,争取以最好的状态进行拍摄。"说完他还特意看了一眼凌一,"大家最近体重控制得很有成效,数据我都看过了,不错。"

凌一得意地晃了晃脑袋。

程羌对了对日程表:"目前是这样安排的,26 号凌晨公布第一支预告,然后逐日公布成员的单人预告。下个月 2 号公开整支 MV,然后在音乐平台开放整专售卖渠道。4 号是你们的新专辑小型粉丝见面会,当天会有你们的第一个主打歌 live(现场表演),同时会录像。5 号当天开始有打歌节目播出。"

这个安排已经算是非常人性化了,不紧不慢,给他们充足的时间练习。

裴听颂问:"同时公开歌曲和 MV 不会分流吗?"

陈正云说:"这一点我们还在商榷,也可能在三月底先公开主打曲,得看到时候的……"

话还没有说完,会议室的大门突然间被打开,一个工作人员闯进来,神色惊慌:"陈总!"

"怎么了?慌慌张张的。"

"不好了,卡、卡莱多新专辑主打曲的 demo 泄露出去了,现在网上都传开了!"

04

会议室霎时间哗然。

方觉夏皱起眉,拿出手机登上微博,搜索了一下"Kaleido 新专辑"相关词条,实时的确全都在讨论泄曲的事。他只觉得头皮发麻,不敢相信。

陈正云眉头紧锁:"什么时候发现的?在哪个平台?有没有跟平台联系?"

工作人员将笔记本电脑放到陈正云面前:"刚刚我们查了一下,已经追溯不到源头了,但是可以确切知道的就是上午九点四十七分有一个大营销号发布了曲子,用视频的形式。刚才我们找到了这个营销号的公司,花钱做了公关,他已经删除了,但是他的视频被很多人下载下来,正在不断扩散,而且对方声称不是首发的人,他也是转载的。"

贺子炎也找到了那个视频:"B站也已经有了,热度还很高,说不定会上首页。"

方觉夏点开听了一下,这是早期的第二版 demo,歌词还是英文的,是作曲家版本。

程羌觉得很奇怪:"我们从头到尾明明都是严格保密的,合作的几个作曲家也都是业内公认很有职业道德的人,怎么会泄曲呢?"

方觉夏开口:"泄露的是前期的 demo,不是录音室版本,还算幸运,可以排除录音师、作曲家和管理录音的部门,范围可以缩小到前期选取和 demo 修改时经手的工作人员。"

江淼也点头:"没错,冷静想想,昨天我们刚结束最后一曲的录制,如果泄曲的人权力够大,应该可以直接把我们的主打歌完整版泄出去,这对我们的冲击更大。"

凌一有些忧心忡忡:"现在怎么办?这个 demo 虽然不是成曲,但提前释出完全打乱了计划,后面买专辑听官方全曲的人也会减少。"

陈正云想了想,对程羌说:"打电话给各个平台,联系他们尽快下架侵权的 demo,现在拟双份公告,还有律师函,一份用 Kaleido 官博发出去,另一份用星图公司的微博发出,强调泄曲的违法性。知会一下广大粉丝,号召大家举报抵制泄曲,不做二次传播者。"

这已经是他们能做出的最快反应。但现在的互联网瞬息万变,信息的传播快到令人无法想象。更不用说这一次的泄曲,很明显是有备而来,十几个营销号同时发布 demo,带的都是 Kaleido 还在热门上的词条,删了一个还有一个,各大平台层出不穷。

陈正云捏了捏自己的睛明穴,低着头沉声说:"是看你们要火了,故意在回归前期'防爆',打击大家的音源成绩。"

裴听颂手里转着笔,在一众愁容里显得格外吊儿郎当:"泄就泄呗,他们有心这么做,躲是躲不开的。没准儿一会儿还会上热门,我们动作再快,也灭不掉所有蟑螂。"

程羌示意他闭嘴:"小裴你这会儿就别说风凉话了……"

"他的意思是，我们不如反客为主。"方觉夏看向陈正云："小裴说得没错，对方的手都伸到我们公司里偷曲了，那他们就是铁了心要让这个 demo 传播开，一定会买热门造势，我们不如借这个东风，也在里面添一把火，让更多的人知道我们要发歌了。"

贺子炎摇头："可这样的做法太冒险了，如果按照正常的流程，音源发布和 MV 发布中间最好不要超过五天，这样才能延续热度，像现在这种情况，等到我们四月初发布预告和 MV 的时候，就已经过了新鲜感和热度的高峰，没有路人会去看了。"

"你说得没错，"方觉夏脸色平静，却语出惊人，"所以我们必须提前回归。"

陈正云沉默地看着方觉夏。这个孩子已经把他要说却不忍心说出来的话宣告给所有人。在互联网时代，一首歌成功的因素除了表演者自身过硬的实力，还有缜密精心的宣传造势，对于路人盘较小的偶像更是如此。从宣传期开始的第一天，算是一首歌生命的开始，而泄曲，意味着这首歌生命周期的急速缩短，甚至是早夭。

很多泄曲最终都成了弃曲。

可他们不能随便放弃，这首歌是这些孩子的心血，也是他们翻盘的最佳机会。他们唯一的办法就是改变行程和宣传期，尽可能将"生命"抢救回来。

这也就意味着，原本充裕的半个月时间被压缩到只剩下三四天，Kaleido 必须没日没夜地赶拍 MV，公司上下一起拼命，才能保证他们在热度流逝前回归。

"通知公关部的人紧急处理泄露的音源，必须最大限度减少传播。造型组的人不用过来开会了，下午五点前把所有服装造型都解决好，晚上八点开始拍 MV。"

陈正云的眼神扫过会议席上的几个男孩："现在是上午十点三十五分，下午四点的时候你们就要出现在造型室里，这中间的几个小时是你们最后的休息时间，我希望大家好好睡一觉，因为接下来等着你们的是一场硬仗。虽然我们不是什么势力滔天的大公司，但无论发生什么，星图永远是你们的后盾。"

从会议室出来，大家的情绪都有些不稳定。程羌都想骂人，但为了不影响他们，还是拣好听的说，在车里安慰他们"这是免费宣发"之类的。他把六个人送回宿舍，又飞快赶回公司处理事务。

方觉夏在车上的时候就一直沉默，没有说话，他打开手机，凝视着昨天的未接来电。

泄曲的人当然知道他们唯一自救的办法就是提前回归，可一旦提前，他们就会撞上七曜，毫无疑问，至少目前来说他们二人的粉丝量是完全不能相提并论的。以卵击石，受益者只可能是石头。

Astar说不定已经写好了碾压的通稿。

结合梁若这几天的异常，方觉夏更加确信自己的判断没有错。程羌一走，他就去到阳台拨通了梁若的电话。

对方似乎已经猜到他会打过来，语气里还带着一点遗憾："觉夏，你终于肯联系我了。"

"长话短说，告诉我是谁做的。"

对方笑了笑："你后不后悔？如果早一点找我，事情可能就不一样了。"

这句话狠狠戳中了方觉夏的痛处。他喉咙一哽，听见对面的梁若报了个地址。

"我手里有证据，可以帮你们揪出来那个人，你们公司不大，现在更是焦头烂额，能查出来的可能性太小了。如果你还想找到害群之马，就来找我。对了，别带手机，我可不想因为帮你害了我自己。"

发生了这些事，裴听颂根本睡不着。他回忆这几天在公司的所见所闻，想试图找有没有可疑的人或事。

可不知怎的，他忽然就想到了方觉夏手机里梁若发来的消息。

等到他去到方觉夏房间的时候，只看到准备休息的凌一："觉夏呢？"

"他刚刚出去了，说下楼买个东西。"

"什么时候走的？"

凌一想了想："有一会儿了吧。"

裴听颂心一沉，又问："你有梁若的联系方式吗？"

"梁若？"凌一皱眉，"你说的是翘团的梁若？"

"那不然呢？"

凌一坐起来："我没有，但我可以问问朋友，你要干什么……"还没说完，裴听颂就走了，只扔下一句："找到后发给我。"

裴听颂下了楼，看见方觉夏的车果然不见了。他开了自己的车，刚发动，就收到了凌一发来的一串电话号码。他戴上耳机正要拨打，又顿住，最后换了方觉夏的号码。

电话一直没有人接，裴听颂把车开出去之后又拨了一次，接电话的竟然是凌一："他没有拿手机下去。"

下楼买东西的话裴听颂根本不相信。他把车停在路边，本来想给自己的姐姐打电话，但想了想还是放弃，拨了梁若的电话，打了三遍，才终于有人接。

此刻的梁若在他包了两天的酒店套房，等待着方觉夏。一个陌生号码不断打给他，他最后还是接了："喂？哪位？"

"裴听颂。"对方开门见山，语气不善。梁若惊了一下，想了想又觉得并不意外："你找我？"

"谁找你，方觉夏呢？是不是你把他叫走了？"

梁若笑了笑："这么快就给你透底了，他以前可不是这样的人啊。"

裴听颂最厌恶听到梁若说以前，他从没有参与过方觉夏的以前。

"你们在哪儿？老实点告诉我，别逼我找人查你。"

"行，我怕你，谁让你是小少爷，动动手指头就能逼死我呢。"梁若大方报了地址，"我还得谢谢你来找我，没直接动用你不起的背景摁死我这只蚂蚁。"

正说着，传来敲门的声音，梁若语气里带着笑："哎呀，觉夏来了。"

"你！"

梁若并没有挂断通话，而是将手机放在浴袍的口袋里，走到外面开了门。

站在门外的果然是方觉夏，他一脸冷漠，似乎连门都不想踏进来："东西交给我，我不会对任何人说出你。"

"你进来。"梁若拉了他一把，被方觉夏抬手挣开。他自己走了进来。

"我知道你不会对任何人说出我，我也知道你现在肯定没有带手机。"梁若关上门，"我太了解你了。"

方觉夏并不想听对方说这些，他的耐心已经快要耗尽："不要把时间浪费在没有用的事情上。"

"没用的事情是什么事？"梁若坐到沙发上，"觉夏，不是只有你的时间是宝贵的。我的时间也很宝贵，你知道多少狗仔盯着我吗？为了能好好跟你说个话，我提前好多天包下这里，不停地联系你，可你呢，连一句话都不愿意回。"

方觉夏眼睛移开，站在原地一言不发。

梁若站起来："我要求不多。你只要站在这里听我把想说的话说完，我就把东西给你。"

"你说。"

梁若好像喝了点酒，整张脸都泛着红，他吸了口气："很久之前，我们还是准出道艺人的时候，我很想和你一起出道，我每天做梦都是和你站在舞台上的画面。对，我资质不好，别说和你比了，和好多其他的准出道艺人都没办法比，哪怕你安慰我、鼓励我，我也知道我是没办法出道的。"

"我当时焦虑到快要受不了了，结果你猜怎么着？"他耸了耸肩，"金总说他可以帮我，让我去找他，我不知道他说的帮是什么意思，我一心只想着跟你一起出道，就去了。"

方觉夏有些意外,当初他并没有过问太多缘由。

"可后来我很害怕。金总告诉我,我一定可以出道。但我不知道为什么被其他人知道了,你也知道。"梁若突然就掉下眼泪,他仓皇抹掉,"你一知道我就觉得自己完蛋了。我不敢面对你,更没有想到你会因为我而去向高层举报,替我出头。"

那时候 Astar 的一把手还不是姓金的,但所有人都事不关己,觉得只要火不烧到自己身上,都可以忍下去。可方觉夏不可以,他知道过刚易折,但不会为了所谓的前途放弃自我。

"知道你出头的时候,我去找金总了,我不停地求情。他告诉我只要我听话,他会让你顺利出道,只是不那么捧你罢了。"梁若的眼圈越来越红,"但我没想到你自己走了。"

他笑了一下,声音有点抖:"我后来找过你很多次,想和你解释,但你、你好像并不在乎。"

方觉夏是一个可以很快从任何关系和情绪里抽身的人,这是他从小在黑暗中练就的一身本领,可在他人眼里,这样的他冷漠得过分。

"我后来发现,出道真没劲啊。大家都知道我是靠关系上位的,哪怕是签了保密协议。他们在镜头外对我冷嘲热讽,宿舍我都没法住下去。既然大家都觉得我是这样上位的,我就作妖好了,谁也别想舒服。"

梁若舒了口气:"说得有点多了。也是前几天金总喝醉了,我才知道他要'防爆'你们。我知道这件事提前捅给你们我可能会完蛋,犹豫了好几天,还是想告诉你。"

他从口袋里拿出一个 U 盘:"这里面有一些录音,是我趁他不注意的时候,录的他的微信语音,本来应该有截图的,但是发给你们,我可能真的会完蛋。语音里提到了一些人,应该能查出来。"

方觉夏握着他给的 U 盘,心情复杂。他不知道应该说什么,当年发生的事,那些细枝末节他都快忘了,但从没后悔离开那个公司。尽管他站出来之后,没有一个人帮他,尽管梁若似乎也默然接受了现状,所有的脏水都泼到了他身上,方觉夏也咬牙撑下来,没有解释,因为他知道自己一旦解释,梁若就会被扯出来。

这是他最后的包容了。

"好了,"梁若笑了笑,"我终于把这些事说出来了。这两年我一直不敢说,也不知道怎么对你说。你放心,我对你倾诉是憋得太难受了,但我不需要你的任何回应。"

他靠近一步:"我不是什么好人,但也没有大家想象的那么坏。觉夏,谢谢你。"

方觉夏终于开口："我没有做什么。"

"你有，你帮了我好多，你是世界上最好最善良的人。我们以后应该没有交集了，"梁若伸手，"你可以最后抱一下我吗？像以前一样。"

看着梁若发红的眼睛，方觉夏最终还是狠不下心，伸手抱了他一下，很短暂的一个拥抱。

"谢谢。"

梁若的脸上浮现出满足的笑容。他看了一眼时间，走到门口，将门打开。方觉夏觉得奇怪，看过去的时候才发现，裴听颂就站在门外，戴着帽子和口罩，眼神漠然。

方觉夏有些吃惊："裴听颂……"

"是我告诉他地址的。"梁若看向裴听颂，从浴袍的口袋里拿出还没挂断的手机，将通话挂断："结束了，把这六分之一还给你。"

方觉夏这时候才知道，他们之间的对话裴听颂都听到了。他的心一下子揪起来，明明自己没有做什么，但就是觉得慌。

裴听颂没有发火，一反常态显得非常冷静，走到方觉夏的身边，拽住他的手腕带他离开酒店。一路上他都没有说话，反而令方觉夏更不舒服。

到了地下停车场，方觉夏想从他手里挣开："我的车在那边。"

"坐我的车回去，你的车让小文晚一点再来开走。"说完他打开副驾驶座的车门，让方觉夏进去，自己绕过去上了车，冷着脸说了句，"系好安全带。"

"你怎么了？"方觉夏没有动作，只是侧头看着他。

裴听颂见他不动，帮他把安全带系好，然后准备发动车子，可方觉夏拔了钥匙："你现在情绪不对，开车不安全。"他不明白裴听颂究竟怎么了，刚才梁若说的那番话究竟哪里惹到对方了，"你为什么生气？"

裴听颂靠在驾驶座上，心里烦闷不已，扯下口罩："我没有生气。"

"你生气了。"方觉夏语气笃定。他想不通这是怎么回事："你如果有什么不满意的地方，说出来，哪怕像你以前那样讽刺我、骂我都可以。"

裴听颂苦笑了一下，望向他："方觉夏，你真的觉得我还回得到从前吗？"

方觉夏愣住了，看到裴听颂的眼神，他的心莫名抽痛。

裴听颂垂下眼睑，又抬眼看他："我就是特别生气，特别……"他有些说不下去，顿了顿，呼出一口气，"你单枪匹马来找他，连手机都不带，就不担心自己会出什么事？你就这么信任他？"

方觉夏哑口，试图解释："不是的，我当时……"

"你为什么不事先告诉我一声呢？你知道我费了多大工夫找到这儿吗？你知道我一路上多怕你出事，差一点都要跟我姐低头，我开车的时候手都在抖。为什么、为什么你……"裴听颂说着说着笑起来，笑容惨淡，"我们就这么不值得你信任吗？"

这句话不知怎么刺中了方觉夏的心。他很难过，明明他是一个不爱解释的人，可现在因为队友的情绪拼命在脑中搜刮解释的话："不是的，裴听颂，你听我说，我当时刚开完会，情绪很紧绷。当我确认这件事和 Astar 有关系的时候第一反应就是去处理，而且你知道，我就是这样的性格，我……"

他发现自己说出来的每一句话都很苍白，所以说不下去了。他只是不想让队友难过而已，说着说着，方觉夏自己的声音先抖了起来："你能……别那么想吗？"

听到他这样说，裴听颂忽然间就气不起来了。

见裴听颂一直不说话，方觉夏的心悬在半空。他猜想裴听颂是不是还有误会："我没想到过来会听到那些。我已经说过了，我早就不在乎过去的事了，哪怕今天再听一遍过去不知道的细节，也不会改变什么。"

话说到这里，方觉夏觉得自己真的疯了。他连自己的负面谣言都不想跟谁解释，居然在这里和裴听颂说这么多废话，做这么多不符合他逻辑的事。他忽然间不想挣扎了，只想下车透透气，于是低头解自己的安全带。

咔的一声，带子松开，可他被裴听颂拉住。

"别走。"裴听颂闷着头，"对不起，你没做错什么，没必要跟我解释这些。是我不对，刚刚对你发火了。"

这已经是他听到裴听颂第二次正式跟他道歉了，这个天生反骨的小孩似乎总是在向他道歉。

"你没有发火，"方觉夏纠正了他的用词，"你只是在生闷气。"

"我在心里发了很大的火，你不知道而已，"裴听颂闷声道，"所以还是要说对不起。"

05

"接下来这段时间我们会面对很困难的事，会焦头烂额，我不想让你觉得自己在扛着什么，你要清楚，我是你的战友，而且是最特殊的一个。我会陪你冲锋陷阵，也会无条件保护你。"

裴听颂把一切都摊开来让方觉夏去看，不伪装也不修饰，因为知道方觉夏相信逻辑，所以就把所有行为背后的逻辑告诉他，不让他多想。

"还有，"裴听颂继续坦白，"我刚刚发脾气的原因是我厌恶梁若，我害怕你被他打动，尽管我知道你不是三两句话就可以打动的人，但哪怕有那么一点可能，我都很怕。"

他笑了笑："而且我知道，如果我不把实话说出来，你理解不了我为什么生气，你只会自我反思是不是做错了什么，刚刚的场面一触即发，哪怕和好了你也会自责，我受不了你这样。"

方觉夏鼻子竟然有点发酸，他不知道自己已经多久没有这样过了。

裴听颂望着他，眼神澄澈："发脾气是我自己的原因，所以我必须说出来。"

他的每一句话都是一记直球，没有任何模棱两可的漂亮话术，没有文字游戏和弦外之音。方觉夏知道，这是只有裴听颂才会做出来的事。

就像当初在《逃出生天》的密室里，裴听颂第一时间发现病历，确认了方觉夏的骑士身份，短短几分钟里，他就谋篇布局，笃定而大胆地走出每一步。

这就是裴听颂。

可方觉夏迷茫了。他不知道自己现在该说些什么。

方觉夏艰难地修复着思维的故障，试着开口："我……我现在……"

裴听颂却打断了他，侧过脸，面向方觉夏："方老师，给个机会让我陪你一起面对。"

帽檐下，裴听颂的眼睛亮亮的："行吗？"

第一次被裴听颂这么叫，方觉夏耳朵都红了。

"我、我还是自己开车回去吧……"方觉夏试图开车门下车，但被裴听颂拽住胳膊，把他刚刚说过的话扔回去，"你现在情绪不对，开车不安全。"说完还冲着方觉夏挑了挑眉，"我学得怎么样？是个好学生吧？"

"你……"方觉夏一时语塞，他到现在才发现自己真的完全拿裴听颂没有办法。

从方觉夏手里拿回车钥匙，裴听颂嘱咐他系好安全带，可方觉夏还在发呆，愣着不说话。

"哎，你想让我帮你吗？"裴听颂歪头看向他。

方觉夏立刻反应过来，自己拽着安全带扣好。

"OK，回家。"

一路上裴听颂都没有说话，方觉夏能感觉到他有意地留出空间给自己整理思绪。他的小时钟坏掉了，以至于这段回宿舍的时间变得这么快，快到他还没想明白，就已经到了。

手插进口袋里，碰到了那个U盘，方觉夏的心再一次揪起。他从拿到这份证据的时候整个人陷入自责中，后来被裴听颂猝不及防的坦诚冲击到，差一点就忘了这回事。

回到宿舍已经是下午一点半，宿舍里静悄悄的，大家应该都在自己房间里休息。方觉夏扶着玄关柜背对裴听颂站着。

"你还在担心泄曲的事。"裴听颂直接用了陈述句。

方觉夏转过来，面对他却垂着头："我是个很少去想如果的人，过去发生什么我都没有后悔过，但今天……"

"你后悔自己没有早一点回应梁若。"

听到裴听颂说出口，方觉夏没法否认，他看着自己的帆布鞋尖上一块很不起眼的污渍，不说话。

"你知道吗？梁若是想帮你，虽然我很不喜欢他，但也佩服他这次的勇气。他不挂断我的电话，让我听完，也说明他已经看开了，不想我们产生误会。在这件事上，梁若的初衷和做法都是正确的。但是，觉夏，就算你几天前就已经回应他并且拿到了这份证据，我们真的能避开这次的横祸吗？"

裴听颂说："你这么聪明，这些话不需要我说。就算我们提前拿到证据又能怎么样？曲子他们已经拿到了，想泄出去依旧会泄，他们大可以把偷曲的人当作弃子扔掉。Astar 真的要恶意竞争，提前多少天都拦不住。"

方觉夏当然清楚，只是他太习惯自己一个人扛下所有事，习惯了把错误的根源追溯到自己的头上。他不是不知道娱乐圈里竞争的卑劣手段，哪怕 Astar 不出手，Kaleido 也已经是很多人的眼中钉，他们躲得过今朝，也很难规避所有针对。红就是原罪。

裴听颂将车钥匙扔在玄关柜子上，对他说："别为了防不住的暗箭而自责，你没有做错任何事。"

听到这句话，方觉夏整个人放松下来，如释重负，向自己的房间走去。

凌一戴了个青蛙眼罩，搂着一个小黄人在床上睡得四仰八叉。方觉夏走过去替他盖好被子，然后坐回到自己的床边。

他将录音拿出来听了一遍，这个声音的确是姓金的没有错，也很像是喝醉酒之后的声音。

方觉夏并不怀疑这份录音的真实性。他之所以愿意不拿手机去找梁若，是因为了解对方，知道梁若本性并不坏。梁若也没有查他是不是真的没带手机，甚至不在乎裴听颂接通电话之后有没有录音，直接和盘托出，想必也是真的想和过去做个了断。

录音里提到了几个人的名字，方觉夏隐约有点印象，但不是很熟悉，并不是经常接触的工作人员。他再三思考，拨了陈正云的电话，大概是忙着处理，过了很久电话才接通，方觉夏长话短说，只说自己拿到了非常可靠的证据。他不能说是谁给的，只能把涉事人员的名字报给陈正云。

当年方觉夏从 Astar 离开，来到星图的时候，陈正云私底下是打听过情况的，也和方觉夏聊过，知道他和前公司闹翻的原因，也知道其中有很多隐情。这个圈子里就是处处藏有隐情，他都理解。

"知道了，这几个人我会私底下派人去查，其实我也猜到是 Astar，这种事没办法放到明面上追责，公司也有疏忽。"陈正云安慰道，"福祸相倚，不要太紧张。好好休息，剩下的交给公司处理。"

挂断电话，方觉夏将那个 U 盘取下来，收到抽屉的一个角落，然后躺在床上，望着天花板上的纹理。

方觉夏再睁眼时，凌一趴在他的床上，还打起了呼噜，他就是被这小呼噜声吵醒的。他迷迷糊糊揉了一下眼睛，看了一眼时间，下午三点半。

"一一。"他推了一下凌一的肩膀，自己坐起来，"你怎么在我床上？"

凌一猛地惊醒过来："起来了觉夏。"

"我已经起来了。"

"哦对、对对。"凌一从他的床上爬起来，打了个大大的哈欠，"刚刚我闹钟响了，我一睁眼，就半梦半醒地过来看你，想叫醒你来着，结果叫了两下我趴在你床上睡着了。"他说完下了床，伸了个懒腰，"我去看看他们。"

方觉夏把被子叠好之后才出去，看见大家已经坐在餐桌前了，还奇怪："森哥你没睡觉吗？怎么还做了吃的？"

正在分筷子的江森抬头看他："没有啊，这不是我做的。我醒来的时候就在桌子上了，不知道谁叫的外卖。"

"我。"裴听颂从洗手间出来，"刚送到，还是热的。都光睡觉没吃中午饭吧？多吃点晚上好干活。"

凌一冲上去给了裴听颂一个"熊抱"："谢谢裴总的投喂！"

方觉夏走过去才发现他点了一大堆的粤式茶点，还有瑶柱虾粥和生滚鱼片粥。

"嗯！这个凤爪好好吃啊！"

路远吃了一口金钱肚："奇了怪了，小裴今天居然点的是点心，不是比萨。"

贺子炎笑着说："可能是梦里受到了中华美食的召唤。"

裴听颂撑回去："我就是想吃点心，不行啊？"

"行。"江森笑着给他们一人盛了碗粥，递到方觉夏手里的时候还问："怎么样，小裴点的正宗吗？"

方觉夏点点头："挺好吃的，好久没吃了。"

"那是，"资深食客凌一把餐盒上的标识转过来，"这家可贵了，我只堂食过，都不知道可以点外卖。"

大家一边吃一边七嘴八舌地聊天，一觉醒过来，都默契地过滤了早上的泄曲事件。谁都不谈，也不提，一心想着晚上的拍摄。

一碗温热的粥喝下去，方觉夏浑身舒坦了很多，家乡菜无论什么时候都有一种平复心情的奇妙作用，好像吃下去的不是食物，而是熟悉感。

熟悉感意味着稳定。

小文相当守时地把他们接走，在路上还宽慰道：公司处理得很及时，泄曲的范围并没有想象中大，让他们不要太担心。六个人一下车就直奔摄影棚，花了几个小时才完成第一套妆发造型。服装是改良过的黑色风衣，款式接近但细节不同，配合第一个以红色为基调的室内场地。

团综的摄影大哥也跟来拍摄，记录整个过程，拍到已经做完妆发的裴听颂，问他喜不喜欢这次的妆发，裴听颂拿镜头当镜子，照了一下："挺好的。"

"最喜欢哪个部分？"

"最喜欢……"裴听颂走到大镜子前，摄像也跟着他过去，谁知他突然坐到了正在做发型的方觉夏旁边，"我最喜欢这一部分。"说着他指了指方觉夏的眼角胎记。

"什么？"方觉夏刚说完就从镜子里看到了摄像，这才明白过来。

化妆师将那处胎记用细细的唇笔勾出了比较繁复的红色花纹，像是凤凰的纹路，配上帽子，有种冷艳的美感。

完成了最后一名成员的妆发，他们终于进入拍摄地。幸好他们请的导演是老板陈正云的好友，业内有名的音乐录影带导演，肯给老友卖个面子提前开工，赶拍救急。

他们不是第一次拍MV，但是这么高强度的拍摄的确是头一遭。从晚上八点拍到第二天清晨七点，换了两个摄影棚之后再转场到外景取景地，又从清晨拍到下午，取完夕阳的镜头之后又回到绿幕棚补拍了一些镜头，六个人整整工作了二十五个小时，一支舞跳了不知多少遍，几乎快要抬不起胳膊。

"辛苦了。"收工之后他们给所有工作人员连连鞠躬，困得几乎说不出话，摄影棚里摄像大哥问他们什么感觉，几个人都是蒙的，队长江淼强打着精神说了些话，路远开了个玩笑，大家才恢复了一些精神，接起梗来。

"觉夏觉得这次拍摄的效果怎么样？"

方觉夏对着镜头笑了一下："外景很漂亮，之前很少有外景。内景那个国风布景也很酷。希望大家会喜欢这支 MV。"

"困吗？"

他很老实地点了点头，又笑了一下："但是很开心。"

他们没有太多的时间睡觉，回归时间提前，意味着公司需要马上放出各种写真物料、宣传片。六个人连轴转，在回公司的车上睡了半个小时，下车之前发现公司外面全是粉丝，还有一些混杂在粉丝中的代拍和媒体，怕暴露发色，他们每个人都头顶着一件外套下了车，遮得死死的。

"觉夏哥哥！"

"小裴！裴听颂！"

"凌一看看我！凌一你最帅！"

"贺子炎加油！"

"路远！江淼！"

"卡莱多加油！多米诺决不认输！"

回到公司，他们又开始做新的造型，拍摄了三个 App 的宣传视频，然后等待拍摄专辑写真。

写真的第一个造型对应的摄影棚是暗棚，每个人拍摄特写的时候，右眼会打上一道光，背景环境就相对调暗。对普通人是相对，对方觉夏就是关灯。第一个拍摄完，凌一接替上去，方觉夏想看看自己的片子拍得如何，想去到监视器旁边，视线里的一切都很模糊，他放慢了脚步，一点点往前走着。

他能听见摄影师的声音越来越近，确定自己方向上的正确。

但他并不知道自己在越来越靠近目的地的同时，也越来越靠近一处台阶，小心翼翼踏出去的一步，竟然踩空。

身体瞬间失去平衡，向前栽去，方觉夏的心被猛地揪起。

06

"觉夏怎么了？"

几步开外的摄影助理看见了这一幕："没事儿吧？"

裴听颂扶着方觉夏站好："没事。他太累了，太久没有睡觉，人都没力气下台阶了。"说完他扭头看向方觉夏："是吧？"

方觉夏顺着裴听颂已经搭好的台阶往下开口道："嗯，有点晕。"

裴听颂轻轻笑了一声，方觉夏知道他是故意的，说不定早早就作壁上观，只等着自己上钩。这样一想，他又觉得自己被戏弄了，咽不下这口气，索性装作看不见的样子，一脚踩上裴听颂的脚。

看着他脸上的笑容一下子变成惊讶，方觉夏终于感受到戏弄别人的乐趣所在。

"失策了。"

听到裴听颂莫名其妙来这么一句，方觉夏疑惑抬头："什么？"

裴听颂指了指自己的脚，强压嘴角笑意，努力做出正经思考的模样："我今天应该穿 AJ 的，白被踩一脚。"

没有几个男生不知道这个梗，方觉夏自然也不例外，但他假装听不懂："神经。"

"哟，还骂起人了。"裴听颂笑起来，"你这是吃白食，知道吗？"

摄影助理好心给他们俩端来两杯热摩卡咖啡，听到了只言片语，笑着问："你们在说什么？"

方觉夏尴尬地接过咖啡，解释道："没有，裴听颂希望这次销量可以高一点。"

"对，"裴听颂相当快地接了梗，"希望这个世界上少点吃白食，多点真爱。"

助理小姐姐也点点头："我可是真爱粉，每天都等着你们新专辑的购买链接呢。"

完全曲解了。方觉夏低头喝咖啡，默默退出这个跨服聊天群。

连续工作对身体的影响是巨大的，但六个人的表现还是非常专业的，合作多次的摄影师都忍不住对程羌夸赞："他们确实进步了很多，越来越专业了。"

程羌却感慨万千："太难了我家这几个。我现在都不奢求什么大红大紫，就希望他们之后顺利一点。"

"会的，是金子没有不发光的。"

结束了棚内的拍摄，他们又赶往外景，中途在车上睡了一觉起来立刻做妆发。

这次的专辑概念是"战争"，公司原本的外景计划是带着所有人去新疆拍摄，但所有的计划都被泄曲打乱，一切都提前，也没有时间飞去那么远的地方取景，只能在最近的沙漠公园。

这一组宣传大片需要的造型和在暗棚里的现代造型不同，造型师以过去的武士侠客为灵感设计了偏古风的服装造型。每个人都是古装造型，看起来就像是一队深陷埋伏之中背水一战的侠客。

拍摄的时候风很大，方觉夏找造型师借了条白色丝质围巾捂住脸，跑到监视器那里去看裴听颂的拍摄。

裴听颂的造型很邪，一身煞气很重的黑，额上绑着两指宽的布条制成的抹额，右脸颊上是造型师画出的战损伤痕。

/ 105

他半蹲于黄沙之上,肩上扛着一把寒光闪闪的斩马刀,下颌抬起,嘴角叼了根草,表情克制,唯独俯视的那双眼情绪满满,张扬又充满杀戮之气。

"这个白头发好带感。"凌一忍不住感叹,"小裴可以去演戏欸。"

方觉夏心里也这么觉得,但如果真的让裴听颂去拍戏,他一定会觉得这是不务正业的事,毕竟这家伙是让往东就一定要往西的。

凌一说着说着偏头看向方觉夏,满眼都是惊喜:"觉夏你这样子弄好好看!就配着你这身白色的衣服。"

拍摄完裴听颂这一组的摄影师闻声回头,看到方觉夏的时候也眼睛一亮:"这个面纱戴得好,一会儿也拍几张这样的。"

"啊?"方觉夏尴尬地看向造型师,解释说,"这个是Cindy姐的丝巾,我拿来挡沙子的。"

"觉夏,放心戴!"造型师Cindy在后面大喊,"跟着仙子出镜是这条丝巾的荣幸!"

"仙子哈哈哈哈,Cindy姐太好笑了。"

裴听颂拍完了自己的部分走过来:"这妖风吹得,沙子都飞我嗓子里了。"说完他就开始疯狂咳嗽。

贺子炎开启嘲笑模式:"某知名侠客死于尘肺病。"

"喀喀喀……喀喀!"裴听颂一边咳嗽一边往方觉夏跟前凑。方觉夏本来还以为他会让自己帮忙,谁知他只是站在面前,别过头咳嗽个没完。

方觉夏想说话,又觉得有点好笑。裴听颂这样子就像一个小朋友,装委屈装可怜站在大人脚边求安慰。他简直惊呆了,这家伙确实没底线,心机深重,能屈能伸,一点也不嫌跌份。

"觉夏开工!"

"好的,马上。"方觉夏应了声就想离开,刚迈出一步,就看见裴听颂一脸委屈,咳也懒得咳了,就这么望着他。

方觉夏没看他,一张天生的冷面孔没太大起伏,嘴角露出一丝笑意:"来了。"

他走之前很快也很轻地拍了两下裴听颂的后背。

裴听颂愣了一下,转身看着方觉夏白衣飘飘的背影,忽然间有种满血复活的感觉。

方觉夏的单人拍摄是在马上进行的。他虽然没骑过马,但这匹马倒是意外地很好驾驭,简直都不能用性情温顺来形容了,就是没脾气,只要给草吃再摸摸头,立马乖得要命,一动不动驮着他。

"觉夏把弓拉开,再拉开一点。"

他第一次用真的弓箭，觉得不太对劲："是这样吗？"

裴听颂本来蹲在地上喝着苏打水，从监视器里见到这一幕便突然站起来，把自己的苏打水放到一边，还威胁凌一不许偷喝。拍了拍手，他径直朝方觉夏走去："姜老师你等等，我教他一下。"

方觉夏没想到裴听颂还会射箭，想着他既然都说教了，一定不是假的，于是准备下马让他指导，没想到却被裴听颂制止了："别下来。"

说完他便一脚踩上马镫翻身上了马，稳稳当当地坐在了方觉夏的背后。方觉夏有点惊讶，回头看他："你会骑马？"

"我中学还拿过全校青少年组马术亚军，"裴听颂挑了挑眉，从后面扶着他的手放在弓上，"还有射箭组冠军。"

"这只手放在这里，手臂再抬高一点。"裴听颂从方觉夏背后的箭筒里抽出一支箭，摸了摸箭头，"道具组可以啊。"

"要不要试试射一支？"裴听颂难得有耐心又温柔，扶着他的手拉满了弓，四处找了找目标，最后把目标锁定在不远处的一块形状怪异的大石头上。

他的声音萦绕在耳边："我数三二一，你就松手，好吗？"

方觉夏点头。

神经紧绷的那一瞬间，方觉夏松手，箭矢风一样离弦，准确地命中那块石头，碰撞后落到地上。

工作人员鼓起掌来："厉害，觉夏做什么都有天赋啊！"

"怎么不夸我？"裴听颂嘴角带笑，"方老师，我教得怎么样？"

"快下去。我要拍摄了。"

"唉，我就是个工具人罢了。"裴听颂唉声叹气，逐客令都下了，他也不能不照着做，"真是卸磨杀驴、过河拆桥、鸟尽弓藏、兔死狗烹……"

翻身下马，裴听颂拍了拍衣服，突然间眼前伸出一只细白的手，一抬头，看见微微俯身的方觉夏，蒙着脸，眼睛却是笑的。

伸手接过他递来的东西，是一颗玻璃糖纸包装的水果糖，裴听颂神色飞扬，将糖抛起来又牢牢接住："你这是藏在哪儿啊？"

方觉夏指了指自己的腰带："就两颗，给你一颗当酬金。"

"好了，我们开始拍第一组！"

裴听颂离开画面中心，走回监视器边的休息棚，和其他几个队友挨在一起坐下。他手里攥着那颗糖，阳光斜射进来，照得糖纸闪闪发亮。

"小裴快看我刚刚拍的！"凌一跑过来给他分享自己的摄影大作，手机屏幕里是他和方觉夏骑在马背上拉弓的场景，"是不是拍得超级好看！"

/107/

路远也凑过来:"哇,这个要是发到网上,肯定会有超多粉丝写武侠 paro。"

裴听颂疑惑问:"Paro 是什么?"

"来,让我这个资深同人文学研究者给你好好讲一讲。"路远揽住他的肩膀,"Paro 就表示我写的这个设定是区别于原作设定的。比如你俩啊,你们其实是偶像,但是呢,有人给你俩写了个武侠背景的同人文,你们都是侠客,这就是武侠 paro。"

"哦,我懂了……"凌一现学现卖,"那我要富豪 paro!"

在一旁靠着休息的贺子炎都被他逗笑了:"哥给你写一个丐帮 paro。"

"哈哈哈哈。"

方觉夏坐在马上专心拍摄,全然不知道自己的队友们在讨论什么。

摄影师站在高架上,镜头从上往下拍过去,方觉夏上半身后仰,倒躺在马背上,白纱被风掀起一角,面容朦胧,唯独一双眼直视镜头,一缕长发随风飞起,落在眼尾胎记上。

"这张都可以当大片封面了。"摄影师相当满意,把相机拿到助理跟前:"看,这张一定要放到专辑内页。"

宣传写真拍完,一行人赶回宿舍睡觉,他们最多只能睡四个小时,就要去参加打歌节目的录制。泄曲让 Kaleido 不得不最大限度压缩时间拼命工作,与此同时,网络上关于泄曲的风波一天也没有断过。

在事发的当天发出律师函之后,星图公司又在官方平台预告了 Kaleido 的提前回归,释出了他们拍摄的第一拨预告宣传写真——六张图,漏光拍摄下六个人的眼神特写。文案简单到只有日期——"3.23"。

等待已久的粉丝激动地在官博下面留言,Kaleido 已经一年没有回归,这个简单的预告一放出来,转发就飞快地过了十万。

siilu:啊啊啊啊,我的小糊卡终于不在家抠脚了!

卡莱多今天回归了吗:回归了!

TJ是真的:呜呜呜呜,这六双眼睛也太好看了!看眼睛我都能认得清清楚楚!我太想你们了!

卡团不红天理难容:天哪,我看到这条微博都要哭出来了。

不过在此之前,有粉丝跑去程芫的官博询问过 Kaleido 回归的日期,那个时候程芫的回复是四月初,这张截图流传开来,被越来越多的粉丝看到,心疼极了。

销户卡今天也要好好地糊:我卡真的难,明明是四月初才回归,就因为泄曲被迫调整到 3 月 23 号,我都不敢想象哥哥们这几天是怎么过的,怕是每天连觉都没的睡。隔了一年才出专辑，就碰上这么糟心的事。

仙女就要口吐芬芳：泄曲的人没有好下场！

一枚小小的多米诺：心疼哥哥们，这次大家一定要给他们最好的成绩！

Kaleido的翻红之前就引起很多团队的注意，翻红也就算了，偏偏这个团里方觉夏和裴听颂的粉丝数每日激增，这种人气带动力实在叫人眼红。一些营销号和黑号纷纷下场带节奏，谁都想趁乱拉一把后腿。

节奏带得最快最黑的自然是匿名区，Kaleido这种小公司出身又后来居上的团体在论坛里最没有话语权，偏偏这次提前出专辑撞上七曜，团队里的核心人物方觉夏又和七曜有着微妙的关联，几个高楼都在讨论这次两个团队相撞的结果。

这次翘卡大战，你们看好谁？买定离手啊。

楼主怕不是在逗我？翘这才一周，数字专辑的销量就已经破百万了，主打歌收听量已经三十天占据收听榜第二，第一名是三月初出的歌，照这个趋势很快就会被顶下来。MV点击量更不用说了，你要不去看看B站？三小时上音乐区首位。我就不说公司了，免得说我欺负人。卡连曲子都提前泄出去了，别跟我说泄的是demo没关系，关系大了去了，等到时候全曲出来，能三十天收听量占据前十都不错了。

翘吧。我本来还挺期待这次卡翘打一架的，结果卡泄曲了，而且翘这次新专辑真的很能打，成绩相当好，虽然还是人带歌，但架不住就是红啊。

这种楼建着有意思吗？卡现在拼了命赶着回归我真的看不懂，是想早死早超生？讲真我就没有见过泄曲后红起来的先例，大咖的泄曲都直接弃掉不用了，可能星图买不起新曲子吧。

你们都买翘，搞得我好想反买……

这是事实吧，从一开始就不公平，大公司的资源和宣传造势就不一样，成本也高。卡一开始肯定也是想避开翘才选在四月初回归的，现在没有备用的主打歌只能提前，鸡蛋碰石头。倒霉还是卡团倒霉，每一次以为会"飞升"的时候都踢到铁板。

方觉夏就是命里不带火吧……

还没正式交锋，网络上的言论几乎一致笃定Kaleido此次发专辑必"扑"无疑。不过星图的公关团队也在其中引导舆论，Kaleido的知名度虽然已经提升，但还是不及七曜，既然已经有人把他们捆绑在一起，星图就索性让这些人绑，让更多人知道，Kaleido也要出专辑了，而且是和七曜对打。

社交平台上的明争暗斗一刻不停，但公司让成员一律不许看社交平台，全身心投入新专辑的制作之中。

他们休息了几小时,凌晨就被叫去参加云视平台的打歌节目 Music Live House(MLH,音乐现场)。这将是他们新专辑的第一个 live,非常重要。

"太势利了。"

正等着发型师接发,方觉夏听见程羌骂骂咧咧,有些好奇:"怎么了羌哥?"

程羌把手机塞口袋里:"之前知道我们要发专辑,找我们合作的时候主动提出要给你们拍一个回归短片记录后台,放在云视网和微博上,现在倒好,跟我们说出现工作人员调度问题,拍不了了,只有一个 live。"

原来是这样。

方觉夏早就知道人情冷暖,当初所有人都觉得他必定会从七曜出道,而且一定是官推,谁都来找他,巴结他,仿佛人人都是朋友。可他一从 Astar 离开,这些"朋友"一夜之间都消失了,成了通信录里死寂的字符。

他宽慰道:"没事,反正我们不是带了团综的摄影师吗?谁记录都是一样的。"

"是啊羌哥。"凌一跟着说起来,"你看我,我吊个嗓,给你免费唱一段儿。"

程羌笑起来:"得了,你一会儿台上唱吧,别给我唱劈了。"

听完程羌说这些,方觉夏总觉得空落落的,好像缺点什么,在镜子里看了一眼四周,才反应过来,少了裴听颂。要是他在,肯定会火力全开,没准儿一会儿上台又要改词。

去哪儿了?

说曹操曹操就到,休息室的门被敲响,江淼起身开了门,看见裴听颂拎着一堆东西进来,嘴里念着:"快帮我接一下。"

"小裴最近怎么回事?"路远从他手里接过咖啡,"怎么这么懂事?你是被什么天使感化了吗?"

正看着镜子,方觉夏听见造型师说:"觉夏,你头发弄好了,先去休息一下,我给凌一做发型。"

"好,辛苦了。"

他站起来,裹着自己的黑色风衣走到长沙发上坐下。裴听颂给大家分发着咖啡和蛋糕:"OK 了,你们拿去吧,那个包装袋里有糖啊,要加自己加。"分完之后他也走到长沙发边,挨着方觉夏坐下。

方觉夏并没有分到什么咖啡,也没有蛋糕,两手空空。他瞥了一眼坐在自己旁边的裴听颂,对方也看着他,冲着他笑:"你看我干什么?"

"没有。"方觉夏又扭回头。

裴听颂眼睛盯着团综的摄像大哥,等对方转过身去拍凌一的时候,他才悄悄拿出一个单独的墨绿色小袋子,放到了方觉夏的面前,里面是一杯加奶不加糖的威尼斯拿铁、一块精致漂亮的小蛋糕，还有一个小保温杯。

看他这样，方觉夏没想明白。他搞不懂为什么裴听颂刚刚不给他，现在又要偷偷给他。

"快吃啊。"裴听颂给他把蛋糕盒子拆开，叉子插上去，推到他面前，"超级好吃，相信我。"

小蛋糕层次分明、精致漂亮，方觉夏一早起来什么都没吃，也有点饿。他们队内一向是谁买了东西大家一起吃，他早已习惯，可现在换作是裴听颂，他突然就有点不习惯，于是迟迟没有动手。

"你二十三岁了，难不成要人喂吗？"

一听到他说这句，方觉夏立刻动手，吃了一口蛋糕。他向来喜欢甜食，蛋糕正合口味。

见他眼睛都亮了，裴听颂满意得很："好吃吧？"

"嗯。"方觉夏看向他，"这是什么蛋糕？"

"Tiramisu."裴听颂没用中文回答，反而用了意大利语。

方觉夏对甜点没太多讲究，可提拉米苏经典到几乎尽人皆知的程度，裴听颂一提，他当然就清楚了。

他用咖啡压了压，放下叉子，拿出手机给裴听颂发去一条消息，语气严肃，还带着点敲打的意思。

除了漂亮还是漂亮：你收敛一点。

可刚发完，方觉夏又想，自己是不是太凶了，手指犹豫着打出几个字，又纠结地删掉，重新斟酌措辞。

还没等他发出去，裴听颂的消息已经传过来。

导盲犬：知道了，方老师。

看他这么听话，方觉夏有点惭愧。

除了漂亮还是漂亮：谢谢你的蛋糕，为什么要偷偷给我？做贼似的。

裴听颂似乎是没有看到他还在继续回，自己忙着把那个保温杯拧开，搁到方觉夏跟前。方觉夏瞟了一眼，里面似乎是雪梨块，切得有大有小，清新香气扑面而来。

方觉夏怎么都没想到裴听颂竟然会给他炖糖水。

手机振动了一下，他拿起来，看见最新弹出来的一条信息。

导盲犬：因为只有给你买的我认真挑了，被他们知道会骂死我。

紧接着又是一条信息。

导盲犬：方老师，我这么乖，你就带我走吧。

/111/

07

方觉夏恍惚间想到了自己小时候去领养中心的感觉，那时候原本想领走一只漂亮可爱的小型犬，所以进去也是直奔着博美、吉娃娃去的。

可没想到的是，旁边有一只小哈士奇，一双蓝色眼睛巴巴望着他，不停地抓着笼子，伸着小舌头。只要方觉夏一靠近，它就欢天喜地地扑腾，恨不得咬开这笼子扑到他怀里。

当时的方觉夏忽然间就心软了。他放弃了最初规划了很久的计划，把这个小家伙带走，还因为它算盘珠子一样黑黑小小的眉毛，给它取了"小算盘"的名字。

如果小算盘当初成精会说话，蹦跶的时候应该说的也是"带我走吧，带我走吧"。

休息室的门忽然被重重敲了两下。

"卡莱多！"一位戴着耳麦的工作人员推开门，半个身子探进来，"Stand by（待命），还有三个就是你们。"

"好！"程羌应了一声，正好最后一个成员凌一的造型刚完成："耳麦都戴好了吧？在公司里都试过了应该没事的，打歌节目音响应该也不会出什么问题，别担心成绩，反正我们就是来表演的，享受舞台最重要。"

方觉夏没时间回复裴听颂的话，调整耳机的间隔看了他一眼，见他冲自己勾了勾嘴角。

他们被安排在连接舞台和休息室的通道，来来往往不少人。凌一深呼吸，像个公园老大爷那样拍打自己的胸背、手臂："怎么办？太久没有上打歌节目了，我有点紧张。"

路远抱了抱他："不是彩排了吗？有什么好紧张的。"

江森笑道："是啊，这次的情况总不会比上次音响报废的情况更坏，那次我们还不是挺过来了？"

为了缓解气氛，团综的摄像大哥扛着机器问他们一些与造型相关的问题。

"这次的妆好特别，你们自己觉得怎么样？"

"贼酷，"贺子炎凑近镜头，染过的红发微微烫卷，散落在额前，"看到我颧骨上这个伤口了吗？是不是特别逼真？造型师给我们做的这是……"他想了想，路远接道："战损妆！"

"对，我颧骨这里有一道擦伤，眉骨下面还有一个口子，请大家放心，我们

没有打架，这是化妆。"

凌一咯咯咯笑着："就是我打的。"

方觉夏冷不丁接了一句："队内不和实锤了。"

"哈哈哈哈！"

"凌一你算了，"贺子炎摁住凌一的脑袋，"你跳起来打我脚脖子。"

江淼继续引导镜头："这次在造型上都比较大胆，可能就我比较保守，染的是黑茶色，因为造型师觉得我的形象要配合古筝。我的战损妆主要是嘴角的伤口，还有手上的伤，手部一会儿可能会有特写。"

"为什么呢？"路远故意问。

"保密。"江淼笑了笑，走到裴听颂跟前。裴听颂正调整着耳麦，一侧头对上镜头，挑了一下眉。

"小裴这次是我们所有人里发色最抢眼的，银白色，而且他还戴了美瞳。"

裴听颂主动对准镜头，他的左眼是很通透的蓝色，右眼却是血红色，和贺子炎一样伤口在颧骨附近，配上白发和他立体的五官，相当抢眼。

介绍完老幺的，江淼又把凌一拉过来："凌一这次染的是灰蓝色，我觉得很适合，因为凌一很白。圆老师是铅笔灰色的发色，非常酷。"

凌一点头："我们这次的军装风制服我特别喜欢，有好几套，帅不帅？"他转了个圈，"这套是全黑的，上面还有这种链子、勋章、肩章，有点欧式那种，设计是偏国风的，之后的打歌也会穿。"

摄像大哥特地说："你们六个人的制服怎么有长有短？"

凌一低头看了看："对啊，我、淼淼和圆老师是短款，火哥、小裴、觉夏比较高，就是大衣。"

镜头转到方觉夏身上："觉夏的大衣竟然是最长的。"

方觉夏笑了笑："因为有一些小惊喜。"

"觉夏还接了头发！"凌一走到方觉夏身边指着他后面的头发，"你们看，他染黑就是为了接黑色长发，束成高马尾，很像古代那种侠客公子，对吧？"

裴听颂看向方觉夏，果然如他所想，黑发和冷白基调的肤色对比更明显，衬得方觉夏气质更冷，加上脖子和脸颊上的伤口、胎记处的红色图腾，整个人的气质冷艳极了。

"每次都会接上长发再拆掉吗？"

方觉夏摇摇头："不是，打歌期间应该都会保留长发。"

"有什么感觉吗？"

"就……"方觉夏笑了一下，"我没留过这么长的头发，扎起来还有点重量,就觉得女孩子都很厉害,她们每天做发型应该还蛮辛苦的,我一下子感同身受了。"

凌一有些惊讶:"好奇怪的视角。"

方觉夏却坚持:"真的不容易。我之前因为惩罚穿了一次高跟鞋,发现女孩子好辛苦。我们的社会对女生外表过分关注了,无形中也是一种压力吧。希望大家可以生活得更自由、更舒适。"

正说着,走道的另一头有一个挂着牌子的工作人员对他们招手:"还有两个,卡莱多进来。"

按照吩咐他们从通道进入舞台候场区,那里光线不强,人却很多,刚迈进去方觉夏就感觉到有人拽住了他的手臂,将他向右拽了两步。

"我要开始工作了。"裴听颂的声音里带着笑意。

导盲犬的工作吗?方觉夏垂下眼帘,嘴角微微扬起。

巧的是台上表演的正好是七曜,虽然看不见舞台,但方觉夏听过他们这次回归的歌,也能听出梁若的声音。他们是半开麦,垫音很明显。出道两年,七曜的现场一直是网络上诟病的一点,大多中规中矩,状态不好的时候也会出现比较明显的"车祸现场"。但在大部分人心中,偶像本身就不及歌手,除了星图也没有几家公司会把重心放在唱功上,而是专注于舞台表现力。

Kaleido算是个例外,除了超高机能的双主唱之外,其他成员唱歌也相当稳,就连一开始是以舞蹈冠军进公司的路远,在陈正云的训练下,如今唱歌也是可圈可点。

但实力归实力,没有资本铺垫的康庄大道,能单凭实力闯出一条花路的,实属凤毛麟角。

"有人去洗手间吗?"凌一突然间想去洗手间,可其他人都没这个想法,他抓住方觉夏的胳膊:"觉夏你陪我吧?"

"啊?"没等他拒绝,凌一拽着他就跑,洗手间离后台倒也不远,就是要穿过一条比较黑的通道。被凌一生生拽到洗手间门口,方觉夏哭笑不得,只好对着里面说:"我在外面等你。"

他站在黑暗通道的边缘,低头回忆着歌词,被通道里的阴影笼罩着,看起来并不起眼。两个候场的工作人员把布置舞台的道具搬到后台,靠在一边休息,没有注意到方觉夏的存在。

他们也没发现自己掉了一块泡沫字母牌,和一本书差不多大,就掉在方觉夏的脚边,听着七曜的歌聊起天来。

"七曜的现场干听是真不行,还是得看到人。"

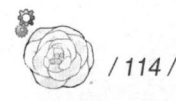

"那架不住人粉丝多啊。哎，你说这次卡莱多回归是不是血亏？我刚刚瞟了一眼，他们新歌已经发出来了，半夜十二点发的，点击量和七曜比差远了，都快六个小时了吧，音乐平台才两万收藏。"

"两万不错了，这两万肯定还是虐粉之后的结果，之前他们哪儿有什么死忠粉啊？"

"可七曜的主打歌已经有十二万收藏了！还在继续涨呢，卡团这刚够上零头，再说了这种偶像主打歌，一般后续也没什么路人收藏。"

"卡团怎么能跟七曜比啊，看看粉丝基数能比吗？是，最近方觉夏和裴听颂是挺红的，但这些里面多少是不花钱的粉丝啊，还真因为喜欢他俩就给他们买专辑啊？音乐平台就是靠路人盘，谁的歌出圈儿了，谁的专辑就卖得多。卡莱多 demo 都泄出来了，还卖个头，救不回来了。"

"也是，你说这方觉夏，长得这么好看，实力也'吊打'，怎么人就这么倒霉呢？"

"谁知……"

接话的人愣住了，因为他们说的方觉夏此刻就出现在面前，将他们掉落的字母牌递过去。

"你们的道具。"

方觉夏个子高，又天生一张距离感很重的冷颜，加上说话的声音也冷冷的，总给人不好接近的感觉。这两人偏巧在背后嚼了舌根，这会儿正心虚呢。

可方觉夏其实没有放在心上，只是想把这个东西还给他们，为此他还放慢脚步顺着他们的声音摸过去。

另一个人的脸上露出非常惊讶的表情，扯了扯同事袖子，小声说："裴……裴听颂。"

裴听颂？方觉夏正准备回头，就被揽住了肩膀。

"我找你找了半天，敢情您在这儿给别人失物招领呢。"

方觉夏正要说话，突然间又听到一个人的声音，是个气场很足的女性，直接叫出这两个人的名字："工作时间是用来给你们休息和嚼舌根的吗？"

"总、总监。"

方觉夏回头，舞台的一道光打过来，正巧打在这个穿着一身蓝色西服的女士身上，她很是干练。

原来是 MLH 的节目总监。

"道具组如果都像你们这样的工作态度我看不用干了。"她训斥了几句，便打发他们离开。凌一也从洗手间出来，找了一圈看见他们，朝他们跑过来。

没想到的是，女总监竟然对他们说了句"抱歉"。

"这个圈子就是这样。不过我很看好你们的舞台表现力，上次晚会的时候我在导播室，你们的救场让我记忆犹新。"说完她看向方觉夏："尤其是你，不愧是团队的核心。"

方觉夏垂眼，说了句"谢谢"，耳返里传来工作人员的呼叫，他们便匆匆告别总监，和其他人会合。

如果不是这两个工作人员的闲聊，方觉夏还不知道他们的音源成绩。公司有意不想告诉他们，想必也是担心会影响到他们首次 live 的演出效果。

但方觉夏恰恰相反，听到这些略显刺耳的话，他似乎更加能融入歌曲和舞台本身。

因为如今 Kaleido 的境遇，和这首歌实在是"不谋而合"。

"灯光就位！"

"一号机就位！"

"二号机就位！"

工作人员的声音接续传来。

Kaleido 的舞台布景很特别，背景墙上有草书军令状和诸多兵器，正中间是一个红架战鼓，鼓面朝向正前方。鼓前半米处搁着一架黑檀木私弦古筝，是江淼自己的琴。两旁各立有三面战旗，上有毛笔字书写的他们六人的名字。

全员在舞台上站成一列，凌一在最前面。江淼朝着导播室比了个手势：Kaleido 就位。

"OK，"舞台上的灯光全部暗下来，导播室传来最后的声音，"Kaleido《破阵》录制开始！"

音乐声响起，最初是一段采样的戏曲板眼，京胡拉出第一段旋律。舞台中心打下单束灯光，镜头从上往下，对上人脸的瞬间，凌一抖腕打开一把折扇，京剧唱段开场。

"猛听得金鼓响画角声震，唤起我破天门壮志凌云。"他手握红色折扇只扇了两下，"番王小丑何足论，我一剑能挡百万的兵！"

最后几个字唱得高亢婉转，拖长的尾音韵味十足。这一番开场将台下几百名观众都震住了，大家面面相觑，没想到竟然能在偶像舞台上听到这样的开场。

"我去，这是京剧啊！太牛了！"

"我鸡皮疙瘩都起来了！"

"穆桂英挂帅吗这是？卡团主唱怎么这么强？"

"这就是泄曲那个歌吧？"

Kaleido 的粉丝开启了应援模式，在伴奏的间隙中一一喊出全员的姓名。

伴奏声京剧板眼仍在，一道清脆笛音穿插而过，如同某种信号，凌一将折扇收起，往空中一抛。

导播室传来指挥的声音。

"一号机跟扇子切上去，二号机准备——"

镜头下来的时候，六个人已经分开。江淼走位上前，声音悠长："黄沙四野掀血雾，破阵以逐鹿。"

紧接着是来到队伍中心的方觉夏，高束起的长发随动作飘起，洒脱清冷，音色空灵，完美烘出开场气氛："我行之路为无路，且任你埋伏。"

伴奏中开始出现战鼓音色，气势渐渐磅礴，节奏下全团齐舞，动作一致性高到惊人，节奏越来越强，最高点迎来古筝变奏，三下扫弦如千军过境。

凌一走位上前："一石起千浪，两指弹万音。夜遁影从月，满弓雪中行。"

"三号机！"

镜头中路远前空翻来到舞台中心，这一下又引得观众欢呼，最绝的是翻跟斗时全开麦一点都不抖："背水负生死，破釜屠麒麟。单骑斩阎罗，血身披旗旌。"

细密的鼓点将气氛烘到极致，六人刀群舞的画面带来的冲击力极为强烈。伴奏中古筝的每一次扫弦都像带着杀气。

贺子炎在一道笛声中走位到最前，编舞的手部动作结合了挽剑花技巧，收手时他抓了抓耳麦，开始自己的 rap 部分："韬光养晦，我早已翘首以盼。这一战，德不配位你当心方寸大乱陷泥潭。"

Rap 担当的编舞部分相对随意，贺子炎将敞开的军装风大衣向后一摆，半蹲下来对准自己的机位镜头，表情嘲讽："就当个失语花瓶，少干预真实声音。我自认四面楚歌的命，且看你因果报应！"

站起来，贺子炎跟着越来越快的节奏晃着头，一步一步从舞台中心后退："千军万马今日将我六人逼上绝境，信不信杀出一条血路我也一意孤行。英雄不论输赢，成败在此一举。"最后做出一个绅士弯腰的动作，结束自己的部分，"多谢你泄露天机，我今后惮赫千里。"

这段词已经明晃晃指向泄曲事故，台下别家的粉丝眼睛都瞪大了，没想到这首《破阵》的歌词会写得这么有针对性。

过渡主歌开始，伴奏中出现一道利刃出鞘的声音，凌一走位上前唱出高音："新的世代早已降临是你不敢承认。"

贺子炎的旋律说唱垫在他后面："谁投降，谁默认，飞白刃深藏名与身。"

下一部分是方觉夏的过渡唱段，他从舞台边缘横跨四人来到中心位，实实

/117/

在在走位靠飞。

"1号机位推过去！切4号撑脸拍！"

方觉夏身上的军装风大衣是唯一紧紧扣住的，高冷感十足，他侧过脸唱出穿透力极强的高音："麻烦抓紧时间排队做我刀下亡魂。"

尾音下落，镜头中裴听颂忽然出现，一把攥住方觉夏的衣领："别眨眼，别晃神，剑光冷十步杀一人。"

方觉夏推开他，不屑地挑了一下左眉。

这段编舞上的互动立刻引发了观众席巨大的尖叫声，几十个粉丝叫出几百人的夸张程度，几乎要覆盖住伴奏的声音。

五人走位成圆圈，站在圆心的路远抬起手腕，腕间缠绕的白色绷带甩动："且看我——"

其他队友一举一动被他控住，如同缰绳牵制。六人齐声合唱副歌。

> 放任诘问肮脏规则，兵不血刃
> 夜奔抗衡虚假世界，凭谁造神
> 不闻不争只道英雄不问出身

伴奏的节奏越来越快、越来越快，所有人跪下，只留江淼站立："此行莫问前程。"

全员起身，在节奏密集到即将冲顶的时刻，突然空了一拍。

走位到中心位的方觉夏抬臂比出手枪动作，在特写镜头里抵上太阳穴。

"听我一曲破阵。"

全曲中最燃的电音drop（高潮）出现，强劲的节奏令全场观众都沸腾了，真实采样的刀剑声和听感锋利的电子音重叠交错，和现场的编舞一起制造出刀光剑影的空间感。

这段舞大开大合，但每个动作都精准地卡到电音的节奏上，渲染力极强。整个演播厅气氛高涨，一时间如同音乐节的现场。就在drop部分即将结束的时候，全员齐声再唱："听我一曲破阵。"

队形再一次变作长龙，随着古筝的拨弹，大家一左一右倾斜开，露出末尾的裴听颂，他不知何时来到了红架战鼓前，配合伴奏狠狠敲击战鼓，再次拉开战场序幕。

转了转手中的鼓槌，裴听颂翻过古筝来到前面，抖了抖军装风外套开始rap："这世道，明争暗斗举目皆是笑里藏刀。等指教，等来却是无恶不作阴毒损招。"

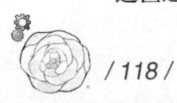

方觉夏心道，这次裴听颂总不会临场改词了，可他还是太过天真，这念头晃过不到一秒，就听见了裴听颂的二次创作。

"璞玉外泄曲不成调，这歌词你听来可好？若非满堂讥笑，怎知我鹤鸣九皋。"裴听颂步伐里都透着匪气，从地上拾起折扇猛地打开，扇了一下。

"心肠溃烂妒火中烧，这恶病还缺一剂猛药。原创孤军开膛一刀，血趁热喝长生不老。"

这段唱词改得太犀利，恨不得直戳 Astar 的肺管子。裴听颂一个脏字不带将他们骂得狗血淋头，方觉夏实在佩服。

将收起的折扇比作刀，然后狠狠在自己胸口划过，裴听颂脸上露出病态的笑，抹了抹嘴角："奈何我生来就暴躁，吃一堑必定反咬。"最后他背身而去，折扇随意抛出，"琴声抛，利剑出鞘，提你人头踏碎灵霄。"

这段 rap 的杀气重到几乎镇住全场。

"裴听颂太 real（真性情）了！"

"就差点名道姓了……"

编曲再变，马啸声起，主唱们再度走位上前，主歌部分配合有序，气场较第一段副歌更加强大。台下的粉丝呐喊声也更大，掺杂在战争主题的编曲之中，颇有杀出重围的痛快和潇洒。

>　　放任诘问肮脏规则，兵不血刃
>　　夜奔抗衡虚假世界，凭谁造神
>　　不闻不争只道英雄不问出身
>　　此行莫问前程
>　　听我一曲破阵

原以为会再是电音 drop，没想到竟然突然静下来，只剩下肃杀的战鼓声，一声，接着一声。舞台霎时间全部暗下去，没有了灯光，只有战鼓声还在继续。

灯光再亮起时，古筝响起，并非伴奏中的采样，而是真实的演奏。舞台上只剩下两束追光，也只有两个人。一束打在坐于古筝之后的江淼，另一束则是打在舞台上孑然而立的方觉夏的身后。

他的军装风大衣早已脱下，只贴身穿了件月白色广袖束腰长袍。台下的观众无一不惊异于这段意外的编舞。

"天哪！"

"啊，这个扮相！绝了！"

"方觉夏吗,这是?"

随着江淼的琴音方觉夏开始了独舞,一抬臂一掀腿,动作轻盈有如流云。弦音渐快,两个掀身探海翻身接起跳,燕式紫金冠的惊人难度让台下爆发出惊呼。

连续几个云桥翻滚,方觉夏来到古筝之前,送手下腰,从琴架上拿起长剑一把,抽剑起舞,飘逸如仙人之姿。

不好。

方觉夏感觉自己的腰被什么力量狠狠扯动,瞥眼看见固定在后腰的麦盒掉了,一条线扯着悬在半空。他面不改色,临时换了编舞,一个吸腿转身扯住那黑线,手腕发力一甩,麦盒在空中抛了一周,被方觉夏牢牢接住。

这过程对他而言漫长,可对台下的观众不过一晃即逝,没有多少人发现独舞的方觉夏做出了多么惊人的救场。

他将握住麦盒的手藏在背后,只用右手舞剑,腰身灵动如同手中软剑,在琴声渐落之际,长剑前刺,右腿站立左腿高抬,仙鹤一样立于舞台中心。

几个扫弦之后,古筝变奏,所有人回归舞台,江淼离开自己方才坐过的椅子,队形将方觉夏遮蔽在后,路远开口,开始了过渡的 bridge(桥段):"闭眼听,这战场厮杀之音,我笃定这次绝不囿于困境。"

凌一接上,高音穿透力极强:"这条路并无终南捷径。我只信我,从不信命。"

副歌再度出现,身为主舞的路远站在中心位,箭头形的站位,方觉夏就在他身后。

  放任诘问肮脏规则,兵不血刃
  夜奔抗衡虚假世界,凭谁造神
  不闻不争只道英雄不问出身
  此行莫问前程
  听我一曲破阵

最后一段激烈的电音将全场气氛推向顶峰,简直不像是在录打歌节目,更像是卡莱多的演唱会现场,所有人的感官统统被调动,跟着音乐一起律动,直到燃点结束。

节奏缓下来,六个人背朝观众往后走去,伴奏再次变为开场时的古筝拨弦和板眼,背景音掺杂着隐隐的风雪呼啸声。

笛声响起,裴听颂手拿一件黑色军装风大衣,在清冷的弦音中抖了抖,披在方觉夏的肩头。方觉夏不疾不徐,踱步到古筝后的太师椅处,拿起刚才暂时放在琴上的长剑，其他几人围着椅子摆出 ending pose（结束动作）。

江森音色温润："黄沙四野掀血雾，破阵以逐鹿。"

裴听颂立于椅子正后方，眼神敛去戾气。方觉夏转身坐上这把太师椅，懒懒倚着，手指抹了抹剑刃，他神色淡漠地将那把剑往前面的地上一扔，唱出整首歌的最后一句。

"我行之路为无路，且任你埋伏。"

08

"好！Kaleido《破阵》录制结束！辛苦了。"

听到导播的声音，六个人这才放松下来，站成一排朝着台下的观众深深地鞠了一躬。台下呼唤着他们的名字，声音如同浪潮向他们涌来。

方觉夏站在中心，平时冷静自持的他在弯腰的一刻，鼻子竟然有些发酸。他们出道以来受到的冷遇，想要表演却没有舞台的心酸，这些明明都是早已习惯的状态，却在时隔一年重新登上打歌舞台时翻涌上来。

尽管这么多天他获得了之前从未有过的热度，获得了新的喜欢他们的粉丝，但对方觉夏而言，能够凭借舞台获得大家的掌声，这才是他真正热爱的事。

退场的时候大家一路上都在和不同的工作人员鞠躬，嘴里说着"辛苦了"，就连以前不屑这样做的裴听颂都被潜移默化影响了。裴听颂扶着方觉夏带他走过黑暗区域，直到来到灯光通明的通道。

"下班了！下班了！"凌一开心得要命，"我们终于下班了！"

路远也跟着他晃，两个人莫名其妙从走路变成了"僵尸蹦"："突然想吃海肠饺子，我饿死了。"

"我们一会儿点外卖吧！"

"好啊！"

看到队友这么可爱，方觉夏的心情稍稍平复些。回到休息室，刚关上门，方觉夏忽然感觉披在身上的大衣被拿走，一只手抓着他的腰转来转去，一侧头是裴听颂。

"怎么了？"

"你没事吧？"裴听颂仔细检查了一下，"我刚刚在舞台侧面看到麦盒掉了，没扯着你的腰吧？"

方觉夏眼睛一下睁大了些，语速难得地加快，有些紧张："你看到了？很明显吗？怎么办？可能大家也看到了，这个腰带不好固定麦盒，动作一大就甩出去了。"他叹了口气,"练了这么久,还是失误了。"

刚说完,裴听颂就道:"你在说什么啊?我问你腰有没有事,你跟我说你失误了。"

方觉夏愣了一下:"我腰没事,那个麦盒也不重。"他没能直视裴听颂,只低声补了一句,"放心。"

江淼听见刚才方觉夏说的话,走过来给他捏肩膀:"觉夏,你那个根本不算失误,那叫救场。我在你后面弹琴我都吓了一跳,但是你甩麦盒那段真的很帅,而且看台下的反应,应该没有多少人发现的。"说完他故意瞟了一眼裴听颂:"也就是小裴,估计眼睛都不带眨的。"

照以前,裴听颂一定急着反驳,可现在他却直接承认:"那是,你们这一段表演我怎么舍得眨眼。"

方觉夏有些不好意思,垂下眼帘不说话。

程羌进门,一个一个"熊抱"他们:"太棒了!你们太棒了!不愧是我的狗崽子!看得我简直老泪纵横。"

路远抱完笑起来:"强哥最近越来越有文化了欸。"

"胡说什么!"程羌拉过裴听颂抱了一下,然后指着他:"你啊,你又改词。"

裴听颂耸耸肩:"这是我昨晚写的,来不及加到录音棚版本了,我觉得太可惜,应该唱出来。"

说到改词,方觉夏想到一个小点子,迫不及待说出来:"刚刚小裴有句词是,原创孤军开膛一刀,后面是……"

"血趁热喝长生不老。"裴听颂接道。

"对!"方觉夏脸上是赞许不已的表情,"这句词太棒了,真的特别棒。"

裴听颂不是没听过别人的夸奖,他听得太多了,各种天花乱坠的说法都有,一句"太棒了"根本算不了什么,但他从来没有这么开心过。

方觉夏继续阐述他的想法:"我们的编舞都是根据原本的词来的,既然live版有改动,那我觉得我们下一次打歌可以把动作也换一下配合歌词。"说着他做了一个挖心脏捧出来的动作,"你们觉得呢?"

路远鼓起掌来:"这个好,六个人一起做画面应该会很有冲击力,我们回去设计一下!"

看着他们又开始讨论舞台,程羌有些感慨,这群孩子刚结束了一场非常艰难的表演,下来之后竟然不是劫后余生的放松,也没有去计较这次回归的成绩和排名,而是一门心思扑在舞台和表演上,只想着如何才能让自己的表演更加出彩。

他们值得更好的未来。

想到这里，程羌拍了拍手："我已经跟节目组打过招呼了，一会儿的颁奖我们就不参加了，反正也不是候补，在这里浪费时间没意义。

"之后还有新专辑粉丝见面会，那可是直播，一点岔子都不能出。先回去休息一下，吃个饭，然后把你们见面会上要表演的节目都练习一下，特别是你们每个人的 solo（单人表演）。"

从 MLH 的录影大楼出来，外面意外地挤满了粉丝，她们手中都拿着克莱因蓝的手幅和万花筒灯，一看到打头出来的程羌就开始尖叫。成员们排成长队出来，道路被挤得非常狭窄。

"卡莱多加油！"

"觉夏！觉夏怎么这么好看！"

"小裴看看姐姐吧！贺子炎大帅哥！"

"森森！森队最棒！你是最好的队长！"

"凌一！凌一蓝发真好看！圆老师您太帅了！"

许多粉丝情绪很激动，这次回归的艰难让她们比任何人都揪心。

方觉夏被人流推着走，却看见斜前方一个女孩子哭得稀里哗啦，心揪了一下，从外套口袋里拿出一包纸巾，刚刚擦汗的时候还抽了一张。趁着被推到前面去，方觉夏伸手把纸巾递到那个女生跟前，一直没什么表情的他笑了一下，声音温柔："哭什么啊？"

这一举动让周围的粉丝都惊叫起来。裴听颂护着方觉夏往前走："你这纸巾一递，要我我能哭一宿。"听见他说话的粉丝又跟着大笑。

"你这人……"方觉夏不知道怎么说他才好，所以说到一半就没说了。所有人上了车，江森降下车窗，笑着对粉丝说："快回去吧，记得要看我们的见面会直播哦。"

人群中突然冒出一个女生的声音，音量超大，穿透力极强："我们小糊卡是最牛的！"

凌一的脑袋从车窗里冒出来："哇，你声音这么好，应该来替我当主唱。"

"哈哈哈哈！"

他们回归时间骤缩，单人预告都是集中在上午播出，MV 则放到了晚上九点。MV 虽然是大家不眠不休赶工拍出来的，但效果和表现力都非常好。

粉丝一遍一遍地转发，在云视网和其他几个视频平台反复播放 MV，支持自己的偶像。尽管并不能让卡莱多空降到播放榜，但比起过去，这样的成绩已经有了很大的进步。

Kaleido 参加打歌节目录制的行程曝光后，网络上对于卡团回归撞上七曜的热议更加高涨。绝大多数人是抱着看好戏和嘲讽的态度，稍好一些的对小公司出身的卡团持怜爱态度，说话难听点的，什么话都有，例如，炒作孽力回归，不自量力，甚至有人将泄曲当作是星图和 Kaleido 为了提高回归热度的自我炒作。许多眼红方觉夏热度的人也出来说风凉话。

这些言论层出不穷，方觉夏也早已看开，断了网只当无事发生。他将每一次的舞台都当成是最后一次，尽全力完成表演，其他的都不在意。

只是谁都没有想到，被踩到几乎没有还手之力的 Kaleido，竟然在 Music Live House 播出的时候开始回弹了。

播出时，云视网首页的 MLH 推送宣传封面依然是天团七曜，标题也是他们，极尽夸赞。这档节目虽然是网综，但播放量一直很高，也有数量可观的收视人群。

整期打歌节目一共有十六场表演，还有后续的授奖环节和安可舞台。十六组团体或个人歌手都会有相应的直拍视频，链接在打歌节目的相关栏，并且根据播放量实时排序。对于团体表演来说，直拍就是一台摄像机固定跟着一名成员，将他全曲的表演都记录下来。

最初的时候谁都没有注意，直到播出后方觉夏的直拍悄无声息地成为当日直拍播放量第一，触底反弹的趋势才有了苗头。

打歌节目播出后的晚上十点，微博上一个专门点评 live 的百万粉大 V 竟然发了方觉夏的《破阵》直拍视频。

看表演的 MO 君：你们也知道我平时不太关注打歌节目的直拍，我一直觉得除了粉丝估计没人看偶像直拍，但方觉夏这一个是 MLH 这一期最高播放量的直拍，才五个小时就已经八倍断层领先，播放量超十五万，第二名才刚破两万。我好奇就点进去看了一下，找到原因，夸一句神仙救场也不为过。我敢说，这种水平的形象、唱功、舞台表现力还有应变能力，妥妥的国内偶像天花板了。（可以不认同，但是请看完了直拍再来"杠"。）P.S. 这场是 Kaleido 的《破阵》。

这名博主的日常除了分享国内外优质音乐和优秀舞台，就是撑国内舞台，粉丝大部分是音乐圈路人。微博发出没过多久，就上了热门。

努力学习天天向上：我天，MO 君居然会发偶像直拍，次元壁破了。

我三今天也没回归：啊，简直是心有灵犀！我刚在云视网看完了师弟团的舞台，就在 MO 大这里看到了直拍，这一场方觉夏真的太绝了，前面明明那么有气场，dance break 的古典舞居然可以那么美。强烈推荐大家看一下卡团的整场舞台，我跪地"安利"！

Bobbi 娃娃：有没有姐妹可以告诉我一下，两分四十三秒那一段麦盒是掉了吗？这个处理真的好牛，我退回去看了好几遍，还以为他甩的是武器之类的。救场救得这么美真的是头一个了。

　　Sleiyoujh：我之前是不是在热门上看到过这个人？他的声线好特别啊，明明是偏冷的声音，但是共鸣很好，又饱满又特别，形容不出来，好烦。而且这个唱功，如果是开麦的话也太强了，这么剧烈的编舞一点都不喘，高音好稳。

　　绝美风景线回复Sleiyoujh：是全开麦哦，顺便一提，他叫方觉夏，是Kaleido的ACE（王牌成员）。这首歌也是Kaleido全团一起创作的，是他们自己的原创作品，包括编舞哦。

　　做人就要苟：这个歌的调子有点熟悉啊，是前几天泄曲那个吗？Demo完全不能跟成曲比啊，这么一看后期制作也太强了。

　　没有人想你的废话：冷知识科普，方觉夏出道前就大热，被誉为王炸选手，不过后来换了公司，还出现负面新闻。说是这么说，反正我是不信的，就这实力真的有背景还不红上天啊！一直这么惨，肯定是得罪人了。我虽然不粉偶像，但这个哥的直拍我真的服。

　　蓝莓芝士小蛋糕：我是学古典舞的，他那段solo一看就是有功底的啊，救场救得毫无痕迹，而且不管主镜头是不是对着他的，表情和状态一直都没有松下来过，一点多余的小动作都没有。头发丝被汗黏住也没有说拿手去扒拉，很专业。舞台态度太好了。

　　只说大实话：我真的想像其他姐妹一样努力分析这段表演有多么优秀，但是我太肤浅了，全程就盯着这个小哥哥的脸看，太好看了……

　　很快，这条直拍微博就被很多人转发，"方觉夏直拍"和"方觉夏救场"词条也一点点爬上热门。在社交效应下，越来越多的人去云视网看方觉夏的直拍，还有整个团的现场。

　　许多娱乐博主和营销号抓住了这个热点，剪出了方觉夏表演中的亮点部分，例如救场、和裴听颂编舞上对撞的部分、切入电音前比手枪的killing part（高潮部分），还有ending部分，将这些制作成动图，发在微博上，看到和讨论的人越来越多，甚至有很多从来不看偶像打歌节目的路人也被这几张动图吸引了注意力。

　　连带效应下，卡莱多的完整版表演也登上了热门，甚至被转载到各大社交平台，电子国风舞曲的表演在男团中前所未有，意外地成为最近一段时间MLH最出彩的一场表演。到了第二天，全团六个人的直拍都已经登上了云视网直拍榜的前几名，最高的仍旧是方觉夏，断层式领先，第二名就是裴听颂。

　　如果说方觉夏是以异军突起的姿态反杀，裴听颂就是延续势头并且让热度爆炸的一枚炸弹。

有心人注意到他rap部分的歌词和首发主打歌的有出入，于是做出对比视频。网友喜欢犀利尖锐具有冲突性的东西，偏巧裴听颂就是这类人，他的歌词更是如此。

无家可归的乌龟：这个live版的rap歌词，我倾向于是裴听颂在发生泄曲事故之后新写出来的，简直是字字犀利——"心肠溃烂妒火中烧，这恶病还缺一剂猛药。原创孤军开膛一刀，血趁热喝长生不老"。你们品一品，赤裸裸地讽刺损害原创的恶意泄曲行为。我去听歌的时候才发现，整首歌歌词基本都是他写的，真诚地建议大家听一听，不过这段要看live。

用户1234567：这段我看节目的时候差点在我妈面前叫出来！他太跩了！最后那句"提你人头踏碎灵霄"真的震住我了，全曲杀气满满，大家一定要去听！

词不达意：终于有人说这首新歌的歌词了！我是昨天看推送随便听听的，但是真的好优秀啊，就是太冷门了。我最喜欢的就是结尾，很舒缓的旋律配上那句"我行之路为无路，且任你埋伏"，有种杀遍四野之后淡然收剑入鞘的感觉。

普陀寺绝美风景线：收尾的那部分主歌是方觉夏的词曲哦，中间都是小裴的。其实他们两个人的风格真的很好区分，裴听颂就是很直白的杀戮之气，很有rapper的血性，觉夏那一句就很像他"佛系"的风格："反正我一向都是这样被逼到无路可走，你们随便埋伏吧，我一点都不怕。"

今天也为销户卡流泪：大家看看完整舞台吧。除了绝美双ACE的救场和创作之外，还有超强主唱凌一京剧开场、队长江淼古筝弹奏、rap担当兼编曲DJ贺子炎，还有整首歌的编舞，我们的主舞大人路远。我们卡可能不火，但真的都是宝藏男孩啊。这首歌是他们每个人的心血，三分钟听一次真的不亏！

拖延症重症患者：不是说裴听颂国外长大的吗？怎么中文水平这么高？

葡萄树今天长大了吗回复拖延症重症患者：他从小就是中英双语环境啦，而且他很喜欢中华传统文化，这些直播都说过的。

听歌使人聪慧："就当个失语花瓶，少干预真实声音。我自认四面楚歌的命，且看你因果报应"这句不香吗？讽刺工业化偶像，直言他们组合一直以来受到的打击。泄曲事件让他们差点走投无路了吧？怪不得以前人人都说裴听颂特别"虎"。

在一重又一重的热度下，几个知名音乐博主又将当初传遍全网的泄曲demo拿出来和成曲live对比。

A叔不玩音乐：从昨天开始就有很多粉丝让我听卡莱多的新歌《破阵》，我之前说了泄曲会极大程度打击一首歌的生命，可以说是对原创歌曲的一记重拳，但我现在得说demo被泄还真不一定，这首《破阵》就是一个例子。其实听到demo的时候我是抱怀疑态度的，编曲很乱，旋律塞得过满，你刚调起来情绪，突然又转到另一个编曲氛围了，绝对不是成功的作品。

　　但是这个成品让我非常惊讶，砍掉了很多旋律，这一点很多制作人都做不到，舍不得，开头主唱的京剧一下子就把调子定住了，层次感非常好，你听完会有见证一场背水一战的感觉。据说这首歌是卡团成员自己做的，给经纪公司一个建议，以后让他们自己写歌吧。

　　音乐博主的分析和小论文很快吸引了网络上的一大批音乐爱好者，这看似是一个小群体，但实际却是网络音乐App的深度用户。星图借势谈下了音乐App的开屏和首页推广，吸引路人眼光。双重作用下，《破阵》在节目播出后的第二天晚上十点，从几百名开外的排名直接光速飞升到收听榜第二名，直接将七曜的新歌挤到了第三的位置。

　　而云视网也在网络风向的转变之下，将后来MLH节目的封面换成了Kaleido的《破阵》，标题也是——"卡莱多强势回归，口碑逆袭之战"。方觉夏的直拍成了MLH直拍中最快破百万播放量纪录的一个，一战成名。

　　逆势来得太快，正如卡莱多一开始被迫提前回归一样，连这些反冲的热度也是飞快到来的，只因为最初那一个救场的动作。那个小小的麦盒，就像只扇动翅膀的蝴蝶，短短两天，在整个网络引发了一场颠覆的海啸。

　　《破阵》这一首歌，从旋律、编曲、编舞到舞台设计，再到每一个人的舞台表现力，每个成员贡献出的部分，获得了大部分网友毫不吝啬的赞美。

　　明明是最坏最坏的开局，最后却反杀成功。现实的境遇和歌词巧合地完美契合，实实在在打出一场"逆势"之战。

　　卡莱多新专辑的电子销量很快就追上了粉丝群体庞大的七曜，其中大部分是路人盘，很多人预测，照着这样的涨幅，反超指日可待。

　　为了控制舆论，程芜全程都在观察网络风向，在这个过程中，他只截下了一条评论保存在相册里。

　　围观了从泄曲到逆转的全过程，学到了一点，无论发生什么，创作的实力与热忱永远不会被埋没。我很感动的是，从这几个不被任何人看好的男孩子身上，我看到了什么叫原创不死。

　　风暴中心的方觉夏此时在凌一的催促下登录微博，他刚录完第三场打歌节目回来，在宿舍休息。害怕每次登录微博都会因为数据量暴涨而卡掉，所以他

/127/

现在会让小文每天登录一下，万一哪天他自己用微博，打开的时候也不会崩掉。

他收到了许多许多评论，大部分是粉丝的"神仙彩虹屁"，手指滑动着页面翻了翻，看到一个 ID 很特别的粉丝。

葡萄树今天开花了吗：觉夏哥哥你怎么这么会唱歌啊！今天是我的生日，我想听你唱一首粤语歌，特别特别想，不管了，我现在就要在这里许愿，虽然我知道你肯定看不到……

粤语歌。

方觉夏想了想，他出道以来不管是参与综艺还是直播，的确没有唱过任何粤语歌，明明是自己的方言，但一次都没有过。

反正明天的新专辑见面会上会有 solo 部分，他本来选的是一首英文歌，不如换成粤语歌好了。他想到这里就发微信给程羌，公司一向灵活，说换就换了。

于是方觉夏坐到床上，打开自己的粤语歌歌单，准备找一首熟悉的歌练习一下。

忽然间，他听见吉他的声音，弹奏的旋律熟悉极了。

方觉夏一个激灵，这不是他写的那首歌？

手指不小心点到了随机播放，一首粤语抒情歌自动播放。方觉夏取下一只耳机，走到阳台。果然，吉他的声音就是从隔壁传来的。方觉夏转身准备去对面，想问裴听颂为什么要在宿舍里弹他的歌。可他又忽然顿住，不想让凌一和贺子炎也搅进来，冷静了两秒，打开微信。

除了漂亮还是漂亮：你在弹我写的歌？

没过一会儿，他收到了回复。

导盲犬：啊，我忘记你也在家了。我写词来着，就弹了一段试试看。你要看我写的词吗？

方觉夏有些出乎意料，还没来得及回话，对方又发来一条消息。

> 哪怕万分之一的概率
> 也要一试
> 堕落前迸出的电光石火
> 够我极乐至死

不知道为什么，明明只有短短的四行字，却叫方觉夏心悸，看到浑身的毛孔都战栗了一瞬。

耳机里随机播放的粤语歌流出歌词。

手机再次振动,只不过这次是程羌。

羌哥:对了,刚刚忘了问你,选好歌了吗?我上报一下。

方觉夏坐回床上,点开听歌界面的歌词,将这首明明已经非常熟悉的粤语歌仔仔细细地看了一遍,听了一遍。

最后他将歌名输入对话框,点击了发送。

第四章

枯枝之春

Fanservice Paradox
KALEIDO

01

  这一晚，那四行歌词反复萦绕在心头，拥方觉夏入梦。

  他梦见自己是悬崖石缝间挤着生出的一棵树，生长的过程很疼，石头磨着痛，裂缝中挤着痛。可他在云雾里泡了半世，泡到身体麻痹，无知无觉。

  恍惚间，一道刺目闪电劈中他的枝干，于是他摇摇欲坠，只想随之下落。

  但落下去是什么？是万丈深渊。逃之夭夭的闪电又怎么会陪残枝枯叶困在谷底？或许他还能抱着这道银白留下的幻影在泥沼里继续做云雾缭绕的梦，为一瞬的干柴烈火烧光自己，化成灰烬度过余生。

  不知怎的，方觉夏忽然就睁开眼，他望着无边无际的黑暗大口呼吸。醒来之后，他又坐在床上发了半个钟头的呆。他的脑子开始变得清晰，梦里的每一个细节都在重现，那种灭顶的焚烧感到现在都无法完全消退。

  方觉夏知道这个梦是他内心的隐喻。他害怕这道闪电只是游戏人间，顺手造了一劫。悬崖上的树没有双足，无处可躲。

  凌晨，Kaleido 依旧像之前那样去录节目，除了云视的 MLH，还有另外两个平台的打歌综艺。

  说来也很现实，自从他们因为 live 出圈，参加录制的时候都被优待许多，一个平台直接为他们换了个更大的休息室，还专程为他们录制了打歌花絮集合放在视频网站，吸引粉丝观看。

  Kaleido 的六个人还是一如既往地谦逊，向每一个工作人员鞠躬致敬。

  继直拍出圈之后，某视频网站的知名 UP 主专门做了一期看《破阵》首打歌舞台的 reaction，标题就是："泄曲即弃曲？偶像就是没实力？一起来看打脸全网的神仙 live！"

  这个视频很快就因为超高的播放量和收藏量登上网站首页，Kaleido 精彩的表演和 UP 主诙谐魔性的反应都非常"吸睛"，空降分区第一。这个视频的走红也让网站掀起了一股卡莱多 live 舞台 reaction 风潮，众多 UP 主跟风，除了这次回归的打歌现场，还有许多之前没有被人发掘的宝藏现场，让越来越多的人发现这个男团的真正实力。

不仅如此,《破阵》在音乐区也悄然走红,成为众多翻唱 UP 主的热门翻唱曲目。在这些达成热度双赢的衍生作品中,一开始因为泄曲差点夭折的《破阵》被越来越多的人喜欢,各大音乐软件的热门搜索都少不了这首歌的身影,音源成绩突飞猛进,已经将七曜的新歌远远甩在后面,登上第一。

网络上的风波大起大落,可方觉夏还是那个方觉夏,稳定安静。只有登上舞台的时候,他才会从坚硬的壳中走出来,释放强大的能量。

从打歌节目下班已经是上午十点,粉丝见面会安排在了下午两点,在一个可以容纳一千人的小场馆。Kaleido 抓紧时间换了造型,赶往新专辑见面会的场地。

凌一和路远在车上聊天,方觉夏看着一向逗趣的路远望着录音大楼下数不清的粉丝,说了这样一句话:"原来走红是这种感觉啊。"

他忽然间就觉得特别难受,不为自己难受,是为这个团队难受。他们每一个人都不是所谓的正统偶像,有在唱歌节目因为黑幕错失冠军,本应成为歌手出道的种子选手,有在获得冠军头衔后却失去一切的舞者,有古典音乐出身却不得不选择另一条路抚养妹妹的哥哥,有混迹街头酒吧、夜店却仍旧热爱音乐的创作者,还有从一个牢笼中挣脱,却被投入另一个樊笼的反骨荆棘鸟。

命运将他们集结在一起,让他这个生来就被烙印着失败标签的人拥有这样一群同伴,彼此撑着一起成长。

凌一的头靠在窗上:"我也有点没有实感,有点蒙,可能是已经习惯了之前的状态吧,从没人看到突然这么多人支持,有点别扭。"

方觉夏难得开口,对着他们笑了笑:"人气就是抛物线,上升后紧跟着衰落,红与不红永远都只是一个过程,但是作品和舞台是永恒的,对吧?"

凌一重重地点头,眼圈都有点泛红,还抹着眼睛噘嘴说:"觉夏你像一个大人了。"

"哈哈哈哈,他本来就是好吗?"

"只有小裴不是大人。"

"哎,怎么老带我?我二十了!"

为了回馈台下和直播前的粉丝,出场表演全员以古装造型出现,色系是非常统一的红色,《破阵》的正式表演前还有一段长达一分半钟的舞蹈 intro(前奏),每个人的眼上都蒙着两指宽的长条红纱,系在脑后,随动作飘动。这段引入是贺子炎制作的一段音乐,国风电音。舞蹈则是路远编的,融合了中国舞和街舞的特性,又飒又酷。

结束开场，大家下台更换服装造型。台上播放着他们新专辑里的其他非主打曲目，再度上场时所有人的造型已经换成了卡团专属颜色——克莱因蓝。裴听颂白发配蓝色运动发带，穿搭则是蓝卫衣和白色半裤，走清爽运动风。方觉夏扎了个低马尾，留了一缕到下颌线的碎发，蓝色针织衫配白色长裤，戴了副银丝框眼镜。

粉丝的热情比之前更加高涨，从他们还没重新回到台上的时候就一直齐齐喊着"卡莱多"，上了台更是如此，主持人甚至没办法打断她们。

还是江淼先开口："要不让我们也说两句？"

台下的粉丝一下子就被逗笑了，气氛从热烈的呼唤变得轻松起来。

主持人乘势切入正题："首先要恭喜我们 Kaleido 带着新专辑《破阵》正式回归。时隔一年发专，大家有什么感想吗？"

官方发言人江淼接过问题："当然了，心情是特别激动的。其实专辑的企划过程还蛮艰难的，这次我们每一位成员都参与到了专辑的制作当中，特别是主打歌。这其实是一件很冒险的事，我们的角色从演绎一首歌的表演者变成创作一首歌的表达者，这个转换给我们和支持我们的公司带来的压力是很大的。"

方觉夏认真听着队长的话，突然就想到了机场视频出圈之后的第一场会议，就是在那时候，他和裴听颂不约而同地提出了让他们自己参与创作的建议，现在想想真是初生牛犊不怕虎，也不知道是哪里来的自信和决心，也没有考虑失败的后果，就想试试，想自己去做。

"现在能够自己创作的偶像团体真的非常少，可能正是因为如此，《破阵》这首歌才能获得这么大的反响。"主持人又抛出第二个问题，"那你们在创作过程中有没有发生什么比较有意思的事，可以给粉丝们分享一下吗？"

"有趣的事……"江淼看了一眼凌一，默契让凌一很快就拿起话筒："啊，我想到了一个，《破阵》的开场我唱的是京剧《穆桂英挂帅》中的一段。这个点子是年前开会的时候队长提的，但我其实没唱过戏。"

下面的粉丝笑起来，凌一又说："笑什么？你们觉得我特别适合唱戏是吗？"玩笑一番他又道，"当时去找了个有名的京剧老师学了一阵儿，当然是公司报销。唱戏就得天天唱嘛，我就天天在宿舍唱。"

身为他的队友，方觉夏这时候拿起话筒："我替你说吧，那天凌一正在开嗓，唱了两句之后阳台的另一头，隔挺远的，就传来一个大爷的声音，也在唱戏。我们当时惊呆了，后来把大爷的唱词搜了一下才发现他唱的是《杨家将》。"

主持人笑道："所以你们是隔空唱戏吗？"

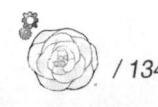

路远吐槽："穆桂英大战杨家将。"

凌一又补充一句："不过我希望大家不要去一些京剧表演艺术家的作品下面提到我。我这就是花架子，根本不能算是唱戏，提我的名字只会露怯，别让我太惭愧。"

江淼点头："对，一定要尊重别人的作品，这样才能赢得尊重。"

贺子炎又说："说到创作，其实我们在主打歌的编曲上卡了很久，大概做了三四版编曲吧，我和编曲老师都听麻了，后来是觉夏改了编曲，也制作了主歌首尾的旋律。"他对台下粉丝说，"关键是，我们之前都不知道觉夏会写歌。"

"哇！"

"觉夏哥哥牛哇！"

方觉夏本来就是怕人夸的性格，已经有点不好意思了，偏偏路远还特意加了句："还是小裴说觉夏很会写旋律，我们才知道的。"

台下又是一阵起哄。裴听颂只好解释说："我是偶然间发现的。"

偶然？方觉夏瞥了裴听颂一眼，明明还没打开U盘就知道他写歌了，怎么好意思说是偶然。

"但是觉夏哥真的很厉害，"裴听颂看了他一眼，"他打破了我以往对于有天赋的人的认知。"

这个评价太高，高到方觉夏有些脸颊发烫，都忘了举起话筒，只扭头对他说："你更有天赋。"

凌一这时候插进来开玩笑说："开始了，商业互吹环节。"

大家又跟着笑起来。主持人问了几个问题之后，宣布了他们新专辑截至目前的销量，短短两天半的时间，数字专辑的销量已经突破四十万，相较于他们出道一辑的总销量六万和迷你专辑的十万，这已经是直线上升。

"很厉害的一点是，大家看一下音源和销量的走势。"主持人带着台下的粉丝看大屏幕上的折线图，"一开始是比较平缓的，到了这个点之后突增，这个趋势很恐怖，而且一直在延续。转折点是我们卡团的首场打歌现场播出的时间。"

主持人问道："你们的现场吸引了很多的路人，《破阵》这首歌现在已经是短视频网站的新热门BGM了，也得到很多夸奖，大家普遍觉得你们已经超过了偶像的水平，用偶像歌手来称呼都有点浪费。那这些声音大家是怎么看待的呢？"

几个成员说了许多，大体上是感谢网友的赞誉，会展现更好的一面给大家之类的话，并没有深入去聊这个话题。

方觉夏一向是不太说话的成员，除非被点到，否则几乎不主动开口，这次他却忍不住回答。

/ 135 /

"这当然是对我们的一种鼓励。但我想说的是，'偶像'这个词发源之初是很正面的，出于一些现实原因，它染上了很多负面色彩。能被肯定当然很好，但我们的确就是偶像啊，从表演形式上来看这么形容也是很准确的。看到说，不想用'偶像'或者'idol（偶像）'这样的词来形容我们，我个人的回应是，请大家认可 Kaleido 作为 idol 的身份。"

他的眼神很诚恳："其实 idol 这个职业并不是什么耻辱，它的存在必然是有其珍贵之处的。我非常享受作为 idol 在舞台上表达自我的时刻。比起排除，我们更希望大家看到'偶像'这个词的时候，可以想到我们。"

台下的掌声越来越热烈，并非只出于对方觉夏的喜爱。这些女孩子也遭受偏见，只是因为她们的偶像是偶像，哪怕她们中不乏非常优秀的人。

听到方觉夏说的这些话，裴听颂自觉惭愧。他是骄傲，但不自大，而且足够勇敢，可以坦荡地承认自己最初的错误。

当初他刚来到这个公司，用消极抵抗的态度从事这个职业，无非和很多戴着有色眼镜的人一样，对偶像抱有偏见，认为偶像就是不如歌手，包括嘻哈歌手。

他以为这些人不过是唱着别人给出的毫无营养的歌，跳舞的样子像是漂亮的提线木偶。他不屑于将自己的梦想放在这样空洞肤浅的形式里。

但事实证明他错了，面前的方觉夏就是对偏见最鲜活的反击。

从他的身上，裴听颂渐渐发现了偶像真正的形态，几近完美的外在形式包裹着坚忍顽强的内核。

方觉夏不是在追梦，没有顺遂的道路，没有光明的视野，他自始至终拥有的只有标榜着"错误"的标签、打击与诋毁、黑暗和孤独，哪怕如此，他还是一步一步靠近那个舞台，摸着去，爬着去，跑着去。

大家都在探究各种精神，嘻哈精神、摇滚精神……但没有一个人去想，或许偶像也是有精神的。

方觉夏就是偶像精神的投影。

02

在方觉夏的影响下，裴听颂真正地爱上了这个身份，真正地融入了 Kaleido 的团队之中，他不再感受到身份不认同的拉扯感，不再像过去那样，一味只要嘻哈歌手这一种梦想的表现形式。

他想起，在他们还势如水火的时候，方觉夏对他说的一句话。

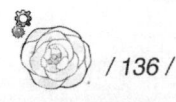

"梦想这种东西没有高低贵贱，只有能实现和不能实现。"

形式是多样的，不变的内核才是真理。

他也必须承认，在舞台上表达自我的感觉真的很美妙，尤其身边站着这样一群对舞台充满热爱的队友。

"没错，"裴听颂举起自己手中的话筒，"我现在可以很骄傲地对自己也对所有人说，我是一个偶像团体的一员，是一个 idol。"

主持人向他们投去赞许的目光，点头微笑，对着台下的粉丝说："我必须向大家透露一点，其实我也是临时救场的，你们知道明星有行程安排，其实主持人也有。这场见面会原本是四月初才举办的，很早就已经定下行程。某一天星图的工作人员给我打了好几个电话，问我能不能往前调，这其实很难，因为我今晚还有一个活动，但我听说了来龙去脉之后，就立刻同意了。"

"大家很难想象这些天这几个男孩子是怎么度过的，他们连吃饭睡觉的时间都省去了，也要拼命把这张专辑完整地呈现给你们，给所有人。"主持人笑着说，"所以我们给 Kaleido 一点掌声好吗？"

台下的粉丝用最大的热情回赠他们，很多女孩子哭了。贺子炎和路远又开始调侃解围，把气氛拽回来。六个人为大家表演了专辑里的副主打歌，是一首曲风非常轻快的舞曲。

现场还播放了他们在拍摄 MV 时的花絮，一开场是江淼在弹古筝，摄像大哥问他这把黑檀木古筝贵不贵，江淼抬头笑了一下，说："有点贵。"

坐在台上的江淼看着看着拿起话筒："这是我出道后攒钱买的第一把琴，攒了很久的钱才舍得买的。"

下面的粉丝喊着他的名字，路远笑着说："淼哥每天早上起来都会保养这把琴，特宝贝。"

画面一转，他们来到了沙漠公园。贺子炎笑着指向大屏幕："这是不是很像沙漠？"

"是！"

"但其实就是个沙漠公园。"凌一装生气，"哼，说好的新疆也没去。"

花絮中出现贺子炎和路远在沙漠上拿着两把假剑对打的画面，本来帅到粉丝尖叫，可突然听见凌一在画面外疯狂"打鸣"，大家又忍不住笑场。

"凌一，"贺子炎摁住他的头，"鸡笼警告。"

"哈哈哈哈！"

正笑着，大屏幕上突然出现裴听颂拍宣传片的花絮，立即引发下面一阵尖叫。

"啊，小裴！小裴好帅！"

"天哪，葡萄树怎么这么帅！"

裴听颂大言不惭地接受了赞美，半转过身伸手朝着粉丝压了压："可以了，可以了，我知道我很帅。"

谁知突然间尖叫声变得更大，几乎要掀翻场馆的房顶。裴听颂这时候才转过头去看屏幕，看到了他在马上教方觉夏射箭的画面，下面还打了一行字——这段画面为某成员手机拍摄。

方觉夏被这尖叫声震蒙了，以另外一个视角再次看见裴听颂教他射箭的那一幕。

屏幕上的花絮终止，主持人对台下仍旧激动的粉丝说："Kaleido 筹备专辑过程中记录了非常多的精彩花絮，这些只是很小的一部分，剩下的大家可以去团综里看。"

路远忍不住竖起了大拇指："主持人太上道了。"

主持人笑起来："好，那么接下来就是表演时间，为了这次时隔一年的新专辑见面会，Kaleido 的六位专程为大家准备了 solo。第一个为我们带来演出的是队长江淼，他将为大家演奏《雪山春晓》。"

其他人一起离场，越靠近舞台边缘视野越暗，裴听颂本来在方觉夏的后面，但他刻意加快脚步，走到方觉夏面前，靠得很近，用这样的方式帮方觉夏开路。

等完全退下去，在台下看不见的时候，裴听颂才拉住他的手臂。

"我没事的。"方觉夏很小声说，"你这样有点明显。"

"什么明显？"裴听颂凑到他耳朵边，"怕你摔倒明显？"

方觉夏直直地瞪着他，有点像惊讶，又有点像生气。裴听颂见了觉得有趣，又不敢再进一步去招惹，只能小心调整分寸："开玩笑的。"

可方觉夏没有生气，也不觉得生气。听着这曲子，他感觉自己好像某种在雪里冬眠蛰伏的生物，冷硬的鳞甲裹着他僵化的躯体。这些是常态，是合乎规则的。可现在，雪还没化，他先变了。

他不能变，还得是那个冷血动物，否则他怎么活？

春天是短暂的。

他害怕春天是短暂的。

古筝的音色如雪水初融，琴弦在撩拨下微微颤动，裴听颂不动声色地转移了话题："一会儿是你上台？听说你换了歌。"

"嗯。"方觉夏垂下眼帘，看着地板上舞台与后台的阴影边界。

"换了什么歌？"裴听颂问。

方觉夏低头，看见几个工作人员将一架白色钢琴搬到了舞台一角，他才开口："你很快就听到了。"

古筝落下最后一音，在欢呼声中，主持人念出了方觉夏的姓名。

方觉夏深深吸气，朝着舞台走去，没有回头。他坐到钢琴的前面，调整了一下话筒，侧头看向台下的粉丝，声音温柔："听说你们很想听我唱粤语歌。"

"啊啊啊啊！"

"粤语歌！真的是粤语歌！"

听着粉丝的叫声，方觉夏微笑了一下，细长的手指放在琴键上方，他深深吸了一口气。

"这首《迷魂记》送给大家。"

钢琴声温柔如水，方觉夏微微低头，靠近话筒："别叫我太感激你，药水色太精美。"音色依旧特别，只是沾染了更多情绪，不再是抽身去讲述别人故事的转达者，"别要我吃出滋味，愉快得知觉麻痹。"

方觉夏是公认的高唱商。大家是第一次听他唱粤语歌，只是大家并不清楚，这首歌他并没有运用什么技巧，也谈不上唱商，完全是内心独白。

"为什么感动我？等我难习惯，最低痛楚。"拖长的尾音有些发颤，带着方觉夏从未有过的脆弱感。每唱出一句，都像是在扣心自问。

"怕什么？怕爱人。扶着情感，得到礼品总会敏感。

"怕什么？怕习惯豁出去爱上他人。但却不懂去，弄完假再成真。"

舞台上的音响出现伴奏带，方觉夏从架子上取下话筒，起身离开钢琴，走到更加靠近粉丝的舞台中心。他的声音有些发抖，这对他一个训练多年的专业偶像来说是很不正常的。

方觉夏调整着呼吸，再一次开口，将这首歌继续唱下去。

裴听颂听过这首歌，他喜欢钻研歌词，听过很多有名的华语作品，《迷魂记》也是其中之一。

"怕什么？怕被迷魂。扶着情感，得到细心，只怕丧心。"

站在舞台的中心，方觉夏第一次真正剥下来自己的壳，不是抵御外界的壳，而是包裹着情绪的壳。

"爱什么？"

他刺破自己，让情绪流淌出来："爱令我勇于报答太多人。

"但却不知道，如何死里逃生。"

03

结束整首歌的时候，方觉夏松了一口气。

裴听颂和贺子炎的表演紧接着他，一首歌唱完，大家甚至连拥抱的时间都没有。这就是他们的工作。

凌一半趴在方觉夏肩头："感觉小裴有点不在状态啊。"

这场表演严格来说不算 solo，是把贺子炎和裴听颂的表演结合起来，一个做 DJ，一个唱饶舌。

路远也说："我也觉得，平常会更炸的，今天说不上来哪儿不对，不过也看不出来。没事儿。"

江淼看了一眼方觉夏，又看了看台上的人。

"大家最近都累了，状态不可能一直很好，"江淼拍了一下方觉夏的肩膀，"熬过打歌期就好了。"

见面会的活动快要结束的时候，他们一起上台，唱了出道专辑里的一首非主打歌，是一首很欢快的歌。他们被迫开始了可爱式营业，每个人头上都戴着毛绒耳朵发夹，方觉夏是兔耳，裴听颂是灰狼的耳朵，手里提着一个小篮子，篮子里是一些小礼物，有根据 Kaleido 成员形象制作的小玩偶，还有一些零食和官方印刷的成员手抄歌词卡。

大家一边唱歌，一边将小篮子里的礼物撒下去，场面一下子变得闹腾，前排的粉丝都很激动。尤其是路远和凌一，蹦蹦跳跳满场跑，还去和靠近舞台的前排粉丝握手。

方觉夏唱完自己的部分，调整了一下耳麦，望向后排的粉丝，从自己的小篮子里挑出软软的玩偶，尽量靠近舞台边缘，努力地把小玩偶往远处抛，让她们也能拿到。

"啊啊啊啊！觉夏哥哥！"

"觉夏哥哥看我！这里！"

舞台的边缘处伸出好多双手，方觉夏本能地后退了一步，扔完玩偶之后又蹲下来，把糖果轻轻往前面撒。

"觉夏哥哥！"

"我也要！"

裴听颂一边唱着 rap 一面朝方觉夏走去。巧的是这一段饶舌的结尾正好是他们两人的和声，一高一低。方觉夏的篮子已经见底，可粉丝就像是一群嗷嗷待哺的小鸟，就算他把篮子倒过来，她们也依旧喊着他的名字。方觉夏回头，看见裴听颂就在后面，于是想从他篮子里拿一点。

看他蹲在地上朝自己伸手的样子，裴听颂觉得有趣得很。可就在这时候，他看见一双手抓住了方觉夏的手臂，狠狠往下拽，猝不及防。

那不像是女孩子的手。

方觉夏心一惊，身体往后倒，裴听颂赶上来把方觉夏拽到后面，可就在同时，那只突袭的手松开，转而抓住裴听颂的手肘，原本裴听颂冲过来的时候重心就靠前了，这下子直接栽下舞台。

"啊！"

"裴听颂摔下来了！"

"天哪！"

台下一阵骚动，方觉夏本就惊魂未定，看到裴听颂掉下去的瞬间，脑子嗡的一声就炸开了。

怎么会这样……

想都没想，方觉夏直接跳下舞台："你们让开一点！不要踩到他。"他用自己的身体护住裴听颂，被推搡得半跪在地上，撑在地面的手背在混乱中被踩了好几下。

保安从舞台的两端过来，将围上来的粉丝隔开。这个舞台虽然不是非常高，但裴听颂是因为外力摔下去的，受到的撞击力很大。其他几个成员也第一时间赶过来，但被保安和工作人员拦住，现在已经出了大问题，其他的艺人不能再出事。

方觉夏出现了持续性耳鸣，什么都听不见，仿佛坠入深海之中，眼睛控制不住地发热发酸，他在喧闹的场馆里轻声喊着裴听颂的名字，一遍又一遍。

明明摔下去的应该是自己，不是他。

裴听颂没有失去意识，还把头靠在方觉夏的腿边，好像是让他不要担心。活动在意外发生之后被中止，裴听颂被紧急送往医院处理，所有的成员都跟着一起前去。

坐在车里的时候，方觉夏的手一直在抖，他看见裴听颂额头和颧骨都有擦伤，创面渗出血，眉头紧紧皱着，额头都渗出汗，光是想想方觉夏就觉得疼，一颗心悬在半空，跌来撞去。

如果他没有靠近舞台边缘就好了，如果裴听颂没有伸手将他拉回来。

假如掉下去的是自己，方觉夏反而不会难过。

似乎是看出他的担心了，裴听颂伸出一只手，握了一下他的手，还扯出笑容。

看到他这个虚弱的笑，方觉夏更难受了，鼻子发酸，眼睛也是酸胀的。

他的自我保护机制让他很早就学会不去看外界对他的评价，也不放在心上。可现在，方觉夏竟然想到那些匿名的人骂他的话，说他是灾星，谁沾上都会变得晦气。

以他的逻辑来说，这种漏洞百出、毫无科学依据的话连被他分析的价值都没有。可看到队友为了他受伤，他第一次真的害怕别人的诅咒成真。

到医院的时候程羌接了个电话，神色变得凝重，挂断之后对他们说："这件事不太对，本来以为是粉丝太激动造成的舞台意外，现在看来不是这样。刚刚离得比较近的保安上报给他们的场馆主管，说他看到拽小裴的人不是粉丝。"

方觉夏立刻说："不是女孩子，力气很大，下手很猛，应该是个男人。"

"他们现在去调监控了，花点功夫肯定是可以找到的。"程羌非常气愤，连着骂了好几句，"一定要把这孙子送进去，故意伤害罪，我告不死他！"

"是黑粉吗？"凌一猜测。

贺子炎有些疑惑："见面会的票不是随便给的，都是买专辑抽的，照理说这种概率不大啊。"

裴听颂被送去检查，他们只能在外面等结果。

凌一有点后怕："刚刚我也在舞台边上……"

方觉夏不明白，当时那么多人，其他成员也都在舞台附近，偏偏只抓了他的手，而且似乎是有预谋的，下手快狠准，如果不是裴听颂出现，现在摔下去的就是他，如果那个人后续还有别的行动，他可能会受非常重的伤。

难道还是 Astar？

"我感觉是冲着我来的。"方觉夏对程羌说明了刚才的情况。程羌听过之后沉思了一会儿："很可能也是恶性竞争。手段脏得很，我之前认识的一个小演员，刚走红就在拍戏的时候被人动了手脚，摔断了腿和手，接戏的黄金时间就这么没了，后来也悄无声息地过气了。"

江森叹了口气："我还以为是私生粉。"

"都会出现的。"程羌给他们打预防针，"以前你们还不够火，很多事情就很简单，现在红了，遇到的人和事都会变复杂。黑料、各种各样的污蔑、陷阱甚至是过于狂热的粉丝，都不会缺席。公司会尽最大努力保护你们，你们同样要自己保护好自己，要学会保持距离。"

程羌的电话一个接一个。由于直播效应，舞台事故很快在网络上发酵，"裴听颂跌落舞台"的词条很快登上热门。程羌不得不立刻安排人盯住舆情，避免被人借题发挥。

"公司刚刚已经做好了人员调动。安全保护不是小事，我们之后会安排六个以上的保镖，每个人最少一名贴身保护你们的安保人员。"

做检查的医生将门打开，出来和程羌沟通："病人的额头、颧骨、手肘和膝盖处有挫伤，撞击下出现轻微脑震荡症状，需要休息。比较麻烦的是病人左手腕骨骨折，可能摔倒的时候手掌接触地面了，比较严重，需要做一个小手术。"

手术。

方觉夏一反常态地不冷静了："那要多久才能好？会影响以后用手吗？"

"不会的，"医生重复，"是个小手术，就是需要三到四周的恢复期。"

医生交代完就开始准备手术。私立医院的人很少，他们在一间休息室等待。意外来得快，程羌突然多出一大堆的工作，反复检查了官博公告之后，他安排人发送出去。在接完一个电话之后，他站起来对成员说："小文已经带着新安排的安保人员来了，就在楼下。今天大家先回去，都好好休息一下。明早的打歌我跟云视网协调一下，我们往后推一天。"

大家都站起来，方觉夏却没有动，他抬起头："羌哥，我留下来吧。你还有那么多事要处理，你先回公司。"

程羌不放心："那不行，你现在得回去休息。"

"我现在不可能好好休息，"方觉夏望着他，"小裴是因为过来救我才被拖下水的。"

程羌清楚方觉夏的性格，知道他是那种喜欢把一切责任往自己身上揽的孩子："我可以让你留下来，我会安排几个工作人员在外面等你们，有需要帮忙的就告诉他们，但你不要埋怨自己。"

凌一也忍不住开口："是啊觉夏，这又不是你造成的。"

成员们都来安慰他，方觉夏笑了笑："我知道。你们快回去吧，早点休息。有什么事我第一时间打给你们。"

谁都拗不过他，程羌只好安排了几个人过来，在休息套间的外面守着。他们都离开后，房间里一下子就静下来。

方觉夏沉默地坐在沙发上，等待着手术结束。他心里的时钟转过一轮又一轮，嘀嗒嘀嗒，让他渐渐恢复冷静。可再冷静，他只要闭上眼，还是裴听颂摔下舞台那一刻的场景，熙熙攘攘的人群，还有撒了一地的糖果。

客观时间或许不长，可在方觉夏心里好像过了很久很久，休息室的门终于被打开，一位护士前来通知："病人手术结束了，现在已经被转移到单人病房。"

/143/

"他没事吧？"方觉夏站起来。

"没事，不过他的手上现在做了固定，可能不太方便。"

方觉夏松口气，跟着护士去到了VIP套间的单人病房。裴听颂静静地躺在床上，闭着眼。

"他昏迷了吗？"

"没有。"护士说，"做手术只做了局部麻醉，但他好像很累，睡着了。"

方觉夏这才放心地点了点头，坐到床边。

"病人醒来之后可能会有头痛、耳鸣的现象，这些是轻微脑震荡的后遗症，如果有其他现象可以呼叫我们。"

"好的，谢谢。"

护士将门带上，房间内一下子安静下来。方觉夏看着睡着的裴听颂，他脸上的伤被纱布包好，左手手腕打着石膏。

方觉夏都怀疑自己和裴听颂是不是命里犯冲，他身上受过的大大小小的伤几乎都因为自己。

骨折该有多疼啊。

想着想着，方觉夏鼻子就发酸。他趴在床边，伸出手，摸了摸裴听颂手腕上的石膏。

伸出去的手想缩回来，但还没来得及，就被对方的手抓住。

他醒了？

方觉夏起身看过去，看见裴听颂还闭着眼，但嘴角勾起，装睡装得一点也不成功。

"你醒了。"

"没有。"

方觉夏没心情和他开玩笑："你没事吧，有没有哪里不舒服？头是不是很痛？要不要叫医生？"

"你这么紧张，不知道的以为我受了多大的伤。"裴听颂睁开眼，对着他笑，"我没事，就有一点点头晕。我想坐起来。"

方觉夏忙帮他把病床调起来，让他能够靠着。他分明有好多好多话想说，可真的见到裴听颂醒过来，却一句话都说不出来了。裴听颂就这么看着他，看得他只能垂下眼帘，喉头哽了很久，艰难开口："明天……明天上午不用去打歌了，推迟了一天。"

他刚出口就后悔了，明明有那么多可以说的话，他怎么偏偏挑了这一句？都这个时候了竟然还在说工作的事，就像个傻子似的。

忽然间他听到一声轻笑,裴听颂的声音温柔极了:"是不是吓到你了?"

方觉夏抬眼,在触到他眼神的瞬间移开,抿了抿嘴唇,又不说话了。

裴听颂却自顾自开口:"你猜怎么着?我刚刚睡着的时候,又梦到你唱歌了,就是你白天唱的那首,我又听了一遍,真好听。"

方觉夏抬起头,望向他。

裴听颂的脸色苍白,瞳孔却很亮:"方觉夏,这个世界真的烂透了。灾难、战争、疾病、动荡、言语暴力,人和人之间永无止境的伤害,这一切既荒诞又脆弱。我是个彻头彻尾的反抗哲学拥护者,非常不齿于和这个社会融合。是,这个社会的生存法则就是趋同,只有和大多数人的价值取向和行为保持相似,才能生活得美好,但我厌恶这样的人生。

"我只相信我的自我,我想挣脱一切规则去寻找我的自我。我自大,我傲慢,我眼中只有我自己和我想追求的所谓自由。"

"可现在,我发现自己原来也有想要靠近和趋同的对象,"他看向方觉夏,"就是你。我想了解你的价值观、你的人生观,想像你一样做一个温柔又强大的人。"

方觉夏有些发愣,只望着他的眼睛,看着他眼底晃动的光。

"可我没有你想象中的那么好。"

"你有。"裴听颂毫不顾忌地反驳,"你根本不知道你有多好。只要你愿意肯定我,我就可以反驳自己,相信这个世界其实还有救。你好到可以让一个反抗者放弃抵抗。"

04

同一间病房的两人与世隔绝,殊不知这一场见面会又一次在网络上引发海啸。先是 Kaleido 直播中的采访被整理到网络上,尤其是方觉夏回答是否应该被称为偶像的问题,在网络上引起了热议,"偶像"这个词本身就充满了争议,加上方觉夏本人的争议,一时间争论不休。

番茄肉酱面加冰阔落:突然被方觉夏感动到了。

喜欢吃肉的包子:还是因为他有实力才有底气说这种话吧,想到之前偶然间看到他的杂志采访,那个时候他就说,偶像是梦想的具象化。虽然我不太了解他的经历,但感觉他是一个非常有自己想法的人。

人美心善小公举:多大脸代表偶像?立什么"伟光正"形象,也不怕自己人设崩塌?

就在热度不断攀升的时候，突发的舞台事故将矛盾推至最高峰。

事故发生之后，直播骤然中断，许多人通过直播看到了当时的部分情况，最初的时候传出去的谣言是狂热粉丝将裴听颂拽下了舞台，导致他受伤。很多网友包括未到场的粉丝都发声责怪。"裴听颂受伤"的话题直接爆了。

事情发生没多久，场馆方面发布了官方通告，表示这起事故并非舞台本身的设计缺陷或在场安保人员的疏忽，是人为导致的，并将全力配合调查，找出肇事者。

星图方面，在裴听颂的身体状况诊断完后，也发布了公告，将情况一五一十说清楚，最后也落实在向肇事者追责这一点上。

这两份公告很明显将这起事故定性为人为的恶性伤人事件。网络上喜闻乐见的就是阴谋论，人人都在为找出表象下面的真相"出谋划策"，有人猜是和之前泄曲一样的恶意竞争，有人则说是黑粉行为，各有说辞。

不过，这件事也让卡莱多坐实了"美强惨"的团设，刚红起来就一桩接着一桩惨事，背后还不知道有多少推手。大部分网友在得知裴听颂伤情后表示很心疼，希望他可以早日康复。

无巧不成书，《逃出生天》第二季第一期的首播就在当晚，播完的时候已经是晚上十点，"听觉组合逃生"的话题以坐火箭的速度登上热门。匆匆扫过热门榜，前十名有一半都跟卡莱多有关。

那些不听歌、不看舞台，也不关心之前泄曲事件的网友，最后因为《逃生》认识了他们两个，点开"听觉组合逃生"的实时，简直就是一场大型路转粉现场。

Wolves001：我天我天，这是《逃生》有史以来"杀手"第一次赢吧？！我全程被带了节奏，还跟我对象押宝说不是夏习清就是周自珩，没想到居然是自刀！裴听颂你太牛了！你一个新人怎么可以这么秀！还有方觉夏！国服第一倒钩！从今天起你们就是我的新墙头了！

Wolves001：呜呜呜，刚刚看到下面的热门，裴听颂居然受伤了！杀千刀的浑蛋拉了方觉夏还把裴听颂拽下去！气死我了！敢动我墙头！

惊叹号：看《逃生》前的我：节目组疯了吧，找两个男团的过来，是觉得嘉宾都太聪明了需要拉低一下平均智商吗？[不屑.jpg]看完《逃生》的我——真香！裴听颂是什么神仙"杀手"！方觉夏是什么神仙美人！你们看看我还在吗？我没了！

eeeeeEe：我真的被裴听颂骗了！我第一次在这个节目被"杀手"骗！还有方觉夏，那个题算得我服了。可能是他长得太好看了，我一开始就没怀疑过他。

P.S. 刚刚知道裴听颂受伤的新闻，保佑大帅哥早点好起来，还想看你们的第二期呢。故意伤人的坏东西一定要绳之以法啊！

逃生第二期播了吗：《逃出生天》又名大型神仙交友大会。之前质疑节目组选人的那些人，脸疼不疼？

Woderfuldays：机场视频的时候我没入坑，团综什么的我没入坑，杂志封面也没有，前几天回归时候的那些个动图我也没有。万万没想到，《逃出生天》的时候，我入坑了！听觉怎么这么默契！所有人都在相互怀疑，只有他们彼此信任的神仙剧情真的太牛了！方觉夏最后逃出去和裴听颂会合的时候我鸡皮疙瘩都起来了！

今天也是找糖吃的一天：呜呜呜，刚刚看了花絮，方觉夏也太可爱了，珩珩说这道题暴力破解算不出来，肯定有线索，习清哥哥还说："这不废话吗？谁能暴力破解这玩意儿啊。"结果方觉夏就弱弱地在后面举手了，他报了个答案，居然还是对的！两个高玩都惊呆了！正片里没放这段很可惜，方觉夏真的又厉害又可爱，我太喜欢他了，人间计算器方觉夏，漂亮宝贝方觉夏！我要去看他的舞台了，呜呜呜……

好好学习天天向上：看节目前——睁开我的火眼金睛看看你们是什么货色！看节目后——嘤嘤嘤，我们听觉组合是常驻吧！是的吧！求求《逃生》让他们每一期都上好不好？

05

作为一档超高口碑的卫视综艺，《逃出生天》第一期首播的热度成功将方觉夏和裴听颂的知名度全面提高。至少方觉夏和裴听颂凭借节目中的精彩表现，从一个相对小众的偶像圈成功走入主流观众的视野，各大平台视频剪辑层出不穷，加上《逃生》粉丝一贯的小论文式节目解析和安利，让更多的人发现了这两个新加入的嘉宾有多强。

一个大V发长文分析卡莱多这次回归的各大事故化险为夷的经历，分析他们走红的关键，作为正面样本。下面点赞最多的评论是这样的——

元宵吃汤圆：星图能打出听觉组合这张牌就赢一半了。机场视频一有苗头就开启营业策划，后续各种资源铺路，团综圈粉，上杂志，后来又上《逃生》，看着不起眼，其实都是蓄势。加上这两个人也争气，好看、强，分开可能还会彼此制衡，合起来太能打了，属于团内典型而且超水准的"带路英雄"，负责把眼球吸引过来，如果其他成员够给力，就能留住粉丝。很显然卡莱多全团实力在线，所以回归口碑爆发是必然。我可以很负责任地说，这个团一旦红了，就会红很久。

短短一周内发生在这个小团体上的种种事故简直如同过山车，稍作梳理都会觉得胆战心惊。不过也正是因为卡莱多过于坎坷的经历，他们这次的回归染上了某种凄惨的传奇色彩，越来越多的人关注到这张专辑，出于各种各样的原因。音乐平台上《破阵》稳坐三十天收听量榜首，数字专辑的销量也节节攀升。

直拍黑马方觉夏一骑绝尘，连着三场回归舞台数据都是断层式领先，成为最快且连续获得百万直拍的偶像。裴听颂的 rap 段剪辑也在一个视频网站获得了惊人的播放量和弹幕数，高居娱乐区榜首。几天内两人微博粉丝翻了近一番，多了百余个个站，还有数不清的双人组合站，组合超话第一，讨论度遥遥领先。每个成员的人气都跟坐了火箭一样上升，吸粉无数。

Kaleido 成为万家墙头，到处都在讨论，讨论他们的专辑、实力还有幽默。"考古" Kaleido 已经成为大型自发活动，一番"考古"下来每个成员有完全不同的"惨点"，"最惨男团"成了 Kaleido 的代名词。

强不一定会圈粉，但又强又惨，圈粉率倍增。

可这些夸张的数字，两个当事人还不知情。天没亮的时候方觉夏就醒了，他一晚上都没睡好，并非不舒服，就是感觉很不安，时常醒过来，看到裴听颂躺在床上的时候，又安心些，再次睡去。就这样反复好几次，早上六点的时候他起身，动作很轻，洗漱过后坐到裴听颂床边。

裴听颂睡着的样子很乖，全然没了戾气。看着他脸上的伤，方觉夏忍不住难受，伸手轻轻拨开垂下来的额发。

忽然间，明明还在熟睡的裴听颂伸出右手捉住他的手腕。

"你醒了？"方觉夏连忙收回手，"你竟然装睡。"

裴听颂揉了揉眼睛："你一起来我就醒了，不知道为什么。"他翻了个身面对方觉夏，"我做了一晚上的梦。"

方觉夏把桌子上的温水端给他："什么梦？"

"嗯……"裴听颂喝了一大口之后咽下去，把杯子递过去，"怕吓着你，还是不说了。"说完他从病床上下来，扶着自己的左手往洗手间走。

方觉夏蒙了几秒，然后突然间反应过来，又觉得自己被戏弄了："裴听颂！"

站在洗手间的裴听颂叼着牙刷探出头，头发乱糟糟的，孩子一样冲着方觉夏笑。

医生上班后检查了一遍，确认没有任何问题后，他们办理了出院手续。公司的车安排在私立医院的侧门，两人"全副武装"避开人流上了车。小文兴高采烈地告诉他们《逃生》第一期的收视率和新专辑的成绩，方觉夏很是开心，比起自己涨粉，他们的歌能被那么多人听到才是最值得骄傲的。

"对了，明天下午有一场签售会，"小文打转方向盘，"老板说小裴可以不去，在宿舍休息。"

"我去。"裴听颂右手扶着左手，"为什么不去？我伤的又不是写字的手。"

"怕你累呀。到时候签售很辛苦的，人又多，万一磕着碰着了怎么办？"

"不，我要去，我又不是脆皮人一碰就碎了。"裴听颂倔得很，"我下午还要去学校做一个报告，下午两点要到，小文你要是没事送我一下。"

方觉夏觉得不可思议："做报告？你准备了吗？"

"文献已经看过了，前几天每天回宿舍就看一点。"裴听颂耸耸肩，"报告嘛，就即兴发挥好了。"

不愧是 rapper 的作风。

他们一到公司就被程羌叫去办公室，程羌这几天也是忙得直接睡在公司，办公室里乱七八糟，方觉夏光是看着就想替他收拾。

"这一期《逃生》的反响好得超出了我们的预期，而且没想到这么多事集中爆发了，一下子有点收不住场，但你们俩真的太给我长脸了。"

裴听颂听了用没受伤的右手轻轻拍着左手的石膏，权当鼓掌，而方觉夏一心就盯着桌子上没有摆齐的文件，根本没听进去程羌说什么。

"反正《逃生》首播之后，真的一大堆的品牌商、节目组还有平台来找你们，想跟我们合作。"程羌拿出一份文件，"小裴之前说的嘻哈节目也有苗头了，不过他们还在策划阶段，只是先打了个招呼。对了，还有一个知名度高的综艺，邀请全团一起上，正好现在在专辑宣传期。我们腾出了行程，准备先抓紧时间录这个综艺。"

"觉夏，有好几个音乐类和舞蹈类的节目邀请你，还有剧本。我回头发给你，你们自己看看。"

演戏……

方觉夏自然而然反问："我这样的也能演戏吗？"说着他指了指自己的胎记。

程羌刚要张口，听见裴听颂语气不善地破口大骂："你在说什么鬼话！"

"哎，小裴你不要……"程羌连忙打圆场。

"你长这么好看，你自己不知道吗？还'我这样的也能演戏'，你比那些演戏的摆一块儿都好看，而且是好看多了。自我认知太不清晰了，一天天的尽说些气人的话。"

裴听颂这连珠炮下来，方觉夏都蒙圈了，程羌倒是笑得不行："你还不快跟

/149/

老幺道歉，看把老幺气得。"

方觉夏只好伸手拍了拍裴听颂的肩膀："不气、不气。"他又解释，"我的意思是我有胎记，演不了戏。"

裴听颂又急了："就是好看，胎记最好看。"

"行行行，好看好看。"

谁敢跟小魔王对着干？

"哦对了，被你这么一折腾我差点儿忘了大事。"程羌突然间想起来，"之前拉你们的人被抓到了。本来按照常规情况，这个人且得逃一阵子，抓回来你们还得去派出所做笔录、伤情鉴定，流程挺烦琐，说不定最后也就拘留十几天，赔一顿饭钱。"

说得没错，就算他伤的是明星，但依法处置差不多也就这样了。方觉夏心想，说不定背后主使者就是专门雇了个不怕进去的，给一大笔钱，只要能把他们弄伤，就算胜利。

"可你们猜我是在哪儿抓到他的？"

裴听颂见他这样，就知道事情没这么简单："总不会是公司大楼吧？"

"你怎么知道？！"程羌惊了，不过他很快又伸出食指在空中点了点，"不愧是亲生的，还真是一个路子。"

方觉夏有点疑惑："什么意思？"

"我今早让小文开我的车去接你们，结果把小文吓了一跳。"程羌解释说，"我车不是停在公司的地下车库吗？他过去的时候发现靠近车门的地上躺了个人，立马给我打电话。我过去一看，好家伙，那被揍得真是够呛，鼻青脸肿认都认不出来，五花大绑地就扔我车边了。"

"被人打了……"方觉夏下意识看向裴听颂，谁知裴听颂想都没想，直接问："我姐是吧？"

程羌点头："下手真狠，我找了四个大老爷儿们才把他抬走。他身上还有一支录音笔，里头全是他招的话。"他把那支录音笔摁开，"你们听。"

全招了，和方觉夏想的差不多，主谋就是 Astar 姓金的，从赌场里抓了这个输得精光的赌徒，给了五万让他找机会把方觉夏弄残。

录音里审问的人是个语气平稳的男人，他重复了一遍对方的用词："弄残？"

那个男人的声音颤颤巍巍的："对，说最好是弄瞎眼睛或者弄断腿，让他一辈子没法唱歌跳舞。我就想着让他从舞台上摔下来，谁知道没弄成。那时候人太多，我再下手的时候发现拉错人了。"

裴听颂冷笑一声，巧的是录音里也发出一声冷笑，是个女人的声音，她说着英文，让人把这个男的带下去。

程羌收好录音笔："咱们星图就是个小作坊，这种录音攥手里只能保个险，没办法往网上放。说实话，这次要是觉夏受伤了，未来这样的事还会发生很多次，因为觉夏背后什么都没有，只要别人有心，那真是暗箭难防。"

说着他笑起来："可谁知道这个垃圾居然拉错了人，Astar再怎么牛也就是个娱乐公司，踢到铁板了。啧，报应。裴小姐一早就给老板打电话，聊了一个小时，估计这次是不会放过金向成了，你等着吧，明天 Astar 的股票就得跌。"

他还把手机里拍的照片给裴听颂看："你看看打得，大快人心。"

裴听颂皱眉看了一眼："哼，这时候护着我了，早干吗去了？"

方觉夏嘴角勾起："你就这么说你姐啊？"

"实话啊。"说完裴听颂挑了挑眉，"她是不是挺吓人的？"

方觉夏也笑起来："你们姐弟俩都挺吓人的，大魔王和小魔王。"

裴听颂想了想，没有反驳："也是，要我做这件事我也是这么弄。"

"对了，裴小姐给你请了个护工，一会儿就到了，她要求你这段时间回公寓住，停止工作，护工二十四小时照顾你。"

"Nope（不行）。"裴听颂一副爱谁谁的表情靠在椅子背上，"我要上班，我还要上学，我是爱岗敬业五好青年。"

"我可管不了你这尊大佛，你自己回头去跟裴小姐说。"

"放心吧强哥，"裴听颂抬起右手伸了个懒腰，"我生下来听过她几次话？她自己都不信我会老实待着，过过嘴瘾罢了。"

从程羌办公室里出来，两人和其他几个成员在练习室会合，裴听颂想着之后还是得上台，于是先根据现在石膏的情况调整动作。

"不行你到时候就坐着吧，在一边唱你的部分就好。"江淼看着怪心疼的，"身体最重要，万一碰着弄严重了怎么办？"

"这走位缺个人太难看了。"裴听颂否决了他的提议，"练一练就习惯了，少一只手做动作我还轻松呢。"

"啧啧啧，"凌一不敢相信，"这还是我们的划水小魔王吗？越来越勤劳刻苦了，不知道的还以为你跟觉夏灵魂互换了呢。"

坐在地上换鞋的方觉夏也被逗笑，心情好，干脆靠在凌一身上："那我现在是不是应该消极怠工？"

"对！"

裴听颂一听就来气："对什么对？"他几步过去把方觉夏拉过来，仗着有伤没人敢动他就硬生生往两个人中间钻。

/151/

"你这个小兔崽子，就知道跟我抢觉夏！"

"我用得着跟你抢吗？"裴听颂直接怼回去。

凌一抹了把脸，吵架吵不过就拉外援："路远，他喷我一脸口水。"

路远明哲保身，把贺子炎拱出去："跟 rapper 吵架就应该找 rapper 帮忙。"

贺子炎耸耸肩："谁是 rapper？不好意思我是酒吧 DJ，今天您想搓哪张碟？"

"都不帮我！"

"死心吧你，破折号。"

看着大家就这么在一起吵吵闹闹的，方觉夏觉得安心，虽然他很多时候是一个安静旁观的角色，但只要他们六个人在一起，他就好像什么都不需要害怕。

毕竟，在摸不到阳光的时候，他们至少还能摸到彼此的手。

下午裴听颂去学校做报告，其他五个人在练习室泡了一下午，晚上的时候江淼、贺子炎和凌一有另外的行程，只剩下路远和方觉夏。两个人找了首别的歌练舞，正巧小文在，觉得实在太帅，就用手机录了下来。

方觉夏停下来，给裴听颂发了条微信。

除了漂亮还是漂亮：结束了吗？我开车去接你吧。

路远看了视频也特喜欢，道："是挺帅的，小文挺会拍，觉夏我发微博了啊。"

方觉夏一直等着手机消息，都没弄清楚路远说了什么就答应了："嗯。"

Kaleido 路远：主舞 line 的日常。[酷.jpg][酷.jpg]

视频里两人跳的是 urban[1]，一个控制力超群，另一个则如行云流水，完全不同的两种舞台风格，却同样抢眼。粉丝激动地给两位主舞打气，评论转发量涨得飞快。

多米诺一号：啊啊啊啊啊，方觉夏的顶胯我死了！请把我的命拿走！

这是我的销户卡：圆老师的控制力我夸一万遍！觉夏哥哥真的太好看了，大长腿跳舞又冷又仙。

domino111：啊啊啊啊，看我刷到了什么！爷爷你关注的舞蹈博主发微博了！

路远饶有兴致地刷着微博："他们问明天能不能在签售会跳一遍？"

方觉夏点点头："可以啊。"

小文盘腿坐在地上，抱着自己的脚："真好啊，签售会就是粉丝福利会。我要选一个好看的口罩，不然明天拍到我就尴尬了。"

等着等着，手机终于振动一下。

---

[1] urban 是舞蹈的一种表达方式。这种风格运用了各个舞种的元素，因为没有自己的名字，所以大家便统一用 urban 来称呼。

受伤的导盲犬：刚刚才结束，累死我了……看到消息的时候我已经叫好车了，好不容易你有了这么高的觉悟想着接我，我却痛失机会。等回去了一定要补回来。

补回来……怎么补？

"觉夏？你忙什么呢？"

方觉夏刚点了一个表情，被小文这么一问不小心就发了出去："啊？没什么，时间不早了，我想回宿舍。"

"你先回去吧，刚刚北子让我晚一点给他揪动作来着。"路远说。

于是方觉夏在安保人员的护送下一个人回了宿舍，他离开公司前就订了裴听颂爱吃的比萨，回去的时候正好送到。裴听颂戴着耳机在自己的卧室里写东西，都没发现方觉夏回来，直到对方出现在自己身后，碰了碰肩膀。

一扭头看见方觉夏，坐在转椅上的裴听颂转过来一把抓住他的胳膊："你终于回来了。"

方觉夏不太习惯他这么莽撞的动作，可又怕推开他的时候碰到他的手，只好由着他："你小心手腕。"

裴听颂望着他说："我好累，我想泡澡。"

"去啊。我给你点了比萨，你吃完就去洗吧。"

听他说完，裴听颂佯装虚弱地用右手小心翼翼扶起自己打了石膏的左手，一句话没说，可怜兮兮地看着方觉夏。

对啊。方觉夏刚刚忘了裴听颂的伤，别说洗澡了，洗头他自己都很难办。

"那怎么办？要不今天先不洗了？"

"不行，我受不了。"裴听颂懒得继续暗示了，直接开门见山，"你帮我洗吧。"

方觉夏脑子里突然想到之前裴听颂喝醉酒后泡澡的画面，猛地有点不好意思了："帮？我怎么帮啊……"

裴听颂一听就急了："你不是特别会照顾人吗？怎么一照顾队友你就不会了啊？"

方觉夏想到上午在办公室里听到的："你就应该答应你姐的，去你的公寓住，二十四小时的护工随便差遣，想让干什么就干什么。"

"我不要护工。你帮我洗头总可以吧。"

"哥，"裴听颂拽着他的手甩来甩去，"觉夏哥哥，你可怜可怜我吧。"

/153/

第五章

生来有趣

Fanservice Paradox
KALEIDO

01

浴室里，挤了一些洗发水在手心，两手对着揉了揉，方觉夏才将手放在裴听颂打湿的头上，轻轻揉搓。看着他银白色的头发，方觉夏笑起来："你今天顶着这个去做报告，老师没有说你吗？"

"我戴了帽子。"裴听颂又说，"老师说我了啊，说我讲得特别好。还有好多女生偷拍我，都被我看到了。"

"因为你很帅，"方觉夏的语气平静，言语直接，好像在陈述一个命题，"这个发色也很好看，像我以前最喜欢的动漫角色。"

裴听颂忽然间眯起一只眼："啊，弄到眼睛里了，好疼。"

方觉夏扯了自己干净的洗脸小方巾，拉开裴听颂想要揉眼睛的手："我给你擦一下，不要动。"

他上半身向前倾去，凑近，一只手轻轻摁住裴听颂的上眼皮，另一只手的食指裹着毛巾点了几下："好点了吗？"

忽然间一只湿漉漉的手在他额头上糊了一把，然后松开："好了。"

方觉夏直起身子，也不知道为什么就捂住自己的额头："你又骗我？"

"没有。"裴听颂仰头望着他笑，"我刚刚真的弄到眼睛里了。"

总是这么被动。方觉夏在心里埋怨了一小下，然后又警告他："你不许动，我要给你冲水了。"

热水在指尖和发丝间流淌，泡沫留不住，顺着手腕滑下来。裴听颂闭起了眼，两丛睫毛很长也很密，凌厉又保有少年感的脸部线条很少见。

"冲好了。"方觉夏用毛巾擦了擦他的脸。

外面传来了声音，是宿舍大门关闭的声音。听觉在这一刻变得灵敏异常，隔着浴室的门，方觉夏听得特别清晰。他听见路远把钥匙放在门口玄关柜上的声响，然后换鞋，朝里面走进来。

"没有人吗？"

隔着门和墙壁，路远的声音越来越清楚："小裴你在房间吗？"

裴听颂根本无暇回应。

门外的声音换成了不确信的自言自语:"该不会又戴着耳机吧……奇了怪了,我手机充电器去哪儿了……"

路远的声音又一次靠近,这次离得最近,几乎就在门外。

"好热。"

"不对啊,里面有人吗?"

"小裴?"

裴听颂对外面说:"远哥,我在里面,在洗头。"

"我就说怎么到处找不到你。"路远在外面说,"你手方便吗?"

"没事,放心吧。"

"那行,有事儿叫我啊。我打盘游戏去。"

最后一句说完,路远的脚步声一点点远离。

02

"快来吹头发吧,别感冒了。"方觉夏把浴巾扯过来扔到他脸上。

裴听颂擦了擦头发,打开吹风机吹头发。见方觉夏的衣服还湿着,怕他生病,裴听颂很快吹干头发,把浴室留给方觉夏,便去了客厅,把手里的吊绳扔到路远身上:"远哥,帮我吊一下。"

其他几个人也回来了,宿舍一下子变得闹哄哄的。方觉夏独自一人站在浴室,帮裴听颂把换下的衣服都放进洗衣机,自己也脱去半湿的衬衫,扔进去。

洗完澡出来,方觉夏被凌一拉上玩了一局游戏。他虽然平日里玩游戏的时候很少,但事实上是很会玩的那一类,经常带队友。毕竟他技术好,心理素质过硬,注意力高度集中,属于人狠话不多的打法。

凌一激动地蹬腿:"觉夏,我们这把又要吃鸡了!"

方觉夏戴着耳机,没有说话,更没有放松警惕。

贺子炎开了罐饮料,坐到凌一的身边:"又?你们赢几把了?"

凌一得意地扭了扭:"两把了,牛不牛?"

"觉夏真的'6',上次说开直播给粉丝看还不让。"路远说,"开个直播让粉丝乐一乐,多好啊。"

方觉夏打游戏的时候注意力太集中,没怎么听他们说什么,也没搭腔。他感觉到似乎有脚步声靠近,正转视角检查,突然听到裴听颂的声音。

"是吗?这么强?我也来看看。"

裴听颂坐到他旁边。

方觉夏的操作忽然乱了几秒。这么一分神，他就被仅剩的一组敌人偷袭了，看到画面上飞溅的绿色液体，方觉夏立刻反应过来往树后躲了躲，找准对方位置之后猛烈回击，很快干掉了一个。

"哇，真厉害。"

裴听颂说话的热气喷在方觉夏的耳畔，他稍微躲了躲："你过去点，别磕着手。"

就因为你，差点死了。

最后一个人的马脚露出来，方觉夏直接干倒，最后还让凌一补了几枪赚个人头。

"耶！"凌一开心得要命，扔了手机抱住觉夏，"觉夏你就是我的神！"

裴听颂单手把凌一给扒拉开："起开，一天天的抱那么紧干吗呢！"

"怎么了？你不满意啊！你接触恐惧症啊！"

莫名一口大锅砸脑袋上，裴听颂眼睛都瞪大了："谁有病啊！你说谁有病！"

两个小学生"互砍"，除了方觉夏还在中间尴尬劝架，其他几个对此早已见怪不怪的家伙已经组好队玩起了新的一局。

"哎，远，你往那边去点儿。"

"三水，给我把那个薯片递一下。"

"这个口味？还是这个？"

裴听颂摁着凌一的脑袋，可凌一的嘴还叭叭着："我告诉你，有病就得治！"

"你可以说我'虎'，但不能说我有病。"

此言一出，其他几人都停了手上的活，扭头望向裴听颂。

方觉夏此刻只想退出群聊。

第二天一早，他们又赶去 MLH 录制新的打歌现场，这一次的造型是白色的唐装，有种民国时期习武之人的感觉。裴听颂吊起的胳膊和造型意外地很搭，也因为他的负伤表演，现场粉丝的呐喊声也更加热烈。

原本唱到"剑光冷十步杀一人"的时候，裴听颂的舞蹈动作是揪住方觉夏的衣领两人骤然靠近，但因为他现在负伤，方觉夏即兴改了这段 killing part 的动作，化被动为主动，手持折扇上前，用扇子尾端轻扫过裴听颂的手臂，最后挑了一下他的下巴。

新改的动作让台下的粉丝激动尖叫，两人之间的张力在舞台上被放大，强强碰撞。追卡莱多和追别的男团相比，会多一个小惊喜，就是你永远不知道这个组合 live 的时候会有多少改编和即兴。正如 Kaleido 成立之初的寓意，这个男团的确如同万花筒，变化万千。

短短一个星期内 Kaleido 经历的这一切可谓网络传奇，在那之前，各大打歌节目的第一名几乎场场都被七曜包揽，这也已经是"天团"的常态。可一星期后，原本在所有人眼里根本不配为七曜对手的六个男孩子，也站到了颁奖台的候选位，在万众瞩目下等待主持人的宣布。

方觉夏的余光看得到站在不远处的梁若，他站在队伍的边角，朝着自己望了又望。

说不出这是一种什么感觉，方觉夏心情复杂，他终于能光明正大地和与自己曾经一起练习、一起奋斗过的朋友们同台竞争，没有任何偏见，也没有过去光环施加的负担。

等这一天，他真的等了太久。

"本期 Music Live House 的第一名将会在七曜和 Kaleido 之中产生！下面我们宣布两个组合的各项成绩！"

这是他们第一次候补，凌一紧张得不敢看，路远倒是看得认真："哇，我们音源这么强的吗？"

两边的专辑销量差距不大，Kaleido 因为路人买专辑所以多一些；音源方面几乎是"吊打"，《破阵》的音源成绩已经是七曜新专辑的两倍。光是这两项的总分，Kaleido 就已经遥遥领先。

"最后我们看一下投票部分！"投票看中的是粉丝数量，七曜的粉丝数量一向是优势，这也是他们几乎能包揽打歌奖项的原因，凭着这一项，他们还有反超的余地。

主持人话音落下，大屏幕出现两个数字——七曜的 89987 票和 Kaleido 的 87092 票。

"恭喜 Kaleido！"

大家猜到结果可能会是 Kaleido，但谁都没想到卡团会有这么多的票数，竟然可以拿到和出道即一线的七曜相差不大的票数。

连方觉夏自己都没有想到，原来这一次回归他们真的多了这么多的粉丝。

眼看着卡团六个人都有点愣住，主持人赶紧将手里的奖杯和话筒交到江淼手里："恭喜你们！"

这个小小的奖杯比起很多大奖来说，根本算不了什么，有的歌手和组合打歌期间可以拿到七八个甚至十几个，但对于一次都没有获得过第一位的 Kaleido 来说，这非常难得，也意味着一个崭新的开始。

江淼眼睛有点发酸，不知怎的，过去两年的经历就在自己眼前倒流，但他依旧保持着队长应有的姿态:"非常感谢每一个支持我们的多米诺,感谢陈总和经纪人羌哥,一直没有放弃我们。感谢为这张专辑付出心力的所有工作人员,谢谢。"

站在后台角落的程羌,听到也鼻子一酸,与其说是他们没有放弃这六个孩子,倒不如说他们从来没有放弃过自己。

江森说完,把话筒递给了很少发言的方觉夏。拿到话筒的时候,方觉夏一下子不知道说什么,想了想,开口:"谢谢你们,这段时间大家都辛苦了。"他看着下面的粉丝哭成一片,既觉得她们可爱,又有些心疼,"别哭啊。"

下面的粉丝哭着大喊:"凌一都在哭!"

方觉夏一回头,果然看见凌一哭得直抽抽,还往贺子炎背后躲,又被路远拎出来:"丢不丢人?"

话筒从方觉夏的手里转移到裴听颂那儿:"一般官方场合我是不配说话的。"

这一开口就把大家逗笑了,裴听颂又继续道:"拿到这个奖很开心,是我们六个人第一次获得奖项,比我想象中开心特别多。谢谢你们每一个人,让我们还可以继续站在舞台上,可能我们不是大家心目中最完美的偶像,但是我们会一直努力,做好我们自己。"他故意装生气,"凌一你别哭了,吵得我没法煽情了都。"

"哈哈哈!"

最后凌一还是被其他几个成员捉住。路远把话筒凑到他嘴边,公开处刑。他哭得一抽一抽的,直打嗝,话也说不利索:"谢、谢谢大……嗝,大家。"

贺子炎开玩笑:"不好意思,凌一早饭吃撑了。"一松开手,凌一就迅速远离话筒,扑到了方觉夏的怀里,被方觉夏揉着头发。

第一次打歌节目获奖,几个人又哭又笑。台上的其他歌手和组合纷纷过来向他们道贺,包括七曜。梁若朝着方觉夏走来,伸出一只手:"恭喜你。"

他比之前瘦了很多,可能回归也很累。

方觉夏露出友好的笑,短暂地回握住他的手,然后松开:"谢谢你。"

舞台上再次播放《破阵》的伴奏,这是安可时间,台上只剩下卡团的六个人,他们一边轻轻松松唱一边玩起"石头剪刀布"的游戏,输了的在地上做平板支撑,受伤的裴听颂蹲在他们身边一边计时一边唱rap,场面一度十分好笑。

录制完毕,六个人又立刻换了造型,马不停蹄赶往签售会现场。

签售会几乎是粉丝向往的活动之一。他们可以近距离地接触到自己喜欢的偶像,排队依次上前,每个人都有机会和偶像握手聊天,甚至有更多的互动。签名结束后还有很长一段时间的聊天和游戏环节,这些都是平时没有的福利。

星图按照专辑购买顺序，选取前一千名进行抽签，被抽中的五百名欧皇就能够参加这一场签售。

卡莱多之前的签售会一直很冷清，出道的时候来的粉丝不是很多，后来出第二张迷你专辑的时候干脆就没有举办签售会，所以这一次的回归签售粉丝等了整整两年。

粉丝暴增的情况下，星图害怕出现意外，于是将签售场所从半户外改成了场馆，增加了更多的安保人员，尤其是裴听颂身边。

当他们六人出现在场馆的时候，尖叫声里混杂着咔咔咔的快门声，放眼望去全都是举着单反的粉丝。

江淼左右看了看大家："先跟大家打个招呼吧。一、二、三……"

"大家好！我们是Kaleido！"六个人齐齐鞠躬，又直起身子向所有人招手。

签售会的造型都比较舒适随意。裴听颂是非常美式的打扮，黑色发带，宽大的白色T恤外面套了件蓝色球衣，下面则是宽松球裤配AJ球鞋。方觉夏的长发束在脑后，低低扎了个马尾，上身是白衬衫外搭铅灰色针织衫，下半身是浅蓝色破洞牛仔裤。

按照官方站位，六个人从左到右坐在了签售的长桌子前，戴着一个特别炫酷的镭射面料口罩的小文拿了一大堆签字笔，像给幼儿园小朋友分零食一样分给他们六个。

"哎，小裴你就一只手，拿那么多干什么？"

凌一毫不客气地嘲讽："哈哈哈，就是啊，一只手拿那么多。"

裴听颂隔着方觉夏倾身朝凌一扔了个小纸团："闭嘴。"

"好了，你们是小朋友吗？"方觉夏摁住裴听颂的肩膀，还真有点老师的样子。

场馆里播放着《破阵》这张专辑里的歌曲，程羌拿起话筒："感谢大家来参加Kaleido的签售会，下面请按照工作人员安排好的顺序依次上台。"

第一个上来的竟然是一个男粉，一头红毛，还戴着两个亮晶晶的耳钉，走到贺子炎面前的时候激动得两只小脚并在一起蹦跶。

"子炎哥，我是你的超级死忠粉！"

贺子炎刚喝了一口的饮料差点喷出来，因为他看到这个男生身上的大T恤，正面印着他和这个男生的PS"合照"。

"我天，"贺子炎忍不住对旁边的路远说，"我居然有男粉了！"

路远已经笑得不行了，一边给自己的粉丝签名一边说："可不是嘛，还是同款发色。"

/161/

"我就是为了子炎哥染的。"男粉激动得小脸通红,"我真的特别崇拜你!这是我给你的礼物,子炎哥!还有我写给你的信!"

"哇,谢谢你,我会好好看的。"

"恭喜你们拿一位!我们小糊卡终于有一位了!"

"这么快你们就知道了啊!"

无独有偶。贺子炎那儿冒出来一个稀有的男粉,夹在一大群妹子中间热火朝天地说着。方觉夏这边也来了一个,直奔他而来。

方觉夏本来低头一心签着名,连续给几个女孩子签了,说话声音都变得温柔许多:"你好,请问你想要……"

还没说完,一束花递到他跟前,方觉夏惊讶地抬头,看见一个身材高大的男生,还有点没反应过来:"这是?"

"送给你的,我特别崇拜您!"

裴听颂看见这一出,手里转着的笔啪的一下子掉在桌上。他面前的粉丝羞涩地将专辑推过去:"小裴,麻烦你帮我签在这里。"

"谢谢……"方觉夏也很少见到男粉,有些不知所措,伸手接过对方的花束,放在一边,"很漂亮,谢谢你。"他保持着脸上的微笑,"签字的话有没有特别要求?"

这个男粉看上去是一个非常正直的青年:"有的,我的名字是有为,'年少有为'的'有为',想让觉夏写一句,'祝有为20岁生日快乐,爱你'。那个,要是您能给我画个爱心就再好不过了。"

裴听颂听到这句,笔直接滑开,在专辑上签出一条斜飞上去的直线,抬头和面前的女粉丝尴尬对视一下,解释说:"抱歉啊,我就一只手,有点不稳当。没事儿,你看我给你画个一箭穿心。"

说画还真的画上了,线被他改成一个箭头,中间还画上一个大爱心。

裴听颂把专辑转过来给粉丝看:"看我这个一箭穿心画得标不标准?"

可爱的小粉丝立刻海豹式鼓掌:"标准!好看!"

隔壁的方觉夏签完还有点奇怪:"要不要加上姓?光写'有为'会不会有点奇怪?"

"不用。"男粉脸上洋溢着幸福的笑容,"这样显得更亲切。"

男粉从方觉夏手中接过专辑,脸上的笑容藏都藏不住。

"嗓子真难受,这天儿太干燥了。"裴听颂假模假式地说了一句,还趁机拿走方觉夏跟前的旺仔牛奶,单手费劲儿地拆了管子,又费劲儿地往里戳。

男粉这才松开手:"谢谢觉夏,觉夏你真好!"

"觉夏，比心！"

吧唧，管子还是滑开了。裴听颂震惊地把管子扔到一边。

不是，现在的男粉丝都这么轻浮的吗？！

方觉夏连连点头致谢，看着这个男生从自己的席位依依不舍地挪开，走到裴听颂面前的位置。

算了算了。裴听颂摆正姿态，拿起笔准备签名。怎么说他也是一个偶像，怎么能在意粉丝的行为呢？虽然震惊还是要好好给粉丝签名的。他可是绅士小裴，keep real（保持真诚）是一回事，对着粉丝还是要好好营业的。

于是，做好心理建设的裴听颂仰起脸，冲着刚刚从方觉夏那儿过来的死忠男粉露出一个十级假笑："你好，想签什么字？"

谁知那个男粉一秒变酷："哦，不用了，我只要觉夏签。"

03

"What（什么）？"裴听颂两手一摊，满脸的不可置信，"Seriously（认真的吗）？"

不过那个男粉很快就绷不住笑起来："不不不，开个玩笑！请您帮我签名，麻烦您了。"他还鞠了个躬。

就知道。

裴听颂拽了拽自己额头上的发带："行吧。看在我俩都二十岁了，给你签个'Forever twenty（永远二十）'吧。"

"谢谢谢谢，"这个男粉很快又说，"不过觉夏之前采访的时候说，他更欣赏成熟一些的人，我想我还是要快点成长起来。"

裴听颂的"F"刚写出来，差一点即兴发挥写成什么不好的词。

一听到这句话，方觉夏一个激灵抬起头，先是看了看那个满脸阳光的正直好青年，然后扭头瞟了一眼表情管理濒临失控的裴听颂，最后飞快转过头对上正看着好戏的凌一，小声询问："我什么时候说的？"

凌一也小声说："我怎么知道你什么时候编的……"

"好吧。"裴听颂脸上的笑容越来越和善，"那我就祝你早日成熟。"他签名的时候力气大得出奇，笔头在专辑上摩擦出的声音听起来怪吓人的，但裴听颂还是微笑着将专辑奉上，"拿好。"

"谢谢。"男粉把东西接过来放到包里，然后双手握住裴听颂的手，一脸恳切。

嗬，还知道心疼他是个伤员啊，看来也不是没有良心嘛。

裴听颂抢先一步潇洒开口："不用祝我早日康……"

"请您务必照顾好我们觉夏！"男粉真情实感地紧紧握住裴听颂的手，打断了裴听颂的发言。

不是？等会儿……

谁们？

我们觉夏？

方觉夏在一边觉得又尴尬又好笑，只能埋头给自己面前的小粉丝签名。凌一则是拉着自己面前的粉丝一起看戏，笑得乐不可支。

裴听颂额角的青筋都要跳起来，幸好发带遮住："你在说什么……"

"虽然我知道你们是炒作，"男粉继续说，"但请您多多照顾我们觉夏！我们觉夏真的非常难！"说完他松开手，又朝着还没收回手的裴听颂鞠了一躬。

裴听颂听得脑袋疼："等等……"

"这是我给您买的复健工具，还有增强钙质吸收的营养品。"男粉将包里的东西一样一样拿出来，跟传销似的，"听说个子超过一米九的男生其实体质比较虚，您也要多补充营养。"

"我一点也不虚！"

这完全是对他体力的质疑！堪比人格侮辱。

看着小狼狗被逼急了要跳墙，方觉夏立刻出来收拾场面："谢谢你的礼物，我会督促小裴吃的。"

男粉看到方觉夏说话，脸上又一次露出了羞涩的笑容："谢谢觉夏，我还会找机会来看你的！"

方觉夏谦逊地低头微笑："好的，非常感谢你的支持。"

好不容易把这个死忠粉送走，凌一又开启了嘴欠模式："个儿高身子虚，说的就是某些平时撑天撑地的团霸，为你点一首《你也有今天》。"

裴听颂抄起桌上一个流星锤玩偶，指着凌一："你闭嘴！我一点也不虚。"

路远把手中的专辑双手递给粉丝，嘴里念叨："对，小裴身体倍儿棒，吃嘛嘛香。"

"Respect（致敬）远哥。"裴听颂朝他敬了个礼。

路远回了个敬礼，继续说："就是确实有点虚，洗个澡还要人给他拿浴袍。"

一旁的粉丝全都大笑起来。

"哈哈哈哈！"

"这工作没法做了。"

方觉夏拍了拍他的背，望着他笑，在台下的粉丝看来，完全是队内的哥哥对着老幺宠溺的笑容。方觉夏刚刚就看到裴听颂想喝自己跟前的旺仔，于是替他把吸管插好，推到他跟前："喝吧。"

"果然粉丝随偶像。"

方觉夏疑惑地皱了皱眉。

"都没有心。"裴听颂拿起来叼住吸管，吸了一口，仿佛又回到了一年半前天天喝旺仔的可怕时光。

"太甜了。"他皱着眉把奶放下。

方觉夏自然而然地又把那盒旺仔拿起来，喝了一口："还好啊。"

又一个新的粉丝上来，身上穿着一件看起来很像是站子周边的T恤，胸前有两个小卡通人物，一个是蓝色头发，一个是黑长直发型，小人的上面还有三个大字——梦一觉。

"凌一！你还记得我吗——！"

这个小女生超级热情："我是梦一觉组合站的站长！"她说完又看向凌一旁边的觉夏："觉夏，你还记得我吗？"

老实说方觉夏不是太能记住人脸，还仔细想了一下，不过她说梦一觉组合站，方觉夏猜到应该是他和凌一的组合大粉，于是点了点头："你好。"

梦一觉站长激动极了："啊啊啊，好开心！"

凌一也学她的样子叫起来："啊啊啊，好开心。"伸出手跟这个女生击掌。

"我给你们带了我们站做的一些周边，有娃娃！还有我们的写真书！"站长努力地从她的小黄人大背包里翻找着。

凌一盯着她的书包："你这个包真好看！"

"是吧，我给你也拿了一个！"她找出娃娃和写真书，还有给凌一的小黄人背包和小黄人拍立得，"这都是给你的。"

"谢谢！我很喜欢！"

按照她的要求，凌一在她的专辑上写好了给组合站的话，站长心满意足地收好，挪到方觉夏这边："觉夏哥哥，我给你送一台新款的游戏机，里面有数独游戏哦，还有很多很难的数字解谜游戏，你睡觉前可以玩。"

"谢谢。"方觉夏很喜欢这个礼物，拿到盒子多看了几眼。

"还有这个，你和凌一一人一本的写真书。"

方觉夏将她送的大大小小的礼物一一收下，不断说着"谢谢"，然后按照她的要求写上签名内容。

"啊，我最后还有一个小小的请求。"

方觉夏盖上笔盖："可以的，你说。"

站长小姐姐抓着自己的背包带子："觉夏和凌一可以一起抬手比一个爱心吗？"

凌一放下手里的签字笔："当然可以啦！"说着他就抬起了自己的左手，弯曲成半个爱心的形状，还乖乖靠到方觉夏旁边。

方觉夏飞快地和凌一配合比了个心，挥手送走了这个可爱的梦一觉站站长。

一侧头看见凌一拿着玩偶秀天秀地，裴听颂觉得倍儿不是滋味。

听觉组合的站子呢？说好的大势组合呢？组合超话第一？

假的，都是假的！

心里正抱怨着自己家不争气的粉丝，没想到转头就上来了一个短发萝莉，外套上写了好几个大字——听觉女孩头顶青天。

刚刚还蔫了吧唧的裴听颂一下子就精神了。

"觉夏，你好！"短发萝莉的脸上贴着听觉的卡通小贴纸。方觉夏一抬头，觉得很可爱，夸了一句："这个贴纸好萌。"

"是吗！"短发萝莉激动得从自己的口袋里掏出所有剩下的贴纸，"给，我、我这儿的都给你！"

方觉夏笑着收好贴纸："谢谢你。"

"我的呢？"裴听颂歪着脑袋插进来，"我也要。"

"你回去跟觉夏分吧，"女生还特意加了一句，"觉夏先挑。"

凭什么？

裴听颂纳闷了，凭什么连他们的粉丝都不向着他！

"我是春日囚雪组合站的站长，我们给你们准备的礼物太多了，一部分拉到星图啦，这些是我们想亲手给你们的。"小站长先是将手里的花递给方觉夏，里面是满天星、白色洋桔梗、洋牡丹和白玫瑰，用珍珠色捧花纸扎住，系着浅灰色缎带。

"哇，这个好好看，"凌一插了一句，"像捧花。"

还真的有点像。这束花的配色方觉夏很喜欢，他连说了两声"谢谢"，把花轻放在桌子上。

站长又拿出一个眼镜盒，打开来，将里面一副特制链条的金丝眼镜递到觉夏手中。很特别的是，这个眼镜左边镜片上粘着一朵非常精致的白色花朵。

她特意介绍说："这上面是树脂做成的白色洋桔梗，是我们特别为你定制的。"

裴听颂看到那朵花觉得很好看，很适合方觉夏："做得真漂亮，你戴上给她们看看？"

方觉夏点点头，将这副眼镜戴上，左眼被一朵洋桔梗遮住，只露出一只眼睛。下面立刻出现高频率咔咔咔的快门声。

"太好看了！"站长激动得又开始翻包。看到方觉夏拿到的漂亮眼镜，裴听颂自然对自己的礼物有了更多的期待。

"这是我们给小裴的！"

一拿出来，裴听颂期待的小脸蛋就垮了下来。这是一长串颇有夏威夷风情的挂饰，是由一个一个拳头大的小仙人掌玩偶串起来的，每个小仙人掌的表情都不一样，有气到眉毛竖起来的，也有戴着墨镜酷酷的。

站长殷切地将它挂在了裴听颂的脖子上："这是我们专门做的，这里面的小仙人掌还可以拆开的哦。"

裴听颂捏了捏绿绿的小仙人掌，又拽了拽上面软软的刺。

方觉夏眼看着这些小玩偶，原本冷冷的一张脸一下子充满了生机，满眼都是喜欢："我也养了一株仙人掌，但是瘦长的那种。"

听到这句话，短发萝莉突然爆发出一声尖叫，然后扭头对着下面的姐妹激动地做着夸张表情，还跺起了脚，吓得方觉夏还以为自己说错了什么："怎么了？"

站长说话声音都飘起来了："没什么没什么，就是觉得觉夏哥哥养仙人掌很萌。"

行吧。裴听颂想到方觉夏阳台上的那株仙人掌，又吧唧捏了几下这些仙人掌玩偶，竟然还越看越顺眼："是挺可爱的，谢谢你啦。"

"不客气！还有这个。"站长又拿出一个发箍强行要给裴听颂戴上，站在裴听颂旁边的安保人员想要阻止，被裴听颂伸手拦住："没事儿，你让她给我戴吧，我一只手也不方便。"

"谢谢小裴！"站长给他把发箍戴上，上面一边是一朵绵软的棉质洋桔梗小花，另一边是一个小仙人掌玩偶。

"好看吗？"裴听颂戴好之后转过去问方觉夏。

方觉夏伸出手，替他调整了一下："很可爱。"

裴听颂很满意，还对着下面的一众粉丝摆出各种酷酷的造型。

站姐将想要签的内容告诉他们，然后又苦口婆心地嘱咐道："觉夏哥哥和小裴一定要照顾好自己的身体，不要再受伤了，我们都很担心你们的。"

裴听颂潇洒地签着字："别担心，你看我一只手签字不也挺帅的。"

方觉夏也笑了笑："你们自己也多保重身体。"

"谢谢觉夏哥哥，那我走啦。"

"哎，等会儿……"裴听颂心想，怎么他俩的粉丝就这么不会来事儿，都不知道让他俩比个爱心。

他冲着小站长使了个眼色，没能理解过来他的脑回路的小站长也冲他回了个眼色。

啧。裴听颂对着她比了个爱心，想提示一下。

"小裴我也爱你！"站长又比回来一个爱心。

真是……

裴听颂放弃了："那什么，我俩比个爱心吧。"

他用手肘碰了碰方觉夏，强行拉着对方营业，方觉夏当然不会拒绝，只是担心裴听颂的手，连比心的时候空着的右手都是扶着他吊起的手的。

听着下面咔咔咔的快门声和粉丝激动的尖叫声，裴听颂才终于舒坦了。

签到一半的时候中场休息，工作人员给他们送上来一些零食和饮料，同时也给台下的粉丝准备了一些小零食。

贺子炎拆了一包薯片，拿着话筒对下面的粉丝说："好，现在是小学运动会时间。"

凌一很快理解这个点："我小时候运动会就是零食大会，每个人带一小书包零食去，大家换着吃。"

江森揶揄："那肯定是——最喜欢的校园活动了。"

"哈哈哈哈！"

路远撕开一袋咪咪虾条："我现在特别想吃大辣片。但是不行，这么多照相机照着呢，我不能丢掉绝美主舞大人的尊严。"

凌一"哼"了一声："真够不要脸的。"

四个人聊得热火朝天，长桌最右边的方觉夏和裴听颂就像活在另一个次元一样。

"我给你贴个贴纸吧。"方觉夏拿手指尖戳了一下裴听颂的石膏，"贴在这上面。"

"那你选好看的贴。"

两个人埋着脑袋选了半天，方觉夏把挑出来的贴纸挨个粘在自己的手指上，然后按照裴听颂的要求，小心翼翼地粘在石膏上面，贴出一个大大的"P"。

裴听颂一脸满足地朝着台下秀自己石膏上的贴纸，头上的小玩偶一甩一甩的。

凌一在那头跟路远讲相声讲累了，一回头看见觉夏的椅子都不知道偏到哪儿去了，明明刚刚上台的时候工作人员都是等间距摆的椅子，可现在，他和觉夏之间空到甚至可以再放一把椅子。

和他主人的心一样偏。

凌一拿着话筒打趣道："原来我们卡莱多还有第七个成员吗？"说完他伸手，

在他和方觉夏巨大的空隙之间比画出一个人形,"看见了吗朋友们,在这儿。"

台下的粉丝笑起来:"哈哈哈!"

江淼接道:"这是皇帝的成员。"

贺子炎也参与进来:"这是什么卡莱多签售会灵异事件!"

路远翘着凳子往右边看了一眼:"没我帅,鉴定完毕。"

方觉夏这时候才后知后觉地发现他被吐槽了,于是想着把椅子往左边挪一点点,还解释说:"我刚刚给他贴贴纸。"

"别、别挪过来,把我们的隐藏成员的腿给压着就不好了。"凌一故作悲痛的表情,"别解释,解释就是掩饰。此情此景,我忍不住为这一幕献唱一曲。"

说唱他还真的唱起来了:"我坐在你左侧,就像隔着银河——"

"哈哈哈,戏精凌一!"

"哈哈哈!"

方觉夏只好无奈地笑笑,趁凌一不注意挪了挪椅子。

台下的粉丝喊着他的名字:"觉夏哥哥!觉夏戴上那个眼镜可以吗?我们想给你拍照!"

方觉夏有求必应,又一次戴上之前粉丝送的洋桔梗眼镜,配上他的学院风造型和温柔的黑色长发,漂亮又斯文。

站姐们疯狂用相机捕捉美貌,又听见另一边的粉丝大喊:"觉夏哥哥!可不可以捧着花啊!"

"对!捧花好看的!"

裴听颂笑着吐槽:"跟模特似的。"

"这样可以吗?"方觉夏应要求拿起那束捧花,对着下面的镜头微笑。他不是一个多么会讨好粉丝,或者说讨粉丝欢心的人。

比起许多用对待"女友"的方式和粉丝互动的明星来说,方觉夏显得有距离感得多,微博基本不营业,平时也不会说"爱你们"之类的话语,再加上天生又长了一张冷感的面孔,很多人对他有误解,甚至有很多黑粉黑他冷脸、甩脸色,对粉丝很冷漠。

只有他的粉丝知道,方觉夏是一个不擅表达的人,但他会一遍一遍非常诚恳地说出感谢,在机场扶住摔倒的粉丝,给哭泣的她们递上纸巾。他会真正地关心她们,以更加平等的朋友的姿态。

拍完照,方觉夏低头整理花,听见裴听颂在旁边小声抱怨,说明明是他们的粉丝,却没有给他拿一束。

方觉夏没有抬头,笑了起来:"你喜欢花吗?"

裴听颂老实说:"那倒也不是。"

桌子挡住了方觉夏的动作,裴听颂继续和下面的粉丝互动,不过粉丝说东,他偏要往西。粉丝让他把桌子上的玩具枪拿起来拍照,他偏偏拿了玩具武士刀。

正跟粉丝愉快"互杠",裴听颂的手肘忽然被碰了碰,他侧头一看,是一束小小的被缎带缠住的花束。

"给你的。"方觉夏小声地说。

他将那束捧花里所有的洋桔梗一枝不落地都挑了出来,集成雪白雪白的一束,送给了裴听颂。

裴听颂愣愣地接过那束花,看向方觉夏,他的一只眼睛被洋桔梗的花朵挡住,另一只眼睛亮亮的,映着自己的面孔。

"谢谢。"

裴听颂将得到的专属于他的花束拿起,炫耀似的摆出各种造型,让台下的粉丝拍。

工作人员这时候走过来给他们递话筒,方觉夏接过之后打开开关,刚打开,凌一又给他拿了个三明治:"觉夏你吃吗?"

方觉夏点点头,顺手就把话筒搁在桌上,转头去拆三明治的包装。

左边几个人说着群口相声,裴听颂只顾着炫耀方觉夏给他扎的洋桔梗花束,也不搭其他队友的腔。

方觉夏一上午都没怎么吃东西,中午也来不及吃饭,的确是有些饿了,但他刚咬了一口三明治,就感觉里面有什么东西,仔细检查一番,果然又是酸黄瓜。不管是新鲜黄瓜,还是酸黄瓜,方觉夏都不是很喜欢。他把只咬了一口的三明治搁到盒子上,不打算继续吃了。

这个小动作又被裴听颂抓住,他拿起那块三明治,把里面的黄瓜挑出来自己吃掉,嘴上还抱怨:"酸黄瓜多好啊,又不吃。"

谁知这句话被他们面前的话筒直接扩音播了出去,整个会场的人都听见了。

方觉夏整个人跟石化了一样,一动不动,只有眼珠子还在转。

左边的队友脸上露出了尴尬的笑容,贺子炎"wow"了一声,队长江森直接下意识救场:"啊,是不是觉夏又挑食了?这就是为什么我们觉夏这么瘦,整个卡团都知道他挑食。"

听着队长的尬笑,凌一还没回过神:"我怎么不知道?"

路远隔着江森撑道:"因为你就知道吃。"

裴听颂也没想到这个话筒是开着的,他拿起话筒准备说点什么,没承想下面一个粉丝突然大喊了一句,比他的声音还要大。

"裴听颂你不是说你不喜欢吃酸黄瓜吗！"

"你嗓门儿真大啊……"裴听颂拿着话筒，"我什么时候说的？"

和他对线的粉丝继续大喊："双人封杂志的采访环节！快问快答！你说你最喜欢吃芝士汉堡，不要酸黄瓜！"

下面的一众粉丝立刻发出声音："哇……"中间还掺杂着一小部分粉丝的捂嘴式尖叫。

贺子炎露出看好戏的表情："这个妹妹可以的，嗓门儿大，记性也不错。"

凌一看着自己同款三明治里的酸黄瓜，发出一声叹息："唉，这么多年的挑剔与嫌弃，终究是错付了。"

听到这个粉丝说的话，方觉夏才想起来。他仔细回忆了那个时候的采访经过，裴听颂当时好像的确是这么回答的。

"那还不许我现在喜欢上了吗？"裴听颂拿着话筒继续为自己辩驳，"我采访那时候是觉得不好吃来着，后来我又吃了几次，就觉得特别好吃，不行啊？"

台下又一个妹子大声喊道："真香！！"

<h2 style="text-align:center">04</h2>

裴听颂耸耸肩："成长就是自我认知不断发展的过程，这就是为什么每个人都逃不了真香定律。"

听到他这么说，台下的粉丝竟然无法反驳。

是不是人人真香方觉夏不知道，反正他挑食的毛病大家都知道了。

场馆内有点冷，工作人员给裴听颂拿来一件卫衣套在外面。签售会的背景音乐不知怎么开始播放出道曲 *Kaleido*，还是 live 版，就在工作人员准备切歌的时候，台下的粉丝开始了大合唱，凌一也拿起话筒："别切别切。"

路远兴致勃勃地跟着大家的声音动着身体："初代战歌来了。"

"你们唱得太好了吧。"江淼对着台下竖起大拇指。

粉丝甚至连贺子炎的 rap 都唱得精准到位，让他们惊讶。方觉夏有些被惊到，还给大家鼓掌打拍子，不像随时随地都可以搞怪唱歌的凌一，他平时很少在非正式场合唱歌，不过身处这种环境之中，他也被感染到。

凌一手持话筒和大家一起唱副歌："Fight! Fight! Fight! 享受狂风中坠落。Fight! Fight! Fight! 风暴后你会记住我——"

来到了裴听颂即兴名场面时刻，隐藏在热烈气氛中的方觉夏也跟着从副歌唱到 rap。

看到他摇头晃脑唱着自己的 part，裴听颂觉得特别可爱，于是把手里的话筒递到方觉夏嘴边，清冷主唱的 rap 处女秀就这么曝光在大家面前。

"这场价值竞标 auction show（拍卖会），haters（憎恨者）还没资格举手……"

方觉夏的声音一出来，他自己先是吓了一跳，像只受惊了的小动物一样顿住，只眨眼睛。

"Whoo!"贺子炎第一个起哄，"继续！"

裴听颂对着方觉夏挑了挑眉，台下的粉丝也都在尖叫，主唱方觉夏只好跟着节奏继续，强行 rap："...All my money rising tall（我的钱会越来越多）. I am rich, oh, I am fresh（我年轻又富有）. Your little（你们这些小）..."唱到这里的时候方觉夏自动替换，"angels love me so（天使如此爱我）."

听到"angels"的时候裴听颂笑着摇头。

路远笑起来："哈哈哈哈，还自带净化的！"

江淼："即兴是卡莱多的传统。"

方觉夏倒是越唱越起劲了，直接从人形麦架裴听颂手里拿过话筒，用很少有的速度唱完最后几句："Fakers（仿冒者）被我一脚踹走，拜托，挑对手也不将就。下站开往我的宇宙，你还剩一秒时间逃走。"

"哇！好厉害！"

"觉夏超级棒！"

凌一还在继续维持着主唱的尊严，一字不落地唱着自己的部分。到了方觉夏的 part，他以牙还牙，把话筒撑到毫无准备的裴听颂跟前，于是 rap 担当裴听颂以十分复杂的表情被动开唱："灵魂曾烧灼过，炽热渴求，就在这一刻爆发成火。"

唱完方觉夏立刻收回话筒，继承了裴听颂的 part，还对着他挑了挑眉毛："Say hello to my ego（向自我问好）."

这神态加上这句话，颇有几分挑衅的味道，但裴听颂很喜欢，他喜欢鲜活的方觉夏，会害羞，会孩子气，也会因为被大家鼓励而勇敢地去做没有做过的事。

凌一最后唱三段高音的时候甚至都没有站起来，就这么坐着笑着唱完了。这首意外出现的 live 版出道曲被他们乱七八糟唱完，粉丝却超级满足。

贺子炎开玩笑说："下次觉夏 solo 就 rap 吧，这就是真正的 ACE。"

方觉夏一向后知后觉，唱的时候情绪高涨，唱完却有点不好意思，一直摆手。江淼也开起他的玩笑："哪个主唱没有 rap 梦呢？"

凌一两手捧脸："我没有。"

江淼一下子破功："一一，你是拆台专家吗？"

"哈哈哈！"

/172/

中间的休息时间大家吃吃喝喝，做了些游戏。Kaleido 和粉丝的关系一向都很像朋友关系，互开玩笑，互相"杠"一"杠"。他们都是很有原则的人，哪怕出道的时候一直很糊，也很少会去和不多的粉丝深入交际，毕竟他们只是想做音乐而已。

结束中场休息，Kaleido 再次开始签售。粉丝花样百出，让他们大开眼界。气氛到快要结束的时候都非常欢快，直到方觉夏迎来一个有些特殊的粉丝，也是排到他的最后一个粉丝。

这是个穿着朴素的女孩子，十六七岁，她什么都没有拿，也不像别的粉丝一样情绪饱满、热情洋溢，相反，她显得十分拘谨，甚至有些胆怯。

"觉夏哥哥，麻烦你帮我签个名吧。"她的声音也很低、很轻，一下子就埋没在嘈杂的会场。方觉夏说着"不好意思"，然后凑近了些："你叫什么名字？想签什么？"

女孩儿低着头："小琪，斜玉旁一个其他的其。想签一句……加油就好。"

她的要求也很简单，但方觉夏看出她的情绪不太对，于是写了一个"小琪"就停笔。他不是一个常常会表现出关心的人，但是既然出现在眼前了，方觉夏就无法忽视。

"如果你不赶时间的话，可不可以跟我聊聊天？"方觉夏微笑着，"我感觉你心情好像有点低落。"

那个女孩子也不知怎么了，突然间就掉泪了。透明的眼泪一颗一颗落在她撑在桌面的手背上。方觉夏立刻抽了张纸，递给她，听见她说了"谢谢"，然后又对他说："觉夏哥哥，我好累。"她吸了吸鼻子，"来这里之前我刚和父母吵了架，他们说……说我是个怪人，每天戴着耳机，不吭声，说我像个哑巴一样，不像别人家的小孩开朗、讨人喜欢。每天都这么说。"

方觉夏沉默地聆听着，轻拍了拍她的手臂。签完自己那份的裴听颂和凌一也注意到，凌一给她递了一盒没有喝过的牛奶，安慰她。裴听颂不太会安慰人，只是问了一句："每天？"

女孩子点点头："嗯，因为我性格比较内向，不知道怎么和其他人打成一片。我有时候也很想像开朗的小孩一样多说话，但是我做不到。妈妈总是嫌弃我，觉得我很丢人，特别是有很多大人在的时候，他们就会骂我，说不如生个哑巴，哑巴都比我讨喜。"

她抬手擦了擦眼泪："我知道我很不讨喜，很无趣，可我就是这样的人啊。他们不是我最亲近的人吗？为什么还要这样对我……"

裴听颂第一时间想到了方觉夏。他小学时父亲残疾后酗酒，也像这样发泄，完全地否定方觉夏这个人。只是裴听颂不知道的是，这样的父母事实上很多，否定一个小孩对他们来说太过轻易。

方觉夏依旧很冷静，他抽了一张纸递给女孩儿："你知道吗？我也是很安静的性格，所以你经历的我也差不多经历过，常常被人说孤僻。我们这个社会的刻板印象就是，开朗比内向更好，每一个小孩都应该被教成活泼的性格。"他语气温柔，"但其实不是的，很多时候内向也是天性，生来就有，比如你，听歌会比沟通给你更多舒适和安全感，对吗？"

女孩儿点点头："对。"

"那就对了，安静的性格就像是你生下来的时候固定在你体内的一个芯片，很难改变。既然很难，那就不去改变，就做一个内向的人。不要去理会其他人的否定，更不要因为他人去否定自己，世界上存在各种各样的人，没有任何性格是应该被彻底否定的，内向也不意味着无趣。"

裴听颂在一旁默默听着，没有说话。不可否认的是，他曾经也对过于安静的方觉夏抱有偏见，说对方像冰块。原来他是这样想的，他并非被迫失声，而是做他自己。

女孩子没再低头，而是含泪望着方觉夏，眼神中还有一丝胆怯。

方觉夏不太擅长鼓励别人，他只能在自己熟悉的领域尽可能地给出符合逻辑的实例："我给你举个例子吧。有些数学家曾经试图把所有自然数分成有趣数和无趣数两类，当然了，这个'有趣'的定义很主观，比如质数就很有趣，各位数重复的数很有趣。总之，只要有其特点的数，都被划入有趣数集合。但后来，这个问题居然演变成一个不严密的悖论了——所有的自然数都是有趣的。"

女孩儿沉进去了，有些疑惑："为什么啊？"

凌一也觉得好奇："对啊，为什么？肯定存在一些数是没什么特点的吧？"

方觉夏笑了笑："我们用反证法推一下，如果真的存在一个无趣自然数集合，那么这里面是不是必定存在一个最小的无趣数？"

裴听颂立刻心领神会，笑了笑："'最小的无趣数'，这就已经是一个有趣的特点了。"

方觉夏有点意外："对。"他又看向那个女孩儿："这就推出矛盾了，最小无趣数本身就是一个有趣数。所以说，"他低头，一边给女孩儿签名一边说，"不要怀疑自己是不是无趣，是不是讨喜，你只需要做你自己。"

签完名，方觉夏双手将专辑递给她："要保持自信，知道吗？"

女孩儿受到了很大的鼓舞，她用力地点点头，笑了出来："谢谢觉夏哥哥，谢谢你。"

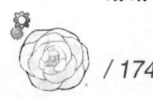

方觉夏摇了摇头，目送她离开。

程羌拿起话筒："很开心大家能来参加Kaleido的签售会，很快就要结束了，请大家拿好自己的东西，别弄丢了。"

所有人都觉得遗憾，其他成员都在和粉丝告别，尽可能多说多闹一会儿，只有方觉夏，沉默地跟台下的粉丝挥手，面带笑容。

裴听颂发觉自己的偏见在不断地被方觉夏扭转，这是一个非常有意思的过程。他曾经以为自己已经足够了解对方，可原来不是的。方觉夏看似不善社交、少言寡语，事实上是一个内心强大的人，从小活在他人的否定中，但始终坚信自我。

真的很酷。

"你给她签了什么？"最后裴听颂还是忍不住问。

方觉夏目光澄澈，笑了笑。

"和我一样，做一个有趣的最小无趣数吧。"

05

望着方觉夏干净的双眼，裴听颂嘴角勾起，脸上的表情有些小骄傲，又有点孩子气："那我就做第二小的无趣自然数吧。"

"那你比我无趣一点。"

"不管，反正我要跟在你后面。"

签售会结束之后，Kaleido的六个人坐上保姆车准备回公司。小文坐上驾驶座，关上车门，也把粉丝的呼唤声关在外面："本来从今天开始应该是专门的司机来开的，但是他因孩子生病请假了，我再开最后一天车！"

"啊，我们小文司机要下岗了吗？"凌一从后面抱住他的脖子。

"那我们得换个大车了呀。"贺子炎说。

小文有些惊讶："你怎么知道？"

路远笑他呆萌："驾驶座多一个人，强哥再挤进来，不够坐了啊。"

"哦，对对。"小文摆脱了凌一的魔爪，等到程羌进来发动了车子。

自从裴听颂受伤，方觉夏就一直提心吊胆，生怕他的胳膊被磕到碰到。他们挥别了粉丝，往外开出去一些，上了路。方觉夏随时注意着路况，偶尔也会观察小文。

他发现小文一直在瞄后视镜。

"小文，怎么了？"

"不知道是不是我看错了，"小文皱眉，"我总感觉有一辆车跟着咱们。"

程羌警觉起来，降下车窗往后望了望："黑色大众那辆？"

"对。"小文觉得奇怪，"我从一开始出来的时候它就在后头，这都好几个路口了，竟然还在。"

方觉夏下意识觉得不太对，排除了几个太离谱的可能之后，他试着猜想："是不是私生粉？"

私生粉是很特殊的群体，虽然担着一个"粉"字，但他们的所作所为其实已经超出了粉丝的范围，例如，通过不正当手段获取明星的私人电话号码，疯狂打电话骚扰，又或者追车跟车，在入住的酒店跟踪，甚至做出安装针孔摄像头的可怕行径。

程羌关上车窗："应该是。换另一条路绕回公司吧，如果还跟着，八成就是了。"

车内的好气氛一下子就冷下来，凌一叹了口气："又有私生粉了。"

江淼摸了摸他的头，权当安慰。

去年的时候凌一曾经因为私生粉骚扰，换了好几个号码，每天都会打过来，如果不接电话，就会收到无数条辱骂他的短信，即便拉黑也有新的。那时候凌一压力很大，但又找不到什么好的解决办法，只能躲着避着。

明明一口一个"哥哥"地叫着，可她们做出的事却不是常人所能承受的。

小文放慢了车速，这种时候就不能试图用加快车速的办法甩开这些人，这样只会更危险。

"幸好我们今天没有要赶的行程了。"他绕了条更远的路，可那辆黑色大众依旧跟在后面，幽灵一样摆脱不掉。

裴听颂想到了什么："上次我回学校上课，也有人跟着，不过我没放心上。"

程羌有些烦躁，想抽烟但现在不行："肯定是私生粉，以后你去上学我们会安排人路上保护你。"

贺子炎摇了摇头："上课的时候安保人员也不能跟进去，很麻烦的。"

绕了一大圈回到公司，他们快速从车上下来，果不其然，之前跟车的人从车上下来，是几个年纪不大的女生，跑到他们面前试图引起注意。

"觉夏！能不能给我们签个名！"

"子炎！淼淼！"

"裴听颂！等一下，你们先别进去啊！"

程羌早就联系了公司的工作人员，一下车他们就出来围住 Kaleido，隔开那几个私生粉，护着六个人进了公司。

进了公司大门，方觉夏还能听见外面的声音，她们没能得逞，已经从刚才的讨好姿态转变成高声辱骂，什么难听的都有。

人类真的很复杂。

进去公司之后，他们在程羌的办公室开了个简单的会议，主要还是讲了一下最近的一些行程和新的资源。

"最近的话，真人秀部分还是和之前一样，小裴、觉夏《逃生》继续录着，其他人的常驻资源也是一样。对了远远，那个街舞比赛的导师已经定了你，下周五录第一期，最近调整一下状态。"

路远比了个"OK"的手势："欧了。"

"森森不是想试试演戏吗？"程羌坐下来，"有一个新锐导演，虽然名气不大，但是片子质量不错，他最近想拍一部跟音乐有关的电影，里面有个主角是弹古筝的，我们安排了你去试镜。"

凌一比江淼还兴奋："哇！电影欸。"

江淼点点头。其实是因为他妹妹是个电影迷，江淼才想去试试演戏。

"然后就是，这周三安插进来一个行程，去参加《欢乐星期五》的录影，全团都要参加，宣传新专辑的。"

"吓我一跳，"裴听颂吐槽说，"我还以为真的要去参加《欢乐喜剧人》。"

"哈哈哈！"

方觉夏也憋不住笑起来，他还在心里想象了那个画面，六个人站在一块红幕布的前面，穿着中式长衫。如果他们真的去那种场合说群口相声，其他人七嘴八舌的，他估计就只能站在一边打快板。

但他的快板肯定打得很准，因为他的小时钟很准时，而且他还是卡拍小能手。

"你们倒是想去，我们可搞不到这样的资源。《欢乐星期五》是知名度高的综艺之一了，我提醒你们一下，嘉宾就你们六个，都好好表现，别当壁花。"

所有人都看向方觉夏，方觉夏无奈说："有你们在我就会多说话的。"

"到时候节目播出了，你们可能还要再涨一拨粉。"程羌叹口气，"涨粉是好事，但也有很多问题。今天的私生粉还算温和派，以后越红，麻烦越多，盯着你们的人就越多。公司会尽全力保护艺人，但是你们自己也不可以掉以轻心，知道吗？"

六个人跟被训了话的小孩儿似的，齐齐点头。

"行了，你们该干啥干啥吧，我抽根烟。"

散会后，凌一被他大学时期最好的朋友叫出去聚会，江淼也要陪很久没见面的妹妹逛街。方觉夏本来准备留在公司练习，可被贺子炎和路远拉着去打篮球，他想到裴听颂受伤打不了，还想着拒绝，没想到裴听颂也和其他两个人统一口径，坚决要去参加户外运动。拗不过他们，方觉夏只好放一放练习的事，陪着他们去打球。

好在出公司的时候，那帮私生粉已经不在了。他们坐车回到宿舍所在的小区，里面建有一个露天篮球场。不过这片小区入住率很低，居民很少，打篮球的就更少了。换上宽松的衣服，这几个大男孩儿兴致勃勃地下来打球，人数少没法比赛，只能打着玩。

裴听颂对各类运动都有天赋，打篮球更是不例外，哪怕现在手伤了一只，他单手运球投篮都很顺畅。

方觉夏念高中时就是校篮球队的，念大学的时候也是，每次比赛都引发不少人的围观。从裴听颂手里接过球，三分线外，方觉夏一抬手，空心入篮。

"觉夏手好稳啊。"路远感叹，"准头真好。"

"他心理素质好啊。"贺子炎笑着弯腰系鞋带，"你试试全体育场都喊你一个人的名字的时候罚球，那压力才大。"

裴听颂正站在原地单手运球，听到这个有些疑惑："全体育场喊名字是什么梗？"

贺子炎站起来，朝着裴听颂招了下手，球传过来："你不知道啊？觉夏上大学时是校草，而且是校篮球队的，网上流传过一阵子他二十岁在学校打比赛的视频，那满场子叫的啊，全是方觉夏。"

路远模仿起来，掐着嗓子各种呼喊。

方觉夏刚拧开一瓶水喝了一口，差点喷出来："没这么夸张。"

说完他投了一球，球落下来被路远控住："还说没有这么夸张，我都看了好吗？叫得比我夸张多了。小裴居然没看。"

贺子炎揶揄："那是，某些人以前怎么会去网上看觉夏的视频呢。"

被戳中痛处，裴听颂身残志坚准备上去和贺子炎干架，贺子炎怕他手出问题只能做出一副不敢招惹的样子，两个人闹了一阵子又分开。路远上去和贺子炎打球，裴听颂退出来，走到坐在场外的方觉夏身边，挨着他坐下。

"喝水吗？"方觉夏仰头看他，给他递水。

裴听颂接过那瓶水，没有喝。他沉默了一会儿，眼睛望着不远处打球的两个人。

"手有没有疼过？"方觉夏问。

"没有，挺好的。"

方觉夏满意地点头，扭头继续望向那边打球的人，看得很入迷。忽然间，

他听见裴听颂的声音就在耳边。

"我觉得好可惜。"

扭过头来，快要消失的暮色落在方觉夏温柔的脸上："可惜什么？"

"为我自己可惜。"裴听颂伸直了自己的长腿，"明明两年前就已经认识你了，却因为自己的偏见一直保持距离，感觉错过了好多。"

裴听颂的少年气在他显示出弱势的时候最为明显，这个时候方觉夏就会很清楚地认识到，他的确比自己小几岁。

"一定要下定义的话，是我们彼此错过吧。不过如果是两个人，就不能算错过了，想法一致，心态一致，总会一起找回失去的那些回忆。"

方觉夏回想到自己以前，也觉得很有意思："你对我是傲慢，我对你更像是有偏见。我那时候就觉得，这是来了一个被宠坏的小少爷吗？当时特别不想搭理你，觉得浪费时间。"

说着说着，他笑起来："而且你那时候又是空降，轻而易举就来了，可我花了那么久的时间才能勉强出道，心里再怎么想，都会有点情绪。后来才发现，原来你比我想象中优秀得多，虽然是有那么一点点恶劣。"

他比了个"一点点"的手势，然后看向裴听颂，伸手调整了一下对方额前有些歪掉的发带："不过天才是可以获得特许的。"

见他这样，裴听颂想到自己小时候。因为太孤单了，他真的很羡慕有兄长的同龄人，有人陪他们玩游戏，陪他们打球、游泳。

他甚至变得贪心，不去想错过的两年，而是想，如果他从小认识方觉夏就好了。他这么一颗浑身棱角的石子，或许也可以被包裹在温柔里，变成真正的珍珠。

忽然想到签售会上的一个小细节，裴听颂又问："哎，你真的更欣赏成熟的人吗？"刚说完，他又特意补了两个字，"以前。"

方觉夏屈起一条腿踩在他们坐着的台阶上，双臂抱住膝盖，头抵上去。听到裴听颂突然的发问，他先是愣了愣，然后侧着头看向对方，这张总是冷淡的面孔浮现出柔和的笑意："你觉得呢？"

贺子炎远远地喊了一声"方觉夏"，他抬起头，接过对方莽撞扔来的球："你小心啊，这里有伤员。"说完，他站起来，准备朝路远他们走去，不过走之前，他站在快要消失的天光中对裴听颂说："我以前不知道自己的择友标准，为了应付过去，很随便地说了一些条件，其实都是伪命题。不过现在……"

方觉夏望了一眼裴听颂，很轻微地挑了一下眉。

"真想知道条件的话，从你自己身上推吧。"

/179/

裴听颂被留在原地，将方觉夏留给他的这句话在心底反复琢磨。

从小浸泡在人文遐思中的裴听颂，总是因擅长玩弄文字小把戏而自负，遇到方觉夏之后，才真正见到了新的世界——一个和樊笼内完全不同的世界。

方觉夏才是骨子里的浪漫主义者，天生的诗人。

第六章

沸腾月光

Fanservice Paradox
KALEIDO

01

　　因忙碌的行程日子加速在过，转眼就到了全团录制综艺的时候。

　　这档综艺已经是卫视老牌综艺，知名度相当之高，许许多多家庭的星期五都是打开电视看着这档节目度过的，可想而知这个资源有多难争取到。想当初七曜的出道综艺首秀就是《欢乐星期五》，下来之后圈粉无数，顺顺当当一炮而红，而对于过去的卡莱多来说，这样的资源根本想都不敢想。

　　录制地点不在首都，他们提前一晚飞过去，住在节目组安排的酒店里。鉴于裴听颂的手伤，他们在机场直接走了VIP通道，程羌担心他会不方便，分房的时候还特别关照："江淼和路远，子炎和凌一，拿好你们的房卡，觉夏一个人住。"

　　凌一甩着手里的房卡："欸？觉夏自己住吗？好爽啊。"

　　方觉夏也没想到，接过手里的房卡问程羌："那小裴呢？"

　　"小裴跟着我。"程羌一副心怀天下的善良表情，拍了拍裴听颂的肩膀："万一有什么也好照顾你。"

　　"我不。"裴听颂嫌弃道，"你自己都照顾不好，还照顾我。"

　　程羌翻了个白眼："那你想跟谁，你们队长总可以吧？他都成团妈了。"

　　江淼尴尬地笑起来："我不行。我最近练古筝手臂有点酸痛，不然……"他把方觉夏推到裴听颂跟前，"还是觉夏吧。"

　　方觉夏当然愿意照顾裴听颂，而且他们也不是第一次一起住酒店了，应该也没有什么关系。

　　谁知裴听颂却拒绝了："算了，就和羌哥吧，我刚才说着玩儿的。"

　　"你小子就是欠收拾。"

　　方觉夏有点蒙。他们走向电梯，裴听颂就在他身边。

　　"你自己睡吧，"裴听颂忽然低声开口，"自己一个人睡舒服。"

　　"嗯。"方觉夏点头，和他一起进到电梯的里面。程羌和江淼嘱咐着录节目的事，挡在他们面前。电梯升上去，方觉夏垂下眼帘，瞥见裴听颂右手半折起

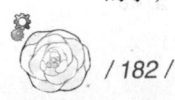

的袖口，于是伸手过去，将他的袖子翻下来，往下扯了扯。

　　为了有好一点的状态，他们没有熬太晚就休息了。方觉夏之前几乎没有一个人住过酒店，大多数时候是和凌一，偶尔也会换换别人。老实说，他的性格让他更习惯一个人，安静又孤独的空间其实是他的一个舒适圈。

　　他将行李箱打开，收拾出换洗的衣服，洗漱，吹头发，然后坐在床上回复未处理的消息，跟妈妈打了一通电话，一切事务井井有条地进行。一项一项有序完成，他才休息。

　　很奇怪，明明是难得的独处时光，方觉夏却有些睡不着了。他躺在床上，翻过来又倒过去，眼睛望向酒店窗外的月光。

　　方觉夏坐起来，拿了自己带来的笔记本电脑回到床上，将被子盖好。

　　隔着一条走道的另一个房间里，程羌帮裴听颂拆了他身上的吊绳，然后扶着他脱下外套。

　　"我这手上的石膏什么时候才能拆？"裴听颂问。

　　程羌费劲儿地帮这个比他还高的家伙把内衫脱了，脑子里回忆着之前医生说的话："上次医生说，手腕骨折一般两周左右可以拆石膏，但是具体的情况还得去医院拍片子，看看愈合程度怎么样。等回头回去了，带你去复诊一下吧。"

　　裴听颂点了一下头，坐回床上，盯着自己手上沉甸甸的石膏，叹了口气。一开始的时候还觉得受伤挺好，可以用来要挟方觉夏照顾他，可现在他越来越觉得这玩意儿累赘。

　　"哎对了，你有没有收到裴小姐的邮件？"

　　说起来裴听颂都好笑："我从来不看邮件。裴总心里要是还有我这个弟弟，就给我打电话。"

　　这姐弟俩真是。程羌一屁股坐下来："你们真是亲姐弟，一个比一个倔，把我夹在中间弄得不是人。每次你不搭理她，她一封邮件就发到我这里，每次看到她的英文名我都战战兢兢的。"

　　"那我可不管，她也管不着我。"裴听颂仰躺下去。

　　程羌摇摇头："我看也是，谁管得着你？"

　　"谁呢……"裴听颂望着雪白雪白的天花板。

　　小时候听外公念《西游记》觉得荒谬，前面把孙悟空描述得那样厉害，上天遁地无所不能，生死簿说毁就毁，九重天说闹就闹，可后来竟然就这么被一只手摁住，活生生压了五百年。现在想想，写实得很。

　　夜是同样的夜，每个人的睡眠却不尽相同。贺子炎一早起来就抱怨凌一晚上说梦话吵他，还拉着方觉夏问平时怎么忍下来的。

/183/

凌一为自己辩驳:"就昨晚而已!我坐飞机太累了!"

几个人在车上吵吵闹闹,方觉夏望着车窗外,这里偏南,空气都是湿润的,透着一丝丝凉意。

很多城市的春天都和这里一样,是连绵不断的雨水组成的,但首都的春天是落下的"云"填满的,四处飞舞的杨絮一旦停下来,春天也就快结束了。

方觉夏过去不喜欢杨絮,会让他鼻子难受,甚至影响他唱歌的声音,对舞台发挥毫无益处。可一旦他喜欢上了春天,这些绵软的絮好像也得到了爱屋及乌的关照。他不讨厌了,甚至愿意戴着口罩让它们多停留一阵。

让春天也多停留一阵子。

快到录制的卫视大楼。

"小文打给他们,说我们已经到了。"

"好!"

几个男孩子跟下汤圆一样挨个跳下车,裴听颂跟在方觉夏后面。

大众对于长发的接受度并不高,星图造型师特地在上节目之前将方觉夏接的头发拆除了,发型剪得更清爽些。

录综艺就换了节目组的造型师,取向更贴合大众,六个人这次的风格走的是大男孩儿路线,不会出错。

裴听颂的头上反扣了一顶墨蓝色麂皮绒棒球帽,精致立体的五官完全展露。他身上穿了件牛油果绿的宽松卫衣,依旧吊着手臂。方觉夏则穿着一件简单的黑T恤,稍稍有些收腰,下面是一条宽松的迷彩工装裤。发型师将他的额发吹出弧度,露出他光洁的额头和优越的五官。

凌一是一贯的可爱弟弟路线,紫色运动套装,头发烫成泰迪卷。队长江淼一件宽松的条纹衬衫配深灰色牛仔裤,脖子上系了条黑色长缎带。贺子炎被造型师按头烫了个锡纸烫,湖蓝色上衣配长款黑色运动裤。路远难得沉稳了一回,白色T恤配棕色长裤,主舞组合站一块,整一个黑白双煞。

节目正式开录前他们就遇到了主持人团队,连连鞠躬。领头的主持人陈默是圈内知名的娱乐主持人,地位颇高但为人亲和,因为之前的直播音响事故对卡莱多的印象一直非常好。

"你们最近真的特别火,卫视大楼外面全围的是你们的粉丝,我微博底下也是,都拜托我照顾你们。"

程羌在一旁笑着说:"那确实是要陈老师照顾的。"

导演通知开始录制,他们才结束了话题,几位主持人先行上台,稍作暖场之后,站在后台的 Kaleido 听到了主持人的声音。

"让我们用最热烈的掌声,欢迎今天的嘉宾,超人气男团——Kaleido!"

粉丝的欢呼声海浪一样涌来,卡莱多的六人按照工作人员的指示上了台,开始了他们的开场表演,是加入了 intro 部分的《破阵》。卡莱多的现场一如既往地炸,很快就将这舞台变成演唱会一样的气氛,台下的粉丝举着各自的手幅,全场合唱,十分壮观。

一曲完毕,他们六个结束 ending pose,来到了舞台中央。陈默带着其他主持人上台,让卡莱多站到中间的位置。

"哇,终于听到了《破阵》的现场。"

"对啊,真的比想象中还要震撼,怪不得会席卷现在的各大音乐网站。"

陈默身子往前倾了倾,看着江淼说:"那我们先请卡莱多跟我们台下期待已久的观众打个招呼?"

江淼点点头,左右看了看成员,然后轻声喊出"一、二、三"。

六个人齐齐抬手,右手比出"K"的手势:"大家好,我们是 Kaleido!"

台下又一次爆发出欢呼声,粉丝们太久没有这样的机会,心中的期待和想念全都化作了呼喊,从一开始的尖叫,变成了齐齐的"卡莱多、卡莱多……"这都是人气的真实体现。

陈默拿着话筒说道:"我们很高兴可以请来 Kaleido 参加这一期《欢乐星期五》的录制,听说还是特意为我们节目腾出了行程,非常感谢。"

江淼摇摇头:"没有没有。"

凌一也跟着摇头:"没有没有,我们没有很忙。"

台下有一个粉丝大喊:"他们之前可闲了!"

贺子炎拿起话筒:"这一听就是老粉了。"

台下的粉丝都跟着笑起来。女主持人觉得特别有意思:"我发现你们团一点也不认生。"

陈默又问:"对啊,怎么一说你们闲就是老粉了呢?"

裴听颂接道:"这种相爱相杀的一般都是老粉,新粉都是'哥哥怎么都好'。"

下面又一次爆发出笑声。

"我们以前确实挺闲的,没什么行程。"路远一上来就把队友卖出去了,他抬手指了指身边的方觉夏,"比如觉夏,他闲到去考了个教师资格证。"

"哈哈哈哈!"

陈默有些惊讶:"真的吗?考的是什么学科的?初中还是高中?"

被队友活生生讲出来,还是这么一个话题,方觉夏有些不好意思:"……高中数学。我大学学的是数学,当时确实没有那么多的行程,大家都考了,所以也跟着考了一个证。"

凌一补充道:"还是北师呢。"

另一个主持人开了个玩笑:"所以觉夏想的是,红不了的话就要回去教书吗?"

"哈哈哈哈!"

"哥哥回去辅导我做《五三》吧!"

裴听颂见他耳朵尖都红了,拿着话筒揶揄:"谁不想被方老师教呢?"

02

就这一句话,粉丝的尖叫声几乎能掀翻整个演播厅。

"上网课吗,方老师?"

"啊哈哈哈哈,直播教数学吧,方老师!"

大家这么一起哄,方觉夏更觉得不好意思。他不擅长在综艺里表现自己,一个人的时候会倾向于沉默,可有队友在时就会下意识依赖他们,所以他手握着话筒,眼睛开始左右瞟,向身边的队友求救。

视线和裴听颂对上的时候,裴听颂很快拿起话筒:"不过现在觉夏哥真的去教书的话,可能班上的学生成绩也不会太好。"

主持人陈默笑着接过话:"对,可能都去欣赏老师的颜值了。"

女主持人又问:"话说回来,觉夏是团队里的门面担当,是吗?"

话题终于拉回团队,方觉夏两手握着话筒,点了点头。

江淼替他介绍:"不止,觉夏是队内的门面、主唱和主舞担当。"

"哇,好全能。"主持人走到了介绍流程,"那我们卡团其他的成员也都介绍一下自己吧。"他的手朝着贺子炎的方向伸了伸:"子炎开始?"

贺子炎点头,轻松自如地介绍了自己的名字和年纪:"我是队内会编曲玩电音的副 rap 担当,也是数字组的老二。"

"数字组?"主持人疑惑问。

凌一立马跳出来解释:"我是凌一,子炎是二火,淼哥是三水,粉丝就给我们仨起了个数字组的名字!我是数字组的老大。"

陈默反应过来:"这个团真的梗有点多。"

"哈哈哈哈!"

路远接着贺子炎的顺序自我介绍:"大家好!我是路远,托方老师的福,大家都叫我圆老师。我是队内的主舞担当。"

女主持人插了一句:"据说这次《破阵》的舞基本上是圆老师编的?"

/ 186 /

成员们纷纷点头，路远在台上装样子谦虚了一回："没有没有，大家都有提建议，觉夏的 solo 部分是他和古典舞老师编的。"

　　主持人称赞道："那也非常优秀了。"

　　江淼也简单做了自我介绍："我是副主唱、副主舞兼队长，之前一直学习的是古筝。"

　　主持人对着台下说："一会儿我们让江淼给我们秀一段古筝好不好？"

　　"好！"

　　到了凌一："大家好！我是凌一，队内的主唱和高音担当，也是大家的开心果和团宠！"

　　裴听颂故意摆出一张高冷脸："谁宠过你？"

　　"哈哈哈！"

　　贺子炎也故意逗他："梦里的团宠。"

　　方觉夏也忽然一副恍然大悟的表情："怪不得说梦话啊。"

　　台下粉丝笑作一团："哈哈哈哈，这个团怎么回事？"

　　凌一委屈地看向方觉夏，方觉夏摸了摸他的头："是团宠是团宠。"

　　见到方觉夏这么宠着凌一，裴听颂不自觉后退了半步。

　　靠近舞台的一个显微镜女粉大笑道："哈哈哈哈，看葡萄树的战术后退！"

　　轮到方觉夏介绍："刚刚其实队长已经帮我说了，我叫方觉夏，嗯。"

　　"就这？"裴听颂看着他，叹了口气，开始了自己的介绍："大家好，我是裴听颂，是队内的创作和 rap 担当，也是年纪最小的成员，队内老幺。"

　　"听颂才二十岁是吧？"

　　裴听颂对着主持人点头："但是我是最高的，给大家汇报一下我的最新身高，现在是整一米九。"说完他还比了"190"三个数字的手势。

　　这句话说出来，除了方觉夏还保持着中立微笑，其他成员都发出嘘声。

　　"口技团又来了！"

　　卡莱多天生的综艺感就很强，加上成员们关系亲近，节目效果不需要刻意营造，连主持人都轻松很多。

　　每个人都简单做了自我介绍之后，主持人请成员们表演自己的才艺，江淼弹奏古筝，贺子炎带了整套设备现场表演电音，凌一唱了一小段高音炫技，裴听颂唱了段非常高难度的英文 rap，语速快到惊人。

　　路远和方觉夏将之前没有在签售会上表演的双人舞放到了这次的舞台上，裴听颂还是第一次看他们自己编的这个舞。他们团目前还是比较偏向于强烈的风格，尤其是编舞，动作快，大开大合，除了上次偶然看到方觉夏跳古典舞，他很少见到方觉夏跳性感风的舞蹈。

这首歌的鼓点强烈，但节奏并不快，混了擦燃火柴又吹灭的声音。

宽松的工装裤裤腰有些大，跳舞的时候会往下滑，上衣边缘遮不住，隐隐能看到肌肉放松收紧的形状。

方觉夏的表情没有丝毫引诱感，依旧清冷，只是在换动作的时候无意识舔了舔唇角，舌尖显露片刻，又藏回去。

大家的注意力被歌词吸引。

"Lips meet teeth and tongue, my heart skips eight beats at once."

唇齿相依，我心跳如擂。

跟着音乐，方觉夏做了两个缓慢而连贯的 wave，黑色上衣裹着窄腰，是深夜里起伏不息的潮汐。

歌词正好唱到这一句。

"We all been found guilty in the court of aorta."

欲望膨胀的法庭上，你与我都被判有罪。

隐隐跳动的动脉和其中沸腾的血液就是证据。

最后顶胯的动作一出现，下面的粉丝都发出了尖叫，跳舞的时候方觉夏是完完全全地打开和释放，不会害怕表现自己，也不会因内敛的性格束手束脚，但一旦音乐结束，他又变回了容易害羞的性格。

"哇！我们给路远和觉夏一点掌声好不好？"

这档节目主要以室内游戏为主，大家简单地进行自我介绍和才艺表演之后，主持人就往下继续："那下面开始我们的游戏环节！"

工作人员将垫子拿上来，几乎铺满了半个舞台，主持人介绍着游戏规则："第一个游戏是蒙眼对抗赛，刚刚卡莱多已经抽签分好了组，子炎、觉夏和凌一是蓝队，剩下的小裴、森森和小远是红队，然后我们红、蓝两队会各派出一个人。"

陈默拿出小气球："我们会把气球绑在你们的腰上，前后各有一个气球，如果破掉了就淘汰，换人上场，没有淘汰的选手可以继续下一轮。但是请注意，你们全程都是蒙着眼睛的。"

贺子炎蹲在地上揿了揿面前的垫子："难怪弄这么厚、这么大的垫子，怕大家玩着玩着变成了摔跤。"

"可能比摔跤还要可怕。"

路远举手："不公平啊，我们这边的强势选手负伤。"

主持人说："小裴可以选择不上场，把自己的机会给队友。"

方觉夏是最担心裴听颂的，虽然查过，裴听颂的这类骨折其实属于轻症，

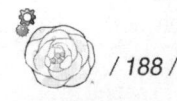

他年纪又小，愈合速度快，但方觉夏心理上总是怕他疼，怕他不舒服，虽然他总说一点也不疼。

"你还是别上了吧。"方觉夏忍不住劝阻。

裴听颂笑了一下："可是我想上欸。"

路远提议："那他不蒙眼？"

"没关系的，我的手固定住之后不太怕撞，有石膏挡着很难伤到里面的手。"裴听颂解释说，"这个其实是比较轻微的伤，石膏都快拆了。我可以蒙眼，而且这里这么多垫子。"

节目组之前知道成员受伤的事，专门请了医疗队，现在特意请上台给裴听颂做二次加固，用防震垫裹住，把他整个左臂都包起来固定在胸前。

"那小裴少一条胳膊，可以少一个气球。"

"高手都是一条胳膊。"凌一拍了拍他的肩膀。

路远笑起来："你在内涵杨过，我有证据。"

凌一立刻转头对裴听颂说："过儿，过儿你要加油哦！"

准备工作结束后，陈默问两边队伍："好了，现在红、蓝两队可以派出你们的第一个参赛选手了，谁想先来打头阵呢？"

之前一直都比较沉默的方觉夏忽然间主动起来，对贺子炎和凌一说："要不我来吧？"

念规则的时候裴听颂就知道结局了，作为场上唯一知道方觉夏有夜盲症还是他对手的老幺表示非常刺激。

看到方觉夏这么主动，两个队友自然开心："好啊，那我们组觉夏第一个上！"

裴听颂不打算第一个，他还想让方觉夏好好玩会儿，于是拱火让路远第一个参赛。工作人员在他们的腰间固定上气球，方觉夏和路远戴上黑色眼罩之后，脱了鞋，被队友搀扶到两个相距甚远的角落。

两人上了垫子之后，小心谨慎地向前走。

其他成员和主持人都盘腿坐在地上观战，时不时还会用声音干扰他们的行动方向。

凌一对着蒙眼的路远招手："路远我在这里！"

"哈哈哈！"

突然间陷入黑暗会让人暂失方向感，但对于方觉夏来说，方位记忆已经是他的家常便饭，黑暗反而比光明更加令他熟悉。听到凌一的声音，他心里很快有了基本预判。

照理说凌一他们和主持人应该都在和蒙眼前差不多的位置，不会有很大的变动。方觉夏的眼前浮现出这张巨大的空白地垫、四个角落、场边处的成员们，根据听觉判断距离和方向，他已经大致找到了自己在这张地垫上的位置。

凌一还在继续逗路远："路远哥哥你最帅，你是我的小损色儿！"

路远也被他逗笑："闭嘴吧你。"

就在路远出声的时候，方觉夏一瞬间确认对方的方位，他侧了侧头，身体面向的方向发生了变化，延伸出去，正好能够笔直到达路远所在的点。

江淼小声说："觉夏好厉害。"

裴听颂双膝屈起，眼睛盯着方觉夏的一举一动。

蒙上眼的他聪明得像只漂亮的猎豹，轻而易举就找到了猎物的踪迹。

路远还没完全进入游戏状态，只顾着和干扰因素凌一插科打诨，完全没有发现对手已经悄然靠近，台下的粉丝在主持人的暗示下尽可能地保持安静，好多粉丝都捂住了自己的小嘴巴。

他们看着方觉夏一步一步向前，仿佛心里有尺子一般，迈出的距离几乎都是相同的。

很快，他们俩之间只剩半米的距离，方觉夏停住了，他想再判断一下位置。贺子炎看出他的企图，于是故意逗路远说话。

"远子，圆儿——"

看见队友还浑然不知对手就在面前，江淼立刻提醒："打起精神啊路远，快，准备战斗了。"

"战斗什么啊？我都不知道觉夏在哪儿！"

刚说完，一只手已经摸到他的身前，路远一惊，下意识往后退，方觉夏猜到他会后退，于是干脆撞倒他，身后的小气球在压倒在地的瞬间爆开，黑暗中，方觉夏摸索到他前面的那个气球，手抓住使劲一捏。

正面的气球也爆了。

这么短的时间，方觉夏就拿下了一血，自己毫发无损。

"哇！"

"觉夏哥哥帅爆了！"

主持人都惊叹："觉夏真的太强了，这一轮蓝队获胜！"工作人员上前将方觉夏扶起，他们没有拿走他的眼罩，而是直接带着他去到和之前游戏开始时不同的另一个角落。

"红队下一个派出的人，我们不会直接说出他的名字。等一下观众还有我们其他成员也都不要叫出名字，干扰一下觉夏。"

这对方觉夏来说的确是个障碍。

因为在他心里，对手只分为两类——裴听颂和其他。

只要不是裴听颂，他都可以全力进击，速战速决，但如果是裴听颂，他就会担心对方的手，会收敛很多。

他只能先做分类任务。

方觉夏站在原地，听着大家开始了新一轮的起哄。

"来了来了，红队的来了。"

他听着声音，用刚才的方式找到了自己的位置，经过刚刚那一战，他的对手一定清楚发出声音就会被发现，所以方觉夏也改变了战术，准备直接去到垫子的中心，靠近些再去听对手的声音。

他大胆地向前摸索，双手伸出去保持身体平衡。软垫上走路有种虚浮的感觉，很容易摔倒。

凌一还在坚持不懈地挑逗敌方："红队的怕不怕？"

方觉夏此时已经顺着声音来到了垫子的中心，他专注于听辨。

"他不会吱声的，你放心吧。"失败过一次的路远给出了前人的经验。

凌一不屑："谁说的？他爱我他就会吱声！"

忽然间，在嘈杂的互撑中，方觉夏听到了一声笑，对他来说再熟悉不过，很近很快地闪过，就在他身后不远处。

"裴听颂？"方觉夏试着转身。

台下的观众都惊呆了，好多人在台下对着方觉夏挥手，因为在他们的眼里，蒙着眼罩的方觉夏不仅正确辨认出对手的方向，还直接叫出了他的名字。

裴听颂就在他的背后，距离他不过一米远。

主持人也惊到，忍不住问："觉夏那个眼罩是假的吗？"

"说小裴是他随便蒙的吧？"

江淼给自己的队友传消息："不要说话啊，他已经靠近你了。"

裴听颂嘴角勾起，站在原地沉沉地喊了一声"方觉夏"。这三个字让方觉夏无比确认，他之前的判断是正确的。

分类是完成了，可他下一步要怎么办？

真的要对裴听颂下手吗？

黑暗里，裴听颂的听觉灵敏度不如方觉夏，但他能够从地垫塌陷的感觉判断是不是有人靠近，所以他蹲了下来，手掌贴在垫子上。

每踏出去一步，软垫就会塌进去，再恢复，只是当距离越近，手掌能感觉到的塌陷幅度就越明显，再加上方觉夏宽松裤腿摩擦出的沙沙声。

裴听颂有种请君入瓮的快感。

一步。

还差一步。

方觉夏伸长手臂,觉得有些奇怪,依照刚刚的判断,他已经到了,可却摸不到裴听颂,难道对方又不动声色地转移了位置吗?

应该有声音才对。

掌心与地垫空出的间隙很明显。就在此时,裴听颂果断地伸出右手,精准无误地抓住了方觉夏的脚腕。

糟了。方觉夏知道自己棋差一着。

突袭的力道将他扯倒在地,方觉夏试图反抗,侧着身子让背后的气球不要爆炸,可他又不得不收起力度,纠结间双腿已经被压住。

他能感觉到裴听颂坐在了他的腿上,重量压在他身上,右手摸索上来。

台下的观众已经克制不住尖叫起来,一切到了白热化的阶段。

蒙了眼的裴听颂感觉到方觉夏的手在推,在试图挣扎。前腰上固定的蓝色气球在猛烈撞击的余韵中可怜地颤抖。

裴听颂的手已经摸到了他的腰,他还有反抗的机会。方觉夏努力地半侧着上半身,给身后的气球留出空间,伸出手去探裴听颂前腰的气球,第一下就摸到,可他更快地发现自己前面的气球已经被裴听颂摸到,于是迅速撤回手,去保护自己的气球。

裴听颂后背渗出了汗,快到手的气球又一次被方觉夏修长的手指掩住,裴听颂没了磨下去的耐心,手掌覆盖在他的手背上,摁着他的手将他前腰的气球摁到爆裂。

完美实施了一次暴力之后,裴听颂心情愉悦,在方觉夏的身前模仿爆炸的声音:"Boom(嘭)。"

十足的挑衅。方觉夏的手里只剩下气球残留的碎片,他被激到,从裴听颂的手中挣扎,准备去摸裴听颂腰间的气球。

裴听颂猜出他的下一步,从坐在他身上变成跨在他身上,双膝跪在他的大腿外侧。他少一只左手和方觉夏制衡,于是握住方觉夏的一只手腕,将他手臂掀开到贴上地垫,用跪着的腿压住,然后摸索着掀开另一只手,用手摁住。

"别动。"

刚失去一个气球的方觉夏就这么被他钉在了地上。

"你太狡猾了。"方觉夏咬着牙,声音听起来有些吃力。

"我狡猾吗?"裴听颂用力摁着他手腕,"我一条命,你也还剩一条命,但你有两只手,我只有一只。"

他低沉的声音因激烈运动而发颤。

"哥哥，让让我。"

被裴听颂扯开双臂，方觉夏整个人的身子从半侧着被掀到平躺，身后的气球岌岌可危，光滑的橡胶和柔软的泡沫气垫摩擦发出危险声响。

这是他最后一个气球了。

裴听颂的力道很大，方觉夏又无法像面对其他对手那样全力以赴，只能先寻求方式自保。

于是他尽可能地拱起自己的腰，给气球腾出空间。

台下传来尖叫声和加油声，很吵。裴听颂不忍心一直压着方觉夏的手，准备速战速决。

松开方觉夏手腕的瞬间，裴听颂的手臂擦过地垫，带着摩擦出的热穿过拱起的腰身下方，横着揽住那个无辜的气球。

手臂收紧，掌心施力，电光石火间，方觉夏听到了爆裂的声音。

背后那个被空气填充的球体刹那间消失，裴听颂的最后一击达成使命。

输赢一瞬间就失去意义，方觉夏的心狂跳不止。

游戏结束。观众席爆发出巨大的欢呼声，裴听颂也站起来。

方觉夏早该知道裴听颂玩游戏是什么样的。他那么会布局，会利用一切可以利用的东西，借着自己灵敏的听觉故意引诱，顺着他心意，一步步掉入陷阱，再顺势进攻。

主持人说了许多话，方觉夏没太听清。他把自己眼前的眼罩往上推了推，第一个看见的是裴听颂的脸，对方单手扯下眼罩，扔到地上，然后朝着方觉夏伸出手。

方觉夏喘着气，乏力地抬起手，任他握住，被他从地上拽起。虽然看裴听颂脸色如常，方觉夏还是有些不放心，抬手碰了碰他的胳膊。裴听颂很快心领神会，摇了摇头。

"没事吧小裴？"主持人上前关心。

裴听颂摇头："没事，不过也只能玩这一局，下局换人吧。"

"我都替他们紧张得流汗了。"

"小裴太厉害了，这局真的好精彩。"

裴听颂的头发都汗湿到贴在脸上，他擦了擦汗，说起话来谦虚得完全不符合他的本性："没有。"他看向方觉夏，勾了勾嘴角，"是觉夏哥让我了。"

说完，他又抓起方觉夏的手摁在自己前腰的红色气球上，干脆利落地将它捏破。

/193/

方觉夏愣了愣，发生得太快，他还没有反应过来，只见裴听颂看着他，脸上的笑意透着点孩子气，低声开口。

"最后一条命，给你了。"

03

方觉夏忍住想要翘起的嘴角。

新的队友投入比赛之中，他们俩也分开，一个回到红队，一个去到蓝队，中间隔着主持人。

凌一上场，方觉夏来到贺子炎身边。贺子炎抬头朝他伸手，两个人击了一掌，方觉夏坐下来，低头看着自己的手，掌心红红的，是裹着气球爆炸之后残留的刺激，他又翻过来看了看手背，也有点红。

毛孔残存的战栗感还没有完全消失，和台下未平息的尖叫声一样。

后面的比赛他都无心观看，似乎很有趣，大家都在笑，直到主持人宣布游戏全部结束，蓝队获胜的时候，方觉夏才知道，凌一居然抢先把队长的气球都戳破了。他跟着大家站起来，摘下眼罩的凌一飞奔过来抱住他和贺子炎。

"我们赢啦！"

"真厉害，我都没有上呢。"

方觉夏也回抱住凌一，拍拍他的背："厉害厉害。"

输掉的一方需要接受惩罚，哪怕是扳回一局的裴听颂也不能例外。之前的经验告诉他们，裴听颂的运气非常差。队友们怕他抽中什么猎奇惩罚，于是抢先盲选一个惩罚，结果还算正常，一边做俯卧撑一边唱自己在《破阵》里的部分，维持一分半钟。

俯卧撑……

方觉夏往自己的左边瞟了瞟，裴听颂还打着石膏，做俯卧撑肯定不方便。

"小裴要不然就算了？"主持人还是很担心他手上的伤。

裴听颂跟在队友的后面："没事，我一直健身的。"

贺子炎建议说："怕你撑不住压在地上，要不做仰卧起坐？也方便点。"

惩罚一换，裴听颂就需要一个压脚的伙伴，台下的粉丝都喊着方觉夏的名字，主持人也不好拒绝："那就觉夏帮忙？"

方觉夏点头，走到已经躺平屈腿的裴听颂跟前，扶住他的脚腕，打量了一下裴听颂固定住的左手，还是忍不住轻声说："小心点。"

裴听颂比了个"OK"的手势，然后就用单手抱住后颈。在主持人喊出"惩罚开始"之后，他才开始做仰卧起坐。

常年保持锻炼的习惯，裴听颂做得很轻松，之前为了上台玩游戏他脱掉了外面宽大的牛油果绿卫衣外套，只穿了一件打底的白T恤，现在他每卷腹起身一次，衣服就会往前缩一点点，腹肌显露无遗。

身为说唱歌手，裴听颂的气息一向很稳，哪怕是做仰卧起坐，flow（节奏感）也照样出众，只是比平时喘一些。

"好！时间到！"

终于结束，方觉夏松开手，从裴听颂前面起身，裴听颂也起来，靠在他肩上："好累啊。"

游戏环节暂时结束，主持人跟他们聊了聊新专辑的一些概念、诞生的过程和中间遇到的困难，其间还播放了他们不吃不睡赶拍MV的花絮视频。

上一秒还在镜头前展示强大表现力，下一秒，六个男孩子就困得靠在墙边睡着，头挨着头，歪七扭八。听到摄像小哥问方觉夏几小时没睡觉，方觉夏先是迷糊地说了个"24"，又摇摇头说，"不对，是25"。他还穿着古典舞的服装，扎着高马尾，眼睛眯着，因为记错数字而不好意思地笑。

台下的粉丝看到这一幕，对卡团的这几个男孩子都无比怜爱。视频的最后，是他们几个人在沙漠公园骑着六匹马的背影。

背景音是江森的声音："我们马上要回归了，你快许个愿凌一。"

凌一大喊："希望这张专辑能回本儿！别再让我们老板亏钱了！"

其他几个成员的笑声出现。

"哈哈哈哈，这也太朴实了吧。"

"那就再多赚一点点，让老板带我们去马尔代夫！"

"哼，没品位。"

"你才没品位呢死小裴！"

视频里的他们驾着马往前，本来是很酷的画面，谁知路远的马却掉了个头，往反方向走，所有人都在笑。视频就这样结束了。

卡团每次的各种小花絮、小视频都很欢乐，这一次也不例外，他们似乎从来没有在镜头前流露过颓败的情绪，像方觉夏，连不小心展现出疲倦的样子都会很不好意思。

偶像就是传递光和热的职业，他们一直遵循着这个原则。

但台下的粉丝，在看到他们相互依偎靠墙睡着的画面，看到凌一最后质朴的愿望，都忍不住掉下眼泪。

视频结束，陈默也觉得感慨："这次我们小卡回归还是有很多困难的，但好在都挺过来了。我一直觉得男团很棒的一点是，生活中很多风波和困境，我们总是得咬着牙挺过去，而且大多数时候我们是一个人，但是再难的时候，你们至少还有彼此，这是最珍贵的。"

另一个主持人调整气氛："突然间变得好煽情，我眼泪都打转了。"

路远立刻点头："我也是，我刚刚还在想——怎么办？我要怎么不动声色地擦眼泪不显得丢人？"

凌一拆穿他："哼，你刚刚都吸鼻子了。"

下面的粉丝又破功，笑了出来。

方觉夏还沉浸在刚刚的视频结尾，冷不丁问了一句："所以我们这次挣的钱够去马尔代夫了吗？"

"哈哈哈，这个哥怎么回事！"

"哈哈哈哈，好执着的一个团。"

节目录制过半，主持人带领大家开始了新的游戏环节："下面的游戏就非常经典了。"

Kaleido按照官方站位在长桌前一字排开，桌子面向观众的那一面有六个屏幕，上面暂时还没有显示内容，但台下的观众已经猜得八九不离十。

陈默笑道："没错，下面就是我们的'谁是卧底'环节！先说一下游戏规则，游戏开始的时候我们小卡的每位成员会抽到一张底牌，其中会有卧底和白板，卧底的底牌和大家都不一样，白板的底牌是空的，上面什么都不会写。大家按顺序发言，描述自己的底牌，每一轮结束之后呢，就要投票选出你心中的白板或者卧底，只要把所有的白板和卧底都揪出去，游戏就获胜了。"

裴听颂问："是每一轮都有一个卧底、一个白板吗？"

"这个不一定哦。"主持人说，"如果有的话就是一个，也有可能出现没有卧底只有白板或者没有白板只有卧底的情况。"

成员们纷纷点头，于是游戏开始。

"好了，你们可以查看自己的底牌了，小心不要被其他人看到哦。"主持人对下面的观众嘱咐："大家千万要保持安静，不要干扰到我们小卡。"

六个成员小心翼翼地拿起桌上的牌，动作谨慎。他们桌子前面面向观众的屏幕同一时间显示出他们的底牌。

贺子炎——看恐怖片

路远——看恐怖片

江淼——看恐怖片

凌一——鬼屋探险

　　方觉夏——看恐怖片

　　裴听颂——白板

成员们在确认底牌的时候就开始起哄。

"Wow！"

"刺激。"

"相当刺激。"

方觉夏看到自己手里的牌，心里很快开始搜寻描述词。只有拿到白板的裴听颂，听见哥哥们都说刺激，也只能假装自己看到了什么，做出一副意味深长的表情。

台下的粉丝捂住自己的小嘴巴偷偷地笑。看到成员们确认完毕之后，主持人指了指贺子炎的位置："从子炎开始吧。"

贺子炎半个身子支在桌面上："嗯……这是一个很考验心理素质的活动。"

紧接着到了路远："我觉得不太适合小朋友去做。"

台下的粉丝笑起来。

江淼继续描述："日本的比较出名。"

主持人插了句嘴："我怎么觉得这个展开越来越不对劲了？"

"哈哈哈，成人展开！"

日本的？凌一有点迷惑，可又想到日本的鬼屋的确很有名，于是放心大胆地描述自己的部分："反正我不喜欢，我觉得我不行。"

"哈哈哈，你不行！"

方觉夏也被他逗笑了，原本想到的一些描述词都搁到一边，瞟了一眼裴听颂："小裴可能也不行……"

"哈哈哈！"

裴听颂丈二和尚摸不着头脑，都说得什么玩意儿，一会儿少儿不宜，一会儿日本的最出名，一会儿不行。

"描述就描述，不要'内涵'队友。"

他没有线索，只能从开始的人去推。他想到贺子炎说的心理素质，于是想到他们这些人里面心理素质最好的方觉夏，就反扔回去。

裴听颂强装镇定，咳嗽了一声，赌了一把："觉夏哥做这个比较容易。"

其实他根本不知道是啥。

"哦——"主持人点点头，"那你们现在可以开始投票了。"

/ 197 /

贺子炎和路远都指了江淼，凌一指了裴听颂，方觉夏一时间不知道指谁，想到裴听颂把他拉出来，觉得有点可疑，于是指了裴听颂。

身为一个白板，为了自保，裴听颂指了江淼。

队长为自己辩驳："日本的就是很有名啊。"

路远拿着话筒说："欧美的也挺……"

"哈哈哈哈！"

贺子炎耸耸肩："反正国产的不行。"

方觉夏脸上露出意味不明的微笑。

裴听颂怀疑他们搞颜色，但又没有证据。

04

裴听颂蒙了，但他还得表现出一副胸有成竹的样子，不然很可能就被发现是个跨服聊天的白板。

什么日本、欧美、国产，该不会真的是小电影吧？

不能吧？这能播吗？

"再投一次。"

贺子炎、路远和裴听颂依旧投给了队长，连墙头草凌一都改票，江淼四票出局。

"那淼淼就被淘汰了。淼淼过来，"主持人拉住江淼的手臂，"不要暴露哦。"

江淼一看到所有人的底牌，就笑了："行吧，大家加油。"

"好，游戏继续，还是子炎开始。"

贺子炎却笑着说："这次该后置位先说吧。"

方觉夏也看了一眼裴听颂。裴听颂知道，如果他这个时候拒绝，一定会加重嫌疑。

"行。我先说。"

不管是不是自己想的那样，他们既然描述得这么靠近，应该是有相似之处的。裴听颂赌了一把："这是一种需要用眼睛完成的活动。"

其他四个队友意味深长地点头，然后就转到了方觉夏这里。

过了吗？

方觉夏描述说："嗯……这个活动可以一个人做，也可以多个人，多个人气氛可能会不一样。"

听到方觉夏这句话，裴听颂心里的问号更多了。

凌一隐隐从他们刚才的描述中感觉到他与前面几个人不太一样，什么欧美、日本，鬼屋哪有什么国别区分，但他手里好歹有底牌，像这种游戏，卧底牌一般和好人牌有相似之处。

"嗯……"凌一想了想，"我觉得啊，这种活动可能会……会让人比较紧张。"

到了路远，他简洁明了："会有人叫。"

"哈哈哈哈！"

"这个团有毒！"

裴听颂现在脑子里开始出现一些挥之不去的奇怪画面。

贺子炎清了清嗓子："夜深人静的时候做比较有感觉。"

主持人陈默已经憋不住了："我以前看这个游戏都是替卧底和白板捏一把汗，现在我替我们节目捏一把汗。"

另一个主持人也努力憋笑："好好奇这轮游戏的走向哦。"

"哈哈哈哈！"

女主持人说："那现在投票吧。"

贺子炎投给了凌一："凌一有点划水啊，他说做这个活动会很紧张，我前面第一轮就说需要心理素质了。感觉凌一像是在猜。"

方觉夏却把票给了路远："我觉得远远两轮都有点，怎么说呢，就是描述得有点偏……"

"我说什么来着？"路远问。

贺子炎笑着说："小孩子不适合，然后会叫。"说完他也觉得有点奇怪，"不对，越品越不对……"

方觉夏成功寻得共鸣："是吧，真的很奇怪。"

贺子炎点点头："我不会叫的。"

方觉夏复读："我也不会。"

"哈哈哈哈！"

"不是，"路远一下子激动了，"你们不会真的以为我是……"他哽了哽，前两个字咬得很重，"那种牌吧？"

他这句话一下子提醒了裴听颂，路远说的那种牌就是自己想错的，很显然贺子炎和方觉夏手里的牌不是。

那是什么？用眼睛看的；日本和欧美的很有名，国产不行；一个人也可以，多个人气氛不一样；夜深人静。

重点是，他裴听颂不行。

这太好笑了，他还没遇到过不行的事儿呢。好吧，除了上次鬼屋。

/199/

鬼屋？

裴听颂恍然大悟，原来是恐怖片！

这帮人太过分了，差点让他这个白板变颜色。

大概猜到答案的裴听颂开始煽风点火，如同游戏中历经千辛万苦找回大号密码的王者，头头是道地分析起来：“这种游戏一般前置位很难出白板，因为他不知道怎么描述，我觉得远哥可能是卧底牌，带了节奏。”

凌一觉得自己超危险，刚刚才从贺子炎的虎口里逃生，于是连忙附和裴听颂：“我也觉得，从远远开始就有点跑偏。”

站在一旁的队长心道：不是从我这里开始的吗？

于是，卡团嘻嘻哈哈全票出了路远。

主持人咳嗽一声：“游戏继续。”

凌一演技浮夸地"啊"了一声："还继续啊。"

"从子炎开始描述吧。"

贺子炎站直了，拿着话筒："到这种程度好难描述啊，不然就直接说出来吧。"他想了想，说了一段关键语句，"请大家把××打在公屏上。"

"哈哈哈哈，自动消音。"

听到这句，凌一又觉得贺子炎拿的牌和自己差不多，他不禁想，难道他不是卧底？难不成二火之前是顺着别人的牌说的？

他小心翼翼地描述："嗯……小裴因为这个上了热门。"

这一句一说出来，所有人都明白了卧底牌是什么。方觉夏神色镇定："我们团综里还没有出现过，但是有类似的桥段。"

裴听颂知道凌一拿的是鬼屋牌，听到方觉夏的说法更加确定这几个人拿的是恐怖片的牌，于是大大方方说："这个活动不可以真的进去体验，但有时候会比较身临其境。"

"好，我们开始投票！"

很显然，所有人都把票投给了暴露还不自知的凌一。凌一觉得很冤，但是又不知道怎么说："你们欺负人！"

裴听颂心里呵呵了一声，欺负的恐怕是我不是你。

场上只剩下三个人，游戏却还没有结束，贺子炎拿着话筒说："这很明显啊，肯定是小裴，他刚好又最后一个。"

裴听颂已经说过前置位不出白板的论断，现在如果投贺子炎，又和他之前的逻辑相违背："我蒙了，我现在不知道投谁了，你们要投我也行，但是我说得很清楚了，这个活动不能真的去体验。"

贺子炎盯着他的眼睛，有点怀疑，又试着回想方觉夏前两轮说过的话，好像也比较模糊，第一轮跟票，第二轮说一个人可以，多个人也行。

方觉夏这个时候却开始为裴听颂辩驳："我觉得小裴不是欸，因为我说他不行的时候，他没有反驳。"

"哈哈哈哈，无法反驳！"

"裴听颂不行！哈哈哈哈！"

裴听颂只能顺着梯子下："我就是不行啊，没毛病，我还非常不行。"他看向方觉夏，"相信我。"

方觉夏仔细把两个人的思路和发言都捋了一遍，不管怎么想贺子炎都不可能是白板，第一个发言，卧底的可能性也不大。尽管裴听颂的发言也是符合逻辑的，但他还是选择相信游戏的基本规则："我还是投小裴吧。"

裴听颂蒙了："哎，不是，刚刚还说不是我来着，怎么还带玩回旋镖的？"

方觉夏的改票让贺子炎又起了疑心，难不成刚刚觉夏替小裴说话是想拉他的票，后来想到自己这个前置位拍不动，干脆换了票。

于是贺子炎也耍起了回旋镖："我投方觉夏。"

裴听颂满脑子问号，这双重回旋镖打得他晕头转向。可他是白板啊，这个时候要想赢当然得跟票了。

裴听颂指向了方觉夏："我投觉夏。"

台下的观众已经被这几个人逗得笑岔气了。

"好。"主持人努力维持着镇定，"我们现在宣布——"

背景音乐响起。

"白板获胜！"

贺子炎立刻反应过来，他最后改票改错了。

"我就知道。"方觉夏的手拍了两下桌子，本来他是没有太强胜负欲的人，可偏偏这个游戏到最后他明白过来了，揪出了这个白板，成功距离他只有一步之遥。

这么一想就觉得有点可气，方觉夏转向裴听颂，踢了几下他的腿，语气虽然没有很大的波动，但是说出来的话很可爱："骗子，你还投我。"

裴听颂躲着方觉夏，乐不可支："我最后都被你们俩打蒙了好吗？你们自己内讧的。"

贺子炎抬手："怪我怪我，我的锅，我最后想多了一点。"

其他成员回到台上："就这样都能让白板赢？你们可是上过某知名高智商密室逃脱游戏的人欸。"

/ 201 /

方觉夏坚持自己的说法："按我最后的票去投就赢了。"说完他又觉得很气，想捶裴听颂，可想到对方受伤的左手，又忍住了，在半空中握紧了自己的拳头。

"没办法，谁让我太聪明。"裴听颂厚脸皮地握住方觉夏的手腕，拽了下来。

主持人都忍不住插话道："这是我们节目历史上最跌宕起伏的一次'谁是卧底'。"

"对，在审核线的边缘反复横跳。"

路远对裴听颂说："小裴友你一开始是不是有很多问号？"

队长习惯性操心："我好担心这期节目播出之后，小裴会因为不行上热门。"

"哈哈哈哈！"

欢乐地结束了"谁是卧底"的游戏，卡团唱了新专辑里的非主打抒情曲目，又做了节目组准备好的"歌曲接龙"和"你画我猜"游戏。录制从中午到晚上，持续了整整五个小时，结束的时候粉丝都非常不舍。

收工正好是晚饭时间，陈默很会做人，早早地就让助理订好了当地一家非常有名的私房菜馆，带着主持人团队请 Kaleido 全员吃饭，品尝当地特色美食。这座城市的人口味偏辣，方觉夏这样清淡的广式口味，吃得浑身冒汗。

吃饭难免要喝酒，方觉夏还没来得及给自己声明，裴听颂就抢先："觉夏哥喝不了酒。"

"哦这样，那小裴呢？"

"我也不太爱喝酒，还是喝白开水吧。"

避开了酒这个麻烦，还有辣椒这个小麻烦，方觉夏在满桌子菜里挑自己能吃的，他本来以为小炒肉里的辣椒辣，肉不会很辣，没想到还是中招了。

舌尖像是有火在烧，一时情急拿错了杯子，喝到了凌一杯子里的白酒。

"嗯。"

陈默看向他："觉夏怎么了？很辣是吗？"

裴听颂赶紧把水递到他手边："慢点儿。"说完他替方觉夏回道："他是花城人，吃不了辣。"

"啊！这样，那你吃个甜点吧，这个是糯米做的，很好吃的。"

裴听颂顺势给方觉夏夹了一块甜点，放在他的碗里，又给他盛了一碗奶白色的鱼汤，替他放到一边凉着。

一顿饭下来，陈默跟他们聊了很多。能得到圈里八面玲珑的前辈指点，这样的机会很是难得。

"你们是新秀，未来还有很长的路要走，但你们有实力，肯定有很好的前途。"陈默说，"只是这个行业也很复杂，每走一步都要小心，你们之前的泄曲

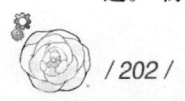

事件我也了解一些，以后这样的事可能还会发生，要时刻做好准备。"

江森点头："谢谢陈老师。"

吃完饭有点变天，方觉夏只穿了一件很单薄的黑色短袖，一出来就打了个小小的喷嚏，刚抱住手臂，一件外套就搭在身上。

是裴听颂原本披着的绿色开衫卫衣。

"没事的，我不冷。"方觉夏想脱下来还给对方，裴听颂却故意装凶，瞪了他一眼："穿上。"

回到酒店已经是晚上十点，程羌答应他们第二天可以留在这座城市自由活动一天，大家录节目闹了一天，也都累了，于是早早回了房。

程羌一整天忙上忙下，录节目也全程盯着，早已累得半死，回来扶着小裴洗澡换了衣服，一看表已经快晚上十一点，于是随便冲了个澡，爬上床关了灯："早点睡。"

裴听颂躺在被子里，很快听见了经纪人熟睡的鼾声，可他还睡不着，精神得很，脑子里像是过幻灯片一样把白天的种种过了个遍。

方觉夏独自一人开了房间的门，他有轻微洁癖，进房间第一件事就是洗澡。浴室里的热气蒸得他头脑发昏，越洗越昏沉，于是他关了水，换上干净的睡衣，带着水汽出来，没走几步，就倒在柔软的白色大床上。

一仰头，方觉夏就想到了白天的画面，他也不知道为什么，就是忍不住去想。

一个人的房间安静得可怕，时钟的声音嘀嗒嘀嗒，跳着跳着就和他心里的小时钟融为一体，跳得他有点慌。

方觉夏偏过头，望向窗户，黑沉沉的天空中只有一轮满月，白的，发着光。

不知道是不是喝下去的那一口酒发挥了作用，望着望着，方觉夏觉得黑色的天空好像他今天身上的黑衣服，那轮月亮像个圆圆的洞，正好一个心脏大小。

振动的声音将他从幻想的边缘拉回，方觉夏睁开眼，心脏狂跳。他伸手从枕头边摸到手机，查看消息。

恒真式：睡了吗？

方觉夏调整了一下呼吸，回了句"还没睡"。

很快，手机再次振动了一下。

恒真式：我这里的月亮不好看，我想去你那儿看月亮。

05

方觉夏盯着屏幕上这一行字，孤零零一盏床头灯发出昏黄的光，罩住他空白的大脑。

他想回句什么，可手指发僵，回什么都好像不对，就这么愣了许久，敲门声响起。

不请自来，和月亮一样。

方觉夏没多想，放下手机光着脚就往房间的玄关走，他甚至来不及去打开玄关的灯，一路摸着墙壁来到了门口。

"谁？"

隔着门板，他听到了裴听颂的声音，低沉中带着一丝男孩子的愉悦："我啊，还能有谁。"

方觉夏眼前一片黑，手摸着摸到了门把手，可他又忽然犹豫了，光着的脚趾下意识抓着地板。

"这么晚了，你还不睡觉吗？"

突然他听到咚的一声，是裴听颂把额头抵到门板上的声音。

"我睡不着。"他很小声，几乎是从门缝传进来的声音。

方觉夏不忍心拒绝他，于是打开了门。

黑暗中，门被关上。

方觉夏摸着墙壁走回到有光的地方，把床上的外套拿起来放到沙发上，自己也跟着坐到窗户下的沙发上，一条腿屈起，手臂环住膝盖。

"你不是要看月亮吗？看吧。"

裴听颂笑着往里走，眼睛望着方觉夏。方觉夏穿着一套纯白的短袖短裤睡衣，浑身被窗外的月色蒙了层清辉，像朵夜里盛放的雪一样的花。

他走到方觉夏的面前，盘腿坐在地毯上："不冷？光脚在地上走，你是小朋友吗？"

被真正的小朋友说是小朋友，方觉夏不太乐意："你不要说话了。"

"那怎么行，我可是 rapper，怎么能不说话。"裴听颂笑了笑。

方觉夏无话可说："还看不看了？"

"看看看。"裴听颂不再逗他，挨着他坐下。隔着落地玻璃，清辉柔柔地覆在两人面庞上，黑暗中，裴听颂几乎能感知到每一次呼吸，这很轻易地抚平了他难眠的焦躁。

"怎么不说话了？"方觉夏扭过头看他。

裴听颂笑了："刚刚不是不让我说话吗，现在又嫌我不说话了？真难伺候啊。"

方觉夏的眼睛在黑暗中尤为明亮。

没等方觉夏开口，裴听颂凑近了些，笑道："要不你给我讲个故事吧，觉夏？"

"我为什么要讲？"方觉夏对这突如其来的提议感到困惑，"要讲你讲。"

裴听颂伸出手："那这样，我们石头剪刀布，谁输了谁讲。"

方觉夏心想以裴听颂玩游戏的运气，这不就是自投罗网，但他还是伸出手，果不其然，结果和他想象中一模一样。

"你输了，讲故事吧。"方觉夏两手往身后一撑，语气颇为轻松。

裴听颂认栽，想了想，开始胡言乱语，他瞎编故事的功力高超至极，把月亮上的兔子展开讲出了爱丽丝梦游仙境的味道，听着听着方觉夏趴到床边，越来越入迷，不知不觉间就合上双眼。

从没有睡过懒觉的方觉夏早上因生物钟清醒了片刻，再一次醒来的时候是被振动声吵醒的，裴听颂迷迷糊糊地伸出胳膊，探寻着振动的发源地，最后摸到了自己的手机。

他努力睁开眼看了一下，发现竟然是程羌，脑子发昏，一下子想不到借口，干脆就挂了。

"谁啊……"方觉夏往被子里缩了缩，身上发懒，说话也软软的。

"羌哥。"

刚说完，振动声再一次传来，只是这次是另外的地方，裴听颂清醒了很多，翻找了一会儿，终于找到了方觉夏的手机，还是程羌。

方觉夏看到裴听颂的表情就猜出来了，他一下子就清醒过来，小心翼翼地从裴听颂手中接过电话，清了清嗓子，这才接通："喂？"

"觉夏？你在哪儿啊？"

"我……"方觉夏照实说，"我在酒店，还没起。"

"十点了，你居然没有起？"

"那什么，我昨天有点着凉，头很痛，晚上一直没睡好，早上多睡了一会儿。"

程羌那头"哦"了一声："没事儿吧？"

"没有事，我可能是休息不够。"

"我以为你也出去了，还想问你见到小裴没，这死小子，我一睁眼他就不见了，也不知道去哪儿了。"

方觉夏看了一眼自己身边的裴听颂："嗯……我也没见过他。"

一撒谎心就狂跳。

"那行吧，我问问他们几个，昨天子炎说要去爬山，没准儿是跟他们一起。"

方觉夏怕露馅，顺嘴说："我觉得小裴可能自己出去玩了，他本来也喜欢独来独往的，爬山……他估计也不喜欢那种运动。"说完他又补了一句，"他已经二十岁了，羌哥你就别担心了，你最近也累了，休息一天吧。"

那边"嗯"了一声："行吧，那你累的话就再睡会儿，我先给他们几个打个电话。"

"行，那我睡了。"

终于糊弄过去，方觉夏歪倒在床上，像个偷干坏事瞒住爸妈的小孩儿："幸好……"

裴听颂道："方老师，你都学会骗人了。"

一听到"骗人"这两个字方觉夏就脸红："我没有。"

"没有骗人？"裴听颂笑了一下，"也是。我确实不喜欢爬山那种运动……"话还没说完，就被方觉夏用手捂住了嘴。

"我要睡觉了，你不要再说了，闭嘴、闭嘴。"方觉夏像条小泥鳅一样钻进被窝里，好像钻进去就能与世隔绝一样。可越是这样，裴听颂越觉得他有趣，就偏偏要闹他，又是挠痒又是扯被子，就是不让他消停，把他闹得在被子里闷着笑。

两个人闹了一阵子，突然听到了敲门声，一瞬间，他们俩就跟两只受了惊的小仓鼠一样，同步停下动作，愣在原地。

是程羌的声音。

"觉夏？是我。你还没睡吧？你说巧不巧，我刚给你挂了电话就收到一个代言合同，品牌商着急要回复，跟你商量一下，弄完我就回去。"

巧不巧？太巧了。

裴听颂和方觉夏对视一眼，然后急忙环视整间房。

哪儿能躲下一个一米九的男生？

06

来得也太快了。

这间酒店套房里没有大柜子，床也是实心床，下面没有空隙，沙发下面也不像是能藏得下人的。

阳台……

不行不行，阳台风大，太冷了。

方觉夏想了一圈，只好把裴听颂推到浴室。

"你把门锁上。"方觉夏小声嘱咐完就想跑，被裴听颂揪住："哎哎，我的衣服。"

"哦对，等一下。"

方觉夏拉开浴室门把衣服塞到他手里，敲门声还在继续，敲得方觉夏心慌，只能对着裴听颂再次嘱咐："不要出声啊！"

"觉夏？你又睡着了吗？"

方觉夏深吸一口气，穿上拖鞋跑到玄关，很努力地酝酿出一个哈欠，假装出睡眼惺忪的样子打开了门。

"我的小祖宗哦，你总算是开门了，我还以为又叫不醒你了呢。"程羌端着笔记本电脑就往房间里走，"你怎么样？还难受吗？"

方觉夏心虚地摇摇头，把门合上，瞥了一眼紧闭的浴室门："……好多了。"他上前两步把程羌往沙发那头引，"哥你坐，喝水吗？"

"不喝了不喝了，我起床后灌了一大杯子水，"程羌把笔记本电脑往茶几上一放，似乎觉得哪儿不太对劲，抻长了脖子，眉头一皱，"你这房里怎么……"

不会是发现了吧？方觉夏紧张地揪住自己的裤腿。

"这么香啊……"说完程羌就打了个喷嚏，"你喷了香水吗？"

方觉夏松了口气："啊……对，我一进来就觉得这房间味道有点怪，好像有点烟味，就喷了点香水。"

程羌转着脑袋环视一圈："我看也是，你这几扇窗户全开着，阳台也敞着。晚上睡觉不冷啊？"说着他就操起心来，起身把沙发跟前的窗户关上。

"还好，不是很冷。"说着方觉夏就坐到他旁边，想赶紧解决广告代言的事，快快把这尊大佛请走，"羌哥，你说什么代言来着？"

"哦对对，差点儿忘了十万火急的正事。"程羌把笔记本电脑推到他跟前，"这个运动品牌，是找你和小裴代言。"说起来他就生气，"这家伙也不知道去哪儿了，一大早就给我玩消失，真是谁都管不住。"

方觉夏清了清嗓子："没事，我们先商量吧。"

程羌叹口气，继续说："其实这也算是救急，之前找的是一个一线男演员，但是他们最后好像没谈拢，新品上市的紧要关头合作崩了，现在着急要敲定新的代言人，你俩最近热度高，好几个热门综艺加持，正抢手，他们一早就联系我了，发了好几封邮件，我没看到，又给我来电话。"

方觉夏一向信任程羌，对工作也没有挑剔的习惯："哥你看了觉得OK吗？可以的话我没关系的，你定就好。"

/207/

"我觉得挺好的,一线运动品牌,代言人都是当红炸子鸡。虽然只是其中一个系列的代言,但挺好的,他们可从来没有找过男团成员代言,而且那边说,如果带货能力不错,考虑会让全团代言下一季新品——针对年轻用户的系列。"

听到全团代言,方觉夏就更满意了:"好啊,我OK的。"

"行。"程羌还想说什么,电脑叮的一声响,是邮件的声音,"欸,他们把电子版合同先发过来让我们确认,我看看。"

方觉夏"嗯"了一声,扭头往浴室那头看了一眼,又别过来:"不问问小裴吗?"

程羌认真地看着合同:"问他干什么?"

"确认一下工作时间、代言费什么的。"

"得了,这么点代言费都不够小魔王买块好表的。"程羌抬头来了段即兴模仿秀,"小裴,有个什么什么工作,你去吗?"问完他转到另一边,模仿裴听颂跩了吧唧的表情,"不去,不干,不管。"

方觉夏口袋里的手机振了两下,一拿出来发现是裴听颂本尊。

恒真式:背地里说人坏话也太不地道了!

不是事实吗?

正想回,程羌转过头看向他,方觉夏火速握住手机,怕被看到,好在并没有。程羌只是摇摇头:"问就是不去,我都懒得问他了,到时候直接揪去签合同就成,哪次不是这样?"

方觉夏几乎可以想到裴听颂一口回绝的表情,忍不住勾起嘴角。

程羌瞥见,十分得意:"哟,可以啊,我今天居然能把你逗笑了。"

方觉夏道:"没有,就是觉得你还挺辛苦的,带我们。"

"还凑合吧,就提前享受一下奶爸的感觉。"程羌看完合同,"OK了,没什么问题,等着签吧,我一会儿再确认一些细节问题。"

方觉夏乖巧点头:"嗯。"

代言也确认了,合同也看了,应该结束了吧。

"你还困不?还累就睡会儿,我也得回去补个觉,这几天累坏我了,晚一点还得出去和这边的电视台谈事。"程羌打了个大哈欠,"对了,凌一他们都去爬山了,说是晚上可能还要去逛街吃东西,你睡够了想出去跟他们说,大家一起比较好。"

方觉夏说:"好。我再休息一下,头还是有点晕。"

"行。"程羌端起他的笔记本电脑,站起来似乎是准备离开,方觉夏紧紧跟在他后面,就想着赶快把他送走,虽然开局不顺,但好歹也是有惊无险。

快走到玄关，程羌又停下来转过身，看了看方觉夏，指了指他的嘴："觉夏，你最近是不是有点上火？你看你这嘴红的，还有点肿，咋回事儿？是不是得喝点儿清热降火的凉茶？"

方觉夏舔了舔自己的嘴，解释道："可能是吧……对，昨天那家私房菜太辣了，吃得我嘴疼，还有点上火。没事，我一会儿多喝点水，喝点水就好了……"

"对，要多喝水。"程羌转身，离大门就差几步，突然又折返，"哎，这么一说，我水喝得有点多。"他把电脑搁在方觉夏手上，"借你洗手间用一下啊。"

"哎哎，哥！不行。"方觉夏飞快地跑到浴室门口挡住门，眼睛眨了又眨。

程羌纳闷："怎么了？"

"那个……"方觉夏咽了咽口水，"坏了，洗手间马桶冲不了水，不能用。"

他觉得自己简直太机智了，越来越会编瞎话了。

"是吗？"程羌停下动作，"行吧，那我回去吧，幸好还能憋。"说完他拿走方觉夏手上的电脑，"你记得打电话给前台报维修啊。"

一边往外走，程羌还一边抱怨："这么贵一酒店，设施居然这么差。"

"拜拜羌哥。"方觉夏扒着门框探出自己的小脑袋，直到程羌走过转角，再也没了人影，他才彻底放心，飞快关上门，顺着门板坐到地上，长长地舒了口气。

听见没了动静，裴听颂也悄悄把浴室门打开一条缝，瞄了一眼，再出来，看见方觉夏愣愣地坐在地上："走了？"

"嗯，总算走了。"说完方觉夏又叹了口气。

裴听颂蹲到他面前，像撸猫一样摸着方觉夏的头："你怎么这么聪明？这都让你给糊弄过去了，真厉害。"

明明是夸他的话，可方觉夏听着有种逗他的感觉，于是啪嗒打开裴听颂的手，自己走到浴室洗漱。

还真是越来越像猫了。裴听颂跟在他屁股后面，挤在他跟前和他一起刷牙。

裴听颂一会儿说自己一只手不方便，吵着让他给挤洗面奶，一会儿让他帮刮胡子。

直到方觉夏一脸认真地对他说"你真的很小孩子气"，裴听颂才消停，而且是很快消停，自己乖乖把脸洗了擦干。

两人走出浴室，方觉夏听到裴听颂低声说："我昨晚做了个梦。"

"梦？"方觉夏望向他。

裴听颂眉目舒展，明明是很有攻击性的长相，可眼神温柔极了："嗯。我梦到我带你回我家，去见我外公。他好像知道你要来，还亲自做饭。"裴听颂噘了噘嘴，"他做饭很难吃的，你知道，他那种从没吃过苦的人，做饭简直是灾难。"

方觉夏想笑，想说你不也是，但想了想，裴听颂可能还真的吃过很多苦，他可是跳窗开车离家出走又被抓回去的小少爷。

"他给你做了一盘看起来就很……混乱的藜麦烟熏鲑鱼沙拉，还有从来没有成功过的惠灵顿牛排，但你居然吃得津津有味！"

他脸上露出不可思议的表情，习惯性跟了句"unbelievable（难以置信）"，眉头皱起，又笑开，像是在描述一件真实发生过的事。方觉夏听得入迷，凑近了些："然后呢？"

"然后，他特别喜欢你，反反复复地说，"裴听颂学起了他外公的样子，模仿着老人家的口音，"You're so cute（你真可爱）。你夸他做的菜好吃的时候，他还特别惊讶，一直说'really?（真的？）'，笑得那叫一个开心啊，拐杖都脱手了。"

方觉夏听得入迷，也跟着笑，好像真的去到了裴听颂长大的地方，见到了曾经陪伴他的唯一亲人，那个带着他看世界，给他人文关怀和精神支撑的老人。

笑着笑着，方觉夏的眼睛就开始发酸，很早的时候他就听说裴听颂的外公去世，还是从别人口中听到的。

所以他们其实根本已经是两个世界的人了，自己没有办法见到那位老人，看不到他和裴听颂一样笨手笨脚在厨房忙活，也看不到他渴望收获夸赞的表情。

只能在梦中圆一个不圆满的梦。

"你怎么了？"裴听颂盯着方觉夏的眼睛，"要哭了？"

"没有。"方觉夏瞪大了眼睛，眼珠子上面都蒙了层水，漂亮得像玻璃珠，但他努力撑着，就是不让眼泪落下来，"我没有。"

裴听颂笑了。真是奇怪，这个人明明那么坚强，有时候甚至就是铁石心肠的，居然会因为一个梦而情绪泛滥。

他曾经真的以为方觉夏就是又冷又硬，没情绪，没表达，对任何事包括发生在自己身上的事都漠不关心，冰冷固执得不像个生命体。可他错得离谱。

方觉夏不是冰，他天真、聪敏、拥有世界上最温柔、最浪漫的灵魂。为了坚持和保全这样柔软的自我，他才会铸造那么坚硬的冰层。

裴听颂接着道："他还给你讲故事了，讲他给我讲的故事。"

"什么故事？"方觉夏好奇。

"他把以前给我看过的一本诗集拿出来给你看，说这是他年轻时候写给暗恋女孩的，他说他很后悔，没有真的去追她，而是自己偷偷写诗。诗又不会长脚，不会亲自跑过去念给对方听，写了给上帝看吗？所以他的初恋就这么无疾而终了。"

方觉夏的关注点有点奇怪:"那个诗集,以后可以给我看吗?"

裴听颂笑道:"这不是重点吧,方觉夏小朋友。"

听到"小朋友"三个字,方觉夏又皱了皱眉,但他觉得找错重点或许是他们思维方式的差异,于是诚恳求问:"那重点是什么?"

"他以前给我讲的时候,就是为了告诉我,一定要勇敢,勇敢的人才能获得最珍贵的奖励。

"这个小老头说得很对。"

方觉夏只笑,说不出更多的话,每当到了这个时候,他似乎就失去了表达能力。

方觉夏明明不是一个喜欢消磨时间的人,他二十多年的人生都是追着时间在跑,每一分每一秒都过得紧张无比,但现在他却觉得放松,爱上了这种有时间可荒废的感觉,哪怕裴听颂在讲各种哲学家的故事,包括他们的风流史,他也觉得有趣。

就在裴听颂讲到叔本华和他母亲的恩怨情仇的时候,方觉夏的手机振个不停,是凌一的电话。他们从山上下来了,准备去逛街吃当地的小吃,想叫方觉夏一起。

"去吗?"

裴听颂伸了个懒腰,吃掉最后一块小饼干:"去吧。"

但裴听颂没回自己的房间,从方觉夏的行李箱里翻了件宽松的奶咖色长袖和宽松黑色运动裤,套在身上:"还挺好看。"

方觉夏刚换好自己的衣服——一件黑色连帽衫,转过来认真夸他:"好看。"

"鞋怎么办?"裴听颂伸出自己的脚,"我脚比你大。"

方觉夏眼睛一亮,左手握拳捶了一下右手掌心:"我这次带了双有点大的运动鞋,我最近喜欢穿大鞋。"

他们都戴上帽子。方觉夏更是棒球帽套着连帽,再戴上口罩,一张巴掌脸几乎遮得严严实实。一出酒店他们就拦了辆的士钻进去,来到与凌一约好的地方,弯弯绕绕很难找,到的时候天都黑了。

这是条不长也不太宽的街道,两边挤满了小摊和门面,穿行的人们都说着本地的方言,食物腾着热气,暖灯把一切都照得很美味。

和队友们碰头的场面活像黑社会分子接头,一个比一个裹得严实,还对着奇奇怪怪的暗号。

路远背对着贺子炎:"二号、二号、二号还在吗?"

贺子炎拉着自己的衣领子:"报告,已经找到万花筒四号和万花筒六号,over

(以上)。"

裴听颂啪一爪子摁在贺子炎脸上："你们在搞什么傻瓜小品？"

路远立刻露出惊恐脸："有内鬼，终止交易。"

"哈哈哈！"

凌一是个"吃货"，带着大家去找网上攻略说的最地道的吃食，虽然大部分方觉夏不太吃得了，但奶茶很好喝，他把每个人点的都喝了一遍，居然都很好喝。

本来想好好地吃一路，没想到最后还是被偶遇的粉丝认出来，毕竟一个帅哥上街就已经少见，何况还是六个，太扎眼。粉丝不敢随便上去打扰，反复确认才敢肯定是他们。

她们没敢上去要签名，只敢偷偷拍照。一开始是悄悄偷拍，毕竟那个时候裴听颂就蹲在街边，像个失足青年一样吸着奶茶里最后几颗卡着的珍珠，方觉夏站在他旁边，戴着耳机吃着一块切好的西瓜解辣，扭着头跟正在吃烤牛油的凌一聊天。

她们就站在街的对面，隔着一条步行街，还躲在电线杆子后面，谁知被正主裴听颂发现，一抬眼，眼神凶神恶煞，还用手指着她们，正当粉丝心提到嗓子眼的时候，他还故意用手刀划了一下自己的脖子。

"哥哥我们错了！"粉丝隔空求饶。

裴听颂自然地往旁边一靠："十万一张，给我打钱。"

谁知另一个粉丝说："天，你好便宜。"

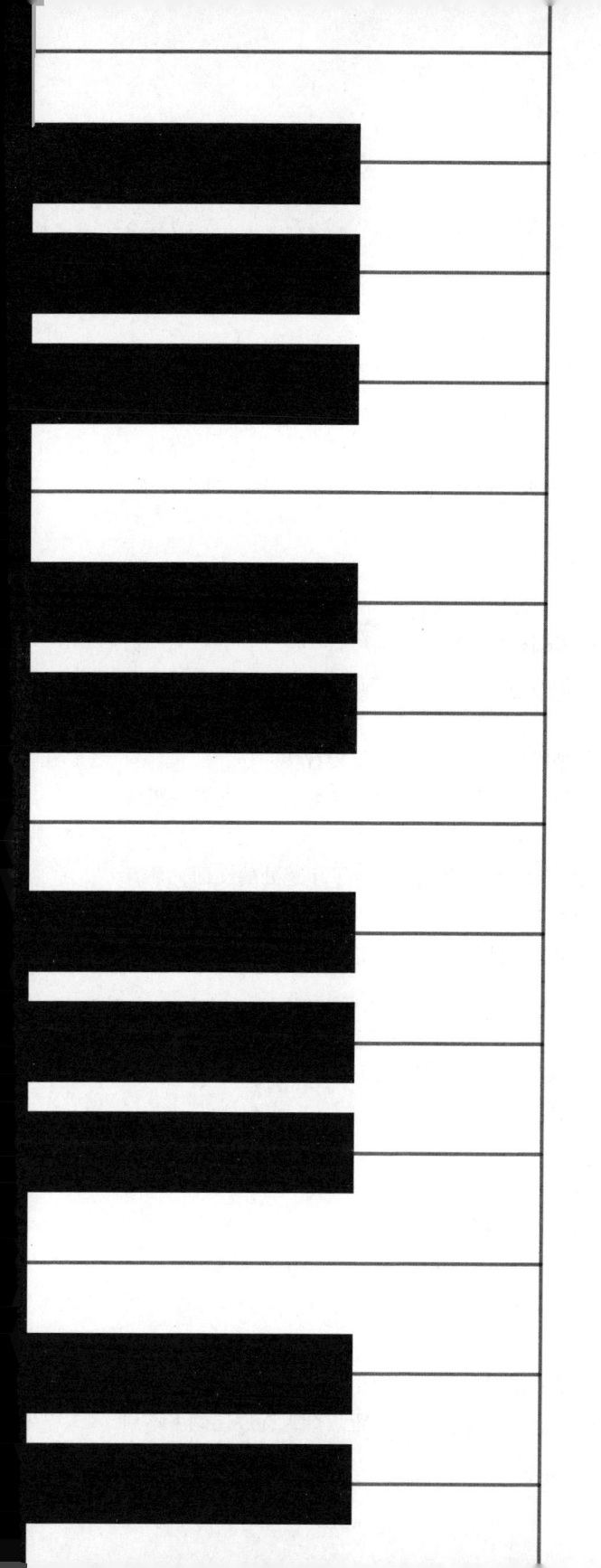

第七章

黑夜烟火

Fanservice Paradox
KALEIDO

01

听到粉丝在对街告诉他们,有烟火可以看,凌一突然起了兴致:"是吗?好看吗?"

"特别好看!"

于是六个大男孩儿为了看烟火,又赶场去到江边,可这里的人比他们想象中还要多,摩肩接踵的,往那儿一站就是一群人围攻。

"在这儿多待一会儿就不是我们看烟花了,"路远嘴里叼着个棒棒糖,"可能是大家看我们。"

"就没有一个人稍微少点儿的地吗?"贺子炎转着脑袋看。

江森两手揣兜:"我觉得有点悬,我们还是尽早撤比较好,一会儿万一招来粉丝引起围观就不好了。"

凌一在一边抱着队长的胳膊哼哼唧唧,裴听颂却望了望远处的江面,拿肩膀撞方觉夏的肩膀,低声问:"想看烟火吗?"

裹得严严实实的方觉夏抬了抬头,只露出一双漂亮眼睛,眨了两下,裴听颂就立刻会意。

"OK,在这儿等我。"

其他几个人还纳闷,谁知道没过多久,裴听颂就回来了。

"走,看烟花去。"他拉上方觉夏的卫衣袖子。

凌一疑惑:"去哪儿啊?"

最后他们被带到一艘大邮轮前。

路远吹了声口哨,往里面走,顺嘴问了句:"这里面多少人?"

"没人,我包下来了。"裴听颂扯着方觉夏的袖子:"不是想看烟火吗?"

贺子炎老干部似的背起手,连连摇头:"看看这奢靡之风。"

"哈哈哈!"

江边的夜色很美,但对于方觉夏来说,视线依旧很模糊,裴听颂不动声色地领着他一步步上台阶。他们登上夜游邮轮的甲板,距离烟火绽放还剩下不到三分钟。六个人肩并肩靠在栏杆上，抬头望着。

"是不是快开始了？"

"是吧，这个角度好近啊。"

"对啊，点燃的时候我们应该就在正下方。"

他们听见了不远处另一艘满载游客的船上传来的倒数声。

方觉夏下意识在心中陪着他们一起数，三、二、一。

夜空原本寂静漆黑，直到一簇火焰升空，轰的一声，模糊的视线里忽然间出现漫天花火，冷冷的白色，短促而绚烂，如同相聚的流星。他忽然间发现，原来隔着距离或屏幕，烟火是会流失生命力的，只有真正身临其境地看一次，才能感受绽放时的烂漫。

每一簇破碎的莹白流火在空中垂下，仿佛会流淌到他们这些观者的身上，在这场狂欢中一并点燃他们，但并没有，这些星火落到一半便消失了。

空中的烟火被黑夜吞噬，江面的烟火被涟漪吞没。

新的在旧的消逝前就取代。烟火的回声穿透躯壳，音波振荡，和心跳重叠，捶上胸腔。

那是它们结束生命时最后的鸣响。

"哇！好好看！"凌一指着天空，"你们看那个，像不像麦穗？"

"不行我要许愿，快许愿。"

"你是小女生吗？还许愿呢。"

凌一不管不顾："我就要，保佑我爸妈身体健康，我怎么吃都不胖。"

江淼也笑着说："那就保佑我们卡莱多以后再顺利一点吧。"

"对！"凌一又说，"保佑保佑，今年挣大钱去马尔代夫度假！"

裴听颂对他无语："你就这么执着，这样吧，本少爷带你去得了。"

贺子炎和路远开始起哄，凌一却相当有骨气："我不，我就要公司出钱请我去！"

"随你的便。"

凌一又露出赏脸的表情："虽然但是，你可以带我去迪拜。"

"喊，想得美。"

"觉夏，"凌一在烟火声中喊着他的名字，"你不要许愿吗？"

"我？"方觉夏本来看得入迷，被他这么一问，有些犹豫。

愿望……

方觉夏笑了笑："希望大家许的愿望都实现。"

"看看，这是什么人间天使。"

越来越多的花火攀上天空，将整个夜色点亮。方觉夏仰望着，觉得自己像个小孩子一样，心情激动。或许是他从没有这么近距离地见过烟火。

又或许是，他从没有见过这么璀璨的黑暗。

一场烟火由无数个转瞬即逝叠加而成，即便再叠加，也是短暂的。夜色再度恢复平静，仿佛那些恢宏的绽放从未发生过。

结束的时候每个人都有些怅然若失，不太想离开，大家就随着邮轮行驶，一起聊天看夜景。

太久没有这样的机会了，他们每天辗转于不同的行程，耗尽精力，一觉醒来又是重复的生活，想要聊聊天都很困难。

江淼讲着他看的那个剧本的故事，路远又说起他参加的那档街舞节目的瓜，方觉夏默默听着，偶尔插上一两句。

江面再一次恢复平静，令他莫名有种熟悉感，以前在花城的时候，他也坐过好几次邮轮。他趴在栏杆上，闭上眼感受湿润的风，仿佛回归故土。

"困了？"

忽然听到裴听颂的声音，方觉夏睁开眼，摇了摇头："我就是……有点想家了。"

这还是裴听颂第一次听到方觉夏说想家，他双手放在栏杆上："因为船？"

方觉夏点头："还有夜市，路边摊，各种各样的小吃。很奇怪，在首都的时候就不会想，来到别的生活气息这么浓重的城市，就开始想家。"他反过来背靠着栏杆，"花城的东西很好吃，以前放学的时候饿了，我就去路边买一份炒米粉，还有冬瓜茶——是一家很老的店，老板娘就拿塑料袋装起来，可以从上面插一根吸管喝。"

他一面说一面比画，还时不时看向裴听颂，好像怕对方不信似的，又强调了一遍："那个很好喝的。"

"是吗？"裴听颂做出一副努力想象的样子，对他说，"可我想象不出来什么味道。"

方觉夏有点泄气，觉得是自己的表达能力还不够。

谁知裴听颂又说："你得亲自带我去喝，我才知道好不好喝。"说完他又开始掰着手指头数，"还有你的学校，你喜欢吃的大排档，你经常走的小路，我都想去。"

方觉夏瞟了一眼不远处仰望天空的凌一他们，又对他说："我可没说要带你回去。"

"你会的。"裴听颂语气笃定，好像一定会发生一样。

方觉夏忍不住笑着说："你每次说话都很自信，好像自己的判断永远不会错一样。"

"不是啊,我生下来就自信,但我也清楚,我经常判断失误。"裴听颂又说,"比如对你,我就一错再错。"

方觉夏摘下口罩:"比如谣言?"

裴听颂坦荡地笑了笑:"我其实很早就对那个谣言持怀疑态度了,而且说实话,我不太在乎这一点。"

"那你那个时候那么针对我,"方觉夏靠他近了些,一副要责问他的架势,"还一直拿这件事撑我。"

裴听颂举手投降:"我没有要为自己辩解的意思。"他耸耸肩,"说出来你可能不信,我当初有点怒其不争的感觉,公司里传着这样的谣言,有时候甚至当着你的面就说,为什么你连解释都懒得解释,好像跟这个世界隔绝了一样,对什么都漠不关心。"

方觉夏忽然就懂了。

果然,裴听颂真正在意的并不是传闻本身,而是他对待传闻的态度。这非常符合裴听颂的个性,因为他天生就是一个要反抗的人,有任何不公、任何不符合他观点的事,他都会毫无顾忌地推翻。一个满腔热血的人,自然看不惯一个冷血漠然的人。

"不过我了解你更多之后,又从梁若那里得知了当年的真相,我才知道,原来你是想帮他把这件事瞒下来。"

裴听颂摇摇头,长叹了一口气:"你对待外人比对待你自己还要温柔,明明差点因为他断了大好前途,还想着保护他的名声。"

方觉夏却说:"我没有保护他,我在保护我自己。"

这个说法令裴听颂疑惑:"保护你自己?"

方觉夏低头笑笑:"这个圈子太复杂了,从准出道时期我就知道,实力很多时候决定不了什么。我看到过各种各样的上位方式,各种各样的交易。很多各方面都不足以作为唱跳艺人的人,却可以顺利出道,只要他们愿意改变,愿意拿自己的一部分去交换。在那种混乱的环境下,最难的不是博一个好前途,不是出道成为艺人,而是怎样不被影响。

"我不能为了自己的前途,把梁若的事抖出来或扯进来为自己澄清,因为我知道他也是受害者,这样的事我做不了,所以,我唯一可以解释的就是我没有做过那些事。"

裴听颂忽然间又有了最初见到方觉夏的感觉,他就像是一根笔直的枯枝,固执而坚韧,宁可干干净净地折断,也不可以被改变。

/217/

或许是小时候见到过父亲好的样子，一个事业蒸蒸日上、爱妻儿爱生活的舞蹈演员，也亲眼看见他因失败而癫狂，彻底变成另一个人，失去自我，所以方觉夏才会形成这样的人生法则。

"从小到大，我们受到各种各样的教育，很多人都在教我们应该去争取什么，应该得到什么，为了什么而努力，但是很少有人会告诉我们，你应该保留什么。可我想做的，不过是保留我自己的本质而已。"

方觉夏看向他："我以前以为这是一件很容易的事，但随着我长大，我发现它比我想象中还要复杂和困难。人类是多么复杂的多面体，每一个面甚至点，似乎都可以被拎出来代表这个人。这是外界的评价，片面、单维。"方觉夏轻微摇头，否定了这种做法，"但我知道，我想保全的那部分自我，才是唯一可以真正代表我的东西。"

他知道自己又说了很多在旁人听来很奇怪的话，这些都只是深埋在他心里，从未对任何人说过，看到裴听颂用一种复杂的眼神看着他，方觉夏皱了皱眉，有点奇怪："你这么看着我干什么？我是不是说错什么了？"

裴听颂笑了起来，铺垫前言："我知道每个人的知识体系不一样，所以我接下来要说的一个人，你很大概率不认识。他是生活在17世纪的一位哲学家，名字叫斯宾诺莎。"

"斯宾诺莎……"方觉夏默念了一遍这个名字，表示自己的确不熟悉。

"他伟大的成就之一就是将三种分类的对立的伦理学进行了调和统一。"说到这里，裴听颂看到方觉夏疑惑的表情，"扯远了，简单点说，他曾经在自己的著作《伦理学》里写过这样一句话——每一个事物就它自身而言，都在竭力保存自我的存在，而事物所竭力保存的自我，恰恰就是那个事物的真正本质。"

听到这句话，夜色下的方觉夏微微发愣。

"是不是很奇妙？"裴听颂看向他，微微挑了挑眉，"所以，我刚刚听到你说出那番话的时候，忽然就有了一种……跨越了时空，看到斯宾诺莎的哲学追求在你身上复现出来的奇妙景象，说起来很玄，但真的是这样。"

这是他钟爱的哲学家之一，冷静自持地与自己一生的悲惨命运对抗，从来没有一刻认输。

"就在刚刚，我心里很触动，你从来没有看过他的书，没有学过他的理论体系，但你自然而然地活成了这个样子。我就在想，原来思想是真的可以在一种虚空而玄妙的境界里，摆脱肉身和时间，达到某种碰撞与共鸣。"

方觉夏其实也是一个反抗者。和裴听颂不一样的是，他是为了守护自己而下意识地反抗。

对裴听颂这样的说法，方觉夏心中有种说不出的感觉，他是个完全不精通哲学的普通人，但也因为裴听颂的描述而对此感到好奇："那……斯宾诺莎是什么样的人？"

"怎么说呢？"裴听颂认真想了想，"他是个精通数学的人，几乎是用数学的方式在研究哲学，极度克制，崇尚理性。你都不知道他是怎么过日子的。他大部分时间在房间里待着做研究，好几天都不见任何人。"

方觉夏又问："那他有收入吗？"

"说到这个就更神奇了，"裴听颂继续道，"他本来是老师，后来改行磨镜片，手艺不错，但他不是真的做生意。他每年都会精确地计算好需要磨多少镜片才能刚好满足自己的基本生活和研究成本，每个季度还会再算一遍账，过得特别精确。"

说完裴听颂笑起来："你还真挺像他的。"

方觉夏想了想，觉得很有趣。虽然裴听颂是揶揄，但总归是拿伟大哲学家去揶揄他，不过这完全是抬举："你闭嘴，我当不起。"

裴听颂却发自肺腑地说："你什么都当得起。"

凌一跑回来秀他学到的方言："像吗觉夏？我学得像吗？"

方觉夏正要点头，裴听颂就抢先撑回去："哪里像了，你学什么都像成都话。"

"你！我就说成都话怎么了？瓜兮兮嘞，你学都学不会，哼。"

说完凌一就跑了，裴听颂一脸蒙圈，看向方觉夏："他刚刚骂我来着吧？是骂我了吧？"

方觉夏装傻："是吗？我不知道。"

"肯定是，小兔崽子。"裴听颂撸起袖子就要走，被方觉夏拦住："谁让你说人家学方言学得不像了。"

"本来就是。"暴躁小霸王长长地舒了口气，"行，我不跟他这种没有长大的小孩儿一般见识。"

裴听颂很快又想起些什么："对了，你还没有跟我说过你们那儿的方言呢，我想听你用粤语说话。"

"上次不是唱歌了吗？"方觉夏扯了两下自己的卫衣帽子。

"那不算，你跟我说一句不行吗？"

方觉夏借口不知道说什么，一直不说，裴听颂就一直闹，还假装要跨栏杆跳下去，拿这个威胁他。

"你跳，我看不见总可以听听水声。"方觉夏对着他笑。

"太残忍了。"

/219/

玩够了，邮轮也靠岸了，他们一个一个下去，从江上回到地面。

裴听颂像个大佬一样左拥右揽："玩儿得开心吗，哥哥们？"

"开心，谢谢团霸！"

"那你们回去轮流帮我洗衣服！"

"你说什么？风好大，听不见。"

02

飞回首都的当天下了雨，湿乎乎的首都很是少见，春天都快过去，才终于落了场雨。开车从机场回三环，又被私生粉追车，路上车多，又有雨，大保姆车载着八个人，本身就已经相当危险，私生粉还买通了黄牛开车跟在后面，好几次差点撞上。

最后程羌忍无可忍，在进入城区之后找了个合适的地点让司机把车停在路边，后面追车的私生粉也将车子停了下来。

他知道私生粉并不是好招惹的，其中不乏情绪激动者，稍有不慎甚至会被放在网络上颠倒黑白，所以他也只是站在路边，对她们好言相劝。

"你们年纪都还很小，都是小姑娘，不要做这种危险的事，机场高速你们都敢跟，不怕出事吗？"

但里面的私生粉根本不理会他说的话："我们就是想看看他们！"

"你们已经看到了啊，他们没有走 VIP，在机场接机的时候不是就已经看过了吗？别的我们不说了，追车真的非常危险，我们一车子人，你们也是，这还下着雨，难道你们真的希望发生交通事故吗？"

说完程羌拍了拍驾驶座的车窗："麻烦您把窗户降下来。"

里面的黄牛纹丝不动。

程羌低头用手机记录信息："你的车牌号我已经记下来了，如果继续追车的话，我们只能报警了。"

即便是这样说了一通，程羌刚一转头，就听见车后面传来几个女生的骂声，骂得相当难听。他懒得理，回到副驾驶座嘱咐司机开车。

火起来就是麻烦，妖魔鬼怪也会变多。

凌一望了一眼后视镜，那辆车还停在原地，与他们越来越远了，他心里稍稍松了口气，又想到了别的事，忍不住说："你们知道吗？最近七曜的老三发现自己身上被安了跟踪器。"

"我天，真的假的？"路远听得毛骨悚然。

/ 220 /

方觉夏忍不住问:"藏在哪儿?"他想了想人身上能携带的东西,手机不大可能,"难不成是手表?"

"还真被你猜中了。"凌一叹口气,"之前他过生日收到的粉丝礼物嘛,里面有一块表,其实是被改造过的。"

程羌摇头:"不能再收礼物了,以后站子的礼物都不收了。公司这两天因为这件事也讨论了好几次,蹲点追车的人越来越多,再这样下去管不了了。"

"唉,这都什么事啊。"

"火了就是这样,没办法。"

刚回去,成员们就开始了各自的工作。方觉夏和裴听颂签了品牌合同,约定好拍广告的时间,然后就去录制《逃出生天》。

除去错开的行程,Kaleido的打歌只持续了两周。打歌节目固然可以为歌曲带来热度,但实在对艺人的精力消耗太大,每天凌晨三四点就要起床,排队做好妆发造型,赶往录制现场,等待录制,一整套忙下来已经过去半天,再加上其他的行程,睡觉的时间都没有。

星图并不是压榨艺人的公司,所以也并没有因为《破阵》的热度就延长打歌时间,就像老板陈正云说的,每场舞台都足够精彩,数量也就没那么重要了。

结束打歌对卡莱多的六个人来说是天大的好事,最后一场的时候他们的开心都写到了脸上,还被台下的粉丝调侃"干啥啥不行,下班第一名"。比结束打歌更开心的是,自从《破阵》在MLH拿到了第一个一位之后,他们一举拿下九连冠的好成绩,和自己比已经破了纪录,更何况这是撞上七曜之后获得的成绩。

这场从一开始就不公平的竞争,卡莱多还是凭实力翻了盘,也打了之前嘲讽的那些人一记响亮的耳光。新专辑的大热不仅仅让卡团从小糊卡变成知名男团,连带着卡莱多的团综也热度翻番,每一期的点击量都在不断攀升,数据就是实录。

颜值只是敲门砖,实力才会底气十足地让人转粉。

到了裴听颂复诊的日子,一大早程羌就来到宿舍,正好和跑完步的方觉夏在电梯里遇到。

"今天没行程,准备干什么?"

听到程羌发问,方觉夏没怎么思考:"去公司练习,好久没跳舞了,再上上声乐课吧。"

"你也太刻苦了。年轻人,偶尔也是要放松放松的,当艺人压力这么大,没事儿也多见见朋友,约着唱唱歌、逛逛街什么的。"程羌劝是这么劝,但他也知道方觉夏不是那种会融入团体里的性格,"再不行自己在家睡睡觉、看看电影,别那么绷着,多累啊!"

方觉夏笑了笑:"没事儿羌哥,我练一会儿就回来休息。"

程羌这才点点头,也不知道是不是他的错觉,感觉最近方觉夏脸上的表情都丰富了:"行,哎对了,小裴还没起吧?"

方觉夏摇摇头:"没有,昨晚睡得可晚了。"

听到这句话,程羌一开始没觉得什么,可回头再一品,又有点奇怪,不对啊,他们俩又不是室友。

"你怎么知道他昨晚睡得晚?"

方觉夏一下子就被问住,他当然不能说裴听颂凌晨一点还在给他发消息。

电梯门打开,方觉夏扯了个借口:"我猜的,他说他要熬夜看书,要期中考了。"

程羌这才"哦"了一声:"你还别说,小裴虽然脾气不好,性格奇怪,小毛病一大堆还爱摆谱,一天天这不干那不干的,念书还是蛮认真的。"

方觉夏心想,这"虽然"后面跟的也太多了。

果不其然,等到程羌闯进去的时候,裴听颂还在蒙头大睡。方觉夏给他们一人弄了杯咖啡,搁在桌上,听着程羌在房间里催促裴听颂起床的声音。

裴听颂一脸怨气地走出来,洗漱完,毫无灵魂地坐到餐桌前准备喝掉方觉夏倒好的咖啡,却被站在桌边的方觉夏踢了踢凳子,眼神示意他先吃面包。

"快点吃,吃完我们就去医院了,跟医生已经约好了,不快点过去说你要大牌。"

裴听颂嚼着面包:"说呗,拆了石膏我岂止要大牌,我还要耍大刀。"

方觉夏笑出了声。

就在程羌整理好东西准备走的时候,电话响起来了,他接通之后听了半天:"好,行,那我看看能不能赶过去。"

见他神色凝重,方觉夏问怎么了,程羌这才说:"江森的试镜过了,现在制片人要约他过去聊聊。"

裴听颂一拍桌子:"过了?太好了,这时候不能没有经纪人啊!我的森哥不能被坑,阿强你快去。"说完他就拦住方觉夏:"觉夏哥陪我去复诊。"

"啊?"方觉夏想推他,推不动,一抬眼程羌也朝自己投射来求助的眼神:"觉夏你 OK 吗?我一会儿打电话让小文开车送你们去,跑腿儿的事让他干。"

"行……"

本来裴听颂刚刚还是一副拒不配合的态度,一换了人就欢天喜地,微笑送走了赶时间的程羌。方觉夏换了件衣服出来,替裴听颂把外套穿好:"希望里面的骨头长好了。"

裴听颂却突然翻脸:"为什么?你有什么企图?"

"我对小孩子没企图。"拉上拉链,方觉夏拍了拍他的脑门。

去医院拍了片子又见了之前的主治医师,仔仔细细检查了一番。

"骨骼愈合得不错。"医生推了推眼镜,"石膏拆除后可能会有一点点酸痛的情况,这都是正常的,固定这么长时间会有一些类似软组织挛缩的症状。之后也要小心注意,不要过度使用手,也别搬重物。"

方觉夏心里还是不放心,问了很多问题,把注意事项都记在心里。等到从医院出来,小文都忍不住夸:"觉夏你也太细心了,都没我啥事儿了,全让你问得明明白白。"

"那是,"裴听颂用他刚刚重获自由的左手揽住方觉夏的肩,"觉夏多关心我啊。"

"你小心点。"

小文主动去了驾驶座:"回宿舍吗?"

裴听颂立刻说:"别,先去一趟学校,我有个什么表得拿去盖章,得本人去。"

"行。"

往学校开的时候,路上堵了半小时,裴听颂没睡够,歪在一边睡着了。方觉夏看见小文一直盯着后视镜,有些怀疑,毕竟最近类似的事实在是太多了。

"小文,你在看什么?"

小文皱起眉:"不知道是不是我疑心病太重,总感觉有车子跟着我们。"可他又觉得奇怪,"照理说不应该啊,这还能知道小裴的复诊时间啊?而且我们这一大早就来了,她们是怎么知道的?"

外面的车喇叭声把裴听颂差点吵醒,在座椅靠背上蹭了蹭。

方觉夏也奇怪,难不成私生粉还在他们宿舍门口蹲点了?

车流终于动起来,小文继续往前开,过了一个路口,后面的嫌疑车辆依旧在:"肯定是跟着咱们呢。"

"有可能是在宿舍蹲点的私生粉,我之前听凌一说,有的私生粉可以在小区外面蹲一夜的点,还有在宿舍门口安装摄像头的。"

"太可怕了。"小文听得直起鸡皮疙瘩,"回去了我跟羌哥说一声,检查一下宿舍外面电梯什么的,虽说是入户电梯,小区安保也严,但也不是密不透风,保不齐有什么变态溜进来干坏事。"

车子最后停在学校门口,方觉夏叫醒了裴听颂,给他递去帽子和口罩,就在他准备好下车的时候,果然有一群奇怪的私生粉围了上来,嘴里还一口一个"裴听颂"地叫着,好像生怕周围的人认不出来。

裴听颂眉头皱起，懒得搭理她们，从车里拿了自己的包准备走。方觉夏有点不放心，往车窗外看。

"真烦人这些人，她们每天就没有自己的事干吗？"小文抱怨道，"本来我说带保镖来的，但是又觉得有点夸张了，早知道就叫几个人了。"

"带保镖来学校会被骂的。"方觉夏看见她们越围越紧，心里也有点烦躁，"她们应该进不去吧？"

"不知道，按之前的来说是进得去的，她们不知道搞到了什么证件，已经进去好几次了，连小裴的同学都被骚扰了。"

看裴听颂一个人被她们这么围着，方觉夏心里有点担心，裴听颂脾气直，很难忍住不发脾气，他一个人方觉夏不放心。

他看了一眼小文，心里的那么一点念头也打消了。羌哥都降不住裴听颂，更别说小文了。

没再多想，方觉夏开了车门，戴上棒球帽就出去了。

"哎！觉夏你……"

"在车上等我。"

隔着挡风玻璃，小文讶异地盯着方觉夏的背影，明明之前他自己遇到私生粉都是能避则避的，现在怎么这么勇？

裴听颂被这一群私生粉烦得快要骂脏话，没想到还有人拽他，正要扭头骂人，看到了方觉夏的脸。

"我跟你一起。"

方觉夏挡在裴听颂左手边，这几个私生粉看来是追裴听颂的，对他的出现很是不满，甚至有一个直接开骂，说他捆绑裴听颂炒作，说他为了红蹭热度。

方觉夏一言不发，眼神冷得很。裴听颂气得想撑回去，也被方觉夏叫停。

"别说话。"

他拉着裴听颂快步往学校里走，向保安出示了证件之后，裴听颂直接对保安说："麻烦拦住后面的人，她们不是学生，是跟踪我的人，你们可以查她们的证件。"

于是后面的几个私生粉就被保安拦住，在校门外毫不顾忌形象地破口大骂。

裴听颂一面拉着方觉夏往里走，一面高举起自己的右手，对着背后那群疯子比了个不太友好的手势。

方觉夏把他的手拽下来："我就是怕你一个人对上她们会情绪激动才跟来的。"

裴听颂低着头，直接解锁手机打开微博，一边说话一边编辑了一条微博，都没再看一遍，就发了出去。

Kaleido 裴听颂：今天的裴听颂也在辱骂私生粉。

发完他就爽了，把手机往口袋里一扔："无所谓，每次跟来学校我都跟她们对骂，随便她们跟，我不虚。"

"那你这次怎么好声好气让保安拦住她们？"

裴听颂带着他走了一条人相对少点的路："我自己倒没什么，听到你被骂就有点忍不了。"

方觉夏笑了笑。

他们还真是一样的人。

"这算什么？"方觉夏瞟了他一眼，故意逗他，"我被骂得最凶的时候，你还不知道呢。"

"方觉夏，你这张嘴真是越来越厉害了。"裴听颂给他鼓掌，"大辩论家。"

"谢谢夸奖。"

跟着裴听颂把他要办的手续办好，方觉夏有点没精神，有点后悔早上没有给自己也泡一杯咖啡，于是在办事大楼一层的咖啡自动贩卖机那儿给自己买了杯美式。

后面排队的女生似乎是认出他了，犹犹豫豫不敢开口，最后在方觉夏找不到杯盖领取位置的时候，她勇敢地站出来指了指侧面："觉夏哥哥，在这儿。"

"啊，谢谢你。"方觉夏这时候才发现自己已经被认出来了，有点尴尬，又说了一遍"谢谢"。

"不客气！刚刚看到裴听颂发微博，我还好生气的，现在看到你一下子就开心啦！"

"微博？"方觉夏没明白过来，就看见办完手续的裴听颂朝他走来。

"对啊，他上热门了，撑私生粉，超酷的。"

03

"什么？"

方觉夏一脸"你搞什么"的表情看向正朝他走来的裴听颂，裴听颂又用一脸"我做错了什么"的表情回他。

偶遇的 P 大小粉丝一双眼在两人身上转来转去，开启了"脑补"模式。

天哪！我何德何能可以这么近距离看听觉组合啊！

"怎么了？"裴听颂不知道发生什么了，还以为这个看起来乖乖的小女生也是私生粉，于是问她，"你是……你不会跟着我哥的吧？"

被质问的妹子耳朵里根本进不去其他话，捂住心口，脸都红了起来。

人生从没有这么幸福过。

"没有。"方觉夏立刻否认，"她是在我后面排队买咖啡的学生。"他立刻把话题甩到裴听颂身上，"你发微博了？"说着他想还不如自己亲眼看看，于是登上了角落里快要落灰的微博账号，打开刷了刷首页，找到了裴听颂刚发的一条。

真的两眼一抹黑。

"你这发的也太直接了。"方觉夏直摇头，他居然直接用"辱骂"两个字，这不上热门才怪。

裴听颂嘴角不屑地勾起："这算什么，我就差发'私生滚开'了。"

小女生啪啪鼓掌，跟只小海豹一样。

方觉夏叹口气，算了，他凭什么指望自己能管住这个人啊。裴听颂一点也不在意，从方觉夏手里拿过咖啡就喝了一口，跟个品鉴师似的，皱眉头："这咖啡真难喝。"

方觉夏的手机振了好几下，都是程羌的消息，不用打开看就知道是什么。一个头两个大。

"走吧走吧，我饿了，吃点东西去。"裴听颂拉着已经接近灵魂出窍的方觉夏离开这小小的咖啡贩卖机，只留下那个可爱的小粉丝，目送自己最爱的组合离开。

裴听颂的个头在校园里还是很打眼的，他倒是无所谓，就是担心方觉夏会尴尬，所以都尽量带对方走比较偏的路。

他其实很享受这种时刻，像个普通的学生一样，带着自己的朋友逛自己的校园，带对方吃学校的食堂，约着在学校里的咖啡馆一起看书、写论文。

"我带你去吃我经常吃的一家简餐。"说着裴听颂领着方觉夏去到一家不大的咖啡厅，里面大部分是留学生，各个国家的都有。

他挑了个靠角落的卡座，点了些三明治、意面，然后和方觉夏面对面聊天。

在这里，方觉夏有种莫名的安全感，或许是因为这里都是专心学习或聊天的学生，没有多少人的目光放在他们身上，又或许是因为熟悉的人就在对面，他整个人都很轻松。

"我刚来这边的时候，还不是很习惯国内的教学，有时候会自己一个人去咖啡厅看书，来这里比较多。"裴听颂拿起一块三明治给方觉夏，"我经常点这个吃。"

"嗯。"方觉夏咬了一口，觉得还不错，"挺好吃的。"

隔壁桌有两个正在复习数学的韩国女生，用笔当发簪把头发盘起来，太难了还会挠头，中韩语交杂着说了一句："哎一古，算错了，又错了。"

他觉得很可爱，想到自己念书的时候，于是转过头对裴听颂说："我以前其实来P大听过课，但是那个时候没有时间吃饭，都是听完课就急匆匆走了，也没有仔细逛过。"

裴听颂有些惊讶："是吗？"他算了算，"三年前的时候？"

方觉夏点头，手拿叉子在盘子上转了转，卷起一团意面："那个时候跟班上的同学一起，还认识了一些P大的教授。"

裴听颂忽然觉得有些可惜，如果那个时候他就回国，已经遇到了方觉夏，该多好啊。他们甚至可以像普通学生一样，约在图书馆看书。

方觉夏吃着嘴里的意面，忽然间像是想到了什么，笑了起来。

"怎么了？"裴听颂趴在桌上看着他，"笑这么开心。"

方觉夏摇了摇头，似乎不太想说。

"说啊，让我也开心开心。"

让他闹了一阵，方觉夏才终于开始："好吧，我就是突然想，如果现在让我穿越回去，到高中的时候，我可能会好好努力一把，参加一些数学竞赛什么的，博一博P大试试，虽然我外公最希望我去师范，但如果……"

他的眼睛从裴听颂身上移开："如果那个时候就知道你以后会来这里，我可能会改变主意。"

他知道，对过去的假设是这个世界上最无用的事，但两个假设意外遇到一起，就成了双向的。

或许在某个平行宇宙，他们就是这样度过的。不是舞台上闪闪发光的偶像，他们以最平凡的姿态与彼此相识，没准儿一开始也带着傲慢和偏见，毕竟他们是那么南辕北辙的两个人，但最终，依旧会在一次次深入的交流里成为友人。

本来以为裴听颂可以跟着他一起回公司，可惜的是半道杀出个教授，把裴听颂叫去讨论发论文的事。裴听颂也不好让小文在外面等太久，就让方觉夏先回去，说自己结束后就回公司。

等方觉夏出去的时候，裴听颂的私生粉已经离开了。

"觉夏觉夏。"小文一看见他出来，就把头伸出车窗，冲他招手。

方觉夏坐进了副驾驶座，把特地给小文买的三明治和咖啡递给他："吃点东西吧，我还以为你会睡会儿。"

"我正好饿了，谢谢觉夏！我本来是想睡会儿，"小文咬了一口三明治，"结果、结果小裴啊，他给我发微信，说让我拍一下门口那几个私生粉，发给他。"

拍照？

方觉夏感觉有点不对："他要干什么？"

"不知道，反正我拍给他了。"说起来小文也很气，"这几个女的还在外面和保安吵架呢，吓得我差点报警。真是不明白，一天天干吗要跟踪别人啊？"他又想到了什么，"对了觉夏，羌哥说他已经找人装监控了，电梯里、入户电梯口还有你们宿舍门外面，都装上，然后把监视屏放在你们客厅，随时可以看到。"

他吸了一口咖啡："羌哥说实在不行，就再搬个宿舍，换个地方。"

方觉夏叹口气："换地方那些私生粉就更得意了，觉得我们是怕她们，所以躲着。"

"没错。"小文一撸袖子露出小细胳膊，"每次看见她们我都想重拳出击了。"

方觉夏越想，越觉得裴听颂要做什么，他得回去跟对方商量一下。

小文开着车回公司，路上方觉夏收到凌一的消息，说他又有了新的电视剧主题曲资源，还是他特别喜欢的女演员演的电视剧。方觉夏也开心，给他回了一个"恭喜"。

到了停车场，小文停好了车，两人一起上去。他们的地下停车场算空荡，要走一段路才能到写字楼电梯。小文是个活泼的性格，一直和方觉夏聊着最近工作上的事，都是些琐碎的小事，他平时也没人可讲，但是方觉夏人很温柔，又会给他提出很切实可行的建议，所以他很喜欢和方觉夏聊天。

"所以你现在还在带新人？"

小文叹口气："没办法啊，羌哥说以后人手会越来越不够。谁能想到我都可以当前辈了呢？"

方觉夏笑起来："你本来就很可靠嘛。"说完这句话，方觉夏忽然感觉有什么不对，侧头看了一眼，没看到什么，他回头，身后依旧空荡荡。

听到他的夸奖，小文很开心，也没在意方觉夏回头，继续说着自己的小事："其实也还好啦，就是有一个新人，她老是记不住我说的，经常犯一些很低级的错误，我知道这样说人不好，但是真的，你知道吗觉夏？她上次差点把我桌子上的文件拿错，我都告诉她了，我桌上的东西不可以随便动的。"

"是吗……"方觉夏心里面总觉得怪怪的，所以也只是应和了两句，又忍不住回头。

"怎么了？"小文终于发现他不对劲。

方觉夏摇摇头，跟他一起上了电梯，电梯门缓缓合上，他才开口："我总感觉有人跟着我。"

"真的吗？不会是狗仔和私生粉吧？！"

"不知道。"方觉夏皱眉，"也可能是最近私生粉的事搞得我有点神经紧绷。"

被他这么一说，小文也有点头皮发麻："希望只是狗仔而已，不要是太坏的人，我每天都好担心你们。"

小文是Kaleido出道就跟着他们的，那时候才刚大学毕业，当时也因为Kaleido不火，外出工作的时候吃了很多苦，遭了别人很多白眼。在方觉夏眼里，小文和程羌几乎是亲人的存在。

他捏了捏小文的肩膀："没事，总会有办法的。"

一回公司就看到焦头烂额的程羌，三个手机来回接电话，方觉夏有点心疼，又因为知道是裴听颂发微博的事，觉得有点好笑，于是站在他面前多看了一会儿。

程羌接完电话，对着方觉夏直摇头："他怎么这么'虎'，你说说，怎么能这么'虎'！"

"可能上辈子就是一只小老虎吧，"方觉夏耸耸肩，"山大王当习惯了，谁都不放眼里。"

"关键那些私生粉很偏激的。"程羌还是担心。

方觉夏想了想："羌哥，我们思路不太对。我今天想了一下，小裴的做法其实不一定是冲动行事，他打的是他自己的算盘，而且你知道，他其实并不是靠粉丝吃饭的人，更不用说连粉丝都不算的私生粉了。"

程羌忽然间有点懂他在说什么："你的意思是，小裴想自己对付她们？"

"或许吧。"方觉夏也只是猜测，"有时候也不失为一种好办法。"

"不管了，反正今天我是真的累了，我本来想花点钱降热门的，那个小兔崽子死活不让，也不删微博，结果现在营销号都在搬运之前论坛里关于他的那栋楼。"

"什么楼？"方觉夏一下子就反应过来了，"哦，裴虎事件簿。"

"你都知道了！"

方觉夏笑起来："凌一吃瓜的时候给我看过。"

"我无语了，现在网上都给他起了外号，什么'人间铁拳裴听颂''行走的消声器''人间恶虎裴听颂'。"

方觉夏想了想："都很贴切。"

程羌彻底无语了，果然，什么兄弟情都是营业出来的，还以为他们真的成好朋友了。

"行吧，你们俩一个倔一个'虎'，我太难了。"程羌正要走，又回头提醒他，"哎对了，周末要拍广告，好好调整一下状态。"

"明白。"

在练习室练到晚上，凌一也进来跳舞，一进门就对他说："觉夏你看小裴的微博没？太牛了。"

方觉夏擦了擦汗，喝了一口水："看了，他当时就在我跟前发的，我都不知道。"

"欸？"凌一先是疑惑，然后很快反应过来，"不是，他又发了，新的你肯定没看。"他知道方觉夏练习的时候从来不看手机。

是吗？

方觉夏走到墙边，拿起手机坐下，打开了微博，只刷新了一下首页，就看到裴听颂发的微博。

Kaleido裴听颂：讲真的，你们一天天在网上骂我的队友、骂我的经纪人，我可以当作看不见，随你们的便，反正你们骂来骂去我们照样住在一起，还要一起去马尔代夫，气不气？

但是你们像疯子一样追车，还搞到我面前了，当着我的面骂我队友，是想怎么样？想告诉我"啊，裴听颂你看我多喜欢你啊，我跟你一样会骂人"？学点好吧，我只骂该骂的人，比如你们诸位。我还爱读书呢，怎么不见你们拿着论文让我替你们看英文摘要啊？

"噗。"方觉夏直接笑了出来。

凌一立刻说："是吧是吧，小裴真的，太牛了。我这辈子没见过这么牛的偶像。我都想报班跟他学骂人了。"

"算了吧。"方觉夏笑意未退，"学会了也没有用武之地，他本身就是天不怕地不怕的。"

"也是，他家那么有钱有势，没人敢惹他，底气十足。对了，"凌一点了点他屏幕，"你看他还回了粉丝的评论呢。"

"是吗？"

果不其然，下面第一条就是。

葡萄树正牌女友：不是，你说的是什么话？大家不也是为了你才去吵的？难不成我们为了自己去和别人吵架？你真会寒粉丝的心啊。知不知道你说出这些话之后会丢多少资源？多少粉丝脱粉？要谨言慎行，你懂不懂？刚红起来就了不起了，别太把自己当回事！

Kaleido裴听颂回复葡萄树正牌女友：一、我说的中国话。二、你是为你自己吵架，少往我身上甩锅，我看着你们骂队友就烦。三、少在这儿代表广大粉丝，您配吗？四、我要什么资源？我自己就是资源。要脱粉的赶紧，洗洗更健康。顺便说，你新来的吧，不知道我没红的时候骂得更凶吗？红怎么了？靠你红的？本少爷靠实力、靠脑子红的。

另外他又回了一条。

Kaleido 裴听颂回复葡萄树正牌女友：ID 给我换了，我不需要女友粉，梦里的女友。

太"刚"了……

方觉夏都不禁感叹，他特意点进去热门，看看实时，原本以为会有很多人骂裴听颂，没想到居然和想象中完全不一样。

Paperheart：我天，裴听颂太牛了……

低级颜狗：我要转粉了，从来没有想过会有裴听颂这么勇的明星，撑私生粉那个博就已经够跷了，这条真的是硬核对骂。他真是真的不怕掉粉啊，据我所知还是队内 top 之一？Respect 裴哥。

小七小七回复低级颜狗：这哥是真的不在乎，他之前干的事儿没比现在好到哪儿去，之前因为撑粉丝太过被公司没收了账号，不让他发，后来他开直播骂，公司管不住了又把账号还给他了。

低级颜狗回复小七小七：开直播？他怎么这么强？

小七小七回复低级颜狗：嗐，他根本不在乎那些疯魔粉，毕竟他来当偶像就是玩票，本来是一心混地下嘻哈圈的。那些疯魔粉想管他，他当然不爽了，而且他一块表都价值不菲，家在阿瑟顿，整个家族都很有名。之前但凡有扒过他家世的帖子全都被删得一干二净，号全封，你品品就知道了，一般小偶像怎么敢？

低级颜狗回复小七小七：我要追他了！追这种偶像就是爽文体验！

宇航员大侦探：不愧是娱乐圈第一猛虎，每次看裴听颂撑人就浑身舒爽，会投胎真好啊。

谁不喜欢吃荔枝：撑这些疯魔粉真的太牛了……我做梦都想看到的剧情居然实现了，新墙头我来了！

bukubuku：不愧是国外长大的，这作风简直就是欧美明星啊。

卡人安全着陆：今天他怎么这么暴躁？容我大胆猜测一下，他说的那个被骂的队友该不会是方觉夏吧？（随便开脑洞，粉丝不要过来骂我，骂我，你偶像就骂你。）

你是人间四月天：裴听颂大概说出了很多明星不敢说的心声吧，某些粉真的太疯魔了，前段时间七曜跟踪器事件也好吓人，Astar 居然毫无作为，老三发微博都是小心谨慎，一句重话不敢说。太难了，下次是不是要安针孔摄像头了？

EVA1234：不是，他怎么能这么说粉丝？

葡萄树就熟不了回复 EVA1234：不是的，其实他虽然看着很凶，但对真粉丝特别好，之前有个上高中的粉丝因为长了个小肿瘤很害怕，写了长文都没有

/231/

敢@他，但是粉丝帮@了，结果他居然转发了，还自己偷偷跑去看那个女孩儿，知道她是单亲家庭还把她安排到最好的肿瘤医院，全额负担医药费。他其实很善良的，就是有的粉丝太恐怖了，打着爱的旗号做一些跟踪的变态事，他出道的时候就一直在说。

EVA1234：原来如此啊，是我误会了。要我我也受不了跟踪。

方觉夏还有印象，当时是听贺子炎说的，说裴听颂资助了一个高中生，当时没想太多，觉得小少爷就是有钱有精力，后来才知道是自己对他有偏见。那个高中生生了重病没有钱治疗，他出手帮助，没有跟任何人说过，要不是那个孩子自己后来非要发微博，这件事没人知道。

裴听颂这个人就是黑白分明，没有一点灰色地带。

那时候方觉夏其实对他也有所改观，了解他本性并不坏，但方觉夏当时对自己的认知和定位也很准确，裴听颂就是被划入黑色区域的人，永远不可能得到自己半点好脸色。

现在想想，人生还真是大起大落又大起。

谁能料到黑名单里的人最后成了朋友呢？

"裴听颂骂私生粉"和"人间铁拳裴听颂"两个热门，已经到了大量网友吃瓜的程度。

看到这里，方觉夏心里想的却是：这下完了，公司可没这么多钱降一个爆了的热门，得多贵啊。

点开热门词条，各种言论都有，大部分是惊讶，很多人甚至因为裴听颂的直白而转粉。

当然，总是会有那么一部分当惯了理中客和键盘侠的人，对裴听颂的无所顾忌指指点点，企图用非常传统的思维管束他，让他学会忍耐，教他谨言慎行。

这些理中客丝毫不关心他们受到怎样的对待，只想教做人，甚至一窝蜂涌入裴听颂的微博下面，对他进行在线教育，以为自己是良药苦口，以为裴听颂被骂了就会听，就会改。还有人甚至拿裴听颂在国外长大的经历讽刺他，告诫他中文可不是用来骂人的，当明星就是要学会闭嘴，他就是活该。

"这些发言太迷了，我看他们用中文骂人不是挺厉害的？"凌一刷了刷评论，越看越迷，于是气得回去给裴听颂那条不许骂队友的微博点了个赞。

"觉夏你也点个赞，我看路远、子炎都点了。"

方觉夏"哦"了一声，回到首页，不小心刷新了一下，没想到居然刷到了裴听颂最新发的微博，没有正文，配了张图，是几行他手写的英文。

Kaleido 裴听颂：分享图片。

We live in a insane time, man.

When you stalked by some shit, you must shut up.

When you tryna say something real, people just blah-blah-blah.

They say you gotta watch for what you saying baby .

OMG, you are in trouble!

Guess what?

I AM THE REAL TROUBLE.

不知道为什么，光是看看这张图片，方觉夏感觉脑子里有了声音，好像裴听颂就跟这儿 freestyle（即兴说唱）似的。

没想到这么一会儿热评就有翻译了。

跟着葡萄树学英语：我们活的这个时代真疯了，当你被一些垃圾跟踪，你就必须闭嘴忍着。你想说点真话吧，那些人就说个没完，一会儿说什么谨言慎行，一会儿说天哪你会惹麻烦的！你猜怎么着？老子就是那个真正的麻烦。

方觉夏笑了。

"还真是灵魂翻译。"

凌一惊讶地看着他："天，觉夏，我还以为你特别不支持他这么'虎'呢。"

方觉夏云淡风轻地看向他："我支持啊，他做什么我都支持。"

04

裴听颂在热门上挂了两天，他的发言几乎是一口气打破当下娱乐圈习惯性维护的表面平静，在引发纷争的同时，意外地也得到了许多支持。

对于明星逐渐"沉默化"的现象，许多网友早就累积了大量的不满情绪。在这个说话有可能被批的年代，公众人物都戴着噤声面具，说出来的是精美修饰过的绝不出错的场面话，活着就是表演，从不表达。

裴听颂就像是踏碎傀儡面具的一个鲜活的人，毫无顾忌地打破这个默认规则，要表达，而且是有棱角、有情绪地表达。

裴听颂的粉丝倒是很会来事，趁着几个特别"虎"的热门词条还挂着，蹭热度发了好多他在鬼屋的团综剪辑。

葡萄树下你和我：诚邀各位观看，大变活人之"人间铁拳裴听颂"秒变"人间消声器"。配上视频。

冲着开麦撑人进来，点进去全是怕鬼 rapper 花式高音，这样的反差萌也让不少网友激情转粉。

呸呸呸喝口水：哈哈哈，你跟我说这就是那个开麦骂人的裴听颂？？？

豹纹斑马小可爱：人间铁拳的人设都是假的！[狗头.jpg]

123木头人：哈哈哈哈，我都没办法把他和微博上骂人的那个对应到一起。

Diiidi：歪一下重点，这个哥说英文好好听啊，口音贼棒。

这种程度的热度星图这样的小公司根本没法控制，他们只能尽可能地想办法引导舆论，不要被人利用，不过话又说回来，也没人敢真的对裴听颂下手。

本来程羌还很担心，之前的运动品牌会不会因为裴听颂这次的开麦黄掉，热门爆掉的时候还专程给品牌商打了电话，提前透个底，没想到对方不仅没有任何负面情绪，反而非常满意。

"网上的反响不是很好吗？正好我们这一个系列主打的也是这种年轻张扬的风格，裴听颂和我们的风格就很符合，还有方觉夏，他们一个冷静一个张扬，有反差，可以代表两种不同类型的年轻人，很好。"

程羌这才松了口气，给定时炸弹当经纪人真的太不容易了。

拍广告的当天，程羌开车送他们去拍摄地。方觉夏上了车，望向窗外，林荫路旁的梧桐不知不觉间已经长到几乎要遮蔽半个天空。忙碌的人缺乏感知力，不知不觉夏天就这么来了。

"今天的工作结束之后，你们可以休息一段时间，之后会有一些比较零碎的行程。"程羌发动了车子，"老板的意思是争取在夏天的时候发张迷你专辑。"

"马尔代夫还去不去了？"裴听颂问。

方觉夏忍不住笑起来："你现在变成凌一的代言人了吗？"

"去去去。"程羌系上安全带，"团综最后一期就去马尔代夫，而且只拍前两天，后面几天你们自己随便玩，我们不跟着拍了。"

"真的假的？这么爽。那我要跟觉夏哥住一间房。"

程羌瞪了他一眼："你嫌弃我是吧？还没跟你算那天玩失踪的事儿呢！"

一说到这件事，方觉夏就有些不好意思，头都别向窗外。

裴听颂却是个厚脸皮的，笑嘻嘻说："那怎么了，我多大了还天天派人跟着啊？"

说到这里，方觉夏想到了什么。

"对了，我最近一直觉得有点奇怪。"

"什么奇怪？"程羌开出小区。

裴听颂看着方觉夏，只见他眉头微微皱起："我不知道是不是自己神经质，总觉得最近有人跟着我，但是回头看的时候又没有人。"

听到他说自己神经质，裴听颂立刻说："不要低估人类对危险的预知力，有时候是很准确的，这不是什么神经质。"说完他也有点烦躁，"最近的私生粉确实有点恶心了，肯定也有跟着你的。"

"在宿舍的时候吗？"程羌问。

方觉夏摇摇头："回宿舍的路上，或者公司附近。就是这两天的事，以前都没有这种感觉。"

"拍完广告好好在宿舍休息几天，或者出去玩。"程羌说，"暂时不要常来公司了，你也该休息了，连续工作太久了。"

广告拍摄的主题是"张扬真我"，他们需要演绎的是主打年轻系列的夏季新品，一共需要拍四个版本的电视广告宣传片，还有全系列的平面广告，当然，也包括宣传期的一些花絮和物料视频。

刚来到拍摄地，程羌就见到了之前已经见过一面的营销总监，对方远远地朝他们招手，走过来的时候也很热情："来得真早，路上不堵吧？"

"这不怕堵在二环上，早早地就把他们叫起来了。"

总监笑了："对，有件事要跟你们商量一下，之前咱们定好的宣传花絮视频内容是取向调查，就是一些快问快答，后来上头说和之前的杂志重复了，希望我们换一个。我们营销组这边连夜开了会，结合了一些热点时事，弄出了一个新的方案，你们看看，可以接受的话我们就……"

他把方案递给他们，一人一份。方觉夏低头翻看，第一行的小字——读恶评并给出回应——就吸引了他的注意力。

"当然了，这个其实不是每个明星都可以接受的，所以只是我们的方案之一。后面还有'做过还是没做过'的小游戏，也可以作为备选。"

一看到读恶评，程羌就看向方觉夏，他知道裴听颂其实不在乎，但是方觉夏之前遭受的网络暴力实在太多。

方觉夏翻了翻，抬起头，看见程羌望着自己，笑了笑："怎么了羌哥？"

"啊，没事儿，你觉得OK吗？"

也不知道为什么，方觉夏感觉自己现在好像已经脱敏了，大概是心境不一样了，他也比以前成熟许多。

"我可以的。"说着他看向裴听颂，"也不是我一个人啊。"

裴听颂心里说不担心是假的，但也知道，方觉夏如果真的不喜欢，他会拒绝。他并不是忍气吞声的人，相反，他非常勇敢。

"好啊，我们一起。"

看见他们欣然同意，营销总监松了口气，连夜做的方案没有废掉，他又解释说："其实这些恶评我们都有筛选过，没有非常偏激的，如果你们不是很放

/235/

心,我们可以先拿过来给你们看。"

方觉夏笑了笑:"那就不用了,这样到时候再念就没有惊喜了。"

听到他说这句,营销总监还有点惊讶。

原以为之前饱受网络暴力侵扰的方觉夏会态度坚决地拒绝这个提议,没想到他这么好说话,也很配合。

广告拍摄的过程中方觉夏和裴听颂换了六套新品,场地也一换再换,从早上拍到了黄昏。整个团队非常专业,造型师根据他们两个人鲜明的个人特色将这一系列的服装鞋饰搭配到他们身上,最大化凸显特质。

摄影师对两人的表现力赞不绝口,甚至给出"全场无废片"的高度评价,可方觉夏依旧还是那个样子,鞠躬,对每一个人说谢谢,说辛苦了。

哪怕现在他被多少人捧着,也不会忘记当初一路走过来他们遭受过的白眼,只要想一想,就觉得这双脚还踩在地上,没有浮起来,还在人间。

"好了!还有最后的宣传视频,辛苦两位。"

方觉夏身上穿着一套湖蓝色的运动装,上衣插肩短袖T恤,前面写着"Feel Me(感受我)",下面是湖蓝色短裤和白蓝配色的球鞋。

站在远处,像一棵颀长的水杉,漂亮,珍贵,充满生机。

"两位坐在这个机位前,对。"

没有主持人,他们自己控场。工作人员将评论卡片放在他们面前的桌子上,一人跟前一小沓,卡片是黑色的,上面写着黑粉的恶评,一张一条。

方觉夏拿起卡片,面无表情地对着镜头说出开场白:"读恶评挑战,开始。"

裴听颂撞了撞他肩膀:"哎,你稍微管理一下你的表情。"

方觉夏扭头看他,揉了揉自己的脸颊:"我表情很过吗?"

裴听颂顺手拿起面前的卡片道:"我的意思是,麻烦你多点表情,不然对不起写这些评论的黑粉,他们可是非常认真地在讨厌咱们。"

"哦。"方觉夏低头看向卡片,非常努力地皱了个眉,以示重视。裴听颂拍了拍他的肩:"真听话。"

方觉夏瞪了他一眼,把他的手拿开。

裴听颂差点绷不住笑了,真是,对我的气性比黑粉大多了。

"我先来。"他拿起第一张黑卡开念,"只有我一个人觉得裴听颂真的很傻吗?"

不知怎的,听到他自己念出来,方觉夏觉得好好笑,忍不住笑出来。

"看你这反应,不知道的还以为你写的呢。"

方觉夏脸上笑意未退:"对啊,队内不和实锤。"

裴听颂把卡片往旁边一扔,回应道:"没错,只有你,你是电,你是光,你是唯一的垃圾。"说完了他还抱怨,"就这?就这?来点儿猛的吧。"

方觉夏拿出一张,语气没太大波澜,甚至有点机器人念稿子的感觉。

"方觉夏这么喜欢炒作数学好的人设,当什么偶像啊,娱乐圈不需要高智商,您老当数学老师不香吗?"

念完之后,他认真想了想,给出回应:"其实我还真的有教师资格证,不火就准备回老家教书的。"说完他还不走心地比了个大拇指,"大预言家。"

裴听颂被逗笑,低头看着写了恶评的黑卡都带着笑意。不行,他要稳住。

清了清嗓子,裴听颂继续道:"真不知道裴听颂这种垃圾怎么出道的,不就是有几个钱吗?富二代了不起,祸害娱乐圈干吗啊?继承家产去啊。"

裴听颂拿着卡片敲桌子:"当代网友这么喜欢自问自答,都不用我说了。不过我不是有几个钱,"他把卡片一扔,"我是超级有钱。"

真是可怕。方觉夏摇摇头,抽出一张恶评卡,大方念出来。

"方觉夏简直是我见过的最没有综艺感的艺人,为人沉闷无趣,连一点作为人的感觉都没有,就像一件流水线商品,没有灵魂。我一度怀疑他是哑巴,搞不懂为什么会有人喜欢这种冷冰冰的偶像。"

这段话说得裴听颂简直一肚子火,网络上的人根本一丁点都不了解方觉夏,只是站在自己臆想的角度在评价他们心中的这个人,既主观又充满偏见。

方觉夏双手放下卡片,认真思考了一会儿:"为什么会有人喜欢我呢?"

"从网络上的言论样本分析来看,大部分趋向一个答案,因为我长得还不错。"

这话是大实话。

裴听颂笑起来,之前的气愤一扫而空。

这样想着,他又抽出一张新的:"最烦裴听颂这种立暴躁人设的明星,装什么耿直,不说脏话都跟不会骂人了似的。赚多少钱遭多少罪不懂吗?谁让你当明星了,当明星挣这么多钱少点隐私不行啊?"

这段话说得着实难听,方觉夏太了解裴听颂,在他预备竖指头的一瞬间握住他的手指。

中指被握住,裴听颂有种被限制发挥的感觉,扯了两下也没扯动,只能作罢,任他握着,"啧"了两声,重复恶评中的一句话:"赚多少钱遭多少罪……"他挑了挑眉,"我生下来就有几辈子花不完的钱,凭什么遭罪?

"还有你这个逻辑,简直比海王渔场关系图还混乱。"

方觉夏看向他,很认真地问:"海王是什么?"

"海王是超级英雄,超能力是渔场管理。"裴听颂也一本正经地告诉他。

是吗?断网少年方觉夏总觉得怪怪的。

完了裴听颂继续说:"像你这种每天无所事事在网络上大放厥词还自以为众人皆醉我独醒的人,本质上就是消极主义者和缺陷型逻辑思维者,用自己狭隘的观念制造自洽假象,满足自我情绪需求。

"因为生活失败,无法缔结良性社交,在生活中得不到正面情绪反馈,亟须发泄负面情绪,还企图为自己的发泄找一个合理化的借口,所以将矛头指向网络上的人,尤其是明星,因为明星无法像狗咬狗一样咬回去。您活着可能也对社会无益,多读书吧,读书总不会制造垃圾。"

听到他这一串不带脏字的骂人,方觉夏的第一反应竟然是为他进行逻辑补漏:"不,他对社会有用的。"

裴听颂一脸惊讶的表情看着他,谁知道方觉夏却一本正经地说:"当作展现人类思维多样性的样本是有用的。样本具备观察和归纳的价值。"

人这一生的社交活动就是在收集人类样本。

"噗"。裴听颂笑出了声。

这家伙连补刀都是乖巧的。

方觉夏又拿起一张,念了出来:"现在的娱乐圈全是些妖魔鬼怪,之前的黑料这么快就被洗白了?人气偶像一代不如一代。"

听到"黑料"两个字裴听颂就觉得刺耳,很不舒服,没想到方觉夏却很淡定,将那张卡片拿在手里,一下一下轻敲桌面。

"我解释过了,我可以再解释一遍,那些是谣言。请记住,无论你在网络上披着什么妖魔鬼怪的假皮,揭开来都是人,都逃脱不了法律责任。"

后面的工作人员都有点惊到,都说裴听颂是个硬"刚"的主,没想到看起来温温柔柔不说话的方觉夏也这么直接。

到了今天,方觉夏也终于发现,自己其实已经成长了,过去的他用远离过敏原的方式治疗恶意后遗症,但如今,他已经可以坦荡地接受自己被讨厌的可能。

镜头前的他,将卡片放下,又补充了一句:"你的ID我已经记住了,五分钟后会交给公司法务部处理。"

05

结束的时候,营销总监再次询问是否需要剪掉一些偏激发言,方觉夏摇了摇头。

"既然选择了这个环节,我就做好了引发争议的准备。"

方觉夏不想再躲了,当不好的声音不存在的确是一种行之有效的情绪管理手段，但真的到了面前，他也愿意面对。

他不得不承认，裴听颂的一往无前真切地影响了他。过去的他为了守住自己，不想为前途将他人拖下水，所以干脆不发声，但守住本心和捍卫自己的目的本就一致，现在无论被戳多少次脊梁骨，他都要驳斥谣言。假的就是假的，哪怕没有人信，哪怕辟谣成本再高，也要说出来。

不逃避也是一种反抗。

当天晚上，入睡前他收到裴听颂的消息。

恒真式：我很荣幸可以收集到你这个珍贵的样本。

方觉夏笑了笑，自己看自己总是低姿态，他不知道自己哪里能称得上裴听颂所说的珍贵，于是回了一句。

Moonlight：我只是正态分布里峰值的那一部分，最平凡最普通的样本。

裴听颂并不认同。

这个世界就是很疯狂，随处皆是以攻击为乐的狂怒者和亦步亦趋的傀儡，怒气与暴力化成黑水，一股难以抵抗的洪流，人人漂流，人人淹没。像方觉夏这样成熟而理智的反抗者，稀缺得就像真正的异端，他拄着一根拐杖往洪流的反方向去，每一步都迈得坚定、颤抖。

裴听颂知道他不会轻易接受自己的评价。哪怕他再怎么夸赞，出生在否定中的方觉夏永不相信赞誉，只相信自己，清醒得过分。

所以他改变了策略，不试图说服。

恒真式：那我也要做一个平凡样本，和你挨着，我们是曲线峰值的两个并列的点。

是很渺小，但可以一起面对这个世界的真实与虚伪。

Moonlight：好啊。

明星工作非常繁忙，尤其是小公司的明星，为了维护曝光度需要牺牲休息时间，所以这段休息时间对他们来说非常难得，虽说还是会有录制固定综艺的工作，但也不算紧张。

方觉夏和裴听颂约着去练习室为新的迷你专辑写歌，路过楼下小吃店，买了很多大家爱吃的打包带上去。方觉夏让裴听颂帮他带去练习室给贺子炎他们，自己又分走一些，准备给小文，最近小文也实在辛苦。

出了电梯来到五层职工部，晚上加班的人不多，小文的工位灯还亮着，方觉夏心里暗暗松了口气，就怕自己没赶上，他已经去开会了。

可等他走近的时候才发现，那不是小文，是一个生面孔，看起来年纪不大的一个女孩子。

方觉夏记忆力很好，很快回想起小文跟他抱怨过的新人。

他的目光扫了扫桌面，但注意力却放在插在主机的一个银色U盘上。

"你是新助理？"方觉夏不动声色，语气镇定，那个被叫住的新人反而手忙脚乱，从小文的座位上弹起来，文件撒了一地，她立刻蹲下来，慌张地整理收拾，嘴里不断说着"抱歉"。

方觉夏将买来的吃食放在小文的桌子上，蹲下来帮着整理："怎么这么紧张？"他看向她的实习生工作证，上面写着"王露"两个字。

"是……我胆子比较小。"王露解释说。

"干这一行胆子小可不行，得习惯走夜路。"方觉夏低头收拾着这些文件，发现上面大部分都是卡莱多成员的行程表，还有小文的工作笔记。

听到方觉夏的话，那个女生几乎说不出话来。

"别害怕。"方觉夏站起来，把文件放在小文桌子上，离开前说了一句话，"哦对了，提醒你一下，小文很不喜欢别人坐他的位子。我想公司也给实习生分配了工位，以后还是坐自己的位子吧。"

最后他再看了一眼，主机上的U盘消失不见。

这些行径实在可疑，这么多天他们几个人轮番被私生粉跟踪，想必也是有信息泄露的原因，如果真的是这个新人助理搞的鬼，一定得让程芜知道。

方觉夏一边想着一边往练习室走，在门口遇到了低头看手机的裴听颂，表情似乎不太好看，好像发生了什么。他放轻了脚步，但还是被裴听颂发现。

"给小文了？"裴听颂抬头，脸上不悦的表情在见到他的时候完全消失，"我拿过去了，他们都已经吃完了，给你留了一碗皮蛋瘦肉粥。"

方觉夏点点头，他本来是想把这件事直接告诉程芜，但现在又想到了点别的。

"你最近是不是在查私生粉的事？"他开门见山，没打算绕弯子。

裴听颂笑了笑："怎么什么都瞒不过你，怎么猜到的？"

"我听小文说，你让他拍私生粉的照片。"还不止这些，方觉夏始终觉得裴听颂不是只会在网络上回击的人，他受不得委屈，眼里揉不得沙子，自然会想办法让对方吃苦头。

裴听颂没有否认："对，我找人处理她们了，给点小教训而已，让她们知道自己做的事是要负法律责任的。"

他继续说："这些人，大部分家里有钱，闲得发慌，觉得自己可以近距离接触明星，我总得让她们知道，自己的行为会影响到她家，我管不了，还有她们父母，再不行还有警察。"

还好不是真的以暴制暴，方觉夏也猜到了他反击的方式，松了口气，便把刚才自己在小文工位上看到的事告诉给了裴听颂。

"顺着这个实习助理查，应该可以揪出一批。"

裴听颂相当满意，当下就把这个实习助理的事告诉了自己安排的人，让他们好好处理，酬金只多不少。

"过几天再把这个助理的事告诉羌哥，这几天先别动，我就等着收网。"

两人一进练习室，就听见其他几个人一边练舞一边吃瓜。

"听说最近 Astar 的股市一直在跌欸。"

"不是吧，你不会买了对家公司的股票吧凌一？"

"我哪有那个闲钱啊，我就是听朋友说的，说 Astar 高层又有变动了，不知道真的假的。"

队长看见两个人进来，拍了拍手："好了，我们快一起练练吧，一会儿不是还写歌吗？"

"好——"

不知是不是裴听颂的杀鸡儆猴起了作用，后来的日子里，成员们遇到的私生粉少了很多，楼下也没有了带头蹲点的那几个"常客"。粉丝都在网上呼吁抵制私生粉，因为他们的发声，大家也变得态度坚决，立场分明。

尽管这样的事很难杜绝，但不代表就应该被无视，也不代表他们必须遭受这样的对待。哪怕在网上引发的只是争议，只要讨论过，就能唤醒一部分人。要从源头上揪出那些参与者，同时要让大家知道，这种畸形行为就是理应受到道德批判的。

捍卫自己的权利并没有错。

那个新人经程羌调查就是一个私生惯犯，这次甚至组织了一整个群，她当群主，埋伏进星图贩卖他们每个人的私人信息，受害的不光有 Kaleido，还有他们的师兄师姐团。

看到辞退公告，方觉夏心里的石头也落了下来。

他也终于有了想好好休息的念头。

某一天他发现，阳台上的双瓣茉莉竟然长了一朵花苞，乳牙似的冒了尖，小小一个，在碧绿枝叶里藏得很好很乖。

直到这一刻方觉夏才知道，原来夏天真的到了。

夏天是可以稍稍偷懒的季节，毕竟春天也是打个盹儿就睡过去了，明年才会再次醒来。

没工作，方觉夏也不愿意出门，成员们在客厅打游戏，他就窝在自己的房间里看之前找裴听颂借来的《浪漫主义的根源》，当初借来一直没有完整的时间去看，零零散散读了一点，现在再读，心境和之前又有所不同，当初就是想了解裴听颂这个人，现在反倒更想从书中看看自己。

他真的是浪漫主义者吗？方觉夏始终怀疑。

这本书充满了人文社科风格的论述和表达，对方觉夏这样的理科背景并不算非常友好，但好在是演讲稿，又很有趣。他每个字都看得仔细，不时停下来想想，脑子里出现自己的观点。只是他看着看着，看到了一段被裴听颂画上横线的句子。

"只要提到自由二字"，费希特说，"我的心马上敞开，开出花来，而一旦说到必然性这个词，我的心开始痛苦地痉挛。"

重点不在画线，而在他的批注，英文写着："费希特，你是另一个我。"

"必然性"也被裴听颂用笔圈了出来，旁边写了一行很难辨认的潦草英文，他只能看清一两句，还有他方觉夏的名字缩写。大概是说，这就是方觉夏，满口都是"显然"和"不妨"，必然性就视为真理。

这应该是很早以前裴听颂的读书批注，毕竟钢笔的字迹都有点褪色。

方觉夏觉得有意思的是，裴听颂私底下原来会这么在意他说话的风格，连他时不时带有的"数理"口癖都有资格被这个小少爷记录在批注里，实在荣幸。

他找出一支铅笔，在旁边悄悄写了一句。

"fjx 提到自由的时候，心脏也会开花。因为自由的获取是具有必然性的。"

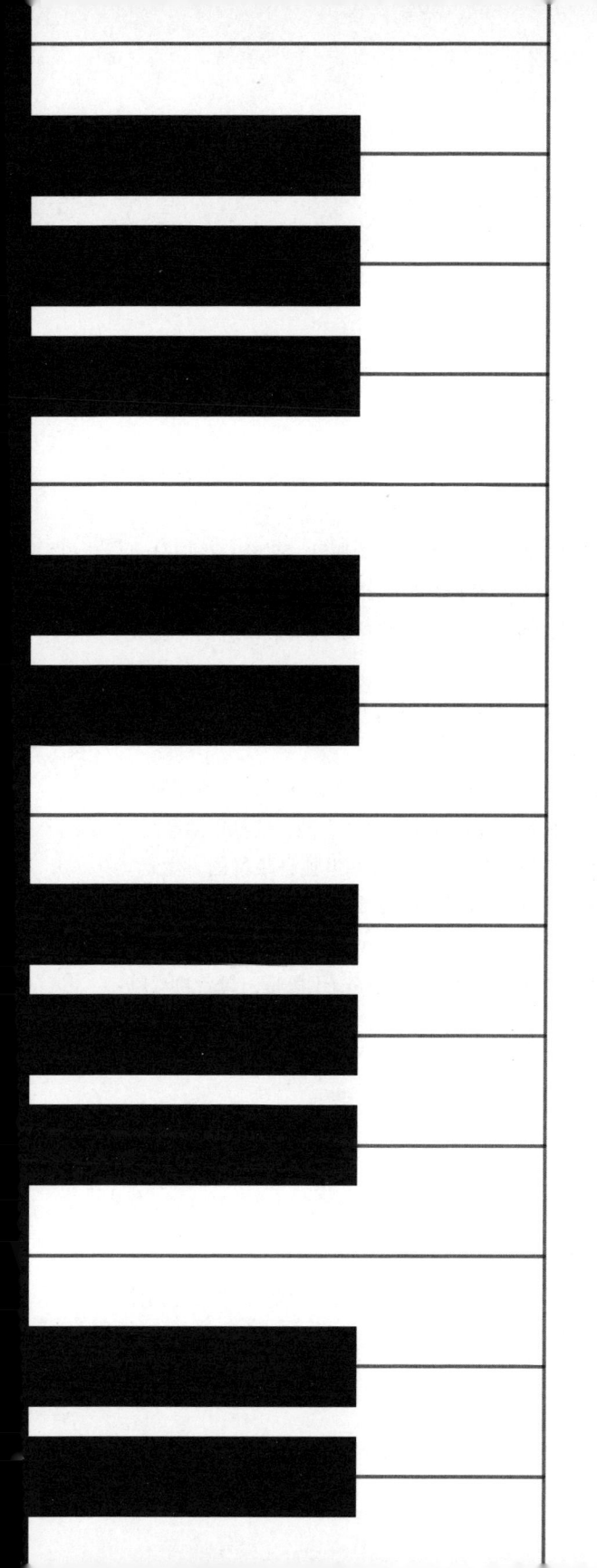

番外

出道

Fanservice Paradox
KALEIDO

12月25日。

黑漆漆的舞台上，大银幕忽然亮起。

寂静之中，古筝音符流淌，黑白色调的影像开始播放，银幕上低头练习乐曲的江淼，只穿着一件朴素的白色短袖，手腕缠着绷带，忘情演奏。

当他扬起手，音符悠长的尾韵渐渐淡去，画面切换到另一张脸，依旧是黑白色调，人群之中拿着鲜花与奖杯的路远笑得格外灿烂，在所有人的簇拥中高举双手，背景里满是欢呼声，旁白是主持人强调的"有史以来最年轻的街舞大赛冠军"。

相似的画面无缝转场，只是换成一张更稚气的脸，哭到连冠军发言都忘词，只会说"我是凌一，我是第一名"。

热闹的获奖场面切换成同样热烈的酒吧和地下嘻哈比赛现场，快速切换的昏暗影像，两张不驯的面孔在越发激烈的背景音乐中交替出现，气氛推向高潮。

下一秒，银幕黑下来，开灯的音效响起，是练习室里独自跳舞的方觉夏。画面缩小，变成视频平台的网页，点击的数字不断飞涨，达到三百万，是曾被期待在大公司出道的他创下的奇迹。

数字停下，画面也随之暂停，接着一切倒流，最终归于黑暗，舞台再次陷入沉寂。

许多声音响起。

"其实你根本不适合做这行吧？"

"坚持下来有什么意义？"

"一点特色都没有。"

"都长一样，人都认不全，没人会记得你们。"

下一刻，黑色银幕亮起万花筒的色彩，五光十色，变幻万千。

这是两天前释出的出道曲预告，一分钟的影片背景音乐是出道曲的变调伴奏，只在结尾出现了一句歌词。

风暴后你会记住我

舞台中心，一束白色追光亮起，升降台缓缓上升，六个男孩的身影出现。

直到他们站定，深深向台下鞠了一躬，起身之后，露出青涩的笑容。

"大家好，我们是 Kaleido！"

那一瞬间的方觉夏是恍惚的，舞台太黑，他看不到究竟多少人来看这场出道演出，更看不清这些人的表情。

但这就是他渴望的舞台，也第一次让他感到，黑暗真好。

为了走入这一片黑暗，他花了太久，久到一切付出都变成惯性，甚至在一年半前，出道初版策划确认和通过的当天，他都没什么感觉。

反而是后来，年龄最小的裴听颂空降来到星图，被直接安插进团体的时候，方觉夏才真正有了要出道的实感。

尽管小少爷和他并不对付，甚至可以说是相看两厌。

当时的方觉夏活得很累，无暇顾及社交上的困境，更不愿再招惹是非，只能无视他的存在。

"我的预告放出来了！出道预告！"凌一猛地推开练习室的大门，一屁股挤开方觉夏和路远，手机快举到他们脸上了。

路远脑袋一歪："我早看了，看好几遍了。"

"我还没看。"方觉夏点开视频。

"已经放出来有大半天了，但是评论和弹幕都少得可怜。"凌一叹了口气，"好惨，我已经过气了，根本没人记得，比赛时候的那点粉丝也都跑了。"

方觉夏不知如何安慰，只好伸手摸了摸凌一的头。

娱乐圈更新换代极快，他们都是出厂就岌岌可危的小零件，运气不好就会被拧下来扔掉，这是再正常不过的事。

路远双臂环胸："谁说没人记得？我记得你啊，我第一次看那个节目就记住你了。"

"你少骗人！"

"骗你干哈，我真记得啊。"路远说完，冷不丁哼起歌来。

方觉夏忽然抬头，也反应过来。

这是凌一参加比赛时唱的第一首歌，也是他开启歌手生涯的起点。

时间太过久远，当初的光环和荣耀只是轻飘飘的彩色泡泡，没多久就破灭了。

这首歌可谓让凌一一战成名，难度非常大，路远哼得很没有底气，见凌一愣在当下也没什么反应，有些尴尬地清了清嗓子："没、没哼错吧？"

谁知下一秒，凌一猛地将他揽住，声音都带了哭腔："远远，我也记得你！"

路远被他这一箍差点咳嗽出来："记得记得，我知道你记得。"

"但是……但是我可跳不出你当时跳的舞。"

这话锋转得,方觉夏都忍不住笑了出来。

这是要互相交换出道舞台吗?

路远拍着凌一的背:"你是真彪,这说跳就能跳的,我直接把主舞位置让你呗。"

"那我不成 ACE 了?"凌一又乐了。

路远打趣:"觉夏还在呢,你 A 个头啊。"

方觉夏两手往身后一撑,靠在练习室的镜子上微笑:"那我去做队长吧。"

好巧不巧,江淼刚好出现在门口,笑眯眯道:"好啊,我现在就告诉羌哥。这队长我可是一天都不想当了,谁当谁操心。"

方觉夏立刻摇头:"不行不行,我做不了。"

光是每天跟团队里所有人协调沟通就够伤脑筋了,何况队里还有一个讨厌他的刺头。

完全无法交流。

"觉夏?"

听见江淼的声音,方觉夏这才从幻想出来的危机中抽身:"嗯?"

路远开始拱火:"看来觉夏是真的在认真考虑篡位这件事。"

方觉夏立刻否认:"真不是,我只是走神了。"

江淼意味深长地笑了笑,也跟着坐了下来:"哦对了,觉夏,刚刚我碰到策划部的林老师,他说要是看到你让你去找他一下,可能是关于概念海报选图的事。"

"嗯,我这就去。"

Kaleido 是星图筹备策划的第二个男团,之前的师兄团出道前两年没什么水花,后来组合老幺商思睿个人意外走红,接下大热综艺和偶像剧,带起了整个团的人气和热度。

有了前车之鉴,星图自然想将这种单人带团的模式延续到新团,所以不惜一切代价争取到方觉夏。

从一开始,赌注就押在了他身上。

和很多的未公开准出道艺人不同,由于前公司的刻意曝光,方觉夏的关注度甚至超过许多已经出道的偶像。

也正因如此,他这张王牌恢复自由身后也曾被数不清的大小公司争抢,谁也没想到他最后会选择名不见经传的星图。

方觉夏被正式收编星图后,黑料便层出不穷,拜他天生顶好的皮相所赐,大多谣言都与此挂钩，极大程度满足了看客的猎奇心。

在此之前，星图的公关部一直在努力处理，但自从方觉夏的个人出道预告释出，一切都失控了。

从策划部开完会出来，方觉夏原本打算直接回练习室，可忽然发现自己的眼药水落在办公室，于是折返，正好听到公关部的组长和林老师聊天。

"现在黑帖删都删不完，给人平台发邮件、发函都没用，白搭。"

"他们当然不会删，有议论才有热度，有热度才有钱。对了，公司不是给你们提预算了？"

"那也不够啊，公关费跟流水一样往外撒也不够，黑帖越来越多，之前感觉还是那种水军发的，现在讨论传播的活人用户明显多过水军了，今天还上了热门，整个组都连加一个月班了，一天没休过，累都累死了。"

"没办法，谁让咱们这中心位自带话题呢，黑红也是红，看开点吧。"

"不是，这真的值当吗？别到时候一个人害了整个团，彻底熄了火，连公关费都挣不回来。"

"人小孩儿挺努力的，能不能说点吉利话啊你！"

吉不吉利其实不重要，因为确实都是事实。

或许是被精准地点出他最害怕的地方，方觉夏没继续听下去，直接转头回练习室。

倒霉事仿佛总会叠加发生，刚来到练习室门口，他又瞥见最不想面对的人。对方正在里面和贺子炎练舞，因为一个不标准的动作而大笑，像个孩子。

方觉夏听着他的笑声，没进去，徘徊后独自来到楼下的小练习室，从下午练到第二天凌晨五点，吃了点面包，又去声乐教室，边跑步边唱，把自己练到精疲力尽为止。

够累就不会胡思乱想了，他一贯如此。

在声乐教室的沙发上眯了一会儿，短短一小时里他断断续续做了两个梦：一个关于父亲，另一个则是他从黑暗的舞台上摔了下去，台下的人黑压压一片，都在拍手叫好，目光锋利，都在笑。

父亲歇斯底里的声音如鬼魅般挥之不去。

"一上舞台就像个瞎子，有什么用？舞台上的残疾！知道什么叫残疾吗？"

"看看你爸爸我！这就是残疾！"

"你总有一天会变成我，你知道吗！变成我这样的废物。"

醒来后方觉夏还没回神，因为这些都真实得不像梦。

可能本来也不是，是发生过的历史和未来的预兆。

它们再一次对方觉夏发出警示：

你的人生容错率为零。

来不及吃午饭，他回到大练习室参加出道舞台的团体训练。

其他人都已到齐，二十分钟后裴听颂才姗姗来迟，进门后只说了句"sorry（对不起）"便摇摇晃晃走到自己的站位。

没人说什么，江淼喊了开始。

和精准到找不出一丝错处的方觉夏正好相反，裴听颂状态不佳，dance break 的抬腿动作做得很随意，根本没有抬起来，走位也不够迅速，差点摔倒。

大家只好重来，再重来，像个糟糕的冷笑话重复了许多次，气氛逐渐变得低气压，路远最难忍受这种氛围，只好开玩笑："小裴的波棱盖儿很危险啊。"

"远远你又在说方言了。"江淼笑着提醒。

贺子炎贱兮兮道："请说普通话，你可是准偶像。"

最右边的凌一对着裴听颂的方向隔空挥了两拳："小裴再错一回就请客吃比萨！"

"好好好，我请客。"裴听颂拽了拽冷帽边缘，看上去有些无所谓，"再来一次吧。"

方觉夏一言不发，跟着音乐重新开始。谁知这次更糟，裴听颂走位后原本应该直接做地面动作，可他却忽然停下来，弯着腰两手撑住膝盖，叫了停。

所有人再次停下，江淼正要上前关心，却听见方觉夏先开了口。

还是极为少有的冷硬语气。

"不想练为什么要来？"

话音刚落，气氛瞬间降至冰点，江淼愣住，路远和凌一面面相觑，贺子炎则是看向裴听颂的方向。

裴听颂眉头皱起，仿佛怀疑自己听错了："你说什么？"

方觉夏脸色前所未有地冷，面无表情。

"我说，不想练可以不用来，不想出道也不用勉强。"

"你什么意思？"裴听颂语气也变了，"我是耽误你练舞了还是耽误你出道了？"

"哎哎，差不多得了啊。"贺子炎上前试图拉住裴听颂，但根本拉不住，反而被甩开胳膊，眼看着暴脾气老幺逼近到方觉夏跟前。

两人的矛盾一触即发。

方觉夏头一次毫不避讳地直视裴听颂的眼睛，语气冷漠而直接："不只是我，你在耽误所有人练习。"

裴听颂的脾气众人皆知，一点就炸："你以为我就是想来这儿当什么偶像吗？练什么练！"

"所以呢，为什么要来？"方觉夏依旧针锋相对，"我还是那句话，不想练可以不来，别浪费所有人的时间，这个世界不是围着你一个人转的。"

其他人都上前试图拉开两人，但裴听颂已经先一步动了手："你知道什么？"

撕扯间方觉夏尝到嘴里的血腥味，不知为何，他竟生出一丝发泄后的畅快感，但也分不清此刻义正词严的他是在怪裴听颂，还是在怪自己。

耽误练习的是裴听颂，但有可能耽误所有人出道的，大概率是自己。

盯着方觉夏漠然到极致的脸，裴听颂终于失控，脱口而出的话根本不经过大脑。

"我跟你这种费尽心思想上位的人没什么话好说的。"

江淼高声喝止："小裴你胡说什么！"

方觉夏的太阳穴跳了跳，应激似的猛地攥住裴听颂的衣领。

所有人都以为他要挥拳揍上去。

但他最后什么都没做，只是顿住了，两秒后笑了出来。

原来这就是裴听颂讨厌他的缘由。

也是，连自己的队友都是如此，更何况是那些看客。

可他实在是太累了，累到不想解释，解释是这个世界上最无用的事。

人们只想看到他们想看的。

方觉夏只能做个清醒的旁观者，眼睁睁注视着自己在黑色的旋涡中越陷越深。

队友们慌乱地拉架、劝和，场面难堪又一发不可收拾，困在风暴中心的他却从愤怒中猛然抽离，敛去笑意，眼神平静得如一片冰湖。

"听说你想当嘻哈歌手。"

裴听颂愣了愣。

"所以这算是你的梦想？"方觉夏仍旧望着他，语气很轻，嘴角残留着血。

他没有得到回答，但其实也不需要答案，他清楚裴听颂看不起偶像这条路，同样看不起谣言缠身的自己。

"梦想这种东西没有高低贵贱，只有能实现和不能实现。"方觉夏松开抓住裴听颂衣领的手，"我跟你这种幼稚还带着偏见的人，也没什么好说的。"

说完他拿走外套离开了练习室，独自一人下楼来到公司后面的体育场。

一群高中生正打着球，他踱步到长椅前坐下，望着他们出神。

一场球还没看完，他便听见贺子炎的声音。

"就知道你在这儿，怎么不上场？"

"他们今天不缺人。"方觉夏轻声道。

这里几乎每天都有人，每当压力大到难以排解的时候，方觉夏就会来这里，和这些学生打打球。

他上场常常会导致队伍的实力不平衡，所以也不是每次都有机会当援军。

"我还是头一次见你发火，没想到啊，兔子也有被逼急的时候。"

贺子炎递给他一罐冰可乐："敷一下脸，没破吧？"

方觉夏接过来，摇了摇头。

贺子炎挨着他坐下，两手插在口袋里，用肩膀撞了撞他，声音带着笑："还生气呢？"

方觉夏张了张嘴，可没说什么，白色雾气缭绕，顷刻间又消散。

贺子炎也没逼他，陪着看了会儿球。他们望着这些肆意疯闹大笑的学生，一时间都有些晃神。

"其实他也就跟他们一样大，十七岁嘛，还是小孩儿。"

方觉夏当然知道贺子炎说的"他"是谁，但装作不知道。

"而且小裴今天确实不是故意的，他前段时间练舞腿受伤了。"贺子炎掏出手机，翻出一个视频给方觉夏看。

视频里裴听颂坐在理疗室的床上，正在针灸。他似乎挺怕中医手里的针，扎的时候头扭到一边不敢看。

的确是个小孩子。

"你别看他平时满不在乎，一副少爷样，其实私底下背着咱们偷偷练着呢。前段时间他白天准备考试，晚上在他家那边的练舞室一练就是一通宵，结果练过劲儿了，腿都抬不起来，给我打电话，我就带他去看老中医了。"

这些裴听颂从来不愿意说，他的骄傲和自尊总让他言不由衷。

"他也知道自己是空降兵，怕拖咱们后腿，但舞蹈基础确实是一点没有，从零开始还是太难了。"

视频还在播放，镜头里的裴听颂面对针，表情生动得一点也不像平时只会装酷的他，嘴里还问着："火哥，你们练习强度那么大，怎么都没像我这样啊？"举着手机的贺子炎笑了："这你得问觉夏啊，论强度谁赶得上他。"

听到他的名字，裴听颂忽然就不吭声了，好像也不怕针了，看起来闷闷的，别过脸去不再看镜头。

方觉夏缓慢眨了一下眼，心里也变得闷闷的。

果然是非常非常讨厌我，他想。

"别跟他置气，那些话你也别往心里去，这小子跟我也这样，说话专往人痛处戳。给彼此一点时间吧，很多东西都会不攻自破的。"

贺子炎说着，揽住他的肩，语气柔和："觉夏，你已经做得非常好了，别给自己太大压力，你想啊，要没有你，大家能不能熬到出道还不一定呢。"

　　方觉夏扭头看向他，眼眶被风吹得发涩，沉默良久，最后只吐出"谢谢"两个字。

　　"别，最怕别人谢我。"贺子炎手机屏幕顶端弹出新的消息，他瞟了一眼来信人便立刻拿回来自己看。

　　但方觉夏还是不小心瞥到那人的备注——1221，后面还跟着一个emoji表情，是一幢小房子。

　　贺子炎低着头，快速回了消息，手机屏幕把他的面孔照得很亮。

　　方觉夏发现，他现在的笑容和方才对着自己时很不一样。

　　"回吧我们，冻死了。"

　　说完贺子炎站起来，自言自语了一句："这家离了我俩可怎么办？"

　　我俩。

　　方觉夏在心里默默复述了一遍重点词汇，已经猜到这个奇怪备注的拥有者是谁，但他参不透这几个数字的含义。

　　1221，也不是队长的生日……

　　没想通，他也没有和贺子炎一起回公司，找了个借口跑去药店。

　　听贺子炎描述的情况，方觉夏分析裴听颂跳舞发力大概有问题，不知道他愿不愿意接受指导。肌肉拉伤的痛他最熟悉，严重了会留下病根，不是小事。

　　他买了自己常用的止痛贴和活络油，想着必要时可以帮着揉一揉，于是在心里反复斟酌如何开口。

　　这很难。他甚至一度想上网搜索"如何和讨厌自己的叛逆男高中生沟通"，以免发生新的摩擦。

　　还没来得及向网络好心人求助，方觉夏就和"叛逆男高中生"狭路相逢了。

　　对方正从公司楼下的便利店出来，手里拎着一袋东西，走路姿势看上去不太利索。

　　好巧不巧，他也正好回头。两人猝不及防对上视线。

　　这一瞬间方觉夏想到很多，比如和裴听颂见面的第一眼，当时对他的印象是眉眼好看，个子很高，身上洋溢着松弛与自由。

　　很快他也想到裴听颂的每一次视而不见，想到他听到别人提及自己名字时的沉默，最后开始想象他独自一人偷偷练习的画面。

　　被误解时应该很难受吧？所以才会拣最难听的话来说。

　　方觉夏不喜欢这样，他基于偏见，狭隘地给他人下了定义，认定裴听颂根本不在乎也瞧不起他们的梦想，亲手点燃了导火索。

实在是很糟糕。

无论对方讨不讨厌自己，都不应该曲解他人。

只是每次面对裴听颂，他都有种无从下手的慌乱，不知如何是好。

两个人几乎是在冷风中静默了一分钟之久。

裴听颂盯着方觉夏那张冷淡的脸，心里直打鼓，怀疑江淼给出的方案是否可行。

自己听了他的话一瘸一拐跑下来买啤酒，可不是想在这儿看着方觉夏的冷脸喝西北风的。

其实裴听颂也知道自己做错了事，就算江淼不为方觉夏解释，他也并没有真的相信那些谣言，只是因为生气，故意拿这些刺激方觉夏。

这事儿做得实在是太差劲，裴听颂心说。

他在便利店演练了许多次开场白，连结账时都在发呆，可面对方觉夏，一切又如鲠在喉。

到现在裴听颂都想不通，为什么每次看到方觉夏都心烦意乱，失去理智。

他本来以为是讨厌。

不对，就是讨厌。裴听颂对自己重申，他就是不喜欢方觉夏。

正想着，方觉夏忽然朝他走近。

等等，要说点什么？

What's up（怎么了）？你干吗去了？你去药店了？是我下手太重了吗？要不要去医院啊？要不你打我一拳吧，我知道错了……

不行不行。

好像都不行。

原以为方觉夏会直接无视他的存在，和以前一样，没想到竟然看着他开了口："你……"

裴听颂呼出一口气。

他先说话了，果然他是在乎我的。队长说得没错，他要主动和我道歉了，好，接下来只需要喝点酒把所有事聊开就可以做朋友了……

"你买酒了？"方觉夏忽然定住步子，紧盯他手里满满一袋啤酒，皱了眉。

"啊？啊，对。"裴听颂有些卡壳。

方觉夏的视线从酒移向他的脸，严肃道："你还未成年，不能买酒，也不能喝酒。"

裴听颂的脸瞬间垮了下来，一副穿着新的白球鞋被人踩了一脚的表情，愣了好几秒，带着气扭头就走了。

当然，他还是一瘸一拐的，连背影都透着一股别扭劲儿。

方觉夏愣在原地。

说错话了吗？

现在搜索教程俨然已经来不及了。

但他大概率可以提供一个有关如何激怒"男高中生"的真实案例。

止痛贴和活络油没能送出去，方觉夏内疚了一段时间，但他想裴听颂大概不缺这些，也就不再纠结。

好在他们的关系也没再继续恶化下去，依旧是可以维持表面和平的"陌生队友"。

方觉夏早已从童年经历中修炼出永远只往前看的本领。

这是他最擅长的自卫手段。

但裴听颂没有，他的记忆总会反刍，某个瞬间眼前会出现方觉夏听见他说"上位"两个字的表情。

他也总在后悔自己不应该在便利店门口转头就跑。

这渐渐变成一个心结，以至于当他听到任何人提起方觉夏的负面传闻，都会冒出一股无名火。

出道在即，他却始终没能找到一个合适的时机再次破冰。

某一天的凌晨，裴听颂睡不着，难得主动地和远在大洋彼岸的亲姐姐Chloe打了通视频电话。

对方正忙着工作，并没有太多心思和并不乖巧的弟弟东拉西扯，直到裴听颂提出一个前所未有的问题，Chloe才产生兴趣。

"我有一个朋友，他想和一个完全不想看到他的人道歉，怎么办？"

"你都有朋友了？"

"我……什么鬼？我怎么就没朋友了？"裴听颂差点被带跑，"不是，你还没回答我的问题呢，我朋友很急。"

Chloe在电话那头冷笑一声："哦，看来你这位朋友脾气不太好。"

裴听颂强忍着想要骂人的心情，从牙关里挤出几个字："你别管他了，快说怎么办。"

"道歉还不简单？请他吃个饭，坐下来聊一聊，送件他喜欢的礼物。"Chloe签了几份文件，交到助理手中，"礼物会挑吗？我直接给你买吧。"

说着她便干脆利落地发给裴听颂一张自己常用的PR（公关）礼物表："看上哪个就说，我让助理买了送过去。"

裴听颂瞟了一眼末尾一列的价格表，两眼一抹黑，这种典型的拿钱砸人的手段绝对行不通，被砸死的只有自己，凶器还是亲姐搬起来的石头。

"得了，我自己看着办吧。"裴听颂又有些不放心，"关键是我拿什么由头送呢？"

"这还不简单？你们不是马上要出道了？"

"你真是个天才！"

"谢谢，一直都是。"Chloe确认了备忘录上的日期，"亲爱的弟弟，你还有一周时间，加油吧。"

直到挂了电话，裴听颂也丝毫没有发现自己早已露馅，而是完全投入挑选礼物的新任务当中，心情激动得堪比第一次玩游戏机的小男孩。

即便有了合理的时机，也挑好了礼物，裴听颂依旧很不自在。

他总对着精美的盒子发呆，觉得店员包得并不好，于是全部拆掉，自己买了更好的包装纸重包，还在半夜睡不着的时候爬起来写卡片，从一开始的"对不起，请你原谅我"到正反两页A4纸的长篇大论，最后全部揉掉重新写回"对不起，请你原谅我"。

我有病吧？

裴听颂看了一眼不知不觉泛白的天际线，很蒙。

很快他又看回桌上的礼物，脑子里不自觉联想出方觉夏收到时讶异又困惑的表情。

他不会被吓跑吧？

怎样才能不显得我偷偷摸摸的？

他不会觉得我有病吧？

不行。

12月23日，在距离出道日只剩下短短一天时，裴听颂彻底推翻之前的计划。

他花了一上午时间，外出给全团每一个人都买了出道礼物。

"需要怎么包装呢，先生？"店员问。

"都可以，你看着办吧。"裴听颂困到在贵宾室灌了三杯意式浓缩咖啡，但一坐到沙发上还是秒睡。

出道前夜，这位十七岁圣诞老人背着一背包标好名字的礼物溜进练习室，打算趁没人在的时候悄悄放下。

谁知刚推开门，自己就被喷了一身的彩带和亮片，整个人蒙在原地。

黑漆漆的练习室瞬间亮灯，一群不知从哪儿跳出来的人将他围住，助理小文站在一大堆克莱因蓝的气球里笑着大喊"surprise（惊喜）"。

裴听颂愣愣地摘掉脸上的彩带。

音响此刻非常适时地开始播放"等了好久，终于等到今天"的怀旧歌曲。

"搞什么啊？"他一脸莫名。

程羌指了指练习镜上贴着的"恭喜Kaleido出道"的字样："这可是我们一大早准备的，惊不惊喜，意不意外？"

裴听颂"啧"了一声，低头拍着身上的亮片："怪不得昨天晚上就说练习室灯坏了，真没创意……"

"你这小白眼狼！"

"他们人呢？"裴听颂环顾四周，搜寻队友的身影，"都还没来？"

"你是第一个。"小文小声补充，"头一次第一个来。"

"喂，"裴听颂扯了扯嘴角，"这句话可以不用说。"

"你怎么背这么大一包啊？"程羌伸手想替他拿，没想到裴听颂往后一退，连连说了好多个"不用"，自己护住了背包。

真是奇怪，小少爷还有这么客气的时候。

就这样，裴听颂在镜子前抱着大书包乖乖坐着，等着其他成员一个接着一个进来，重复他之前接受的惊喜仪式的洗礼。

这样正好，来一个他给一个礼物，气氛绝佳，毫无负担。

同样的流程他已经走了四次，每个人收到他的礼物都非常开心，毫不吝啬对他的夸奖，裴听颂的自我感觉逐步攀升，越来越良好。

只需要等方觉夏出现，重复以上动作，然后在他拆礼物的时候说出准备好的话，一切就大功告成。

"对不起，上次是我不对。"

"这是送你的礼物。"

"出道快乐。"

只要说完这些，他就再也不用怀抱愧疚心和方觉夏别扭相处，不用每天想着脱口而出的错误，不用为他的沉默而怒其不争，可以做回以前那个随心所欲的裴听颂，做偶像就做偶像，哪天不想干了也可以毫无负担地甩手走人。

幻想是美好的。

可惜裴听颂并没有等到那个人出现，一整晚都没有，惊喜派对从热烈回归寂寥，练习室从塞得满满当当到空空荡荡，方觉夏始终没有出现。

裴听颂感觉自己成了参加成人礼派对却始终没等到女伴的书呆子，眼巴巴看着所有人在舞池里跳舞。

这太恐怖了，他从来都是最受欢迎的那一个，怎么堕落成这样？

"小裴回去吗？我送你？"程羌陪着他一起下楼。

裴听颂拒绝了，他张了张嘴，想问方觉夏为什么没来，但最终还是没开口。
"我自己回去。"

路上裴听颂忍不住通过微信群添加方觉夏的个人微信，半小时也没通过，裴听颂彻底急了。

搞什么？

明天就出道了，今天连他微信都不想加吗？

真就讨厌他到这种地步？

一番思想斗争之下，裴听颂还是忍不住找凌一要了方觉夏的电话，不幸的是，无论他拨打多少次，对方都没有接。

于是他气急败坏地回到公寓，将自己包得乱七八糟的礼物狠狠扔进书房的垃圾桶，砸门回到卧室，闷头睡觉。

他要一觉睡到明天出道舞台开始，其他什么都不干。

什么方觉夏，什么道歉，什么朋友，全都去他的。

凌晨五点，助理就敲开他家的门，起床、换衣服、做妆发，裴听颂并没能睡个安稳觉。出门前最后一秒，他把礼物盒从空的垃圾桶里拿出来扔进抽屉，然后浑身低气压地出门，一路上谁也不搭理。

各个部门协调统筹，各种角度的镜头疯狂移动，忙碌的身影，炫目的舞台光，无数个日夜交叠出的终曲终于奏响。

兵荒马乱的后台，裴听颂站在彩排过无数次的升降台下候场。

这里灯光很微弱，黑暗让人心情越发糟糕。

冥冥之中好像有某种感应，裴听颂抬起头，等了很久的那个人忽然出现，径直朝他走来。

裴听颂极力劝自己忍住。

人都不想搭理你，干吗管他。

别看他，别过去，别问话，就这样吧。

他终究没忍住，上前想问个清楚。

为什么昨天消失了？为什么不接他电话？在做什么？

但裴听颂只张了张嘴，什么都来不及说，因为方觉夏对他的存在视若无睹。方觉夏就这样轻而易举、毫无留恋地离开了，朝他该去的站位走去。

很多种情绪在极短的时间里挤入心脏，挤得他很痛。

裴听颂站在原地，愣了好久，直到贺子炎走过来，和他说了很多话，但他一句也没听进去。

贺子炎后来也没再继续，就在他旁边，拿手机拍了一张照片，被凌一看了

/256/

个正着。

"火火居然还没交手机！"

声音很大，不远处的江森也回了头，但他似乎没听到内容，叫了其他成员一起过来，率先伸出一只手："咱们一起打个气？"

"好！"凌一手疾眼快地把手放上去，但被贺子炎拍开："你火哥还没放呢，有没有礼貌？"

"森森他打我！"

路远把凌一不安分的手按住放在贺子炎手背上，顺便摁住他的手："赶紧的，一会儿上场了！"

说完他看向方觉夏："觉夏，来！"

"嗯。"方觉夏将手放在路远手上。

"觉夏手可真热乎，我快冻死了。"路远说。

最后自然是裴听颂，他强撑出满不在乎的表情，也并不想碰方觉夏。

"几岁了还玩这个？幼不幼稚！"

"哎呀，你急死我了！"凌一一把拽住他，强行抓着他的手摁在方觉夏手背上。

裴听颂愣了一秒。

这是他第一次感受方觉夏的体温。

很烫。

原来他不是冷冰冰的。

但这交叠过分短暂，他们被牵着走，在"一、二、三，加油"的口号喊出后便摇晃着松开，方觉夏转身走到自己应在的位置，精准到像是被设定好的机器。

倒计时开始，舞台上方已经传来熟悉的古筝曲，耳返里充斥着节拍器和导播的声音。他们为此训练过无数次。

裴听颂低头看了一眼自己的手心，摊开后握紧，心跳加速。

从这一秒开始，他好像真的要步入新的人生。

混乱的年纪，有叛逆，有愤懑，也有年少轻狂后的懊悔与无措。

倒计时开始之后，命运打开新的闸门，洪流涌入，一切陷入一场如万花筒般迷幻的旋涡中，不受控，也都不重要了。

升降台缓缓上升，追光下，裴听颂不由自主地看向中心那个漂亮得不像话的家伙。

他忽然就泄了气，竟然开始想象方觉夏此时此刻的心情。

这并不是一个好的预兆。

今天就算了。

明天再继续讨厌他吧。

追光下,方觉夏下意识地向右望了一眼,他也没反应过来自己为什么要这样,潜意识好像在找谁的身影。

茫茫黑暗中,他的视力忽然间变得极好,仿佛能清楚地看见裴听颂不驯的眉眼。

今天的他看起来好像也没那么讨厌了。

不知道腿伤怎么样,撑得下来吗?

明天找个机会问问吧?

场地很小,粉丝也不多,置身于冷嘲热讽的巨大声浪中,这六个人依旧拼尽全力给出了一个完美的出道舞台。

练习过无数次打招呼,这一次最大声。

"大家好!我们是——Kaleido!"

盯着视频中那个腼腆的自己,方觉夏有些出神,已经忘了是在直播,直到身旁的江淼笑道:"我们五年前连打招呼都有点结巴呢,是吧觉夏?"

他这才回过神,点点头:"对啊,我当时状态不好,把之前准备好的自我介绍都忘了,当时是临时发挥的,说得不太好。"

怪不得感觉觉夏哥哥当时异常紧张,哈哈哈!

呜呜呜,一转眼都出道五年了,好怀念宝宝们的新人时期。

觉夏出道的时候就已经是惊为天人的美貌了!

欸,火哥怎么就开播露了个面,人呢?

"他说是要去找自己出道那天穿的球鞋来着。"江淼看到了关于贺子炎的弹幕,解释说,"那是他当时DIY(自己制作)的,想展示给大家看吧。"

说完他自己笑了笑,低声吐槽了一句"小显眼包"。

老天,我第一次听到有人这么叫火哥。

觉夏听到这句都挑了一下眉欸,他也受不了一点儿。

"所以出道的东西他都留着?"方觉夏问。

"留着是留着,谁知道能不能找到呢,都这么久了,估计已经把他和小裴的房间翻了个遍。"

出道五周年直播做出道舞台的 reaction 真的很有感触吧,现在回头看那一天有没有觉得特别遗憾的部分呢?

正在读评论的江淼看到这条评论,复述一遍后认真思考起来:"其实是有的，我当时还不能像现在这样比较轻松地代表团队发言，节奏上也有很大问题，后面专门练习了很多次。"

森森就是世界上最负责的小队！

方觉夏趴在桌上，眼睛望着江森，嘴角露出笑意："反正我是最怕拿话筒的，能给队长就赶紧给队长。"

"我一直想说，话筒是烫手吗，觉夏？"江森也看向他，顺手替他整理了一下刘海。

哈哈哈哈，话筒杀门面事件。

觉夏真的永远在听别人发言。

"挺烫的。"方觉夏耸耸肩。

江森想到什么，又开口道："其实就在出道日前一天，觉夏突然发高烧。当时他谁也没说，就怕影响大家，自己一个人跑去门诊打点滴，从医院直接去了舞台现场，还是我后来下台发现他直冒冷汗，左手手背发青，才逼问出来的，当时觉夏还要求我保密，不告诉其他人，都烧到39摄氏度了，我都不知道他是怎么撑下来的。"

天哪，完全看不出来，39摄氏度还做得那么好，呜呜……

觉夏真的太能扛了。

要不是小队，就觉夏的性格估计一辈子都不会说的。

"其实还好。"方觉夏并不想让粉丝担心，语气云淡风轻，"老实说，我已经不记得当时的状况了，所有动作都是跟着肌肉记忆做下来的，可能稍微有点体力不支。"

所以这也算是觉夏出道日的小遗憾吧，要是健康地完成舞台就不会这么辛苦了。

不断弹出的弹幕里，方觉夏恰巧捕捉到这一条，眼神变得柔软。

"要说遗憾的话……确实是有的，只是和出道舞台无关了。"

隔壁忽然传来很大的动静，江森和方觉夏同一时间朝声音的源头望去。

我怎么好像听到小裴在大叫，是我听错了吗？

不，你没有，确实是裴小虎在"打鸣"。

卡团是真的吵。

最安静的两个搁这儿直播呢。

"我去看看。"方觉夏站起来，离开卧室走到隔壁。才刚到门口，他就听到裴听颂和贺子炎的争吵声。

"还给我！"

"什么玩意儿这么稀罕，快给你哥我看看！"
"看你大爷！"
"哎哟，这谁包的啊，这么难看，还弄一蓝色的包装纸呢。你看纸都散开了，这可不是我动的手。"
"贺子炎你敢拆，我杀了你！"
"好好好，这么对你火哥是吧？我还非得拆开了。"
"你拆了你就活不过今天！"
是不是吵得太厉害了……
尽管劝架是他最不擅长的事，但方觉夏还是勇敢地打开了修罗场的大门。
很合时宜地，一个东西砸到他脚边，正是贺子炎口中蓝色包装的礼物盒。
他没说谎，礼物盒的确已经破掉，包装纸的缝隙里掉出一张卡片，上面是他再熟悉不过的字迹。

　　TO 方觉夏

在他不小心将这几个字念出声后，整个房间陷入诡异的寂静中。三人面面相觑，表情各异。
第一个反应过来的是贺子炎，他一拍脑门，低声骂了一句："我就知道……"
面对裴听颂他举起双手，一脸你看着办的表情："我走了，拜拜。"
要是眼神可以杀人，贺子炎现在已经在被鞭尸的流程中了。
等他一走，裴听颂一气呵成地拉方觉夏进来、关门、反锁，还想趁其不备把那个尘封多年的礼物一脚踹到角落去。
但很可惜，方觉夏已经先一步捡了起来。
"给我的？"他晃了晃手里的礼物盒，眼底的笑意闪烁着些许狡黠，"是什么？"
"没什么。"裴听颂伸手想抢，但方觉夏抬高了手，没让他得逞。
"觉夏……"来硬的不行，裴听颂只好使出撒娇的手段，"能不能别这么好奇？还给我吧。"
"你越这样我越好奇了。"现在的方觉夏非常擅长以其人之道还治其人之身，仰着脸专注地望着裴听颂，"能不能让我看看？嗯？"
裴听颂最终败下阵来，丧气地蹲在方觉夏面前，垂着头闷声道："看看看，本来也是给你的。"
这一句他说得很小声。
于是方觉夏也蹲下来："那我拆啦？"

"嗯。"裴听颂不自然地抓了抓后脑勺的头发，盯着方觉夏拆礼物，"包得真的很难看吗？"

方觉夏动作一顿："不难看啊。"他指了指包装纸，眼神真挚，"蓝色很好看。"

这样生疏的手法，一看就是裴听颂自己包的。

"哦。"裴听颂没说什么，默默盯着。

"什么时候准备的？为什么不给我看？"方觉夏觉得奇怪，解开误会之后，他们互相都送了很多大大小小的礼物，他不明白为什么单单藏着这一个。

拿出里面的盒子，他光是看到上面的品牌就知道有多贵。

"嗯……"裴听颂深吸一口气，"五年前。"

方觉夏忽然抬头，满脸讶异："什么？"

裴听颂有些气急败坏，干脆一股脑倒豆子似的说了出来："就是出道的时候给你买的，想送给你当出道礼物，结果没找到合适的时机，你……你不在，我就一直没送出去。"

这个礼物已经成为他难以释怀的心结，他无法开口提及，也做不到丢弃，只好藏起来。

有时候偶尔想到，他还会故意对方觉夏开一些恶劣的小玩笑，替当初心碎的自己找回一些慰藉。

的确是非常幼稚的行为。

方觉夏回忆了一下，忽然想起来什么："对哦，你好像确实给大家送了礼物，我记得凌一的是一副很贵的墨镜……"

裴听颂赶紧撇清："也没有很贵。"

"远远和子炎都收到了球鞋，森哥我记得是头戴式耳机，他现在还一直在用。"

细数完其他队友收到的礼物，方觉夏低头望着这个小小的礼物盒，轻声开口："原来我也有啊。"

不知为何，心里某一处柔软的小角落好像轻轻陷了下去："我也有礼物。"

"你当然有。"裴听颂脱口而出。

要不是你，他们也不会有。

方觉夏抬头望着他笑："我以为没有的。"

他当初发现每个人都有，但支支吾吾不敢告诉他，还以为是小少爷捉弄他的小把戏。

"那你当时很难过吧？"听到他能清楚说出每个人收到的出道礼物时，裴听颂就莫名难过。

"还好。"方觉夏笑得单纯，"意料之中，我当时知道你讨厌我。"

"谁说的，我不讨厌你。"裴听颂立刻反驳。

"我知道，我说以前嘛。"方觉夏也道。

他低头打开礼物盒，里面是一块男士腕表，铂金表带配冰川蓝表盘，表盘下方有一块银白色镶钻月相盘。

"你疯了？买这么贵的表送我？"方觉夏想不通，那个时候他们的关系明明很恶劣。

到底怎么想的？有钱人也不会这么挥霍吧？

他伸手摸了裴听颂的额头，怀疑当时发烧的人不是自己。

"你没病吧？"

裴听颂立即反驳："当然没病了！我好得很。

"当时挑了好多都不满意，看到这个突然觉得，就是它了，而且这已经不贵了，我姐想买的更贵。"

"可怕的有钱人。"方觉夏摇了摇头。

"我可不是有钱人，我是勤勤恳恳打工人。"裴听颂强调。

尽管已经过去五年，但再次看见这块表，裴听颂好像又被拉回到懵懂别扭的少年时代。

"喜欢吗？"裴听颂问。

方觉夏点头："嗯，为什么要送我手表？"

"嗯……"裴听颂低头，说话的语气变得少了些底气，但眼神柔和了许多，"我有时候会观察你，发现你很守时，而且总是下意识仰头去看练习室的钟。"

偶尔他会看见方觉夏坐在地板上，回头去看墙上的钟，脖颈带着一层薄薄的汗。

"你喜欢盯着数字，墙上的、书上的、文件上的，我记得有一次上声乐课，你迟到了两分钟，然后一直道歉，那节课结束之后你脸上的表情还是很愧疚。"

"所以我觉得……你大概会喜欢表吧，你戴上应该也很好看。"裴听颂说完，摸了摸后脑勺，有些丧气地将自己方才的一番话全盘否定，"谁知道我当时都在想什么……"

这些话远远超出方觉夏的意料。

被裴听颂厌恶，说不难过是假的，如果真的没感觉，他不会下意识避开对方，不会在后来公司要求组合营业之时那么抗拒。

方觉夏从来都清楚裴听颂对他的态度，只是他改变不了裴听颂，只能改变自己。

他努力剪掉不必要的枝丫，努力向上攀爬，尽力避免产生情感上的关联，

活得冷漠一些。

原来事实并非如此，从一开始就存在偏差。

回忆里的细枝末节逐渐复原，回到出道前，昏暗的后台，他隐约看到了一个身影，但当时的自己高热未退，又因为夜盲看不真切，还以为是错觉。

真实的裴听颂永远是骄傲的、反叛的，笑得张扬，从不正眼看他。

可黑暗中的那个人局促不安，笔直看向他，好像变成了另一个人。

怎么会不是错觉？

方觉夏觉得自己是烧糊涂了，只是一瞥，而后径直走到待机的升降台位置。

原来他们之间误会这么多。

"对不起。"方觉夏道。

裴听颂有些愣神，问："怎么突然道歉？是我的问题才对。"

他又问："你说，要是当初我把礼物送给你了，我们会不会和解得更早一点？"

方觉夏笑了，鼻腔里发出一声轻哼，没说话。

"笑什么？"

"没什么。"

"好了，我知道了。"裴听颂故意说，"太早不行，我那个时候还是个讨人厌的未成年，我替你说，行了吧？"

"我可没这么说。"方觉夏抬起头，"不讨厌，很可爱。"

"可爱什么啊可爱，别胡说。"裴听颂反驳。

方觉夏语气轻快："看在你这么可爱的分上，再给你一次机会吧。"

他拉开袖子，朝裴听颂伸出手，晃了晃，示意对方把手表递过来。

裴听颂有些恍惚，拿出手表小心地递过去。卡扣咔嗒声响起，兜兜转转五年，他竟然可以完成年少时的小小心愿。

他甚至得到了更多。

"你不说点什么吗？"方觉夏望着他笑。

裴听颂也笑了，挑了挑眉："给你来段说唱？"

"喂。"

差点挨打。

"错了错了。"裴听颂立刻求饶，换上一副非常正式、非常真诚的表情，笑容收敛，眼睛很亮，"不开玩笑了。"

只隔着一道门板，外面是队友们为了五周年和圣诞节的庆祝活动激烈讨论的声音，吵吵嚷嚷。凌一大喊着说外面下雪了，凌晨可以去堆雪人。

房间里很静，裴听颂提前布置了一棵迷你圣诞树，上面挂满小灯，顶端是一轮发光的月亮。

　　两人面对面坐在地板上，短暂地变成水晶球里的小人。

　　裴听颂抬起方觉夏的手腕，看了一眼他手表的时间："好的，现在是 2023 年 12 月 25 日。"

　　他笑得孩子气，仿佛真的回到那一年："方觉夏，出道快乐。"

　　方觉夏回道——

　　"出道快乐，裴听颂。"

图书在版编目（CIP）数据

营业悖论．1 / 稚楚著．-- 广州：广东旅游出版社，2025.7（2025.8重印）．-- ISBN 978-7-5570-3579-2

Ⅰ．I247.5

中国国家版本馆CIP数据核字第20256MN894号

营业悖论．1

YINGYE BEILUN．1

出　版　人：刘志松
责任编辑：梅哲坤
责任技编：冼志良
责任校对：李瑞苑

广东旅游出版社出版发行
地址：广州市荔湾区沙面北街71号首、二层
邮编：510130
电话：020-87347732（总编室）　020-87348887（销售热线）
投稿邮箱：2026542779@qq.com
印刷：北京盛通印刷股份有限公司
（地址：北京市北京经济技术开发区经海三路18号）
开本：700毫米×980毫米　1/16
字数：308千
印张：17.125
版次：2025年7月第1版
印次：2025年8月第2次印刷
定价：108.00元（全2册）

【版权所有 侵权必究】

如发现图书质量问题，可联系调换。质量投诉电话：010-82069336